하벤 길마

하버드 로스쿨을 정복한 최초의 중복장애인
하벤 길마가 전하는 놀라운 삶의 이야기

하벤 길마

하벤 길마 | 윤희기 옮김

알파미디어

세상에서 최고로 멋지고 가장 아름다운 것은
눈으로 볼 수도 없고 손으로 만질 수도 없어요.
가슴으로, 가슴으로 느껴야 해요.

- 헬렌 켈러 -

이 책을 읽은 모든 독자가 장애를 지닌 사람을
더는 특별하게 보지 않기를…….

하벤 길마를 처음 본 곳은 테드(TED)였다. 맑은 하이톤의 목소리,
그녀의 흥미진진한 이야기를 들으며 그녀가 시청각장애인이라는 사실
에 우선 놀랐다. 시청각장애는 '시각장애+청각장애'의 단순 합이 아니
다. 보지 못하지만 들을 수 있는 '시각장애'나, 듣지 못하지만 볼 수 있는
'청각장애'와는 전혀 다른 유형의 장애다. 시각장애인은 듣는 것으로
공부도 하고 사람과 소통한다. 청각장애인은 보는 것으로 세상을 이해
하고 수어로 소통한다. 꽃과 사랑하는 사람의 얼굴을 보지 못하고, 바
람 소리나 음악을 들을 수 없는 삶은 어떤 것일까?

　하벤 길마는 하버드 로스쿨을 졸업했다. 힘들기로 유명한 로스쿨
공부를 어떻게 했을까? 헬렌 켈러도 시청각장애인인데 5개 언어를 구
사했다. 헬렌 켈러는 손바닥에 글을 쓰거나 수어(수화)를 전하는 방법
으로(촉수화) 언어를 익히고 소통했다. 상대방의 목젖이나 입술을 만
지며 소리를 구분하고 발성하는 법도 배웠다. 기적 같은 일이었다. 하
벤은 블루투스 기능이 있는 점자컴퓨터로 소통하고 공부했다. 상대방

이 자판으로 문자를 치면 블루투스 기능으로 점자컴퓨터에 연결되고 즉시 점자로 변환된다. 디지털 세상과 여러 보조 기기는 장애인의 교육과 정보 접근성을 높이고 있다. 인터넷이나 이메일로 식당의 메뉴를 미리 확인하면 점자 메뉴가 없어도 주문이 가능하다. 스마트폰은 소통의 지평을 넓혀 준다. 기적이 일어나지 않아도 장애인이 공부할 수 있게 된 것이다.

흑인이고, 아프리카 난민의 딸이며, 시청각장애를 지닌 하벤 길마가 만나는 세상은 결코 쉽지 않다. 그녀는 이 세상이 듣고 볼 수 있는 사람을 위해 디자인된 세상이라고 말한다. 그녀의 삶이 힘든 이유는 보고 듣지 못하는 '장애' 때문이 아니라 보고 듣지 못하는 사람을 차별하는 '사회' 때문은 아닐까?

미국 남동부에 있는 섬, 마서스 비니어드에서는 수어를 공통의 언어로 사용한다. 이 마을에서는 들리지 않는 것이 더는 '장애'가 되지 않는다. 만일 모든 건물에 경사로와 승강기가 있다면, 저상 버스가 어디에나 다닌다면, 점자책이나 오디오북을 쉽게 구할 수 있다면, 큰 글자나 쉬운 설명을 붙인 그림 카드로 절차를 안내하는 관공서가 있다면, 영화관에서 자막이나 화면 해설을 제공한다면, 이런 세상에서 '장애'는 더는 '장애물'이 아니다.

보고 듣는 사람들을 위해 디자인된 이 세상에서 하벤은 어렵지만 당차게 삶을 살고 있다. 이 책은 그녀의 특별하지만, 특별하지 않은 이야기를 다루고 있다. 누구나 미래가 두렵고 자신의 부족함을 자책하며 산다. 숱한 난관을 만난다. 사람과 하는 소통은 어렵다. 그런 점에서 우리와 그녀는 다르지 않다. 그녀가 아프리카로 가서 집 짓는 봉사 활동을 하거나, 알래스카의 빙하에 오르고, 대학 식당에서 메뉴를 선택할 권리를 쟁취하며, 로스쿨에 입학해서 힘들게 공부하고, 변호사가 되어 장애인의 권리 옹호를 위해 싸우는 이야기는 그래서 우리에게 흥미롭고 감동적이다. 두려움을 딛고 일어나는 그녀의 이야기에 빠져 있노라면 많은 생각을 하게 된다. 이 세상에 대하여, 보고 듣는 일에 대하여, 삶에 대하여, 장애에 대하여.

몇 년 전 청각장애인 마이클 슈와츠 변호사를 초청해 국제세미나를 연 적이 있다. 슈와츠 변호사가 미국 수어로 말하면 그의 아내가 영어로 통역했다. 동시 통역실에서 다시 한국어로 통역하면 한국 수어 통역사가 한국 수어로 청중에게 전달했다. 미국 수어, 영어, 한국어, 한국 수어로 이어지는 다단계 통역이 매끄럽고 순식간에 이루어졌다. 농인 청년들이 실시간으로 그의 발표에 공감하는 장면 자체가 감동이었다. 이처럼 통역 기술과 서비스는 언어의 차이와 장애를 잊게 했다. 인공 지능과 음성 인식 기술은 장벽을 더 낮출 것이다.

이 책이 많은 사람에게 읽히면 좋겠다. 하벤 길마라는 영웅의 이야기가 아니라 난관을 딛고 일어서는 평범한 이야기, 즐거운 이야기에 귀기울이다 보면 나의 이야기, 우리의 이야기에도 모두 솔직해질 수 있을 것이다.

보지 못하는 당신에게 사흘만 볼 수 있는 기적이 일어난다면 무엇을 보겠는가? 헬렌 켈러는 《사흘만 볼 수 있다면》이라는 자서전에서 이렇게 말했다. '첫째 날에는 친절과 겸손과 우정으로 내 삶을 가치 있게 해 준 사람들을 보고 싶습니다. 둘째 날, 나는 새벽같이 일어나 밤이 낮으로 바뀌는 그 전율 어린 기적을 보겠습니다. 다음 날 아침, 나는 새로운 기쁨을 발견하고 싶은 마음에 들떠 또다시 새벽을 맞이할 것입니다. 나는 앞을 볼 수 있는 사람들에겐 매일매일 밝아 오는 새벽이 영원히 반복되는 아름다움의 계시일 거라고 확신합니다.' 이 책을 읽은 모든 독자가 사랑하는 사람과 함께하며, 동트는 새벽의 아름다움과 해지는 노을의 신비함을 소중하게 여기게 되기를, 장애를 지닌 사람을 더는 특별하게 보지 않기를 바란다.

국가인권위원회 비상임위원, 법무법인(유한) 지평 대표변호사
임성택

우리는 현재…….

2020년 4·15 총선이 끝난 뒤 안내견의 국회 본회의장 출입 문제로 한바탕 시끄러웠던 적이 있다. 그것은 김예지 당선인이 안내견과 함께 다니기에, 반려견 출입을 통제해 온 국회 관행상 나온 논란으로 보인다. 안내견이 반려견과 다르다는 점은 그동안 여러 언론과 각종 장애인 인식 개선 교육에서 다뤄져 왔기에, 이번 논란은 국민들의 안내견에 대한 인식이 어느 수준인지 알게 된 계기다. 그만큼 많이 접하고 경험해야 한다는 이야기다.

시청각장애인도 마찬가지다. 안타깝게도 우리나라에서는 시청각장애인이 다수 존재하지만, 접할 기회가 많지 않다. 어찌 보면 시청각장애인이 활동할 수 있는 여건이 되지 않다는 방증이기도 하다. 혹자는 '아직도 장애인들이 사회 활동하는 것이 어려운데 뭔 중복장애인이냐?'는 반문을 펼칠지 모른다. 이 말도 맞는 말이긴 하다. 그렇다고 해서 우리 주변에 엄연히 존재하고 있는 시청각장애인이 없다고 할 수는 없다.

2019년은 시청각장애인의 인권 신장과 복지 증진을 위한 큰 획을 그은 해이다. 이명수 의원의 발의로 '시청각장애인지원에 관한 법률'이 제정되었기 때문이다. 그동안 우리나라는 3년마다 장애인실태조사를 실시하고 있지만, 시청각장애인에 관한 실태조사는 전혀 이루어지고 있지 않아 가장 기본적인 인구 현황조차 파악되어 있지 않은 것이 현실이다. 법률의 제정으로 시청각장애인을 지원할 수 있게 된 것은 참으로 다행스러운 일이라 할 수 있겠다.

그러나 법률이 제정되었다고 해서 우리나라에서 하벤 길마가 탄생할지는 의문이다. 해외에서 중증장애인이 장관이 되고, 대통령 보좌관이 되었다는 소식을 들으면 다들 '왜 우리나라에서는 안 나오지?'라는 질문을 한다. 그것은 조건의 차이다. 하벤 길마의 이번 자서전이 그 차이가 무엇인지 알게 해 주는 계기가 되었으면 한다. 대한민국에서도 하벤 길마가 탄생하려면 현안 해결 위주의 정책 수립이 아닌 장기적 계획 수립이 필요하지만, 아직 갈 길이 멀어 보인다.

이번 하벤 길마의 자서전 출간을 통해 우리나라 장애인 정책 수립의 패러다임에 변화가 일어나기를 바란다. 또한, 하벤 길마의 메시지가 공허한 메시지가 되지 않도록 하여 하벤 길마가 우리나라에도 있음을 증명하는 날이 오기를 두 손 모아 기도한다.

2020년 5월 8일

한국시각장애인연합회장 홍순봉

이야기를 시작하며

제 이름은 하벤이에요. 〈하-하〉 웃을 때 내는 소리와 같은 〈하〉에 〈자애로운〉이란 뜻을 지닌 영어 단어 〈비네벌런트benevolent〉의 앞 소리 와 비슷한 〈벤〉이랍니다. 저는 중복장애인, 보지도 못하고 듣지도 못하 는 사람이에요. 사람들의 얼굴을 볼 수도 없고 목소리도 알아듣지 못하 기 때문에 누가 저와 대화를 나눌 때면 항상 자기가 누구인지 이름을 밝히면서 이야기를 시작해야 해요. 가령 제 친구들은 "나, 캠이야", "난 고든이야" 이런 식으로 대화를 시작해요. 혹은 누가 뭘 마실 때면 "응, 내가 마시는 거야", 이렇게 말하죠.

시력과 청력을 둘 다 상실한 중복장애는 그 장애의 범위가 제법 넓 어요. 청력을 잃은 데다 얼굴에서 1m 정도밖에 안 떨어진 아주 가까운 곳에서 이루어지는 수화手話 마저도 눈을 가늘게 뜨고 바라봐야 가까 스로 무슨 대화인지 알 수 있을까 말까 한 어느 남자의 경우도 중복장 애에 해당해요. 또한 보청기의 도움으로 자동차 소리를 듣고 가까이에 차가 있는지 없는지를 판단할 수는 있지만, 하얀 지팡이로 도로를 톡톡 쳐 가며 조심스레 길을 가야 하는 어느 여인의 경우도 중복장애이지요.

저는 태어날 때부터 시력과 청력을 잃었어요. 열두 살 때까지는 소파에 사람이 앉아 있는 방에 들어가면 그래도 흐릿하게 긴 소파에 어떤 사람이 앉아 있는지 정도는 볼 수 있었어요. 그런데 시간이 지날수록 희미하게 보이던 형상마저 점점 더 흐릿해졌죠. 이제는 어느 방에 들어서면, 물감을 흩뿌려 형태를 알 수 없는 형상들을 그려 놓은 추상화 속으로 걸어 들어가는 느낌? 바로 그런 느낌을 받곤 해요. 제 청력도 비슷한 경로를 밟았어요. 저는 태어날 때만 하더라도 저주파 난청, 그러니까 저음 영역의 소리는 잘 못 듣고 고음 영역의 소리는 제대로 알아들었어요. 언어를 이해하는 것이 고음 영역에 한정되었기 때문에 저는 말을 할 때도 본능적으로 고음의 목소리를 내게 되었어요. 그러다 열두 살쯤 되어서는 엄마 아버지가 바로 옆에 앉아 아주 천천히, 발음을 분명하고 또렷하게 해 주어야만 두 분의 말을 알아들을 수 있었지요. 지금은 점자 컴퓨터와 그에 딸린 자판(키보드) 등 테크놀로지의 도움을 받아 의사소통을 하고 있답니다.

한 부류의 사람만을 염두에 두고 만들어진 사회는 편협한 시각으로 사람을 바라보는 사회이지요. 그런 사회에서는 저와 같은 사람들이 소외되고 있어요. 저는 그런 사회를 인정할 수도 받아들일 수도 없어요. 그래서 저는 세계 전역에서 여러 사람과 관계를 맺고 소통했던 이야기, 그런 저의 탐구의 여정을 담은 이 책에 여러분을 초대하고 싶어요. 살을 태울 듯 태양이 뜨겁게 내리쬐는 아프리카 말리에 학교를 세운 일, 알래스카의 빙산에 오른 일, 뉴저지에서 안내견과 함께 훈련하던 일, 하버드 로스쿨에서 공부하던 일, 백악관에서 오바마 대통령과 함께했던 기적과 같은 순간 등등. 제가 걸어온 길을 독자 여러분과 동행하고 싶습니다. 과거를 회고하는 대부분의 다른 글과는 달리, 제 이야기는 지금 일어나는 일을 말하듯 대체로 현재형으로 전개될 거예요. 지난 일을 되돌아볼 때 많은 사람에게는 과거의 일이 선명한 기억으로 남아 있을 수도 있겠지만 저에게는 그렇지 않아요. 늘 놀라고 당황해 하며 맞이해야 했던 이 세상에서 제가 어떻게 그런 일을 겪었는지, 지금 다시 그런 일을 맞아한다 해도 제게는 또다시 새롭게 겪어야 하는 낯선 경험으로 다가오거든요. 그래서 과거의 일이 저에게는 늘 현재형일 수밖에 없어요.

옮긴이 주

_실제로 하벤 길마는 과거의 경험을 기록하면서 시제를 현재형으로 서술했다. 하지만 이 책에서는 자연스러운 우리말의 흐름을 위해 상황에 따라 적절한 시제를 사용한다. 대체로 과거의 일을 서술하는 방식으로 옮겼음을 미리 밝힌다.

목차

이야기를 시작하며 12

1장	홀로 남은 나	18
2장	세상 밖, 힘든 여정의 시작	24
3장	그 옛날, 고난의 시절	38
4장	신데렐라는 이제 그만!	59
5장	건반 위에서 싹튼 우정	76
6장	산속에서 춘 춤	92
7장	설거지, 그리고 마지막 한 수-에리트레아 음식	112
8장	사막에서 물 때문에 벌어진 언쟁	134
9장	아프리카의 밤에 잃어버린 것은?	144
10장	쉿, 비밀이에요	162
11장	변소 만들기	174
12장	사랑하니까 곁에 두어야 한다는 생각은 이제 그만	185
13장	이 글은 제 부모님이 절대 읽어서는 안 돼요	192
14장	우리만의 숨바꼭질	206
15장	시각장애를 바라보는 긍정의 철학	218

16장 저는 동화 속 이야기를 믿지 않아요
그런데 이 이야기는 예외랍니다 223

17장 장애에 대한 차별과 편견,
그리고 땅콩버터 젤리 샌드위치 252

18장 곰과 마주쳐도 절대 '걸음아 나 살려라'
달아나지 마세요 257

19장 현실이 얼마나 냉혹한지,
그 사실을 알려 준 알래스카 280

20장 작은 안내견이 지진을 일으켰어요 287

21장 빙산 위까지 따라온 사랑 318

22장 하버드 로스쿨 최초의 중복장애 학생 329

23장 장애인 인권을 위한 소송, 그리고 완전한 승리 374

24장 백악관에서 열린 미국 장애인법 기념행사 396

이야기를 마치며 428

제1장

홀로 남은 나

1995년 여름, 에티오피아, 아디스아바바

비행기 안 통로로 걸어오던 제복을 입은 두 사람이 자리에 앉아 있는 아빠 앞에 우뚝 멈춰 서더니 아빠를 내려다보았어요. 아빠 옆에 앉아 있는 저는 애써 눈을 가늘게 뜨고 뿌옇게 보이는 두 사람의 모습을 지켜보았지요. 무뚝무뚝 짧게 끊어지는 두 사람의 목소리를 듣고 있자니 마치 모기에 물리는 것 같았어요.

아빠가 안전벨트를 풀면서 말했어요.

"아빠, 갔다 오마."

곧이어 두 사람이 아빠를 데리고 비행기에서 내리더군요. 일곱 살인 저는 난생 처음 혼자가 되고 말았어요.

통로에서 눈길을 뗄 수가 없었어요. 하지만 제 눈길은 서너 걸음 정도 거리에서 멈추고 말아요. 그 이상은 보이지 않기 때문이죠. 바퀴 달린 가방을 끌며 어떤 사람이 지나갔어요. 이어서 등에 가방을 맨 두 아이가 곁을 지나가더군요.

저는 의자에 푹 파묻혀 눈을 감고 생각했어요. 우린 이 비행기를 타고 런던에 간 다음, 그곳에서 다른 비행기로 갈아타고 미국으로 돌아갈 예정이었어요. 저는 캘리포니아주 오클랜드에서 태어나 그곳에서 자랐어요. 아빠는 에티오피아에서 자란 분이에요. 그래서 우리 가족은 이곳 에티오피아에 여름휴가를 보내러 왔어요. 엄마와 여동생은 미국으로 돌아가기 전에 두 주 더 휴가를 보내겠다며 뒤에 남았고요.

재미있게 지낸 여름날의 기억이 머릿속에 맴돌았어요. 여동생이랑 이웃 아이들이랑 함께 흙먼지 날리는 길거리에서 춤을 추던 일, 엄마와 함께 건포도 빵을 굽던 일, 홍해에서 아빠와 헤엄치던 일…….

눈을 떴어요. 다시 통로로 눈길을 돌려 보지만 지나가는 사람이 한 사람도 없었어요. 모든 승객이 다 탑승한 것 같아요.

한 시간이 지났어요.

'왜 아빠가 돌아오시지 않지?'

알 수 없는 불안이 연이어 제 목구멍을 죄어 왔어요. 목을 타고 오르는 고통이 머리까지 닿았어요. 저는 아빠가 돌아오리라는 희망을 가슴에 붙들어 매고 깊게 숨을 들이마셨어요.

기내 방송 시스템을 통해 안내 방송이 울려 퍼지기 시작하더군요. 하지만 그 방송은 중얼중얼 알아들을 수 없는 소리로 제 머리 위로 쏟아져 내릴 뿐이었어요. 갑자기 맥박이 걷잡을 수 없이 빠르게 뛰었어요.

지금까지 저는 에티오피아 군인들이 강제로 사랑하는 가족을 서로 헤어지게 만들었다는 이야기를 많이 들었어요. 그 군인들이 노래를 부르라고 시켰는데 따르지 않는다고 우리 엄마를 감옥에 가두기도 했대요. 에티오피아가 이웃 나라인 에리트레아를 자기네 땅이라고 주장하는 바람에 에리트레아 사람들은 30년 동안이나 독립을 쟁취하기 위해 싸워야 했대요. 아빠는 에티오피아에서 태어나고 그곳에서 자랐지만 아빠의 아버지인 키다네 할아버지는 에리트레아 사람이에요. 두 나라가 전쟁을 치르는 동안 에티오피아에 사는 에리트레아 사람들은 공격의 표적이 되었지요. 그러다 1991년에 전쟁이 끝났어요. 저는 당연히 전쟁이 끝난 뒤에는 에리트레아 사람이 에티오피아를 방문해도 안전할 거라고 생각했어요. 그런데 왜 그들이 아빠를 데려간 것이죠?

불안한 생각이 제 배를 가격해 쓰러뜨리듯 저를 무너뜨리고 있어요. 온몸 구석구석으로 퍼져 나가는 고통 때문에 가쁘게 숨을 헐떡일 수밖에 없어요.

나한테서 아빠를 떼어 놓는 저들의 행위, 그 행위를 우리가 갖고 있는 미국 시민권으로 저지할 수 없나요? 왜 그렇죠?

아빠가 앉았던 자리, 이제는 텅 비어 있는 그 자리로 눈길을 돌렸어요. 아빠는 없었어요. 아빠가 없다는 사실을 알면서도 저는 손으로 그 자리를 더듬었어요. 역시 아빠는 안 계세요. 안전벨트가 손에 닿았어요. 아빠의 안전벨트. 부드러운 가죽 띠가 길게 이어지다 이어서 단단한 금속 죔쇠가 싸늘한 느낌으로 손에 닿았어요. 아빠를 안전하게 지켜주지 못한 야속한 죔쇠.

강한 진동과 함께 비행기가 흔들거렸어요. 돌아가는 비행기 엔진 때문인지 발바닥에서 뒷덜미까지 온 신경이 우르르 울리는 것 같았어요.

불타는 듯 뜨거운 통증이 가슴을 옥죄면서 그 화끈거림이 광대뼈 근처까지 올라왔어요. 아파서 숨도 못 쉴 지경이었지요. 점점 숨을 막히게 하는 공포를 뿌리치면서 저는 코로 열심히 숨을 내쉬고 들이마시고, 또 내쉬고 들이마셨어요.

저에겐 아빠가 필요해요. 이 세상 위로 비행기를 타고 지나는데 아빠 말고 누가 저를 도와줄 수 있을까요? 런던에 도착한다 한들 제가 어떻게 갈아탈 비행기를 찾아낼 수 있을까요? 엄마에게 연락하려 해도 국제전화번호를 알지 못하는데 제가 어떻게 할 수 있을까요?

자리에 앉아 있는 제 머리 위로 한 승무원의 모습이 어렴풋이 다가오고 있었어요. 웅얼, 웅얼, 웅얼. 그 여승무원이 저와 눈높이를 맞춘다고 무릎을 굽혔어요. 그리고 또다시 웅얼, 웅얼, 웅얼.

두려움이 제 입을 꼭 닫아 버리는 바람에 저는 아무 말도 하지 못했어요. 고통이 모든 근육을 마비시킨 것은 아닌지. 유일하게 움직이는 것은 눈에서 흐르는 눈물뿐.

여승무원이 다시 뭐라고 말을 했지만 그냥 웅얼, 웅얼, 웅얼거리는 소리뿐.

저는 그냥 그분을 바라보기만 했어요. 아빠가 다시 돌아오게 해 달라는 제 생각을 그분이 들어주기를 바라면서요.

그 여승무원은 자리에서 일어나더니 돌아서서 사라졌어요. 통로 맨 앞에 또 다른 승무원이 서 있었어요. 그 승무원의 손짓, 몸짓을 보니 비상시 안전하게 행동하는 요령을 승객들에게 보여 주고 있는 것 같았어요. 이젠 너무 늦었다는 생각이 들더군요. 그러면서 제 삶은 산산조각 나고 말았어요.

저는 손으로 아빠의 안전벨트를 꼭 쥐었어요. 손에 땀이 나서 그런지 금속 쬠쇠가 축축하다는 느낌이 들었어요.

그런데 그때 어떤 사람이 통로를 따라 마구 달려오더니 바로 제 옆 자리로 돌진해 들어왔어요.

아빠가 돌아오셨다!

저는 가볍게 숨을 내쉬었어요. 단단하게 굳어 있던 몸이 편안해지면서 턱에서 통증이 사라지더군요.

진정 그 무엇도 이 세상의 폭력으로부터 저를 보호해 주지 못해요. 가족도, 미국 시민권도, 시각장애아를 위한 자기방어 교육도 저를 보호해 줄 수 없어요. 이 세상의 잔인한 힘이 제가 사랑하는 사람의 삶을, 그들의 생명을 언제든지, 어느 한순간에 빼앗아 갈 수 있어요. 그 힘이 제 삶과 목숨도 언제든지 낚아챌 수 있겠지요.

런던에 도착했어요. 아빠는 비행기를 갈아타는 환승 통로로 저를 데리고 갔어요. 비행기에 오른 우리는 자리에 앉아 비행기가 미국을 향해 날아오르기를 기다렸지요. 아빠에게 물어보고 싶은 게 많았지만 꾹 참고 있었던 저는 마침내 용기를 내어 입을 열었어요.

"아빠, 그 사람들이 왜 아빠를 데리고 비행기에서 내린 거예요?"

"모르겠다. 하지만 이젠 괜찮다."

저는 고개를 절레절레 흔들며 다시 졸랐어요.

"말해 줘. 괜찮단 말이야. 무서워하지 않을게."

옆 좌석에 꽂혀 있던 잡지책 하나를 집어 든 아빠는 책장을 넘기며 말했어요.

"아빠도 몰라. 왜 그런 건지 이해할 수가 없구나."

"그럼, 그건 그렇고…… 내려서 무슨 일이 있었어요?"

아빠는 한숨을 내쉬며 말했어요.

"아빠더러 키데인 할아버지의 아들이냐고 묻더구나. 그래서 그렇다고 했지. 그랬더니 무슨 서류를 내밀면서 작성하라는 거야. 비행기는 떠나려고 하고…… 그래서 그들이 한눈파는 사이에 도망쳐서 비행기로 냅다 달려온 거다."

눈에 눈물이 고였어요.

"아빠가 돌아오셔서 얼마나 기쁜지 몰라요."

그러자 아빠가 그 큰 팔로 제 어깨를 감싸며 말했지요.

"아빠 딸 하벤, 당연히 아빠도 기쁘지."

제2장

세상 밖, 힘든 여정의 시작

2000년 가을, 캘리포니아주 오클랜드

"어떤 말을 해야 할지 모르겠다. 네가 유급했더구나."

저는 귀가 잘 들리지 않지만 그래도 제 귀를 의심했어요. 그러고는
눈을 들어 스콧 부인을 바라보았지요. 스콧 부인은 제가 존경하며 믿
고 따르는 선생님이에요. 선생님과 저는 브레트 하트 중학교에 있는 시
각장애 학생들을 위한 학습 자료실에서 얘기를 나누는 중이었어요. 그
곳은 그 중학교에 다니는 시각장애 학생들-모두 7명이었어요-을 위
해 점자책, 점자타자기, 점자를 돋을 새겨 주는 엠보싱 기계, 보조 소프
트웨어를 갖춘 컴퓨터, 확대경, 심지어 점자로 전환한 모노폴리와 우노
카드 게임 등 많은 도구와 자료가 비치된 자료실이었어요. 우리는 매일
한 시간씩 번갈아 가며 그 학습 자료실에서 공부했어요. 그 외에는 정
규 수업에 참석해서 장애가 없는 학생들과 함께 수업을 듣곤 했지요.

그렇기 때문에 스콧 선생님, 그리고 선생님과 함께 일하는 조교 선생님은 장애 학생과 비장애 학생을 함께 가르치는 또 다른 선생님을 도와주는 일을 했어요. 가령 읽기 숙제의 경우, 장애 학생의 사정에 따라 숙제를 점자로 옮기거나 오디오로 전환하기도 하고, 아니면 큰 글씨로 확대해서 제공했어요. 더 나아가 그분들은 시각장애 학생을 훈련시키는 일도 마다하지 않았어요. 손의 감촉으로 동전을 확인하는 훈련, 접어 놓은 지폐를 펼치면서 얼마짜리인지 구분하는 훈련, 텍스트 확대 소프트웨어나 텍스트 음성 변환 소프트웨어를 활용하여 인터넷을 사용하는 훈련 등 저희를 많이 도와주었어요.

스콧 선생님은 제 옆에 바로 붙어 앉으며 다시 차근차근 이야기했어요.

"스미스 선생님이 네 학업 성적표를 점자로 옮겨 달라고 부탁하셨단다. 그래서 점자로 옮기려고 성적표를 봤더니 방금 전에 얘기했던 대로 되어 있더구나. 네가 숙제를 많이 빠뜨렸다고 적혀 있었거든."

"아녜요, 전 숙제를 빠뜨린 적이 없어요. 다 했단 말예요."

저는 너무 분했어요. 속이 뒤틀리는 것 같았어요.

"나는 성적표에 적힌 그대로 알려 주는 거야."

"정말 숙제는 다 했어요. 하나도 빠뜨린 게 없단 말예요. 선생님, 혹시 다른 학생 성적표를 보신 거 아녜요?"

"하벤, 정말 안 됐지만 그 성적표에는 네 이름이 분명히 적혀 있었단다."

저는 바닥을 발로 차며 더 꼿꼿한 자세로 고쳐 앉았어요.

"정말 모르겠어요. 이해가 되질 않아요. 정말 숙제는 다 했단 말예요."

"그래 알았다. 선생님이 네 편이라는 거 알지? 네가 늘 공부 열심히 하고 있다는 건 잘 알아. 자, 그러니 차근차근 얘기해 보자. 그래, 네 기억으로는 숙제를 하나도 빠뜨린 적이 없다는 거지?"

"예. 안 한 적이 한 번도 없어요."

"선생님 역시 그럴 거라고 생각한다. 그럼 우리 이게 어떻게 된 건지 스미스 선생님에게 물어보면 어떨까?"

저는 고개를 끄덕였어요. 실은 불안감에 사로잡혀 말을 할 수가 없었어요. 제 의식 아래 어디선가 경고음이 울리는 것 같았어요. 스미스 선생님의 수업 시간을 생각하니 알 수 없는 그 무엇인가가 저를 벼랑 끝에 내모는 것 같았어요.

"지금 계신지 전화해 봐야겠다."

자리에서 일어난 스콧 선생님이 당신 책상으로 걸어가며 말했어요. 제가 들을 수 있는 거리를 벗어나자 선생님의 목소리가 이불을 뒤집어쓰고 하는 말처럼 점점 작아졌어요.

저는 앞에 놓인 점자책을 손가락으로 더듬거렸어요. 용기 있게 역경을 헤쳐 나간 똑똑한 여성인 낸시 드루*.

그녀는 제가 영웅으로 생각하는 사람 중 한 명이에요. 손가락으로

---

* 낸시 드루는 1930년에 처음 등장한 미국의 유명한 미스터리 소설 시리즈인《낸시 드루 미스터리 스토리Nancy Drew Mistery Stories》의 주인공이다. 그 시리즈를 통해 똑똑하고 자신감에 넘치는 독립적인 여성으로 성장하는 낸시 드루는 이상적인 여성상의 표본이 되었고, 그 소설 시리즈는 중남미계 최초로 미국의 대법관이 된 소냐 소토마이어를 비롯해 힐러리 클린턴, 로라 부시 등 미국의 저명한 여성인사들이 어린 시절 영향을 받은 책이라고 알려져 있다.

점자를 하나하나 훑고 지나가며 저는 그녀가 겪은 모험담을 읽어 내려 갔지요. 그제야 저는 제 등골을 움켜잡고 파 들어오던 두려움에서 벗어날 수 있었어요.

스콧 선생님이 다시 테이블로 돌아왔어요.

"스미스 선생님이 시간이 나신다는구나. 같이 가 볼까?"

또다시 제 턱이 얼어붙고 말았어요. 머뭇머뭇 자리에서 일어난 저는 스콧 선생님을 따라 나설 수밖에 없었어요.

문을 열고 밖으로 나선 스콧 선생님은 왼쪽으로 방향을 틀어 복도를 따라 걸어갔어요. 오래된 건물이라 복도엔 퀴퀴한 곰팡이 냄새가 배어 있었지요. 무거운 걸음으로 선생님 뒤를 터덜터덜 따라가는 동안 쿵쿵 뛰는 심장이 갈비뼈를 두드리는 것 같았어요. 곧 건물 밖으로 나선 우리는 마당을 가로질렀어요. 유칼립투스 나무에서 나는 냄새가 가벼운 바람에 실려 제 코로 들어왔어요. 그 순간, 우리 가족이 감기든 무엇 때문이든 코가 막혀 답답할 때 사용하던 충혈완화제에서 풍기던 냄새가 생각나더군요.

걸음을 늦춘 선생님이 옆으로 다가와 저와 발걸음을 맞추며 물었어요.

"옆으로 재주넘기하는 건 잘 되니?"

제 얼굴에 멋쩍은 미소가 살짝 피어올랐어요. 언젠가 스콧 선생님에게 옆으로 재주넘기를 제대로 해 보고 싶다고 말했을 때 선생님은 기꺼이 도와주겠다고 했지요. 그래서 선생님과 저는 그날 학교 체육관에서 한 시간 내내 연습을 했어요. 하벤, 발을 더 높이 차올려! 다리를 똑바로 펴고! 계속해!

"아직 다리를 머리 위로 똑바로 들어 올리는 게 안 돼요."

"지난번에 거의 다 들어 올렸잖니. 계속 연습해 봐. 넌 할 수 있어. 해낼 거다."

제 얼굴이 빨개졌어요. 너무 창피했어요. 시각장애아인 어떤 학생은 4학년이 지나고 나서는 옆으로 재주넘기를 아주 잘했거든요. 게다가 스콧 선생님은 20년 넘게 아이들을 가르치며 어떻게 해야 옆으로 재주넘기를 잘할 수 있는지 그 방법을 익히 알고 있었고요. 그런데 제가 나타난 거죠. 나이가 열두 살인데 아직도 옆으로 재주넘기를 못하고 있으니.

"더 연습할게요."

저는 기어드는 목소리로 대답했어요.

스콧 선생님은 정말 비범한 선생님이에요. 교실에 들어올 때마다 항상 우리를 깜짝 놀라게 하는 재주가 있었거든요. 작년에는 선생님 덕분에 따뜻한 사과주스를 알게 되었어요. 정말 황홀한 맛이었어요. 그때 에그노그* 도 알게 되었는데, 그건 맛이 별로였어요.

스콧 선생님은 국립 점자 및 말하는 책 도서관에 제가 등록할 수 있도록 도와주면서 《해리 포터》를 어떻게 주문하는지, 그 방법도 가르쳐주었으니……. 제가 다니던 중학교에도 점자책 도서관이 있긴 하지만 너무 조그마한 도서관이라 책을 더 많이 읽으려면 국립 도서관에 등록할 필요가 있었거든요.

스미스 선생님의 사무실 문은 열려 있었어요. 바람처럼 사뿐하게 빠

* 에그노그eggnog는 달걀에 설탕이나 우유를 넣은 음료를 말한다.

른 걸음으로 안으로 들어간 스콧 선생님은 스미스 선생님 책상 옆에서 걸음을 멈추었어요. 스콧 선생님을 졸졸 따라간 저는 그 옆에 섰고요.

스미스 선생님이 우리에게 다가오면서 뭐라고 이야기했어요. 하지만 목소리가 흐려지면서 제 귀엔 무슨 말인지 알아들을 수 없는 웅얼거림으로 다가왔지요.

"그 말, 정말이에요?"

따지듯 묻는 스콧 선생님의 목소리였어요.

웅얼, 웅얼. 스미스 선생님이 대답했지만 무슨 독일어를 듣는 것 같았어요. 스미스 선생님의 목소리가 드문드문 제 귀를 통과해 들리기 때문에 이야기를 하는 중이라는 건 알 수 있었어요. 하지만 무슨 말을 하는지, 단어 하나하나를 제대로 알아들을 수는 없었지요.

"말도 안 돼요!"

갑자기 스콧 선생님이 웃음을 터뜨렸어요.

무릎이 덜덜 떨렸어요.

선생님들이 나를 놓고 웃으시는 건가?

저는 두 선생님이 나누는 이야기를 들으려고 귀를 더 쫑긋 세우며 두 분의 얼굴을 멀뚱멀뚱 차례로 바라보았어요.

스미스 선생님이 헛기침을 하며 말씀했어요.

"어떻게 도와드리면 되겠습니까?"

"하벤이 선생님께 물어볼 게 있다는군요."

스콧 선생님이 대답했어요.

"그래요?"

큰 그림자 하나가 제 앞에 멈춰 섰어요. 스미스 선생님이 제 말을 들으려고 기다리는 것이었지요.

저는 우물우물 말을 내뱉었어요.

"성적표에 제가 숙제를 안 했다고 되어 있는데요, 저는 숙제를 다 제출했거든요."

"내가 한 번 보마."

스미스 선생님은 스콧 선생님이 건네준 성적표를 살펴봤어요.

"숙제를 열 번이나 제출하지 않은 것으로 되어 있구나. 교재에서 제4장을 읽고 질문에 답하는 숙제도 있었는데, 그건 했니?"

"저는…… 저는 선생님이 그 부분은 그냥 넘어가신 것으로 알고 있는데요."

스미스 선생님이 뭐라 대답을 했지만 알아들을 수 없었어요.

그때 스콧 선생님이 불쑥 끼어들었어요.

"궁금한 게 있어요. 선생님은 숙제를 내실 때 어떻게 하세요?"

"보통은 칠판에 적습니다만 때로는 큰 소리로 숙제를 알려 주기도 합니다."

"그렇군요."

잠시 생각을 하던 스콧 선생님이 다시 말했어요.

"큰 소리로 숙제를 알려 주실 때 교실 앞에 서서 불러 주나요?"

"때에 따라 다릅니다. 숙제를 낼 당시 제가 어디 있느냐에 따라 다르죠. 가끔은 책상에서 숙제를 알려 주기도 해요."

"하벤, 선생님이 선생님 책상에서 말씀하시면 알아들을 수 있니?"

저는 고개를 가로저었어요. 내 자리는 교실 앞쪽에 있었어요. 칠판이 바로 보이는 곳이었지요. 스미스 선생님은 보통 교실 앞쪽에 서서 말했어요. 앉아서 말할 때도 있고요. 하지만 선생님 책상은 교실 뒤쪽 문 옆에 있었어요.

"이제 알겠어요. 얘가 선생님 말씀을 듣지 못해 숙제를 몰랐던 거예요."

스콧 선생님이 차분한 목소리로 이야기했어요. 누구 잘잘못을 따지는 목소리가 아니었어요.

"그럼 하벤아, 숙제가 있는지 없는지 확인하기 위해서는 네가 어떻게 하면 될까?"

"으음…… 교실 뒤쪽에 앉은 학생한테 물어보면 되어요. 그리고…… 스미스 선생님께 직접 여쭤 봐도……."

그러자 스콧 선생님은 스미스 선생님에게 이렇게 묻더군요.

"그렇게 하면 되겠지요?"

"물론이죠. 하벤, 물어볼 게 있으면 언제든 나한테 와서 물어보면 된단다. 그런데 내가 뭐 하나 물어봐도 되겠니? 보청기는 안 끼고 다니니? 끼면 낫지 않을까?"

"제 경우와 같은 청각장애에는 보청기가 소용없어요. 물론 보청기를 껴 보기는 했어요."

알 수 없는 불안감에 목이 바싹바싹 말라 왔어요. 청각을 검사하는 선생님이 제 경우와 같은 청각장애는 보청기가 효과가 있는 그런 종류의 청각장애와는 정반대의 경우라고 설명했거든요. 시중에서 파는 보청기가 저한테는 소용이 없다는 거예요. 사람들은 그 선생님 말을 들으면 다들 그런 가보다 해요. 하지만 제가 그런 말을 하면 모두 저 아이가 보통 고집이 아니구나, 다루기 힘든 아이야, 이렇게 생각하는 게 아닌가 싶었지요.

"알았다."

스미스 선생님이 이해한 모양이에요.

침묵.

스콧 선생님이 그 침묵을 깼어요.

"하벤, 그동안 빠진 숙제를 늦게라도 제출하면 안 되는지 물어보고 싶다고 하지 않았니?"

"그렇게 해도 되나요? 늦게 제출해도 성적을 받을 수 있어요?"

희망에 들뜬 목소리로 제가 물었어요.

"물론이다. 다음 금요일까지 다 해서 제출하면 성적을 주마."

"꼭 제출할게요. 감사합니다."

우린 다시 학습 자료실로 돌아왔어요. 스콧 선생님이 저를 도와주겠다고 했어요.

"자, 이제부터 선생님이 숙제가 뭔지 점자로 옮겨 주마. 넌 자리에 앉아 있어라."

선생님은 점자를 새겨 주는 엠보싱 기계 옆에 있는 컴퓨터로 다가갔어요. 그 컴퓨터에는 컴퓨터에 친 글자를 점자로 전환하고, 그런 다음 그 정보를 엠보싱 기계로 보내는 소프트웨어가 설치되어 있었어요. 마지막에는 엠보싱 기계가 두꺼운 종이에 점을 찍어 점자를 만들어 내는 거예요.

스르륵 의자에 몸을 맡긴 저는 두 팔을 테이블 위에 올려 포개고 그 위에 얼굴을 파묻었어요. 너무 긴장한 상태로 스미스 선생님을 만나서 그런지 파김치가 되고 말았지요. 제가 필요로 하는 정보를 선생님이 언제든 다 제공해 준다고 생각했던 제가 틀렸다는 것, 그것을 분명하게 확인한 셈이었어요. 그나마 다행이었지요. 제가 어떤 일이든 잘 해내려면 상세한 시각 정보나 사람들이 하는 말 하나하나에 접근할 수단이나 방법을 제 스스로 강구해야 한다는 사실을 깨달았으니까요. 매사에 그런 노력을 기울여야 한다는 사실을.

3시간 뒤에 저는 스미스 선생님의 역사 수업을 들으러 교실로 돌아갔어요. 책상에 앉아 앞에 놓인 점자책 위로 손가락을 가볍게 풀어놓고는 이리저리 움직였어요. 문장 하나하나, 그 문장 속에 담긴 단어 하나하나, 단어를 이루는 철자 하나하나가 제 손가락 끝을 타고 올라 제 머릿속으로 들어왔어요. 긴장, 통증, 고통? 아무것도 없었어요. 촉감으로 이루어지는 책 읽기가 온몸으로 느끼는 경험이 되었지요.

물론 저는 알고 있어요. 어떤 학생이 책을 읽고 있는데 어느 부분을 읽고 있는지 모른다는 것을. 아이들 30명이 의자에 앉아 몸을 비비 꼬는 소리도 듣지 못한다는 것을. 똑같은 책을 들여다보고 있는 얼굴 서른 개는 물론, 어쩌면 서로 은밀하게 시선을 주고받고 있을지도 모르는 몇몇 아이들의 얼굴도 보지 못한다는 것을. 바로 그 순간에도 오클랜드의 거리엔 이루 헤아릴 수 없는 수많은 광경과 소리가 난무하고 있다는 것을. 세상 곳곳에 감각의 풍경이 계속 펼쳐지고 있다는 것을-적갈색 껍질을 자랑하는 삼나무, 밤이면 환하게 불을 밝히는 영국 런던 국회의사당의 빅 벤, 장엄한 굉음을 울리며 쏟아져 내리는 빅토리아 폭포, 싱가포르 거리 위로 넘실거리는 사람들의 목소리, 온갖 맛과 냄새와 감촉들. 세상은 김이 모락모락 나는 감각의 스튜인 것을. 저는 이 모든 것을 알지 못했어요.

하지만 귀도 들리지 않고 눈도 보이지 않는 중복장애인 저는, 제가 알고 있는 세상이 좋았어요. 편안하고 친숙한 저만의 세상. 그 세상이 작다고 느낀 적도, 한계가 있다고 느낀 적도 없어요. 그 세상이 제가 아는 전부이니까요. 제가 아는 지극히 정상인 세상.

따르릉! 학교 종이 울리면서 수업이 끝났어요. 의자 끄는 소리, 공책과 책을 가방에 던져 넣는 소리, 수업이 끝났으니 뭐 할 거냐고 묻고 떠드는 소리 등 온갖 소리가 서로 뒤엉키며 교실을 뒤덮었어요.

저도 책가방에 책을 집어넣으며 교실을 나설 준비를 했어요.

그런데 가만, 혹시 숙제가 있는 건 아닐까? 숙제 얘기를 듣지 못했으니 오늘은 숙제가 없는 거겠지? 맞나? 듣지 못했으니 없는 게 맞을 거야. 칠판에 적는 것도 보지 못했으니 없을 거야. 신경 쓰지 말아야지. 그런데 그래도 되나? 없는 게 정말 맞나?

등골이 뻣뻣해졌어요. 스콧 선생님에게 숙제에 관해 다른 학생에게 물어보겠다고 했을 때 저는 그렇게 하는 게 어떤 느낌일지 전혀 생각하지 못했어요. 이 교실엔 제 친구가 없거든요. 누구도 저를 친구로 생각하지 않는다는 느낌만 있어요. 저를 그냥 같은 교실에서 공부하는 아이로만 생각한다는 느낌 뿐. 그러니 이런 생각이 들 수밖에요.

다른 학생한테 숙제가 뭔지 알려 달라고 하면 걔네들이 뭐라고 생각할까? 그럼 그렇지, 네가 별 수 있겠니? 이렇게 생각하지 않을까?

그런 두려움을 떨쳐 버리고 저는 스콧 선생님과 약속한 대로 하기로 했어요. 바로 뒤에 한 여학생이 앉아 있었어요. 저는 의자에 앉은 채 몸을 뒤로 돌렸어요. 그때 그 여학생은 막 자리에서 일어나 나가려는 참이었어요. 사실 주변의 소음 때문에 그 아이가 뭐라고 말을 해도 저는 알아듣지 못했을 거예요. 그래서 전 그냥 짧게 말했어요.
"잘 가."
다른 학생들이 다 떠나고 없어요. 조용해진 교실. 저도 슬그머니 의자에서 일어났어요. 저는 알고 있었어요. 선생님한테 가서 숙제가 있는지 물어봐야 한다는 것을. 그러나 마음 다른 구석에서는 선생님이 숙제를 주기 전에 얼른 피해야 한다는 생각이 고개를 쳐들더군요. 숙제는 싫고, 하지만 숙제 때문에 뒤처지기도 싫고…….
선생님 책상으로 다가가면서 저는 교실 여기저기를 둘러보며 키 큰 사람의 모습을 찾았어요. 아무것도 보이지 않았어요. 책상 바로 옆에 섰지요. 역시 아무런 형상도 보이지 않았어요. 몸속의 모든 세포가 얼른 달아나자고 부추겼지요. 어쩔 수 없이 저는 목소리에 힘을 주어 불렀지요.

"누구 계세요?"

아무 인기척이 없었어요.

다리에 힘이 빠지면서 무릎이 후들거렸지요. 일단은 책가방을 벗어 바닥에 내려놓아야겠다고 생각했어요. 언제까지 기다려야 할지 몰랐으니까요. 숙제가 있는지 없는지 물어볼 거라고 스콧 선생님에게 다짐했지만 그 당시에 미처 생각하지 못한 게 있어요. 앞을 볼 수도 없고 소리를 들을 수도 없는 상태에서 사람을 찾는다는 것이 얼마나 답답하고 피를 말리는 일인지. 온갖 상상에 짓눌려 얼마나 감정이 메말라 가는지.

그때 교실 안 반대편에서 어떤 커다란 형상이 성큼성큼 다가오는 모습이 어른거렸어요.

"숙제 때문에 찾아온 거니?"

"네. 오늘 숙제 있나요?"

"교재의 18장을 읽고 1번부터 4번까지 질문에 답해 오는 게 숙제다."

"알겠습니다. 감사합니다."

이 말과 함께 저는 무거운 책가방에 어깨를 축 늘어뜨린 채 얼른 교실을 빠져나왔어요.

* * *

눈으로 보고 귀로 들어야 하는 교실, 눈으로 보고 귀로 들어야 하는 학교, 눈으로 보고 귀로 들어야 하는 사회. 보고 들을 수 있는 사람만을 위해 만들어진 환경. 이런 환경 속에서 저는 아무것도 할 수가 없답니다. 제가 아는 세상에서 나와 보고 들을 수 있는 사람들의 세상으로 다가가 그 속에서 살아야 하는 무거운 짐. 그 무거운 짐은 이 세상 사람들이 제 어깨에 올려놓은 것이죠.

제3장

그 옛날, 고난의 시절

2001년 여름, 에리트레아, 아스마라

에리트레아의 수도 아스마라에 있는 할머니 댁 거실. 집에서 볶아 끓이는 커피 향이 가득한 거실이었어요. 커피 볶을 때 난 연기가 거실을 휘휘 돌며 솟아오르더니 열린 창문으로 슬며시 사라졌어요. 아위예 할머니는 프라이팬에 커피콩을 볶고 난 뒤 에리트레아의 전통 커피 주전자인 〈제베나〉에 커피를 끓였어요. 〈제베나〉는 둥근 모양의 목이 긴 도기 주전자로, 작은 손잡이가 있어 사람들은 그 손잡이를 잡고 향이 강한 커피를 따르곤 했어요.

커피 마실 시간이 되면서 거실에는 잡담을 나누는 사람들의 목소리가 웅성웅성 피어올랐지요. 열두 살인 저는 어머니 아버지와 함께 소파에 앉아 있었어요. 아버지 이름은 길마예요, 제 성姓이기도 하지요. 에리트레아 사람과 에티오피아 사람은 전통적으로 아버지의 이름을 따서 자식의 성을 짓는다고 해요. 〈길마〉는 〈카리스마〉라는 의미로 남을 끌어당기는 힘을 뜻한대요. 에리트레아의 언어인 티그리냐어에서는 〈기르마이〉라고 발음하고 에티오피아의 언어인 암하라어에서는 〈기르마〉라고 발음하는데, 우리 식구들은 양쪽 발음을 다 사용해요. 어머니 이름은 사바예요. 사람들의 존경을 한 몸에 받았던 여왕으로 지식과 지혜를 찾아 고대 예루살렘으로 향했던 시바 여왕의 이름을 따서 지었대요. 전설에 따르면 에리트레아와 에티오피아 사람들은 모두가 솔로몬 왕과 시바 여왕의 자손이라고 하더군요. 사람들이 저한테 하는 말로는 어머니인 사바가 여왕과 같은 모습이래요.

거실이 떠나갈 듯 한바탕 웃음소리가 터져 나왔어요. 어머니 아버지가 너무 즐겁게 웃어 대는 바람에 소파의 쿠션이 흔들릴 정도였어요. 활기에 넘친 목소리들이 제 주변의 사람들 사이를 떠다니면서 대화가 계속되었지요.

저와 우리 부모님 외에 다른 식구 7명이 거실에 있었어요. 아홉 살짜리 제 여동생 티티는 커피를 준비하는 아위예 할머니를 돕고 있었지요. 로마, 셀람, 세나이트, 히웨트, 엘사 이렇게 다섯 이모들은 서로 이야기를 주고받느라 정신이 없었어요. 아위예 할머니, 히웨트 이모, 테메 삼촌이 그 집에서 계속 산다고 했어요. 네덜란드에 사는 엘사 이모를 제외한 나머지 식구들은 모두 미국에서 살고 있지요. 3년에 한 번씩은 그렇게 아스마라에서 가족 모임을 갖기로 했다나 봐요.

이모 중 한 분이 웃음을 터뜨렸는데 높아졌다 낮아지는 그 웃음소리가 새가 노래를 부르는 소리처럼 들렸어요. 호기심이 발동하면서 저도 대화 속에 끼어들고 싶었지요. 하지만 재잘거리고 웅얼거리는 소음 속에서 저는 대체 무슨 말을 하는지 알아들을 수가 없었어요. 뒤섞여 떠도는 목소리들이 껌이 달라붙어 뒤엉킨 머리카락 같았어요. 애써 한 가닥 떼어 내면 다른 가닥이 다시 달라붙고, 떼어 내려고 할수록 더 뒤 엉켜 엉망이 된 머리카락, 바로 그 꼴이었어요. 특히 여러 언어가 뒤섞 이다 보니 문제가 더 심각했지요. 사람들이 70%는 티그리냐어, 15% 는 암하라어, 나머지는 영어를 사용하며 대화를 나누고 있었으니까요.

따분했어요. 사람들에 둘러싸여 있지만 혼자 따돌려졌다는 생각. 심 심하고 지루해서 어찌할 바를 모르던 저는 어머니 사바의 팔을 잡아 끌었어요.

"나 이제 가면 안 돼?"

"안 돼. 엄마랑 같이 있어. 너도 하고 싶은 얘기가 있으면 해."

"사람들이 무슨 말을 하는지 모르겠단 말이야."

"그럼 물어보면 되잖아. 우리가 다 설명해 줄게."

속에서 부글부글 끓어오르던 좌절과 불만이 금방이라도 밖으로 흘 러넘칠 것 같았지요. 그 순간 중학교 때 겪었던 소외감, 그 고통스러운 기억이 언뜻 떠올랐어요.

자세를 바로잡고 앉아 침착해지려고 무척이나 애를 썼었지. 그러고 는 혼자 속으로 중얼거렸어.

'이게 그리 간단한 문제가 아니야. 알아듣지 못해 놓친 게 너무 많 아. 오늘 주제가 뭔지도 모르잖아. 책은 제대로 가져 온 걸까?'

그때 왼편에 앉아 있던 아버지 길마가 제 팔을 쿡쿡 찔렀어요.

"엄마가 방금 전에 이런 말을 했단다. 옛날 한때 에티오피아 사람 행세를 했다고."

너무 놀라 두 눈을 크게 떴어요.

"아빠 말, 귀담아 듣지 마라. 엄마는 에리트레아 사람이다."

어머니의 목소리였어요. 왜 두 분이 서로 다른 말을 하는지 대체 무슨 영문인지 궁금했던 저는 설명을 듣고 싶었어요.

"엄마가 에리트레아 사람인 건 아는데 왜 에티오피아 사람이라고 한 거야?"

"학교 다닐 때 얘기다. 다 전쟁 때문이지 뭐."

에티오피아는 북쪽에 있는 조그마한 이웃 나라인 에리트레아를 자기네 지배하에 두려고 했대요. 에리트레아는 에티오피아의 일부가 되는 것을 원치 않았고 30년 동안 독립 투쟁을 했다는군요. 1991년에 전쟁이 끝났고 2년 뒤에 전 세계가 에리트레아를 독립 국가로 인정했다고 해요.

어머니 사바가 말을 이어서 했어요.

"에티오피아가 학교도 통제했단다. 그래서 학교에서는 암하라어를 사용해야 했어. 하지만 집에서 우리는 티그리냐어를 사용하면서 에리트레아 사람임을 자랑스럽게 내세웠지. 엄마가 십 대 땐 에리트레아의 멘데페라라는 도시에서 살았다. 당시 경찰관이었던 엄마 아버지가 아스마라에서 멘데페라로 근무지를 옮겼거든. 그곳에서 고등학교에 다닐 때 엄마는 자유 전사들을 비웃고 조롱하는 노래를 부르며 에리트레아 곳곳을 돌아다녀야 했던 단체에 속해 있었어."

도대체 이해가 되지 않았던 저는 얼굴을 찡그리며 물었어요.

"자유를 위해 싸우는 에리트레아 전사들을 비웃었다고요?"

"그럴 수밖에 없었어."

어머니가 설명을 이어 갔어요.

"군인들이 학교에 쳐들어와 강제로 시켰으니까. 학교에서 학생 20명을 뽑아 그 단체에 가입하도록 했거든. 노래 가사를 주고 강제로 외우라고 했어. 우린 에리트레아 전역에 있는 이 마을 저 마을을 돌아다니며 노래를 불러야 했단다. 그러던 어느 날 우리가 찾아간 마을이 바로 외할머니와 외할아버지가 살고 계신 마을이었어. 당연히 그곳 사람들은 우릴 싫어했지. 모욕적이라고 생각했던 거야. 우리도 에리트레아 사람이잖니. 옳지 않은 일이었어. 그런데 군인들이 이렇게 말했거든. '노래를 불러, 안 부르면 감옥에 보낼 테다.' 그러니 어쩌겠니? 그동안 우리는 이런 이유로 노래를 불렀단다."

전율이 일면서 제 목소리가 높아졌어요.

"그래서 어떻게 됐어요?"

"그런 노래를 부르는 것에 넌더리가 난 우리는 군인들에게 말했지. '싫어요.' 노래를 부르지 않겠다고 명령을 거부한 거지."

한 마디 말, 한 가닥 생각, 짤막하면서도 대담한 자유의 선언. '싫어요.' 어머니는 당신 아버지가 살고 있는 마을을 더럽히는 그런 노래를 부르고 싶지 않았던 거예요. '싫어요.' 어머니는 당신 조국의 동포에게 마음의 상처를 입히는 그런 단체에 계속 있고 싶지 않았던 거예요.'싫어요.'어머니는 이제 더는 당신의 정체성을 감추고 싶지 않았던 거예요.

"결국 군인들이 우리 모두를 감옥에 가뒀지. 처음 이틀 동안은 먹을 것을 주지 않았단다. 군인들은 계속 이렇게 협박했어. '노래를 부를 거야, 안 부를 거야? 안 부르면 먹을 것도 없으니 그리 알아. 계속 여기 처박혀 있어야 해. 절대 밖으로 못 나가.' 우린 배가 고팠어. 너무 고팠지! 이틀이 지난 뒤 굶주려 지친 우리는 노래를 부르겠다고 했어. 일주일 뒤에 우린 감옥에서 나올 수 있었지."

노래를 부르지 않겠다고 거부한 어린 고등학교 여학생들을 감옥에 보낸 그들의 부당한 처사에 저는 화가 치밀었어요.

"그럼 다시 노래를 불렀다는 건데 어떤 기분이 들었어요? 어떻게 견디셨어요?"

"겉으로야 노래를 불렀지만 속으로는 모두가 마음속으로 나름의 계획을 세우고 있었어. 전사가 되어 저항 운동에 뛰어들 것이냐 아니면 수단으로 건너갈 것이냐."

"엄마는 그때 학생이었잖아. 공부해서 의사든 뭐든 되겠다는 그런 생각은 안 했어? 그 두 가지 선택밖에 없었어?"

"전쟁 중이었잖니. 하루하루 대부분을 숨어 지내야 했단다. 새벽 다섯 시면 에티오피아 비행기가 멘데페라 상공으로 날아와 폭탄을 투하했거든. 한두 달 공습한 게 아니야. 모두가 꼭두새벽에 일어나 도시 밖 정글에 몸을 숨겼다가 폭격이 끝난 오후 늦게 집으로 돌아오곤 했어.

때로는 멀리 소풍을 떠나는 것처럼 꾸미기도 했지. 그렇게 집을 떠나 있을 때 아위예 할머니가 음식을 만들어 주셨어. 우리는 나무숲에서 뛰어놀다가 날이 저물면 집으로 돌아왔어. 집이 무너지지 않고 제대로 있는지 걱정하면서…… 어쩌다 학교에 가더라도 늘 전쟁에 관한 생각이 머릿속을 떠나지 않았어. 그러니 다른 생각을 할 수 있었겠니? '난 공부해서 의사가 될 거야. 난 변호사가 될 거야. 열심히 공부해서 훌륭한 사람이 될 테니 두고 봐.' 이런 생각은 꿈도 못 꿨어. 모든 생각이 오로지 전쟁에 집중된 거야. 딱 두 가지 선택밖에 없었어. 고등학교를 졸업하자마자 군인이 되어 자유 전사가 되든지, 아니면 수단으로 가든지."

"그럼 엄마도 군인이 되겠다는 생각을 한 거야?"

이렇게 묻는 제 목소리가 떨렸어요.

"그 생각을 안 한 건 아니지. 우리 반 학생 가운데 거의 반 이상이 전쟁에 뛰어들었거든. 여학생도 물론이고. 그런데 한 친구가 나더러 군대에 들어가지 말라는 거야. 걔한테 뭔가 끔찍한 일이 있었던 것 같은데 그게 무슨 일인지 도무지 말을 하지 않으니 알 수가 있어야지. 그냥 '정말 끔찍해, 가지 마.' 이 말만 계속하니까. 아무튼 그래서 엄마, 엄마 친구, 엄마 사촌 하나 이렇게 셋이서 수단으로 가기로 결정했지."

"하벤, 이것 좀 먹어 봐라."

아위예 할머니가 과자가 담긴 접시를 내밀며 말했어요. 할머니는 발목까지 내려오는 꽃무늬 드레스에 그곳의 전통 스카프인 긴 흰색 〈네텔라〉를 두르고 있었어요. 대개는 나이든 할머니가 〈네텔라〉를 두르고 다녀요. 우리 집의 누구도 그런 스카프를 쓰고 다니지 않기 때문에 할머니가 두른 그 〈네텔라〉는 저 분이 아위예 할머니구나, 하고 확인할 수 있는 단서 가운데 하나였어요.

"예켄엘레이(감사합니다)."

저는 손을 내밀어 접시에 담긴 과자 하나를 더듬었어요. 가운데에 크림을 넣은 샌드위치와 같은 과자였어요. 한 입 깨물었더니 뭔가 톡 쏘는 듯 계피 맛이 혀를 자극했어요. 미국 사람이 누굴 대접할 때 내놓는 과자나 음식은 저마다 모양과 촉감이 있어 쉽게 무슨 과자인지 음식인지 알 수 있어요. 그런데 이곳에선 뭘 먹을 때마다 늘 새로운 것을 발견하는 느낌을 받았지요. 몇 주 정도 지나면 제가 촉감으로 이곳 음식을 다 알아낼 수 있을 것 같기는 하네요.

저는 다시 어머니 사바에게 고개를 돌렸어요.

"수단으로 갈 때 괜찮았어요?"

어머니는 작은 잔에 담긴 커피를 조금 홀짝이더니 커피 잔을 테이블 위에 내려놓으며 대답했어요. "아스마라를 떠나는 게 금지되었어. 에티오피아 군인들이 그곳을 장악하고 있었고 그 도시를 떠나려면 허가증이 필요했단다. 대략 스무 명 정도의 난민과 함께 있었는데 모두가 전쟁을 피해 에리트레아를 떠나고자 하는 사람이었지. 우리가 군인들에게 아스마라에서 30km 남짓 떨어진 마을에 있는 가족을 방문하러 가는 길이라고 했더니 허가증을 주더구나. 우리는 버스를 타고 할랄레라는 마을로 갔어. 그러고는 밤에 그 사람, 그 밀수업자라는 사람을 만났어. 수단까지 가는데 많은 도움을 준 사람이긴 하지. 가는데 스무 날 정도 걸렸어. 에티오피아 군인과 에리트레아 전사를 피하느라 밤에만 움직여야 했거든. 어느 날 밤인가는 두 작은 산 사이로 걸어가는데 알고 보니 한쪽엔 에티오피아 군인이 다른 한쪽엔 에리트레아 전사가 포진해 있었던 거야. 서로 총을 쏘면서 전투를 벌이는 바람에 들키지 않게 고개를 숙이고 몸을 잔뜩 낮춰 은밀하게 달아나야 했어, 그때……."

"근데 그 밀수업자는 괜찮은 사람이었어?"

"전혀!"

어머니는 웃으면서 말했어요.

"정말 쩨쩨하고 약은 사람이었지. 누가 지쳐서 더 못 가겠다고 하는데 글쎄 이렇게 말하더구나. '안 따라오면 그냥 놔두고 갑니다. 하이에나 밥이 안 되려면 따라와요.' 우린 기진맥진, 너무 지쳤어! 한 주밖에 안 지났는데 신발이 너덜너덜 다 떨어져 나가는 바람에 그 뒤로는 내내 맨발로 걸어야 했단다. 그런데 그 사람은 그런 걸 전혀 신경 쓰지 않았어. 따라오지 못하면 그냥 내버려 두고 간다는 말만 연신 해댈 뿐이었지. 한번은 그 밀수업자가 돈을 내면 짐을 싣고 갈 낙타를 구해 보겠다고 했어. 집을 떠날 때 짐을 등에 지고 나온 우리에겐 낙타가 정말 필요했지. 그래서 그 사람한테 돈을 줬어. 그런데 그 사람은 밤마다 곧 낙타를 한 마리 구입할 거라는 말만 했어."

이 대목에서 어머니는 옛일이 떠오르는지 한심하다는 듯 한숨을 쉬었어요.

"낙타는 무슨 낙타. 구경도 못했다."

"그런데 사바……."

"사바가 뭐니, 사바가? 엄마라고 불러야지."

제 얼굴이 빨갛게 달아올랐어요.

"이젠 엄마라고 부르기가 좀 그래서."

그때 아버지가 끼어들었어요.

"그래도 '엄마', '아빠'라고 해야지."

"그래, 그렇게 해. 안 그러면 엄마가 늙었다는 거잖니."

어머니는 한 팔로 저를 감싸며 끌어안았어요.

"엄만 네가 더 자라지 않았으면 좋겠다."

어머니는 당신의 두 팔로 제 팔을 꼭 붙잡아 꼼짝 못하게 하면서 당신 곁에 영원히 붙들어 놓고 싶었나 봐요. 그래도 제 마음은 자유를 향해, 제가 원하는 자유를 향해 달려가고 있었지요. 아무튼 제가 물었어요.

"그럼 엄마는 내가 뭐라고 불렀으면 좋겠어?"

"글쎄다…… 그냥 사바라고 불러도 괜찮아."

어머니는 아름다운 목소리로 따뜻한 웃음을 터뜨렸어요. 온몸이 울리도록. 저도 따라 웃었어요. 아버지 길마도 웃음이 나는지 껄껄 웃었지요.

웃음이 잦아들자 저는 얘기를 계속해 달라고 졸랐어요.

"엄마는 하이에나 얘기를 한 그 밀수업자 말이 진짜라고 생각했어?"

"그럼! 무슨 일이 있었는지 아니?"

어머니는 제 팔을 잡고 있던 손을 풀면서 자세를 편안하게 고쳐 앉았어요.

"3일째 되던 날 밤인가 그랬지 아마. 갑자기 하이에나 두 마리가 나타나 걸어가고 있던 우리 주위를 계속 빙빙 돌기 시작하는 거야. 그러자 그 밀수업자가 우리한테 이렇게 말했어. '뛰지 말아요! 함께 모여 있어요!' 그런데 내 친구와 나는 무서워서 근처 나무가 있는 곳으로 냅다 달아났어. 그랬더니 하이에나가 다른 사람들은 놔두고 곧장 우리한테 달려오는 게 아니겠니? 그 놈들의 눈 너무 섬뜩했지! 우린 나무로 기어 올라갔고, 그 두 놈은 나무 아래서 우리를 빤히 노려보더라고."

어머니 말에 아드레날린이 혈관 속을 질주하는지 제 온몸이 흥분에 휩싸이는 것 같았어요.

"결국엔 사람들이 하이에나를 향해 소리를 내질러 쫓아내기는 했어."

어머니는 얘기를 계속 이어 갔어요.

"또 한 번은 이런 일도 있었지. 강을 건너가야 할 땐데, 물이 가슴 근처까지 차오르는 강이었어."

"강을 건넜다고요? 어떻게요?"

저는 믿기 어렵다는 듯, 아버지가 분명히 어머니를 놀려 댈 거라는 생각을 하면서, 좀 의심스럽다는 듯이 아버지를 바라보았어요. 우리가 홍해에 갔을 때 아버지가 어머니에게 수영을 가르쳐 주었거든요.

"그 사람, 그 밀수업자가 구해 온 밧줄에 몸을 묶고 건넜어. 물이 겁나긴 했지만 어쩌겠니? 죽기 싫으면 건너야지. 그런데 그때가 우기雨期라 모기가 득실거렸어. 모기떼가 어찌나 극성이던지 우리 가운데 반 정도가 말라리아에 걸렸단다. 실제로는 전부 걸렸는데 일부가 수단에 도착해서야 그 증상을 느낀 거야. 한 여자애는 너무 심해서 걸을 수 없을 정도였어. 사람들이 도와주지 않았다면 국경을 넘지 못했을 거야. 그런 와중에 우리가 에리트레아 저항 조직 중 한 조직에 붙잡혔어. 우리더러

자기네 조직에 가담하여 같이 싸우자는 거였어. 우린 말했지. '보세요, 우리가 얼마나 굶주리고 지친 상태인지. 게다가 말라리아에 걸려 아픈 사람이 한둘이 아닌데 어떻게 싸우라는 거예요? 우린 못해요.' 그 사람들이 우릴 붙잡아 두고 놓아주질 않더니 일주일이 지나서야 그냥 가라고 하더구나. 그 다음 날 밤 마침내 우린 수단의 카살라에 도착했지.

카살라에 거주하는 에리트레아 사람은 모두가 서로서로 돕고 살았어. 마침 그곳에 가족이 있는 친구 하나가 있었는데, 그 가족이 엄마를 자기네 집에서 지내도록 도와주었단다. 에리트레아 사람들이 사는 집마다 방바닥이나 뒷마당이나 할 것 없이 빈 곳만 있으면 우리 같은 난민을 서너 명씩 거둬들여 잠을 재워 주었지.

수단 사람들이 도와준 덕분에 엄마는 일자리를 구했고. 옷 파는 가게였어. 그로부터 열 달이 지났을까? 가톨릭교회에서 엄마를 미국에 보내주었지. 댈러스로. 그곳 날씨 정말 끔찍했어. 정말 싫었거든. 그래서 샌프란시스코 베이 에어리어로 옮긴 거야."

그 샌프란시스코 베이 에어리어에서 어머니와 아버지, 사바와 길마가 만났어요. 에리트레아와 에티오피아 사람들이 만든 조그마한 친목 단체에서 알게 되었다고 해요. 2년 뒤인 1988년 7월 29일에 제가 태어났고요.

"엄마, 궁금한 게 있어서 그러는데……."

어떤 말로 물어봐야 할지 머릿속이 복잡했어요.

"아빠가 에티오피아 사람이라는 사실을 엄마는 어떻게 받아들였어?"

"무슨 에티오피아 사람. 아빠는 에리트레아 사람이다."

어머니 목소리에 화가 묻어 있었어요.

저는 난처한 표정을 지으며 아버지를 바라보았어요. 입을 꼭 다물고 아무 말도 하지 않는 아버지의 모습에 저는 더 따지듯이 말했어요.

"아니야, 무슨 소리야. 아빠는 에티오피아에서 태어났잖아."

"에리트레아 사람이다."

어머니도 지지 않겠다는 듯이 나섰지요.

"아빠의 아버지, 그러니까 네 할아버지가 에리트레아에서 태어나셨는데 무슨 소리."

"아빠가 말 좀 해도 될까?"

아버지가 물었어요.

"예, 말씀해 보세요."

"아빠는 에티오피아에서 태어나서 자란 사람이다."

"당신 아버지는 에리트레아 사람이잖아요. 그러니까 당신도 에리트레아 사람이죠."

어머니가 불쑥 끼어들더니 한숨을 내쉬며 말했어요.

"하벤, 네가 무슨 말을 하려고 하는지 다 안다. 엄마한테도 에티오피아 친구들이 많이 있어. 그 나라 사람들이 전쟁을 일으킨 것은 아니니까. 다 정부가 한 짓이야."

"나도 말 좀 합시다."

아버지가 다시 나섰어요.

"그래요, 하세요."

"아빠는 에티오피아의 수도인 아디스아바바에서 태어나서 그곳에서 자랐단다. 그래서 그곳에 대한 애정이 있어. 고향 집이 아직도 그곳에 있고, 그곳에 살고 있는 형제자매도 있으니까. 동시에 아빠는 에리트레아 사람이기도 해. 아빠의 아버지인 네 할아버지가 태어나서 살았던 곳, 고향이 에리트레아 북부에 있는 케렌이거든. 그런 까닭에 해마다 할아버지는 그곳으로 온 가족을 데리고 가서 여름휴가를 보내시곤 했지. 그곳에 가면 아빠는 네 삼촌, 고모와 함께 산으로 소풍도 가고, 호수에서 수영도 하고, 개코원숭이 뒤를 쫓기도 하며 신나게 놀았단다. 에리트레아 말? 물론 할 줄 알지. 에리트레아 친구? 물론 있지. 독립운동에 공감하느냐고? 당연하지. 하지만 아빠가 말했듯이 아빠는 에티오피아도 사랑한단다. 그 사실을 감출 수는 없어. 사람은 어디에서 태어나든 태어난 그곳이 곧 그 사람 삶의 한 부분인 거야. 하벤아, 너는 네가 어느 나라 사람인지 어떻게 밝힐 거니? 네 국적이 어디지?"

"미국."

아주 분명하고 솔직하게 대답했다는 사실에 뿌듯한 마음이 들어 저는 당당한 눈길로 아버지를 바라보았어요.

"넌 에리트레아 사람이기도 해."

어머니는 제 대답이 틀렸다고 생각했나 봐요.

"엄마 아빠가 에리트레아 출신이니까 너는 에리트레아-미국인인 거야."

"그렇다면 난 에티오피아 사람이기도 하겠네?"

제가 어머니 말을 붙잡고 늘어진 셈이었어요. 저도 모르게 그런 말이 튀어나왔으니…… 사실 전 어머니와 에티오피아와의 관계에 관심

하벤 길마

이 많았어요. 두려움에서 용서에 이르기까지, 어머니 생각에 많은 변화가 있었거든요. 전 그 모든 생각을 다 이해하고 받아들이고 싶었어요.

"그래, 맞다. 넌 미국 사람이면서 에리트레아 사람이고, 에티오피아 사람이기도 하다."

아버지가 말했지요.

전 어머니를 물끄러미 바라보았어요. 무슨 말이라도 해 주길 바랐던 거죠. 어머니가 무슨 표정을 짓고 있는지 눈으로 볼 수는 없었지만 분명 하고 싶은 말이 있으리라 생각했거든요.

"네 이름이 뭐야? 하벤이잖아!"

어머니가 무슨 선언이라도 하듯 큰 소리로 제 이름을 불렀어요.

"에리트레아어 이름이라고!"

"티그리냐어 이름이지. 티그리냐어는 에티오피아에서도 사용한다고."

아버지가 정확하게 지적하고 나섰어요. 그러자 어머니가 한 손을 들어 흔들며 말했지요.

"에티오피아서는 티그라이주에서만 티그리냐어를 사용한다고요. 아무튼 그게 중요한 건 아니고. 하벤은 〈긍지!〉, 〈우리는 우리의 자유를 옹호한다.〉라는 의미라고. 에티오피아는 인구가 4천 8백만인데 에리트레아는 고작 3백만이야. 그런 에티오피아가 에리트레아를 짓밟으려 했지만 우린 물러서지 않았지. 그리고 우리가 이겼어!"

얼마나 기쁜지 어머니의 목소리는 들떠 있었어요.

"우리가 독립을 쟁취했다고요!"

이어서 아버지의 목소리가 들렸어요.

"하벤, 네가 알아 둘 것은 에리트레아의 투쟁이 정당한 투쟁이라는 사실이다. 덩치 큰 이웃이 작은 이웃을 짓누르고 말 못 하게 하려고 했던 거지. 에리트레아 사람이 겪은 고난을 이해하기 위해 반드시 에리트레아 사람이 될 필요는 없단다. 미국 사람이든 독일 사람이든 베트남 사람이든 누구든지, 수가 적은 한 민족이 수가 많고 힘도 센 민족에 대항해서 자신의 자유를 쟁취하기 위해 싸운 이야기를 다 이해할 수 있으니까. 에티오피아 정부가 에리트레아 백성에게 한 짓은 분명 정당하지 못한, 불의의 행위였어."

"아빠는 아디스아바바에서 자라는 동안 전쟁에 대해 알고 계셨어요?"

"아니, 전혀 몰랐지. 당시만 하더라도 에리트레아에서만 전투가 벌어지고 있었거든. 아빠가 자랄 때는 에티오피아 사람들하고만……."

"케렌에 갔을 때 에리트레아에서 무슨 일이 벌어지고 있는지 들으셨을 것 같은데."

어머니가 말했어요. 아버지가 계속 말을 이어 갔어요.

"아빠가 에티오피아에 있었을 땐 문화에 대해서든 사람에 대해서든, 아니 그 어떤 것에 대해서 얘기하든 죄다 암하라어를 사용해서 말해야 했단다. 에티오피아 정부도 에리트레아가 에티오피아의 일부라고 주장했고. 그런데 우리 가족이 에리트레아에 갔을 때 보니 그곳은 다른 나라가 아닌가 하는 느낌이 들었어. 한 가지 예로 그곳 사람 모두가 티그리냐어를 쓰더라고. 게릴라전이 벌어지고 있었던 것은 사실이지만 아빠가 아주 어렸기 때문에, 그래, 너무 어려서 세상 물정을 잘 몰랐던 거야. 케렌에 가서 산으로 소풍도 떠나고, 수영도 하고, 친구들과 재미있게 놀기도 했지. 하지만 정치에 대해선 아무것도 몰랐단다. 나중에, 더 나이가 들어서 에티오피아 군인이 마을을 불태우고 무고한 사람을 다치게 했다는 이야기를 듣게 되었지. 그게 잘못된 일이라는 것도 알았고."

"전쟁이 벌어졌는데 두 나라 사이의 국경은 어떻게 지나갔어요?"

저는 궁금해서 큰 소리로 물었어요.

"그 당시엔 에리트레아가 에티오피아의 14번 째 주였단다. 에리트레아로 가는데 무슨 허가증을 받을 필요가 없었지. 캘리포니아주와 네바다주를 오가는 것과 같다고 보면 된다. 두 나라간 싸움이 시작된 게 1961년이지만 70년대에 이르러서야 전면전으로 확대되었으니까. 본격적으로 전쟁이 벌어지던 시기에 아빠는 캘리포니아에서 공부하고 있었고."

"에티오피아에서 학교에 다니실 땐 어땠어요?"

"가톨릭계 학교인 세인트 조셉 학교에 다녔지. 선생님들도 훌륭하신 분들이었어. 하일레 셀라시에 황제의 손자 소녀도 그 학교에 다녔어."

하일레 셀라시에는 에티오피아의 마지막 황제였어요. 〈신이 세우시고 유다지파의 사자이시며 에티오피아 왕 중 왕이신 하일레 셀라시에 황제 폐하〉라는 긴 호칭 속에는 그가 이 세상에서 얻은 공포와 존경이라는 두 상반된 이미지가 뒤섞여 있지요. 하일레 셀라시에 황제는 자신이 고대 이스라엘 솔로몬 왕의 아들인 메넬리크 1세와 시바의 여왕인 마케다의 후손이라고 하였어요. 제2차 세계대전이 끝난 뒤 하일레 셀라시에는 그의 군대에게 에리트레아가 자결권을 내세우지 못하도록 하는 명령을 내렸어요. 그랬던 그가 1975년에 사망하였지만 두 나라 사이의 전쟁은 그 뒤로도 16년 동안 계속되었지요.

"학교에서 새 건물을 세워 준공식을 하던 날 하일레 셀라시에 황제가 학교에 왔단다. 우리는 모두 모여서 그분의 연설을 들었지. 우리들에게 공부를 계속해야 한다고 독려했어. 항상 교육이 중요하다고 주장하며 지원을 아끼지 않았으니까. 대학 졸업생들에게 학위증을 일일이 직접 나눠 주기도 했어. 네 고모도 그분한테서 학위증을 받았지. 네 할아버지한테는 〈아르벤야〉 메달을 수여했단다."

"무슨 메달이요?"

"〈아르벤야〉. 영웅이나 애국자와 같은 뜻이란다. 제2차 세계대전이 벌어지는 동안 이탈리아는 에티오피아, 에리트레아, 소말리아의 일부를 자기네 식민지로 만들었어. 당시 네 할아버지는 지부티에서 사업을 하고 계셨단다. 그런데 사업과는 별도로 이탈리아에 관한 정보를 수집해서 하일레 셀라시에에게 전달했던 모양이다. 이탈리아군이 어떤 일을 진행 중인지, 어디에 군대를 주둔시키고 있는지, 그들이 사용하는 무기는 어떤 것인지 등등 아주 중요한 정보였지. 그러니까 할아버지는 하일레 셀라시에가 이탈리아를 물리치는데 도움을 주신 셈이야. 당시 이탈리아는 에리트레아나 에티오피아 학생들에게 5학년을 마치면 더는 학교에 가지 못하도록 했고, 길을 다닐 때도 이탈리아 사람들이 오가는 길엔 절대 같이 다니지 못하도록 했어. 할아버지는 그런 이탈리아에 저항하기 위해 에리트레아 청년들을 모아 저항 조직을 결성하고 이끌었다. 〈아르벤야〉는 그런 의미야. 그래서 그 메달을 받으신 거고."

"와, 굉장해요. 키다네 할아버지가 보고 싶어요. 그런데 아빠는 왜 에티오피아에 계속 계시지 않았어요? 그곳에서 대학을 다닐 수도 있었잖아요."

"에티오피아엔 대학교가 하나밖에 없었단다. 학급에서 상위 1%에 속하는 학생만이 입학할 수 있었지. 물론 아빠도 상위 1%에 속하긴 했어. 공부 잘했지, 아주 잘한 것은 아니지만. 그 당시 아빠의 누나, 그러니까 네 고모이신 한나 고모가 이미 에티오피아를 떠나 캘리포니아로 가서 살고 있었는데, 아빠도 그곳에 가서 학업을 계속했으면 하는 게 할아버지의 바람이었거든. 할아버지가 아빠 손에 2백 달러를 쥐어 주셨지. 그 돈을 가지고 새로운 삶을 시작한 셈이야."

"아버님은 돈을 더 주셨어야지! 당신 아버지는 부자잖아요. 키다네 할아버지는 〈아레키〉라는 에티오피아 전통술을 제조 판매하는 사업체를 가진 성공한 사업가였잖아요. 겨우 2백 달러가 뭐예요? 2백 달러가?"

어머니가 끼어들며 말했어요.

"에티오피아 정부가 해외로 가지고 나갈 수 있는 금액을 최대 2백 달러로 제한해서 그런 거야. 에티오피아 국민이 해외로 빠져나가는 것을 원치 않았거든. 그런데 아빠가 떠난 뒤로 에티오피아가 공산주의 국가가 되면서 정부에서 할아버지 재산을 몰수했단다."

아버지는 이 대목에서 옛날 일이 떠올랐는지 잠시 숨을 고르더니 다시 말을 이었어요.

"하지만 미국에서 아빠가 가장 힘들었던 것은 돈 문제가 아니었다. 에티오피아 아디스엔 형제자매 열세 명이 있었는데, 미국 샌프란시스코엔 오로지 한나 고모뿐이었잖니. 그런데 그 고모마저 남자 친구와 함께 라스베이거스로 가 버리고 말았어. 아빠는 〈짐〉이라는 햄버거 가게에서 식기 치우는 일을 하면서 시티 칼리지에서 수업을 들었지. 샌프란시스코에서 아빠가 살던 스튜디오라 불리는 조그만 방은 감방이나 다를 바 없었단다. 외로움이 영혼을 갉아먹는 것 같았으니까……."

"하벤, 아빠가 어땠는지 아니?"

어머니가 킬킬 터져 나오는 웃음을 애써 참으며 말했어요.

"네 고모가 들려준 얘긴데, 아빠가 미국에 갔을 때 음식을 전혀 할 줄 몰랐다는구나. 청소도 할 줄 몰랐다지 뭐냐! 할아버지 밑에 있을 때는 집에 일하는 사람이 있으니 음식이며 청소며 모든 걸 다 해 줬으니 그럴 만도 해. 어느 날인가, 할아버지가 미국에 있는 아빠한테 전화해서 집안일 도와주는 가정부라도 보내 줄까 물었더니, 글쎄 아빠가 뭐라고 대답했는지 아니? '예, 보내 주세요, 얼른요!'"

저는 깔깔거리며 배꼽이 빠질 정도로 웃었어요.

"말도 안 돼! 아빠, 대체 어떻게 하신 거예요?"

아버지도 처음 미국에 살면서 겪은 시행착오가 생각나는지 껄껄 웃었어요.

"태워 먹은 냄비가 한둘이 아니었지. 프라이팬도 마찬가지고. 주구장창 스파게티와 〈팁스〉만 해 먹었으니까."

〈팁스〉는 에티오피아 허브 샐러드를 곁들인 고기구이 요리인데 그 향과 맛이 일품이에요.

"하지만 정말로 음식이 뭐가 중요해. 돈도 상관없었어. 미국에서 겪은 그 외로움, 끔찍했지. 에티오피아에 있는 가족이 너무 그리웠어."

*　*　*

이런 이야기를 들으며 앉아 있던 저는 부모님이 겪었던 전쟁과 외로움의 고통이, 볼 수 있고 들을 수 있는 사람을 위한 세상에서 중복장애인인 제가 겪는 고통과 비슷하다는 느낌을 받았어요. 어머니인 사바는 내면의 힘을 키워 억압적인 체제에 저항하고 난민이 되어 그 힘든 탈출의 길에서 살아남은 거죠. 아버지는 용기를 내서 안락한 고향 집을 뒤로 하고 낯설고 외로운 이국땅에 들어간 거고요. 그곳에서 타서 달라붙은 스파게티를 먹으며 독립심과 자립심을 키운 거예요. 부당함과 불의에 맞서며 삶의 길을 찾은 어머니와 아버지. 저도 그분들처럼 어려움을 헤쳐 나가고 싶었어요.

제4장

신데렐라는 이제 그만!

2001년 여름, 에리트레아, 아스마라

영혼을 포근하게 하는 따뜻한 햇살이 아스마라를 환하게 비추고 있었지만 저와 여동생 티티는 그 따뜻한 햇살을 느낄 수 없었어요. 우린 외할머니 댁의 거실, 그 어둑어둑한 거실에 몸을 웅크리며 숨어 있었거든요.

어머니 사바를 포함해서 집안의 모든 여자가 부엌에서 음식 준비를 하고 있었어요. 곧 있을 이모 결혼식 때문이지요. 어마어마하게 쌓아 놓은 양파를 잘게 썰어야 하는 모양이에요. 냄새만 맡아도 눈물이 절로 나는 그 양파를 어머니는 티티와 저에게, 너희도 와서 도와야 한다고 했어요. 그 말에 우리는 부엌에서 가장 멀리 떨어진 곳으로 몰래 도망친 거예요.

"아, 심심해!"

"아, 심심해!"

동생도 저를 따라 투덜거렸어요. 아홉 살인 티티는 동물을 좋아하고 세상에 대한 호기심이 많은 애였어요. 저도 마찬가지이지만. 저보다 키가 조금 작은 티티는 안경을 썼어요. 그렇지만 앞을 볼 수도 있고 귀로 들을 수도 있는 아이였지요. 그런데도 친척들은 우리 이름을 자주 혼동했어요. 그래서 우리 둘을 부를 때는 그냥 두 이름을 붙여서 '티티하벤' 아니면 '하벤티티' 이렇게 부르곤 했어요.

우리와 친한 리몬이 우리 맞은편 안락의자에 편한 자세로 앉아 있었어요. 나이가 티티와 내 나이의 바로 중간인 열 살인 사내아이였지요. 아스마라에 살고 있었고요.

"리몬, 우리 뭐하고 놀지?"

제가 물었어요.

"몰라!"

불만이 잔뜩 서린 목소리였어요.

저는 소파에 등을 푹 기대고 앉아 눈을 감았어요. 무엇을 하든 부엌 가까이는 가지 말아야 했어요. 뒷마당에 있는 방 하나짜리 독채가 전부 부엌이었어요. 외할머니 댁 뒷마당은 제법 넓어서 과일나무도 심어 놓았고 닭장도 있었지요. 그해 여름 처음으로 황소 한 마리가 턱하니 한자리 차지하고 있었고요. 저는 자세를 똑바로 고쳐 앉았어요.

"황소 보러 가면 되겠다! 만화책을 보면 황소가 빨간색을 싫어한다고 나와 있거든. 그게 진짜인지 아닌지 확인하자고. 그래, 과학 실험 같은 거야! 엄마가 뭐라고 하면 학교에서 배운 걸 복습하는 중이라고 하면 돼."

"잠깐, 뭐라고?"

리몬은 제가 쓰는 영어를 제대로 알아듣지 못했지요. 자리에서 일어난 저는 방 맞은편을 가리키며 말했어요.

"저쪽, 황소."

서툰 티그리냐어로 말을 꺼낸 저는 이번에는 제가 서 있는 곳을 가리키며 덧붙였지요.

"나는, 이곳."

그런 다음 저는 긴 의자에 걸쳐 있던 스웨터를 집어 들어 마구 흔들면서 소리쳤어요.

"토로! 토로!"

"아하! 알겠다!"

리몬이 의자에서 벌떡 일어났어요.

"기다려! 빨간색 옷이나 천이 필요해!"

저는 스웨터를 가리키며 말했어요.

"케이."

빨간색을 뜻하는 말이었지요.

"아, 알겠어. 근데 어디서 그걸 찾지?"

리몬이 물었어요.

"따라와!"

저는 방에서 나와 돌진하듯 홀로 나섰어요. 기억을 더듬어, 기억 속에 남아 있는 집 안의 구조를 떠올리며 발걸음을 옮긴 저는 홀을 지나

친 다음, 왼쪽으로 돌아 우리가 자는 침실로 들어갔어요. 외할머니 댁엔 침실이 세 개 있었는데 아버지, 어머니, 티티, 저 이렇게 우리 가족은 한 방을 쓰고 있었어요.

방 안으로 들어선 저는 우리가 가져온 가방을 열었어요. 가방 안에 들어 있는 물건은 모두 저마다 다른 질감, 저마다 다른 모양, 저마다 다른 스타일을 지니고 있었어요. 두 손으로 옷가지를 뒤적이며 만져 보던 저는 마침내 우리가 원하는 색의 윗옷을 하나 집어 들었어요.

"그건 내 셔츠야!"

티티가 놀란 목소리로 말했어요. 원래는 제 옷이었어요. 저한테 더는 맞지 않아 동생에게 물려준 옷이지요.

"그냥 들고 있기만 할 거야. 안 망가져."

티티가 마뜩잖지만 알겠다는 듯이 팔짱을 끼더군요. 다시 방에서 나온 우리는 홀을 지나 또 다른 침실로 들어갔어요. 그 방의 창으로 내다보면 뒷마당에서 사람의 처분을 기다리는 황소가 묶여 있는 곳이 보였거든요. 창틀 너머로 몸을 내민 저는 눈을 가늘게 뜨고 저 아래 시커먼 물체가 있는 곳을 바라보았어요.

"보이니?"

제가 물었어요.

"응."

내키지 않은 목소리로 티티가 대답했어요. 자긴 겁이 나서 끼고 싶지 않다는 뜻이겠지요. 그러니 그 대답을 듣자마자 당연히, 어떤 모양이야? 몸집이 커? 뿔은 얼마나 길어? 소도 우릴 봤어? 이렇게 물어봤자 아무런 대답도 듣지 못할 거 같았어요. 그래도 이 말엔 대답할 줄 알았어요.

"묶여 있지? 맞아?"

티티는 아무 대답도 하지 않았어요.

리몬에게 물어볼 수밖에요.

"소가 묶여 있지?"

"응, 묶여 있어."

리몬은 이렇게 대답하면서 물었어요.

"근데 있잖아, 정말 할 거야?"

리몬의 말에서 저는 또 다른 목소리를 들었답니다.

너 진짜 그렇게 할 자신 있어?

순간 갑자기 내가 못할 줄 알아? 하는 도전 의식이 불같이 일어나면서 제 두 팔에 용기를 쏟아붓는 것 같았어요. 저는 창밖으로 빨간 셔츠를 내밀어 흔들고는 얼른 다시 뒤로 물러났어요.

잠잠했어요.

저는 다시 도전했어요. 이번엔 창밖으로 그 빨간 셔츠를 더 오래 들고 서서 더 힘차게, 마구 흔들었지요.

이번에도 밖은 잠잠했어요.

"안 되겠다. 밖으로 나가야 해."

제가 리몬과 티티에게 말했어요.

"안 돼. 하지 마, 위험하다고!"

티티가 문을 가로막고 나섰어요.

"티티, 걱정하지 마. 묶여 있다며. 우리한테 아무 짓도 못해."

저는 동생을 달랬어요.

"아냐! 잘못하다간 뿔에 받혀 죽는다고!"

겁에 질린 동생 때문에 저도 은근히 두렵긴 했어요. 뿔이 그렇게 긴가? 티티가 뭘 봤나? 묶어 놓은 밧줄 길이를 잘못 판단해서 혹시 너무 가까이 다가가면 어쩌지?

하지만 이런 불안감보다는 까짓것, 세상 모험 한번 해 보자는 욕망이 더 컸어요.

"티티, 이렇게 하면 안 될까? 너는 여기 방 안에 있으면서 창문으로 우릴 지켜보고 있는 거야. 그러다 무슨 일이 생기면 네가 영웅처럼 나서서 어른들한테 도와달라고 하면 되지 않을까? 리몬과 나는 밖으로 나갈 거야. 그래, 조심할게. 약속해."

티티는 계속 문을 막고 서서 꼼짝도 하지 않았어요.

"티티, 제발."

리몬이 저를 거들고 나섰어요. 그제야 티티는, 여전히 입을 꼭 다물고 아무 말도 하지 않았지만, 심통을 부리듯 발을 쿵쿵 구르며 문에서 물러났지요.

쏜살같이 밖으로 뛰어나간 리몬과 저는 자동차가 브레이크를 급하게 밟아 끼이익 미끄러지다 멈추듯 집 모퉁이에 멈춰 섰어요. 뒷마당 황소가 묶여 있는 곳 바로 앞 모퉁이였지요. 그 모퉁이를 돌아 나와 몇 발자국만 가면 바로 황소 코앞이었어요.

저는 빨간 셔츠를 리몬의 팔 안으로 밀어 넣었어요.

"자, 네가 먼저 해!"

"뭐야? 싫어. 네가 먼저 해!"

리몬은 얼른 셔츠를 다시 저에게 밀어냈어요. 셔츠를 또다시 리몬의 손에 쥐어 주려 했지만 이미 리몬은 제 손이 닿지 않은 곳으로 피해 있었어요. 그때 문득 창문이 열려 있어 티티가 우리가 하는 얘기를 다 듣겠구나, 하는 생각이 들었어요. 겁이 나 선뜻 나서지 못하는 모습을 티티에게 보여 줄 순 없었어요. 티티의 언니라면 당연히 용감해야 했거든요.

심호흡과 함께 용기를 끌어 모은 저는 천천히 한 발, 두 발 앞으로 나섰어요. 제 앞쪽 어딘가에 불쌍한 소, 몸집이 커다란 황소가 있었지요. 하지만 정확하게 어디에 있는지 몰랐기에 가슴이 두근두근거리고 심장이 콩닥콩닥 뛰기 시작했어요. 소가 움직이면 땅이 울리지 않을까 싶어 발에 온 신경을 집중했지만 아무런 느낌이 없었어요. 황소를 볼 수도 없고 소리를 들을 수도 없는 저로서는 다른 방도를 찾아야 했어요. 황소를 성나게 하면 막 울부짖으며 네 발을 쿵쿵거릴 테고, 그러면 땅이 흔들릴 테니 그 진동을 느낄 수 있을 거라는 생각이 들었어요.

저는 셔츠를 들어 흔들기 시작했어요. 왼쪽, 오른쪽, 앞쪽…… 사방으로 마구 흔들었어요.

"꼼짝도 안 하는 모양이야!"

저는 리몬에게 투덜거렸어요.

리몬이 셔츠를 홱 낚아채더니 저 대신 황소 앞에 섰어요.

"토로!"

리몬이 빨간 셔츠를 흔들며 껑충껑충 뛰기 시작했어요.

"토로! 토로! 토로!"

몸을 흔들며 뛰는 리몬의 모습이 광란의 춤을 추는 것 같았지요. 말 못하는 짐승을 향해 욕지거리를 해 대는 춤. 기필코 반응을 이끌어 내 겠다는 춤.

"리몬!"

어느 여자가 빽 소리를 내질렀어요.

바로 그 순간 번뜩 머릿속에 떠오르는 것이 있었어요. 맞아, 부엌에 서는 황소를 빤히 내다볼 수가 있지. 아뿔싸.

리몬과 저는 거실로 냅다 달아났어요. 티티가 우리를 맞이했고 우리 는 웃으면서 그 신나는 모험에 대해 열심히 떠들어 댔어요. 대담하게 나섰던 리몬이 당연 최고였어요. 저는 멋진 아이디어를 내놓았다고 칭 찬받았고요. 티티도 아이디어가 나쁘지는 않았다고 인정했으까요. 어 쨌든 부엌에서 일하기 싫었던 참에 어른들의 눈을 피해 우리 맘대로 놀 았으니 된 거 아닌가요?

그 다음 이틀에 걸쳐 결혼식 준비가 무르익어 갔어요. 뒷마당은 포 도주 통과 건축 자재들이 쌓이면서 장애물 경기장으로 바뀌고 말았어 요. 게다가 황소를 도축하고 난 뒤로 지독한 악취가 풍기면서 뒷마당은 더더욱 최악의 장소가 되고 말았지요. 혼자서는 뒷마당을 지나갈 엄두가 나질 않았어요. 더러운 것을 밟지는 않을까, 걸어 놓은 고깃덩어리 속으로 들어가는 것은 아닐까 두려웠거든요.

침실이 안전했어요. 죽어서 피를 뚝뚝 떨어뜨리는 짐승이 없잖아요. 철사 줄도 없어 걸려 넘어질 염려도 없고요. 왜 그런 걸 못 보고 다니냐며 나무랄 친척도 없으니까요. 침실에 있으면 편하게 쉴 수 있어 좋았어요.

누군가가 문을 열고 침실로 들어왔어요. 보고 있던 점자책에 책갈피를 끼워 두고 저는 들어온 사람이 무슨 말을 꺼낼까 싶어 신경을 쓰며 기다렸어요.

그 사람은 벽장으로 가더니 그 안을 뒤지기 시작했어요. 뭘 찾는 것 같았어요. 머리에서 상체까지 덮는 흰색 전통 스카프인 〈네텔라〉를 쓴 것으로 보아 여자였어요. 보통은 집 안에서 아위예 할머니만 〈네텔라〉를 쓰고 다니는 데 그때는 여자 어른이 모두 쓰고 있었어요. 때가 때인지라 찾아오는 어르신들이 많아 그분들에 대한 예를 갖추기 위해서였지요. 모든 여자 어른이 흰색 스카프로 머리를 감싸고 있었고, 또 모두 키가 엇비슷해서 저로서는 누가 누군지 분간할 수 없었어요. 조그마한 단서라도 찾아야 했지요.

그 여자는 벽장문을 닫고 저한테 다가왔어요.

"너 여기서 혼자 뭐하고 있니? 어른들 좀 도와줘야지!"

어머니 사바였어요.

"알았어! 읽다 만 부분만 마저 읽고."

"안 돼. 지금 당장 따라와. 티티도 음식 만드는 거 거들고 있는데 어찌 너만. 리몬도 천막 세우는 거 돕고 있단 말이야. 사람들이 다 '하벤은 어디 간 거야? 대체 어디 있어?' 하며 엄마한테 묻잖아. 너만 이러고 있지 모두가 정신없이 일하고 있단 말이다. 무슨 이유라도 있니?"

얼굴이 화끈 달아올랐어요. 밖에 있는 온갖 장애물이 저를 얼마나 불편하게 만드는지 설명하고 싶었지만 그럴 수 없었어요.

"내가 뭘 도와주면 되는데?"

"부엌에 와서 손 좀 거들면 돼."

"싫어. 난 신데렐라처럼 되기 싫단 말이야."

어머니가 웃음을 터뜨렸어요. 편안한 웃음소리라 음악을 듣는 것 같았지요.

"도대체 그게 무슨 소리니?"

"히웨트 이모 좀 봐요."

전 막내 이모 얘기를 꺼냈어요.

"신데렐라처럼 온종일 음식 만들고 청소하고. 집 안에 처박혀 일만 하는 막내 이모한테 다른 삶이 있어? 없잖아. 그건 공평하지 못해요."

"그래 공평하지 않지. 하지만 여기 있는 사람 모두가 서로 도와 함께 일하면 그게 히웨트 이모의 수고를 덜어주는 게 아닐까? 그러니 너도 부엌에 가서 도와야 하는 게 아니겠니?"

"바로 그게 문제예요! 여자가 일단 부엌에 들어가 일하기 시작하면 그거로 끝이잖아요. 부엌에 처박혀 꼼짝도 못 한단 말이야. '이것 좀 만들어 봐라, 저기 좀 닦아라, 이것 좀 요리해 줘라. 저것 좀 갖다 줘라.' 남자들이 쉴 새 없이 주문하잖아요. 그러면서 여자들이 뭐 좀 귀찮은 집안일 좀 해 달라고 부탁하면 들어주기는커녕 '아니 그건 당신이 더 잘하잖아,' 이런 평계를 대면서 안 하잖아요. 난 신데렐라처럼 되기 싫어요."

"그럼 무슨 일을 하고 싶은데?"

"집안일을 안 하겠다는 건 아니에요. 이건 여자가 하는 일이다, 이렇게 사람들이 정해 놓은 그런 일은 정말 하기 싫어요. 테메 삼촌은 뭐 해요?"

막내 외삼촌이 무슨 일을 하고 있는지 궁금했어요.

"좋아 그럼, 우리 테메 삼촌이 어디 있는지 나가서 찾아 보자."

어머니가 앞장서고 저는 그 뒤를 바싹 따라 침실 밖으로 나섰어요.

거실로 이어지는 복도는 난리도 아니었어요. 거실에서는 온갖 시끄러운 소리가 울려 퍼졌어요. 어머니와 저는 거실을 지나 뒷마당으로 나섰어요. 오른쪽 어딘가에 개집과 그 집을 차지하고 있는 히아트라는 이름을 가진 하얀 점박이 개가 있을 테고, 아무튼 어머니와 저는 대문을 지나 집 앞의 포장되지 않은 거리로 나섰어요. 햇살이 너무 뜨거웠어요. 햇빛을 가리는 커다란 천막 안으로 발걸음을 옮기자 뜨거웠던 공기가 따스하고 온화한 공기로 바뀌었어요.

어머니는 테이블에 둘러앉아 있는 사람들 앞에서 발걸음을 멈췄어요.

"테메, 하벤이 너를 돕겠다는구나."

"엄마, 잠깐만……."

저는 코를 킁킁거렸어요. 이상한 냄새가 나는데 그게 무슨 냄새인지…….

"여기서 뭘 하고 계신 거예요?"

"고기를 썰고 있단다. 국거리로 쓸 고기를."

어머니가 알려 줬어요.

할 말을 잃었어요. 내가 그렇게 신데렐라 얘기를 했는데도 엄마가 어떻게 이럴 수 있는지…….

"저 반대편에 가서 앉아라. 여기에 제시카도 있단다."

어머니는 제가 제시카를 좋아한다는 사실을 알고 있었어요. 네덜란드에서 대학에 다니는 사촌 언니 제시카는 스무 살이었어요. 언니가 들려주는 대학 생활 이야기, 그 이야기를 저는 정말 신이 나서 재미있게 듣곤 했으니까요.

긴 의자에 비집고 들어가 앉은 저는 주위를 둘러보았어요. 의자엔 대충 여덟 명쯤 앉아 있었는데 제 왼쪽과 오른쪽엔 남자들뿐이었어요. 누가 테메 삼촌인지는 알 수 없었지요. 하지만 맞은편 왼쪽에 앉아 있는 연한 피부의 사람, 그 사람은 분명 제시카 언니였어요. 보니까 가끔씩 사람들이 테이블 가운데에 무더기로 큼직하게 쌓여 있는 더미에서 뭘 가져가는 거예요. 저도 손으로 그 더미를 만져 봤어요. 손바닥 크기로 잘라 놓은 끈적거리는 고깃덩어리였어요. 한 덩어리만 만져도 손바닥이 끈적거리고 미끈거렸어요. 사람들이 하는 대로 저도 한 덩어리 집어 앞에 놓인 도마 위에 올려놓았어요.

제 오른쪽에 있는 사람이 날이 길고 넓적한 칼 한 자루를 건네주었어요.

"자, 여기 있다."

어머니가 아주 조그만 고기 조각을 제 손에 쥐어 주며 말했어요.

"이만한 크기로 잘게 썰어야 해, 신데렐라."

"날 그렇게 부르지 마."

얼굴이 화끈거렸어요. 테이블에 앉아 있는 모든 사람이, 왜 어머니가 저를 신데렐라라고 부르는지 궁금하다는 듯, 저를 빤히 쳐다보는 것 같았으니까요. 하지만 나서서 물어볼 수는 없었어요. 그리고 누구라도 저를 그 신데렐라라는 이름으로 부르면 제가…….

저는 고깃덩어리를 길이가 짧은 면이 칼과 수직이 되도록 앞에 놓았어요. 그러고는 손가락으로 어느 정도 크기로 잘라야 하는지 더듬어 보았어요.

사람들이 참 그래요. 자기가 누군지 밝히지도 않고 가만히 있는 걸 보니 좀 무뚝뚝하고 붙임성도 없는 사람들 아닌가요? 예의라는 걸 전혀 모르는 사람들이 아닌가 싶었어요. 안녕, 이렇게 인사라도 할 만한데…….

저는 오른손에 쥔 칼을 고깃덩어리를 누르고 있는 왼손 손가락 앞쪽에 댔어요. 그러고는 오른손에 힘을 주어 고기를 썰기 시작했지요. 금방 칼날이 도마에 턱, 닿는 느낌이 왔어요. 고기가 잘렸다는 뜻이지요. 잘려진 조각을 칼날로 옆으로 밀어내어 또 한 조각 잘라 낼 공간을 확보했어요. 그런 다음 왼손으로 잘라 낼 크기를 가늠한 뒤 다시 칼을 갖다 대었지요.

그 고기는 몸집이 산만 하던 그 불쌍한 황소의 고기가 틀림없었어요.

저는 칼로 쓱 한 조각 잘라 내어 다시 옆으로 밀어냈어요.

황소야, 너 때문에 내가 얼마나 창피했는지 알아? 기억해?

점차 일이 손에 익으면서 손가락들이 리듬을 타고 더 빨리 움직이기 시작했어요. 한 조각, 한 조각 계속 썰다 보니 어느덧 고기 조각들이 제법 쌓이더군요.

꼭 이런 꼴을 당해야 안다니까. 나를 무시하다니, 그건 큰 실수였지. 목숨까지 바쳐야 하는 엄청난 실수였다고!

미친 듯이 고기를 썰던 저는 드디어 마지막 조각을 끝냈어요.

제가 그렇게 열심히 일하는 동안에 제 양옆의 남자들은 서로 떠들며 얘기하고 있었어요. 중얼, 중얼.

그러든지 말든지. 나만 그냥 나대로 놔두면 돼.

앞에 놓인 고기 더미에서 덩어리 하나를 더 꺼내 썰기 시작했어요.

주변 사람들이 웃음을 터뜨리더군요. 웅얼웅얼. 중얼중얼. 더 커진 웃음소리.

저는 고개를 숙이고 계속 고기를 썰었어요. 저 혼자 따돌림당하는 거 정말 싫었어요. 배척당하는 거 싫었어요. 음식 만드는 것도 정말 싫었고요.

고기 더미에서 또다시 덩어리 하나를 끄집어내어 앞에 놓았어요.

"후유!"

제시카 언니가 벌떡 일어나더니 테이블을 벗어났어요.

왜 제시카 언니가 자리를 떴는지 알고 싶어 주위를 둘러보았지요. 아무도 말해 주지 않았어요. 자리를 뜨는 사람도 없었고요. 별일이다 싶어 어깨를 한번 으쓱이고는 다시 고기를 썰었지요. 오른손으로 칼을 잡고 왼손으로는 고깃덩어리를 잡은 채.

대체 이게 뭐지? 칼을 살며시 내려놓고는 양손으로 고기를 이리저리 살펴보았어요. 밑이 동그란 긴 줄기처럼 생긴 뭉클뭉클한 살코기.

맥박이 팔딱팔딱 뛰기 시작했어요. 황소의 성기!

당장이라도 달아나고 싶은 마음에 가슴이 망치질하듯 쿵쾅거렸어요. 남자들이 분명 저를 뚫어지라 바라보고 있을 거예요. 이런 경우 필시 여자들은 비명을 내지르며 달아나지 별 수 있겠냐며 놀림거리 하나 생겼다고 생각했을 테지요.

하지만 저는 달아나지 않고 그냥 앉아 있기로 마음먹었어요. 그러자 누구도 깨뜨릴 수 없는 차분한 기분이 온몸을 휘감기 시작하더군요. 자리에 앉아 그 고기를 썰어도 아무렇지 않을 것 같았지요.

그래, 사내들이여, 마음대로 해 보세요. 나를 잘 지켜보세요!

저는 오른손으로 칼을 움켜잡고 왼손으로 다시 한번 그 고깃덩어리를 바로 잡았어요.

이것도 신데렐라 몫이야!

고기를 썰기 시작했어요. 칼을 대자 고기가 미끌미끌, 고물거리더군요. 이번엔 더 힘을 주어 칼을 내리눌렀어요.

그 순간, 어느 큼직한 손이 제 손 아래로 들어오더니 그 고깃덩어리를 빼내는 거예요. 그러고는 그 고기를 들고 뒷마당 쪽으로 걸어가는 게 아니겠어요? 어처구니없다는 듯 선웃음을 지을 수밖에요.

그래, 이제 알았지? 더는 놀리거나 장난치지 말라고.

그런데 그게 정말 황소의……? 기억 속을 내달려 7학년이었을 때 성교육 교실에서 배웠던 것을 떠올려 봤어요. 어쩌면, 그래, 맞을 거야.

오, 큰일, 날, 뻔, 했어.

역겹고 혐오스러운 생각이 찾아들자 속이 느글거리고 뒤틀렸어요. 더 앉아 있을 수가 없었어요.

이젠 끝내자. 엄마가 왜 벌써 오냐고 하면 다 얘기해야지. 저도 돕고 싶었다고요. 근데 엄마, 얼마나 끔찍했는지 알아? 황소의 성기를 자를 뻔했다고!

저는 칼을 내려놓고 집으로 향했어요. 결혼식 준비로 온갖 장애물이 뒤엉킨 길을 떨리는 발걸음으로 조심조심 지나면서.
저는 제 주변에 있는, 같은 가족이라는 사람들의 이름을 다 알지 못해요. 가까이에서 같이 일하면서도 그 사람들 이름을 모른다는 사실에 저는 너무 외로웠어요. 가슴 저밀 정도로 아팠어요. 물론 누구냐고 물어볼 수도 있었어요. 제시카 언니한테 무슨 일이냐고 물어볼 수도 있었고요. 그런데 그들과 대적하는 식으로 상황을 설정하고, 제가 얼마나 용감한지 보여 주겠다는 마음에 온 신경을 쏟다 보니 그러질 못했어요. 그래서 오히려 제 스스로가 제 자신을 소외시키고 외톨이로 만든 게 아닌가, 그런 생각이 들기도 했어요.

제5장

건반 위에서 싹튼 우정

2001년 여름, 에리트레아, 아스마라

외할머니 댁 앞에는 포장되지 않은 돌멩이투성이 거리가 구불구불 이어져 있어요. 그 거리를 따라 세워진 철문들, 높은 벽돌 기둥을 양옆에 둔 그 철문들이 거리와 집 마당의 경계가 어디인지 알려 주는 표시였지요. 지난주엔 이모 결혼식을 맞아 이 거리에 천막이 서 있었어요. 그 천막 아래에서 사람들이 춤도 추고 노래도 부르고 술도 마시고 음식도 즐기면서 사흘 내내 잔치를 벌였지요. 그런데 지금은 거리가 텅 비었어요. 이따금 차들이 지나다니기는 해요. 아주 느릿느릿 굴러가요. 동네 아이들이 그 거리를 놀이터로 생각하고 축구도 하고 구슬치기도 하고 술래잡기도 하기 때문에 조심해야 하거든요. 저는 길 한쪽 옆에 붙어 천천히 걷기 시작했어요.

그때 누군가가 제 팔을 꽉 움켜잡았어요. 순간 누군가가 칼로 제 몸을 베어 내는 것처럼 싸늘한 공포가 제 몸을 가르며 안으로 파고들었어요. 아이였어요. 저보다 손 한 뼘 정도 키가 작은 사내아이였지요.

"뭐야?"

저는 숨을 내쉬며 가슴을 진정시켰어요. 어쩌면 집안 사촌이고, 아니면 우리 가족 중 누군가와 친구일 거예요.

그 아이가 뭐라고 소리를 질렀어요. 끼이익 귀에 거슬리는 소리. 맥박이 마구 뛰기 시작했어요.

"왜 그래?"

제가 티그리냐어로 물었어요.

더 크게 외치는 소리.

저는 그 아이의 손아귀에서 벗어나려고 팔을 홱 잡아당겼어요. 그러자 아이가 양손으로 제 손목을 꼭 잡는 거예요. 그러면서 내지르는 소리가 처절한 비명처럼 들렸지요. 잡힌 손목을 이리저리 비틀어 보았지만 아이의 손아귀 힘이 보통이 아니었어요. 팔이 저려 오더라고요. 그때 제 주위로 아이들 10명이 더 몰려드는 것이 보였어요. 그 아이들 역시 크게 소리치기 시작했어요.

주먹을 꽉 쥔 저는 아이를 발로 차 버릴 태세를 갖추었어요. 예전에 오클랜드 공립 교육 학구에서 제공하는 시각장애인을 위한 프로그램에서 자기방어 훈련을 배운 적이 있었어요. 기억을 더듬어 그때 배운 것을 써먹을 참이었지요.

그런데 한 여자아이가 앞으로 걸어 나오더니 두 손으로 사내아이가 잡고 있는 손목이 아닌 다른 손목을 감싸 쥐는 거예요. 부드럽고 가볍게 다가오는 감촉. 잡아 누르려는 것이 아니라 살짝 매만지는 느낌.

"리디아라고 해. 키보드 가져 나올 수 있니? 그럴 수 있지?"

대체 무슨 영문인지 몰라 여자아이를 빤히 바라볼 수밖에요.

"키보드?"

외할머니 댁에는 컴퓨터가 없었어요. 그런데 키보드라니. 무슨 소리를 하는 건지, 머리를 이리저리 굴렸어요. "혹시 장난감 피아노*를 말하는 거니? 뮤지카?"

"그래 맞아. 제발! 제발 갖고 나와 줘!"

리디아가 제 팔을 이리저리 흔들며 애원했어요. 리디아 뒤에 있는 아이들이 합창을 하듯 따라 외쳤어요.

"제발! 제발 갖고 나와 줘!"

"알았어."

저는 어깨의 힘을 풀었어요.

누가 크게 외치거나 고함을 지를 때마다 겁이 나요. 저는 좋아서 외치는 소리와 화가 나서 내지르는 소리를 구분하지 못해요. 소리를 들어서는 그 미묘한 차이를 알 수 없거든요. 종종 사람들은 제게 고함치듯 큰 소리로 말을 걸어요. 물론 사람들이 그래야 제 귀에 더 잘 들릴 거라고 생각해서 그런다는 건 알아요. 하지만 그런 소리를 들으면 저는 무서워서 바로 달아나기도 하고 아니면 발로 차며 대들곤 해요.

저는 왼팔을 끌어당겨 사내아이의 손아귀에서 팔을 빼냈어요. 힘을 주어 팔을 잡거나 손목을 잡는 것이 상대방을 공격하겠다는 신호라는

---

* 어린아이용 조그마한 피아노를 말함. 어린이 키보드라고도 함.

걸 많은 아이들이 모르나 봐요. 촉감으로도 의사를 전달할 수 있다는 사실을 모르거나 별것 아니라고 무시해서 그러는 것 같아요. 저 역시 다시 한번 깨달았어요. 즉각 반응을 내보이기 전에 반드시 잠시 기다리며 상대방 의사를 확인해야 한다는 것을.

리디아가 제 손을 잡았고 우리는 잡은 손을 흔들며 함께 걸어갔어요. 리디아는 저보다 한 살 아래인 열한 살이었어요. 동네 아이들 가운데 영어를 제일 잘 해요. 그래서 다른 아이들은 틈만 나면 리디아한테 자기들이 하는 놀이를 티티와 저에게 설명해 주라고 부탁하곤 했어요.

따라온 아이들이 외할머니 집 문 앞에 옹기종기 모여 들었어요. 저는 아이들에게 손을 흔들며 문안으로 들어섰지요.

음악과 저는 관계가 복잡해요. 제가 난청이라는 것은 음악 소리 대부분을 놓치고 있다는 뜻이기도 해요. 피아노 건반이 내는 소리의 일부는 들을 수 있어요. 고음 영역은 제가 들을 수 있는 제한된 청력 범위 내에 있기 때문이죠. 간단하고 단순한 멜로디는 제 귀가 처리할 수 있거든요. 소음이 적으면 적을수록 더 잘 들려요. 물론 그렇지 않은 음은 쉽게 놓치고 말지요.

촉감으로 음악을 배우는 일이 음에 대한 이해를 높여 주었어요. 스콧 선생님이 학교에서 점자 음악을 가르쳐 주었어요. 음표 하나하나마다 그에 해당하는 점자 기호가 있어요. 그래서 〈아 유 슬리핑 브라더 존〉이라는 노래를 점자로 외우고 나면 교실에 있는 피아노로 가서 그 곡을 연주할 수 있었죠. 음표에 맞춰 손가락으로 건반을 두드리는 훈련을 한다는 게 얼마나 즐거운 일인지 몰라요.

그런데 스콧 선생님이 화음을 소개하고 나서는 저는 앞으로 더 나아갈 수 없었어요. 화음의 저음 영역 부분이 멜로디의 고음을 덮어 버려 들리지 않게 만들었거든요. 피아노 건반 왼쪽 나머지 반이 내는 소리가 세탁기를 돌릴 때 들리는 덜덜거리는 소리처럼 단조롭게 들릴 뿐이에요. 사람의 영혼을 기쁨으로 가득 채우는 음악. 제 주변 사람에게는 음악이 그런 것이겠지만 음악이 제 영혼에 기쁨을 한 아름 안기는 일은 결코 없을 것 같았어요.

우리 가족은 그 장난감 피아노를 애지중지했어요. 어린 조카에게 주려고 미국에서 가져온 것이거든요. 그런데 조카가 몇 번 퉁탕거리더니 구석에 처박아 두고 말았어요. 그러자 스물네 살 아브라함 삼촌이 깜찍하게 생긴 자주색인 그 어린이 피아노를 집어 들더니 삼촌이 귀로만 들어서 알고 있던 에리트레아 노래를 연주하는 게 아니겠어요? 따로 배우지 않고 듣기만 해도 곡의 음표를 정확히 판별해 내는 삼촌의 능력에 입을 다물 수가 없었어요. 그런 아브라함 삼촌이 제게 에리트레아의 노래를 한 음, 한 음 가르쳐 주기도 했지요.

그 소중한 장난감을 들고 밖으로 나와 보니 문 앞에 아까보다 더 많은 아이들이 모여 있더군요. 리디아가 제 손을 잡고는 저를 커다란 바위 두 개가 나란히 놓여 있는 곳으로 데려갔어요. 우리 둘은 그 바위 위에 앉았고 뒤따라온 아이들은 반원을 그린 채 우리를 둘러싸며 숨을 죽였어요.

저는 작은 피아노를 리디아에게 건네주었고, 리디아는 멋지게 한 곡조 연주하기 시작했어요. 연주가 끝나자 아이들이 박수를 치며 환호했지요.

리디아가 피아노를 어느 여자아이에게 건네며 자리를 비키자 그 아이가 리디아가 앉았던 바위에 앉더군요.

"이름이 뭐니?"

제가 물었어요.

"사라."

살짝 웃으면서 저는 피아노를 향해 잘 가라는 듯이 손을 흔들었죠. 사라는 한 손으로 장난감 피아노를 쥐고는 다른 손으로 닭이 모이 쪼듯 건반을 톡톡 두드렸어요. 음이 맞지 않았어요. 다시 쳤어요. 이번에는 사라가 연주하려는 노래의 일부나마 알아들을 수 있었지요. 잠시 손을 멈추던 사라는 또다시 건반을 두드리기 시작했어요.

저는 사라가 쥐고 있던 키보드 쪽으로 손을 뻗어 노래의 첫 일곱 음을 톡톡 두드렸어요. 사라가 음이 어떻게 연결되는지 기억하도록 집게 손가락으로 천천히 곡조를 반복해서 두드렸지요. 다른 아이들은 몸을 앞으로 기울여 그 모습을 지켜보았고요.

피아노를 다시 사라에게 맡겼어요. 음 몇 개를 잘못 치기는 했지만 이내 바로잡았어요. 드디어 네 번째 시도한 끝에 사라는 아무런 실수도 없이 음을 이어서 잘 연주했어요.

"놀라워!"

저는 사라를 바라보며 양손의 엄지를 치켜들었어요.

제가 사라에게 곡 연주를 가르쳐 주었다면 이 아이들 또한 저에게 가르쳐 준 것이 있어요. 그동안 저는 이런 생각에서 벗어나지 못했어요.

눈으로 볼 수 있고 귀로 들을 수 있는 사람들을 위한 세상에, 항상 모르고 지나치는 게 많은 그런 세상에, 과연 내가 줄 수 있는 것이 무엇인가? 아무것도 없을 거야. 장애를 지닌 사람은 사회에 기여하는 게 없다고 단정해 버린 게 현재 우리가 사는 세상이니까.

그런데 이 아이들은 저를, 제가 가지고 있는 재능을 자기들과 나누고 가르쳐 줄 게 있으면 가르쳐 주는 사람으로 바라보잖아요.

사라가 피아노를 제게 돌려주었어요. 저는 노래의 그 다음 일곱 음을 두드리고 또다시 반복해서 두드린 다음 다시 사라에게 넘겼어요.

제가 하던 대로 따라 곡을 치던 사라가 돌연 바위에서 뛰어내리자 아이들이 뭐라고 소리치기 시작했어요. 가슴이 덜컹 내려앉았어요. 눈을 가늘게 뜨고 아이들을 바라봤어요. 분명 아이들이 크게 실망한 것 같은데 무엇 때문에 그러는지 알고 싶었거든요.

근데 바로 제 옆에 빼빼 마른 몸에 키만 훌쩍 큰 한 남자가 앉아 있는 게 아니겠어요? 자기 무릎 위에 피아노를 올려놓고 말예요. 그뿐인가요? 무슨 노랜지 연주까지 하는 거예요.

저는 목에 힘을 주어 얼음장처럼 차갑고 고압적인 목소리로 다부지게 명령을 하듯 말했어요.

"차례가 있는 거야. 어서 사라에게 돌려줘."

"하벤, 너 나 몰라? 토마스야."

외할머니 집에서 두 집 건너에 사는 오빠뻘 되는 열아홉 살 먹은 청
년이었어요.

저는 인상을 찌푸리며 다시 말했어요.

"토마스, 그래도 순서는 지켜야 해. 차례가 아니잖아. 어서 사라에
게 돌려줘."

"알았어, 알았다고."

토마스가 티그리냐어로 뭐라고 투덜거렸어요.

"한 곡만 더 하고."

속이 뒤틀리고 무엇인가가 뭉치는 것 같았어요. 단 한 곡도 허락하
고 싶지 않았지만 그렇다고 강제로 피아노를 넘기게 할 수도 없었어요.

"좋아, 딱 한 곡이야."

토마스의 연주가 시작되었어요.

나를 비웃는 것 같은 곡. 나한테 일어나는 일도 제대로 처리 못 하
는 무능력과 소중한 피아노 하나 내 맘대로 하지 못하는 허약함을 조
롱하는 것 같은 연주.

어떤 무지막지한 힘이 제 손목을 잡아 비틀어 저를 꼼짝 못 하게 만
들어 버리는 것 같은 느낌이 들었어요.

곡이 끝나자 토마스는 피아노를 제게 건네주며 말했어요.

"잘 있어, 하벤. 잘 가."

저는 차가운 눈초리로 그를 쏘아보며 힘없이 대답했어요.

다음 날 저는 산보를 한답시고 또다시 밖으로 나섰어요. 가족 중 누군가가 현관문이 열리고 닫히는 소리를 들을까 봐 아주 천천히, 조심조심, 행여 무슨 소리라도 날까 봐 살며시 두 손으로 빗장을 풀었어요. 그러고는 문을 당겨 제가 지나갈 수 있을 만큼만 열었지요. 그런데……툭! 어느 두 손이 저를 앞으로 미는 거예요. 얼른 돌아섰어요. 어린 사촌 하나가 저를 밀쳐 내고 나가려는 참이었지요.

저는 얼른 사촌의 팔을 붙잡았어요.

"너, 엄마한테 허락받고 나가는 거야?"

"상관하지 마!"

어린 사촌 가운데 유일하게 영어를 할 줄 아는 아이였어요. 야페트. 저랑 똑같이 캘리포니아에서 태어나 자란 아이였지요.

"가자, 가서 네 엄마한테 물어보자고. 나가도……."

야페트가 자기 팔을 홱 잡아당겨 제 손에서 벗어나더니 냅다 도망치는 거예요.

쫓아갈 수밖에요. 돌맹이가 많고 곳곳에 구멍이 패어 있는 길거리를 저는 빠른 걸음으로 뒤따라갔어요. 발이 뭔가에 부딪쳐 넘어질 경우를 대비해 발가락 끝을 살짝 들어 올리고 성큼성큼 걸었어요. 보폭을 넓혀 큰 걸음으로 따라가다 보니 거리가 좁혀졌고, 마침내 저는 아이의 셔츠 자락을 붙잡을 수 있었지요.

"야페트, 그만 멈춰!"

"내버려 두란 말이야!"

야페트가 이 말과 함께 몸을 마구 흔들어 제 손을 떼어 내고는 또다시 멀찍이 달아났어요.

"네 엄마한테 이를 거야!"

이렇게 소리치며 저는 말 안 듣고 제멋대로 구는 야페트의 뒤를 따라 걸음을 재촉했어요.

갑자기 야페트가 오른쪽으로 방향을 틀었어요. 저도 따라 방향을 바꿨지요. 그러자 이번엔 왼쪽으로 트는 거예요. 저도 그랬죠. 오른쪽으로 도망치다 다시 왼쪽으로 방향을 바꿔 달아나는 야페트. 그러다 어느 집 문으로 달려 들어가더니 자취를 감추고 말았어요.

이런! 바로 토마스네 집이었어요! 공포가 밀려오면서 가슴이 쿵쾅거리기 시작했어요. 내 어린 사촌이 늑대 굴로 들어가다니!

저는 깊게 숨을 들이마시며 그 집 문으로 용감하게 걸어갔어요. 문앞에 한 사람이 서 있더군요.

"안녕? 우리 야페트, 안으로 들어갔지?"

"바아아아아아아아아! 바아아아!"

저는 어이가 없어 눈을 위로 치켜뜨며 물었어요.

"파비오?"

토마스에게는 여기저기 돌아다니며 장난치길 좋아하는 열다섯 살 남동생이 있었어요.

"바아아아아아아아! 바아아아아아아! 바아아아아아아아아아아아아!"

우는 소리도 아니고 계속 뜻 모를 소리만 내는 파비오.

순간 생각나는 게 있어 입꼬리를 올리며 살짝 미소를 지었지요.

"알았어, 검은 양. 양털은 있겠지?"

"바아아! 바아아아아!"

"좋아. 나 들어가서 양털 담을 주머니하고 어린애 하나 데리고 올게."

저는 문을 밀고 안으로 들어갔어요.

직사각형 모양으로 생긴 마당이 제 앞에 있었어요. 왼쪽으로는 담이 있었고 오른쪽으로 눈을 돌리자 집 한 채가 보였어요. 저는 앞으로 조심조심 걸어 나갔어요. 오른쪽에 문이 하나 나타났는데 닫혀 있었어요. 야페트가 그 안에 있는지 없는지 알 수 없었지요. 마당 안쪽으로 더 깊숙이, 계속 걸어 나갔어요.

누군가가 다가왔어요.

"하벤이구나! 안녕."

여자였어요.

저는 그 여자에게 손을 내밀었어요. 그 여자가 제 손을 잡더니 양쪽 뺨에 키스했어요.

"누구세요?"

"솔리아나라고 해. 우리 오빠가 토마스야."

"반가워. 우리 야페트, 여기 있지?"

"응. 날 따라와."

솔리아나가 제 손을 잡더니 어느 문 안으로 저를 데리고 들어갔어요. 왼쪽 벽을 따라 텔레비전 소리가 흘러나왔어요. 텔레비전 옆 소파에 두 사람이 앉아 있더군요. 제 정면으로는 야페트처럼 작은 사람이 안락의자에 편안한 자세로 앉아 있었어요.

"하벤! 나, 토마스."

순간 찬찬히 생각해 보았어요. 사람들 대부분이 자기가 누군지 먼저 밝히지 않았는데……

"안녕……."

"어서 와! 와서 앉아!"

토마스가 큰 소리로 말했어요. 건너편에서도 그의 목소리를 들을 수 있다니, 놀라웠어요. 음성을 팽창하지 않고 큰 소리 내는 법을 터득한 것 같았어요.

저는 안락의자 두 개를 지나서 소파로 갔어요. 하지만 소파에 앉을 자리가 없어 그 옆에 있는 침대에 올라앉았지요.

토마스가 소파에 앉은 채로 몸을 앞으로 기울이며 물었어요.

"너희 가족은 어때? 모두 잘 지내셔?"

"잘 지내요."

"무시도 잘 지내나?"

저는 깜짝 놀라 눈을 크게 떴어요. 토마스가 우리 오빠를 알고 있다니.

어느 가족이든 가족사를 매끈하게 이어지는 이야기 단 하나로 풀어 낼 수는 없을 거예요. 특히 저희처럼 4개 대륙에 흩어져 살고 있는 대가족의 경우는 더욱 그래요. 많은 세월에 걸쳐 이런 일 저런 일, 이 사람 저 사람, 각기 서로 다른 이야기들이 펼쳐지니까요. 어떻게, 어떤 식으로 알게 되었는지는 모르지만, 아무튼 토마스는 우리 가족사의 한 부분을 알고 있었어요.

저한테는 거의 저와 따로 떨어져 자란 오빠가 둘 있어요. 미국에서는 그 두 오빠를 저와는 배가 다른 오빠라고 칭하겠지만 에리트레아에서는 그냥 다 오빠라고 불러요. 문화 차이지요. 저보다 열두 살 위인 제일 큰 오빠의 이름은 아웨트라고 해요. 아웨트 오빠는 현재 캘리포니아의 한 학교에서 아이들을 가르치고 있어요. 저보다 여섯 살 위인 또한 오빠가 바로 무시라는 이름을 지닌 오빠예요. 우리 가족 중에는 저와 똑같이 중복장애인 사람이 딱 한 명 있는데, 무시 오빠가 바로 그 사람이에요.

토마스가 물어본 말 때문에 가족들이 나눈 대화를 통해 알게 된 사실이 떠오르더군요. 무시 오빠는 이곳에서 아위예 할머니 밑에서 자랐어요.

그래서 토마스가 오빠를 아는 건가?

아위예 할머니가 무시 오빠를 학교에 보내 공부시켜야 한다며 사방팔방 찾아다녔지만 모든 학교가 중복장애 학생은 가르칠 수 없다며 받아들이지 않았다고 해요. 그러니 다른 아이들이 학교에서 공부하는 동안 무시 오빠는 집에서 빈둥거릴 수밖에 없었겠지요. 그렇게 불만과 좌절의 시간을 보내다 여러 해 뒤에 오빠는 미국으로 이민을 가게 되었고, 마침내 열두 살 나이에 처음으로 학교에 들어갈 수 있었대요.

목에 뭐가 걸린 것 같은 느낌에 저는 침을 꿀꺽 삼키며 대답했어요.

"무시 오빠는 잘 있어요. 뉴욕에 있는 헬렌 켈러 센터에 다니고 있어요. 거기서 9개월 있으면서 자립할 수 있는 기술을 배우나 봐요. 흰 지팡이를 짚고 돌아다니기, 보조 기술 활용법, 점자, 수화, 청소, 요리 등을 배운다고 하는데…… 근데 요리할 줄 알아요?"

"몇 가지 정도만."

"그렇구나. 그러면 무시 오빠가 훨씬 잘할 거 같은데요?"

토마스는 소파에 같이 앉아 있던 사람하고 잠시 무슨 얘기를 나누더니 다시 저를 보며 말했어요.

"하벤, 이쪽은 다위트라고 해. 다위트 알아? 모르지? 내 친구야."

"만나서 반가워요."

우리는 악수를 했어요.

"그러니까 무시가 잘 지낸단 말이지?"

토마스가 다시 말을 이었어요.

"예. 고등학교 졸업하고 지금은 뉴욕에서 교육 중이에요. 왜요?"

"옛날에 우린 늘 같이 붙어 다녔거든. 절친이었어. 우린 이것도 똑같이 잘해. 이거 알아?"

"이거라니?"

토마스가 자기 손을 보여 주었어요. 집게손가락과 가운뎃손가락이 한데 꼬여 있었어요.

저는 웃으면서 고개를 끄덕였어요.

"똑같아요."

"그렇고말고! 우린 아주 친했어. 비슷한 데가 너무 많아 거의 모든 걸 같이 하곤 했지. 잘 지내는지 소식이 궁금했거든. 보고 싶다고 좀 전해 줘. 그리고 이곳에 한 번 오라고 해."

"그럴게요."

솔리아나가 문가에서 뭐라고 물어보는 것 같았어요.

"하벤, 차 마실래?"

토마스가 저에게 물었어요. 솔리아나가 그렇게 물어봤던 거지요.

"좋아요."

솔리아나가 저에게 차가 담긴 찻잔을 건네주었어요. 얼마나 친절한
지, 감동이었어요. 그때 또 한 생각이 떠오르더군요. 아이들 사이를 비
집고 들어와 어린 여자아이에게서 장난감 피아노를 낚아챈 남자에게도
따뜻한 구석이 있구나, 그런 생각 말예요.

눈으로 보고 귀로 들을 수 있는 사람은 다른 사람과 만날 때 여러 가
지 세세한 것을 한눈에 처리할 수 있어요. 얼굴 표정, 몸짓 손짓, 입에
서 나오는 말, 목소리의 변화 등등. 하지만 중복장애인에게 세상은 주
변 상황에 관한 정보를 한 조각, 한 조각씩 밖에 보여 주지 않아요. 그
래서 새로운 정보가 나타날 때면 주변 상황에 대한 그 이전의 생각이나
느낌을 휴지 조각처럼 내버려야 할 때가 많아요.

저는 차를 다 마시고 빈 잔을 테이블 위에 올려놓았어요.

"집에 가서 야페트가 여기 있다고 알려 줘야 해요. 차, 잘 마셨어요."

문가에서 누군가의 목소리가 들려왔어요.

티그리냐어로 뭐라고 대답하던 토마스가 저에게 말했어요.

"파비오가 너한테 물어볼 게 있다는데."

파비오가 다가와 제 옆에 털썩 주저앉았고 그 바람에 침대가 출렁
거렸어요.

"바아아아아! 바아아아아아아!"

그러자 토마스가 야단을 치듯 티그리냐어로 속사포같이 말을 쏟아 냈어요.

저는 밝게 웃으며 눈을 반짝였어요.

"안녕, 검은 양! 네가 우리 꼬마 사촌에게 주겠다고 약속했던 그 양 털은 어디 있니?"

"뭐라고? 무슨 소리야?"

파비오가 무슨 뚱딴지 같은 소리를 하냐는 듯이 놀라 물었어요.

"미국 동요에 〈바아아 바아아 검은 양〉이란 노래가 있거든. 네가 그 비슷한 소리를 내니까 내가 검은 양이란 이름을 붙인 거야."

"아, 그렇구나…… 근데 있잖아, 장난감 피아노 좀 가져오면 안 돼?"

믿을 수가 없었어요. 참 묘하다는 생각에 저는 웃음을 터뜨리지 않을 수 없었어요.

"너도? 좋아, 가서 가져올게."

제6장

산속에서 춘 춤

2003년 여름, 캘리포니아, 나파

"하벤, 이게 마지막 기회야."

영국인의 목소리가 들렸어요. 경고의 목소리였지요.

인챈티드 힐스 캠프에 참가한 시각장애 고등학생들은 목소리만 들어도 누가 영국인 카운슬러인지 아닌지 구분할 수 있어요. 하지만 저는 그렇게 하질 못해요. 이제 막 열다섯 살에 접어든 저에겐 이번 캠프가 올해 맞이한 첫 번째 큰 모험이에요. 캠프에서는 수영, 보트 타기, 승마, 공예, 하이킹, 스포츠, 연극 등 여러 가지 프로그램을 제공해요.

시각장애 카운슬러와 눈이 보이는 카운슬러가 함께 시각장애 학생에게 안전하게 말에 올라타는 법부터 골볼 경기에 이르기까지 여러 활동을 가르쳐 줘요. 시각장애인을 위한 스포츠인 골볼은 소리 나는 종이 들어 있는 농구공만 한 크기의 공을 상대편 진영으로 굴려 골 안에 들어가면 점수를 따는 경기지요. 물론 상대편 선수는 공이 굴러오며 내는 소리를 듣고 그 방향으로 몸을 던져 공이 골 안으로 들어가는 것을 막아야 해요. 경기에 참가하는 선수들은 시각장애든 아니든, 장애가 심하든 아니든, 앞을 보지 못하도록 모두 안대를 착용해야 해요. 그래야 공평하니까요. 이곳 캠프에서는 골볼 경기가 인기 있는 스포츠예요. 하지만 저는 귀도 잘 들리지 않기 때문에 공이 굴러오는 방향을 감지하기가 어려워요. 그래서 올해는 골볼 경기에 참가하지 않을 생각이에요.

저는 대신 연극을 해야겠다고 생각했어요.

"하벤, 너는 오디션에 참가하지 않을 거야?"

영국인 카운슬러가 물었어요. 다른 아이들이 오디션을 보는 동안 카운슬러들이 무슨 말을 하는지, 저는 반도 알아들을 수가 없었어요. 겨우 알아낸 사실은 참가자들이 〈웨스트사이드 스토리〉에 나오는 배역에 맞춰 노래를 불렀다는 것이었어요. 시각장애 학생 12명이 무대를 마주 보고 의자에 앉아 있었어요.

심장이 마구 뛰기 시작했어요. 저는 안 하겠다는 뜻으로 고개를 가로저었어요.

"그래도 한 번 해 보지 그래?"

의자에 몸을 더 깊게 파묻으며 저는 또다시 고개를 좌우로 흔들었어요.

"오케이. 그럼 여기서 끝내자. 모두 돌아가도 좋아. 점심시간이 끝난 뒤에 결과를 발표하도록 할게."

의자 끄는 소리가 큰 방 안에 메아리로 울려 퍼졌어요. 곧이어 탁, 탁,

탁. 몇몇 참가자들이 흰 지팡이를 바닥에 두드리며 문으로 향했어요. 저한테도 흰 지팡이가 하나 있긴 해요. 우리 집 벽장 옆에 세워 놓았어요. 지팡이가 있으면 낯선 곳을 다닐 때 도움이 되긴 해요. 하지만 캠프장에서는 필요할 것 같지 않아 집에 두고 왔어요. 이곳 지형을 미리 숙지하고 왔거든요. 그리고 잔여 시력이 있으니 괜찮겠다고 생각했지요. 남아 있는 시력으로 저는 하얀 벽, 열린 현관문을 통해 쏟아져 들어오는 햇살, 제 앞에 걸어가는 아이들 6명 정도는 볼 수 있거든요.

밖으로 나온 저는 무리에서 벗어났어요. 살갗에 따뜻한 기운을 안기는 여름 햇살. 길 아래에 있는 마구간에서 풍기는 말 냄새를 실어 오는 가벼운 산바람.

캠프 오두막에서 식당까지는 포장된 도로가 길게 쭉 이어져 있어요. 도로 양쪽을 따라 대략 1m 정도 높이로 밧줄이 설치되어 있고요. 캠프 참가자 가운데 어떤 학생은 그 밧줄을 잡고 길을 오가기도 해요. 물론 지팡이나 잔여 시력의 도움을 받아 방향을 잡고 길을 가는 학생도 있고요.

저는 도로 왼쪽 가장자리를 따라 걸어가며 말이 이 근방 어디에 있다고 하는데 어디에 있는지 둘러보았어요.

저기 한 마리가 있어! 아니, 근데 누가 있는 거 같은데.

"안녕, 나 로빈이야."
여자 목소리였어요.

로빈과 저는 작년 캠프에 와서 서로 이런저런 우스개 얘기를 주고받다가 친해진 사이였어요. 캠프 장기 자랑 시간에 둘이서 재미있는 촌극을 한 편 공연하기도 했고요. 로빈은 캘리포니아 시각장애인 학교에 다니고 있고, 저는 오클랜드에 있는 공립 고등학교로 장애 학생과 비장애 학생이 같이 공부하는 스카이라인 고등학교에 다니고 있어요. 그래서 평소엔 못 보다가 캠프에 와서야 서로 만날 수가 있었지요.

"그래? 오랜만이네, 반가워!"

말에게 손을 내밀고 있는 로빈의 모습이 어렴풋이 보였어요.

"뭘 먹이고 있는 거야?"

"사과. 하나 줄까?"

로빈이 사과 하나를 건네주었어요.

또 한 마리가 눈에 띄었어요. 검은 갈기를 지닌 밤색 말이었지요. 저는 로빈 옆에 서서 그 말에게 사과를 내밀었어요. 말이 제 손에 놓인 사과를 한 입 씹어 먹는 사이에 저는 다른 한 손으로 말의 머리를 만졌어요. 살살, 부드럽게 얼굴을 쓰다듬었어요. 털이 따뜻했어요. 얼굴이 어찌나 큰지 놀랐어요. 뺨에 손을 대 봤어요. 오물오물 사과를 씹는 박자에 맞춰 흔들리는 뺨.

말이 또 한 입 사과를 물고 씹었어요. 그러더니 말이 풀을 뜯어 먹는 것처럼 제 손바닥을 핥았어요.

"손가락은 물지 마라. 부탁이야."

로빈이 깔깔 웃었어요.

"너, 너무 진지하게 말한다! 꼭 말이 알아듣기라도 할 것처럼 말이야!"

"다 알아들어. 세상에다 무슨 말을 하면 세상이 그 말을 다 알아듣는다고. 너도 그 말한테 손가락 물지 말라고 해 봐."

"물지……."

로빈이 다시 킬킬거렸어요. 웃음을 억지로 참는 모양이에요.

"부탁이…… 내 손 물지 마!"

그러더니 로빈은 배꼽을 잡고 웃었어요.

"웃긴다, 웃겨! 어쩌다 내가 네가 시키는 대로 하는 거지. 딴 얘기하자. 오늘 아침엔 뭐했어?"

"오디션 보러 갔었어."

저는 말의 뺨을 살살 쓰다듬으며 말했어요.

"잘했어! 무슨 역을 맡았는데?"

그 순간 심장이 덜컥 멈추는 것 같았어요.

"못 맡았어."

"무슨 소리야! 왜?"

"그게 있잖아……."

제 목소리가 작아졌어요.

"노래를 부를 줄 아는 사람을 찾나 봐. 근데 난 노래를 못 하거든."

"무슨 소리야. 너도 할 수 있어. 노래 못 부르는 사람이 어디 있다고."

"아냐, 정말이야. 난 노래 못 해. 음정이 틀려도 알 수가 없어. 듣지 못하니까."

"아하."

서글픈 생각이 단단한 덩어리로 뭉쳐 가슴 속에 턱 걸려 있는 느낌이 들었어요. 시각장애인을 위한 캠프마저도 저를 따돌리고 있는 것이 아닌가 하는 생각이 불쑥 떠올랐어요.

골볼 경기에서는 굴러가는 공이 내는 소리를 들어야 하잖아. 연극을 해도 음악을 들을 수 있어야 하잖아. 어딜 가도 항상 이 소리도 듣고, 저 소리도 듣고, 아무튼 소리를 들을 수 있어야 하는데 나는…….

"하벤."
로빈이 목소리를 높였어요.
"우리 올해도 촌극 한 번 하자!"
"좋지."
그때 우리에게 다가오는 두 사람의 모습이 보였어요.
"야, 너희 여자애들, 여기서 무슨 꿍꿍이짓을 벌이고 있는 거야?"
키가 큰 사람이 먼저 입을 열었어요.
"너희들, 딱 걸렸어."
"그런 소리 하지 마! 그러시는 그쪽은 누구신대요?"
로빈이 팔짱을 끼며 말했어요.
"난 그렉이라고 해."
"난 로빈, 그리고 애는 하벤."
"거짓부렁하지 마! 이름 가지고 장난치는 거니?"
로빈이 웃음을 터뜨렸어요.
"진짜 우리 이름이야!"

"좋아, 그렇다고 쳐. 그러면 난 블레어고 이쪽은 클레어야."

"우리 이름, 꾸며 낸 이름이 아니라니까. 진짜로 내 이름은 로빈이고, 내 친구는 하벤이야."

잠깐만. 만일 그렉이 로빈과 하벤의 끝 음이 같다고 생각했다면 로빈이 내 이름을 '하빈'이라고 잘못 발음한 걸까? 아니면 그렉이 일부러 하벤과 로빈이라는 이름을 느슨하게, 닥터 수스* 식으로 음율을 맞춰 생각한 걸까? 나는 청각으로 그런 미묘한 차이를 구분할 수 없어. 그게 바로 내가 노래를 안 부르는 이유라고.

"좋아, 알았어. 그렇다고 하니까 믿어야지. 근데 너희들한테 알려 줄게 있어. 곧 무용 교실이 시작되는 모양이야. 너희 둘, 한번 가 봐."

그렉이 말했어요.

"하벤, 어때?"

로빈이 저를 바라보며 말했지요.

"글세…… 난…… 모르겠어. 춤 못 추거든."

"그렇다면 잘 됐네. 춤을 배울 수 있는 좋은 기회야. 눈은 보이지 않지만 전문 무용수로 활동하는 시각장애 여자가 살사를 가르친다고 하더라."

---

* 본명이 시어도어 수스 가이젤1904-1991인 미국의 동화 작가이자 만화가로 '닥터 수스Dr. Seuss'란 필명으로 쓴 60권 이상의 책과 삽화로 유명하다. 특히 독특한 음율이나 말장난이 돋보이는 동화책으로 인기를 누린 작가다.

그렉이 다시 부추겼어요.

"앞을 못 보는 무용 선생이라고?"

저는 놀라서 눈을 크게 떴어요.

"쿠바에서 살사를 배웠다는 모양이야. 스페인에서도 훈련받고."

저는 잘못 들은 게 아닌가 싶었어요.

"진짜 시각장애 무용수라고?"

"그래, 그렇다니까."

갑자기 오만가지 질문이 앞서거니 뒤서거니 떠오르며 머릿속을 어지럽혔어요.

"어떻게 배운 거지? 앞을 못 보는데 어떻게 가르친다는 거야?"

"궁금하면 거기 가서 알아보면 되잖아."

"좋아 그러지 뭐."

우리가 간 곳은 키바*, 좀 전에 그 끔찍했던 오디션이 열렸던 바로 그 곳이었어요. 그곳에 들어갈 때 얼마나 기운이 빠졌던지…… 사람들 10명 가량이 서서 잡담을 나누고 있었어요. 로빈과 저는 앞으로 걸어 나갔어요. 〈무대〉로 쓰는 곳 근처에 어느 키 큰 여자와 남자가 작은 목소리로 조용히 대화를 나누고 있었어요.

"그런데 있잖아. 너, 집에서 춤은 추니?"

로빈이 말을 걸어 왔어요.

---

* 키바Kiva는 원래 북미 인디언, 특히 푸에블로 인디언이 의식을 치르기 위해 만든 방을 말한다. 여기서는 연극과 같은 공연을 위해 캠프에서 마련한 공간을 지칭하는 것으로 보면 된다.

"거의 안 춰. 우리 가족이 에리트레아 춤을 추기는 해. 큰 원을 그리며 빠르게 움직이는 춤이야. 내가 낄 때가 있는데 엄마 잔소리가 어찌나 심한지. '하벤, 어깨를 움직여!' 춤을 출 때마다 내가 틀리거든. 그러면 엄마가 이렇게 소리 질러. '하-벤, 어깨를 좀 더 움직이라니까.' '하벤, 어깨를 더 빠르게 움직여 봐.'"

"힘들었겠다."

"내가 그만두면 엄마의 실망이 이만저만이 아니야. '하-벤, 엄만 너랑 춤추고 싶단 말이야.' '하-벤, 우리가 바라는 건 네가 우리랑 같이 춤추는 거야.' 늘 이런 식이거든."

"너희 엄마는 정말 네 이름을 많이 부르는 모양이구나."

"그러게……."

이젠 로빈이 분명히 알았을 거예요. 제 이름을 어떻게 발음해야 하는지.

무대 정면에서 무용 선생님이 소리쳤어요.

"인챈티드 힐스 캠프 참가자 여러분, 안녕하세요?"

"즐거움이 가득한 곳, 인챈티드 힐스 캠프!"

모두가 한 목소리로 소리치며 박수를 쳤어요.

"데니스 밴실이라고 해요. 오늘 여러분에게 살사의 모든 것을 가르칠 거예요. 우선, 내 얘길 조금 할 게요. 나는 거의 춤하고 같이 살았어요. 처음에는 탭댄스부터 시작했지요. 그 다음엔 재즈, 모던, 스윙, 살사, 메렝게, 플라멩코 등 온갖 춤을 배웠어요. 춤을 사랑했고, 그 춤을 배우려고 세계 곳곳 안 돌아다닌 곳이 없어요. 오늘부터 시작해서 며칠 동안 여러분이 준비하는 〈웨스트사이드 스토리〉 공연을 위해 살사, 메렝게, 스윙을 집중적으로 배울 거예요. 자, 여기서 오디션에 참가한 사람이 몇 명이나 되죠?"

침묵.

"아 참, 내가 눈이 안 보인다는 사실을 모르는 사람이 있을지도 모르겠네요. 여러분이 손을 들어도 난 볼 수가 없어요. 그러니까 말로 대답해야 해요. 연극 오디션을 본 사람은 '저요'라고 대답해 주세요."

데니스 선생님이 말하자 몇 명이 큰 소리로 대답했어요.

"좋아요!"

데니스 선생님이 계속 말을 이었어요.

"사실 난 열세 살 때부터 앞을 보지 못했어요. 시력을 완전히 잃었거든요. 내가 이런 말을 하는 이유는, 눈이 보여야 춤을 출 수 있는 게 아니라는 사실을 여러분에게 알려 주고 싶기 때문이에요. 누가 여러분에게 앞을 보지도 못하는데 춤은 무슨 춤이냐고 한다면 그 사람이 틀린 거죠. 마찬가지로 앞을 보지 못해도 춤을 가르치는 데는 아무 문제가 없어요."

앞줄에 서 있었던 저는 온 신경을 귀에 집중해서 선생님의 말을 들었어요. 당당하고 자신감에 넘치는 시각장애 여선생님에게 춤을 배우다니 정말 신기했어요. 저는 선생님의 말을 하나하나 놓치고 싶지 않았고, 선생님의 동작 하나하나를 그대로 따라 하면서 춤을 배우고 싶었어요. 아울러 선생님이 가르치는 모든 것을 하나도 놓치지 않고 기억 속에 저장하고 싶었어요.

"오케이, 그럼 시작해 볼까요? 모두 나를 바라보세요. 내 목소리가 나오는 쪽을 바라볼래요? 조금이라도 눈이 보이는 사람은 앞으로 더 나와도 돼요. 나오고 싶은 만큼 나오세요."

그 말을 듣고 됐다 싶은 저는 바로 앞으로 나갔어요. 데니스 선생님과 두 걸음 정도 떨어진 곳까지 가까이 다가섰지요. 로빈과 다른 학생 5명도 앞으로 나왔어요.

"먼저 두 발을 앞으로 나란히 해서 한데 모으세요. 오케이. 그 다음은 두 발을 15cm 정도 벌려요. 두 발 모두 여러분 몸 아래에 있어야 해요. 양쪽 다 어깨 아래로 똑바로 세우세요. 됐나요? 질문 있어요?"

누군가가 질문을 했어요.

"알았어요. 내가 그쪽으로 가서 한번 볼게요."

데니스 선생님은 질문을 던진 아이 쪽으로 향했어요. 지금까지는 하나도 어렵지 않았어요. 데니스 선생님이 다시 원래 자리로 돌아왔어요.

"자, 그 자세가 바로 춤을 시작하는 기본 자세이니까 모두 잘 기억해 두세요. 다음엔 왼발을 들어 앞으로 내딛는 겁니다. 작은 스텝으로."

데니스 선생님의 발을 유심히 살펴보며 저는 선생님의 동작을 그대로 따라했어요. 제 왼쪽에 선생님만 있었기 때문에 그나마 선생님의 발을 제대로 볼 수가 있었거든요.

"자, 그렇게 스텝을 밟았으면 이제 체중을 그 왼발에 실어 보세요. 체중 대부분이 왼발에 가야 해요. 몽땅 다는 아니고. 체중을 오른발에 약간 실리는 정도만 남기고 나머지는 다 왼발에 싣는 겁니다. 알았죠? 좋아요. 이게 '하나'예요. 첫 번째 기본 스텝. '둘'은 오른발로 제자리에서 스텝을 밟는 거예요. 그리고 체중을 오른발에 싣는 겁니다. 자 모두 '둘'을 했나요?"

아이들이 킬킬거리며 웃기 시작했어요. 순간 당황한 저는 데니스 선생님이 마지막으로 했던 말을 다시 떠올렸어요.

아아, '둘'을 하라는 말이 두 번째 스텝을 밟으라는 거구나.

저는 눈을 위로 치켜떴어요.
"계속해 볼까요?"
데니스 선생님의 목소리가 들렸어요.
"잘 들어요. 나중에 내가 일대일로 다 점검할 겁니다. 다음으로 '셋'은 앞으로 내디뎠던 왼발을 들어 뒤로 스텝을 밟아 다시 원래 위치로 오게 하는 겁니다. '하나', 왼발로 앞으로 스텝을 밟고, '둘', 오른발로 제자리에서 스텝을 밟고, '셋', 왼발로 뒤로 스텝을 밟아 다시 원래 자리로 오게 하고. 자, 모두 연습하세요. 하나, 둘, 셋. 하나, 둘, 셋. 이제부터는 내가 돌아다니면서 한 사람 한 사람 살펴볼게요. 여러분은 계속 연습하는 거예요."

데니스 선생님이 로빈에게 다가갔어요. 둘이 작은 목소리로 얘기를 나누는 바람에 저는 연습을 멈추고 지켜보기로 했어요. 로빈 뒤로 간 데니스 선생님은 로빈이 스텝을 밟는 동안 두 손을 로빈의 허리에 대고 서 있었어요. 그런 다음 로빈에게 뭐라고 말을 더 한 선생님은 제가 서 있는 곳으로 발걸음을 옮겼어요.

"안녕하세요? 하벤입니다."

저는 선생님의 말을 더 잘 듣기 위해 가까이 다가서며 말했어요.

"하벤?"

오오. 저는 선생님이 제 이름을 어떻게 발음했는지 잘 듣지 못했지만 그래도 대답했어요.

"예, 하벤이요."

"만나서 반갑다, 하벤. 네가 스텝을 밟는 동안 내가 손으로 동작을 느껴 봐도 괜찮겠니?"

"그럼요!"

제 뒤로 간 데니스 선생님이 양손을 제 허리에 댔어요. 제가 세 스텝을 밟는 동안 가볍게 허리에 손을 댄 자세로 서 있었지요.

"잘했다! 계속 연습하렴."

이 말을 남기고 선생님은 다음 아이를 향해 발걸음을 옮겼어요.

제 얼굴 전체로 환한 미소가 퍼졌어요. 앞을 보지 못해도 살사를 가르칠 수 있다는 말, 사실이었어요. 허리, 손, 어깨를 통해 발동작을 감지할 수 있으니…… 몸 전체가 서로 연결되어 있었어요. 몸에 귀를 기울여 그 움직임을 파악할 줄 아는 사람은 촉각 지능이 발달한 사람이래요.

촉각을 통해 모든 아이의 동작을 점검한 데니스 선생님은 다시 앞으로 나와 나머지 기본 스텝을 가르쳤어요.

"오케이. 그럼 이제부터는 둘씩 짝을 지어 추는 겁니다. 각자 짝을 찾으세요. 서로 얘기해 보세요. 시-작!"

로빈이 누군가에게 다가갔어요. 눈에 드는 상대를 찾은 거 같아요.

잘했어, 로빈!

저도 주위를 둘러보았어요. 짝이 필요한 아이가 누군지 찾고 싶었어요. 흐릿한 사람들의 모습이 방 안을 떠다니고 있었어요.

그때 검은 안경을 쓴 키 큰 남자아이가 제 앞에 나타났어요. 가슴이 바닥에 내려앉았어요. 제 가슴이 쏜살같이 산 아래로 달려가서는 여학생용 오두막으로 들어가더니 문을 잠가 버렸어요.

아이의 이름은 스티브였어요. 스티브는 제 얼굴에 나타난 경계의 빛을 보지 못했는지 이렇게 묻는 거예요.

"짝이 필요하지 않아?"

저는 머뭇머뭇 대답했어요.

"같이 춤 출 거라면……."

"평생을 위해서는 어때?"

"그건 싫어."

"왜? 그러지 마! 기회 좀 줘!"

데니스 선생님의 목소리가 들렸어요.

"자, 모두 짝을 지었나요?"

스티브가 손바닥이 보이도록 손을 위로 세우며 제 앞으로 내밀었어요.

저는 고개를 돌려 데니스 선생님을 바라봤어요.

"오케이. 그럼 짝끼리 손을 잡으세요."

데니스 선생님의 지시였어요.

"야호!"

스티브가 환호성을 내질렀어요.

나오는 웃음을 억지로 참으며 저는 제 손을 그 아이에게 줬어요. 제 손을 잡아 우리 머리 위로 들어 올린 스티브는 손을 마구 흔들었어요. 말없이 황홀감에 취해 손을 흔들며 춤을 추는 양.

깜짝 놀랐지만 오히려 어처구니없다는 생각에 저도 모르게 킬킬거리는 웃음이 제 입에서 새어 나오더군요. 저는 제 손을 잡은 스티브의 손을 끌어 내렸어요. 고맙게 스티브도 춤을 멈췄지요.

데니스 선생님의 말이 들려왔어요.

"내가 하나, 둘, 셋 이렇게 세고 나면 여러분은 짝과 함께 기본 스텝을 밟는 겁니다. 기억할 것이 있어요. 스텝을 시작할 때 여학생은 왼발을 앞으로 내딛고, 남학생은 오른발을 뒤로 빼는 거예요. 알았죠? 자, 그럼 이제 음악을 틀게요. 음악, 주세요!"

음악이 흘러나오기 시작했어요. 활기차고 신나는 음악 소리. 고음 부분이 제 귀에 들려오긴 했지만 박자는 알 수가 없었어요.

그런데 그 순간 저는 스티브의 손을 통해 박자의 흐름을 감지할 수 있었어요. 그 아이의 팔, 발, 어깨, 아니 그 아이의 온몸이 리듬을 전달하고 있었어요. 우리가 춤추는 동안 제 손이 음악의 모든 것을 느꼈던 거예요. 박자를 들을 수는 없었지만 손으로 느꼈던 거지요. 촉각 지능.

데니스 선생님이 우리에게 다가오더니 한 손은 스티브의 허리에 대고 또 한 손은 제 허리에 댔어요. 그렇게 서서는 손으로 우리가 추는 춤을 지켜본 거죠. 그러고는 무슨 할 말이 있는지 저를 향해 돌아섰어요.

"음악 소리 때문에 선생님이 무슨 말씀을 하셔도 전 들을 수가 없어요."

제가 선생님에게 말했어요.

그러자 데니스 선생님이 살며시 제 두 손을 잡더니 선생님 허리에 갖다 대는 게 아니겠어요? 그 상태에서 선생님은 직접 기본 스텝을 밟았어요. 각 동작마다 힘을 주어 강조하면서. 스텝을 밟을 때마다 선생님의 몸통 근육이, 가슴과 복부의 근육이 양옆으로 흔들렸어요. 왼쪽, 오른쪽, 왼쪽. 오른쪽, 왼쪽, 오른쪽. 그 다음에 데니스 선생님은 제 손을 잡아 선생님 발에 갖다 대었어요. 바닥에 쭈그리고 앉은 저는 선생님이 기본 스텝을 밟는 동안 손으로, 제 손이 선생님 발을 따라가며, 그 발의 움직임을 느꼈어요.

아, 선생님은 발뒤꿈치를 들고 그 상태에서 발바닥 앞쪽의 볼록한 부분으로 스텝을 밟는구나.

제 눈이 그런 세세한 부분을 놓친 거였어요. 데니스 선생님이 춤을 멈췄고 저도 일어섰어요. 제 뒤로 간 선생님은 두 손을 제 허리에 갖다 대었어요. 조심스럽게 체중을 왼쪽으로 옮긴 저는 왼발의 발바닥 앞쪽 볼록한 부분을 이용해 발을 앞으로 내밀었어요. 제 허리에 있는 선생님 손을 의식하며 저는 몸통 근육을 움직이며 각 스텝을 밟았지요. 하나, 둘, 셋, 잠시 정지, 다섯, 여섯, 일곱. 아직도 선생님 손이 제 허리에 그대로 있었어요. 저는 다시 스텝을 밟았어요. 하나, 둘, 셋, 잠시 정지, 다섯, 여섯, 일곱.

선생님이 제 어깨를 토닥이며 뭐라고 외쳤어요.

"감사합니다!"

저는 음악 소리를 덮어 버리듯 목소리를 한껏 높였어요.

데니스 선생님은 곧 온 참가자에게 턴을 가르쳤어요. 스티브와 저는 하나도 틀리지 않고 잘 해냈어요. 사실 스티브는 정말 춤을 잘 추는 진정한 춤꾼이었어요. 제 손으로 느끼는 그 아이의 동작은 우아함 그 자체였어요. 스티브가 즉흥적으로 움직여도 저는 그 리듬에 맞춰 자연스럽게 미끄러지듯 스르륵 움직일 수가 있었어요. 모든 동작마다 그것에 자연스럽게 대응하는 동작이 있는데, 저는 스티브가 손으로 전달하는 신호를 통해 직감적으로 그 모든 것을 알 수 있었어요. 촉각 지능.

힘들여 보려고 하지 않아도 이해할 수 있다는 것, 애써 들으려 하지 않아도 알게 된다는 것, 얼마나 놀라운 일인지. 살사 춤을 통해 저는 제가 가지고 있는 가장 뛰어난 능력을 활용할 수 있게 된 것이죠. 촉각을 통한 느낌이라는 그 탁월한 능력을.

춤을 추고 회전하며 저는 부드럽게 이어지는 우리의 춤 동작에 흠뻑 빠져들고 말았어요.

음악 소리가 잦아들더니 멈췄어요. 스티브가 제 손을 들어 올리더니 손에 키스를 했어요.

"야!"

저는 얼른 손을 빼냈어요.

"누가 해 달랬니? 왜 네 맘대로 그래!"

"아아!"

스티브가 몹시 비통하다는 듯 울부짖는 소리를 내며 자기 가슴을 움켜잡으며 뒤로 물러섰어요.

"내 심장에 비수를 꽂다니!"

주변의 아이들이 킥킥거렸어요. 저도 한편으론 웃고 싶었어요. 하지만 또 한편으로는 스티브를 발로 차서 캠프에서 쫓아내고 싶었어요. 걔 손길을 따라가며 마음이 편해지며 기분 좋은 느낌이 들었는데, 바로 한 순간에 그 손길에 대한 제 신뢰를 스스로가 깨 버리다니…….

"오케이!"

데니스 선생님이 주목하라고 했어요.

"오늘 수업은 여기까지 입니다. 모두 정말, 정말 잘했어요. 내가 요 며칠 동안은 여기 캠프장에 있을 겁니다. 그러니 다른 춤도 배우며 춤에 대해서 더 많이 배울 기회가 또 있을 거예요. 자, 이제 우리 점심 먹으러 갈까요?"

밖으로 나서는데 스티브가 제 옆에 따라붙으며 말을 걸었어요.

"나, 그동안 춤 많이 췄거든. 많은 사람하고 같이 췄어. 근데 넌 모를 거야, 네가 얼마나 춤을 잘 추는지. 진심이야."

"흐음."

못 들은 척, 관심 없다는 듯, 저는 식당으로 향하는 길을 따라 성큼성큼 큰 걸음을 내디뎠어요.

스티브는 계속 따라왔어요.

"정말이라니까. 너, 정말 잘 추는 거야. 댄스파티가 있는데 같이 가서 추지 않을래? 아마 나파 전 지역에서 우리가 최고로 잘 추는 댄서

가 될 거야."

저는 고개를 절레절레 흔들었어요.

"턱없는 소리. 난 네가 한 행동, 아직도 잊지 못해."

"뭐라…… 진심으로 하는 말이니? 손에 키스한 거, 그게 전부잖아!"

입꼬리가 올라가며 제 얼굴에 미소가 번졌어요.

"춤을 이끌어 가는 너를 믿었거든. 근데 내 손에 키스하는 게 춤은 아니잖아."

"아이고! 말도 안 돼."

스티브는 무슨 응답을 구하기라도 하는 듯 손을 위로 들어 올리며 흔들었어요.

"누구 손에 키스한다는 건 존경의 표시로 그러는 거라고. 예의가 담긴 행동이지 낭만, 이딴 거하고는 거리가 멀다고."

저는 나오는 웃음을 참으려 입술을 깨물었어요. 스티브의 시력이 남아 있어 제 얼굴 표정을 알아볼 수 있는지, 저는 알 수 없었어요. 제가 웃는 모습을 볼 수 없었으면 좋겠어요. 아무튼 참았던 웃음이 가라앉으면서 제 목소리는 진지해졌어요.

"네가 데니스 선생님 손에는 키스하지 않았잖아."

"선생님 손에 키스하기를 바랐던 거야? 좋아 그렇다면 네가 나랑 같이 춤을 추면 내가 선생님 손에 키스할게. 정말 할게!"

"그래도 싫어."

스티브가 앞으로 껑충 뛰어가더니 식당 문을 열고는 손을 옆으로 휘저으며 저보고 먼저 들어가라는 신호를 보냈어요. 저는 총총걸음으로 그 아이를 지나쳐 안으로 들어갔어요. 함께 춤을 췄던 기억도 뒤로 물렸지요.

스티브가 따라오며 다시 물었어요.

"너 정말 댄스파티에서 나랑 같이 춤추기 싫다는 거니?"

"응."

"이유가 뭐야? 세상이 왜 이리 불공평한지! 난 한 번도 여자아이를 만나 본 적이 없는데……."

방향을 틀어 돌아선 저는 빠른 걸음으로 스티브가 따라올 수 없는 곳으로 달아났어요. 여자 화장실로요.

살사 춤을 춘 일은 정말 멋진 경험이었어요. 춤을 추면서 두 사람이 나눈 교감, 그건 그 순간의 아주 특별한 즐거움이었어요.

그런데 남자아이 없이 살사 춤을 추는 방법을 찾아낸다면 더없이 즐거울 텐데…….

제7장

설거지, 그리고 마지막 한 수
-에리트레아 음식

2003년 가을, 캘리포니아, 오클랜드

학교 수업을 마치고 집으로 돌아온 어느 날 저녁 저는 종이 한 장을 들고 제 방에 앉아 있었어요. 스카이라인 고등학교에는 〈빌드온〉이라는 동아리가 있어요. 학생들이 지역 사회나 외국에 어떤 도움을 줄 수 있는지를 배우는 동아리이지요. 〈빌드온〉에서는 내년 봄에 아프리카 서부에 있는 말리로 학생을 파견하여 학교 세우는 일을 돕기로 했어요. 저도 그 일에 참가하겠다고 신청을 했고요. 신청 서류를 작성하는데 다른 건 다 괜찮았는데 마지막으로 한 가지가 꼭 필요했어요. 바로 보호자가 허락한다는 부모님의 서명이 있어야 했거든요.

부모님이 저에게 신경을 많이 쓰는지라 서명을 받기 위해선 전략이 필요했어요.

앉아 있던 침대에서 벌떡 일어났어요. 세 걸음이면 방문 앞이지요.

방에서 나온 저는 카펫이 깔린 복도를 살금살금 지났어요. 어디서 부모님 기척이 들리는지-바닥에서 느껴지는 울림, 제한된 제 시야에 떠오르는 움직이는 형상, 아니면 무슨 단서라도 될 만한 소리 등등-온몸의 신경을 곤두세웠지요. 그런데 좀 떨어진 곳에서 텔레비전 소리가 들려왔어요. 두서없이 다급하게 지껄이는 듯 울려 퍼지는 텔레비전 소리.

저는 빠른 걸음으로 거실로 향했어요.

어머니 사바는 흐트러진 식탁 의자를 제자리로 밀어 넣으며 주방을 정리하고 있었어요. 주방을 지나 거실로 발걸음을 옮기는 것이 문제였어요. 주방에서 거실로 가는 길에 문턱이 있는데 그 위로 회색이 섞인 흰색 깔개가 깔려 있었거든요. 그런데 지나다니는 사람이 그걸 보지 못해 발이 걸려 넘어지곤 했어요. 저 역시 마찬가지였어요. 그래서 그 문턱이 있는 곳 가까이까지 왔다 싶을 때 저는 껑충 뛰어넘었어요.

제 옆에서 텔레비전이 밝은 빛을 내며 온갖 소음을 뱉고 있었어요. 그 텔레비전을 마주하고 있는 검은색 가죽 소파 2개. 저는 두 손을 꼭 쥔 채 앞에 모으고 소파를 바라봤어요.

무반응.

왜 그러세요, 거기 계신 거 알아요.

서서 기다렸어요. 기다리고, 또 기다리고.

여기 안 계신가? 텔레비전이 켜져 있다고 누가 있다는 건 아닐 테니까.

저는 텔레비전 앞으로 나갔어요.

"무슨 일 있니?"

소파에서 어머니 목소리가 들려왔어요.

"그냥, 설거지는 내가 하겠다고 알려 주려고."

"고맙구나, 우리 딸."

저는 보이지 않는 문턱을 살짝 뛰어넘어 주방으로 건너가 왼쪽에 있는 싱크대 앞으로 갔어요. 싱크대 테두리를 따라 손을 더듬었어요. 한 손으로 싱크대 오른쪽 구석 위에 놓인 수세미를 집어 든 저는 다른 손으로는 부드러운 곡선의 병처럼 생긴 비눗물이 담긴 통을 잡았어요. 비눗물 통을 기울여 그 주둥이가 수세미에 닿도록 한 다음 비눗물을 짜냈어요. 물론 수세미를 잡은 손의 엄지로 흘러나오는 비눗물의 양이 적당한지 가늠하면서 말예요.

따뜻한 물이 제 손으로 흘러내렸어요. 한 손으로 싱크대 안을 더듬었어요. 절로 한숨이 나오더군요. 그릇이 너무 많았어요. 비눗물을 먹은 수세미로 접시 하나를 문질렀어요. 접시 앞뒤에 혹시라도 붙어서 떨어지지 않은 음식 찌꺼기가 있지 않은지 손가락으로 쭉 훑어 더듬어 봤어요. 매끈했어요. 그 접시를 다시 물에 헹궜어요. 남아 있는 비눗물이 다 씻겨 없어질 때까지.

그렇게 씻은 접시를 식기 건조대에 넣었어요. 원래 식기세척기였는데 망가진 걸 그냥 건조대로 쓰고 있었거든요. 식기세척기가 제대로 작동하면 일이 훨씬 수월할 텐데! 그런데도 우리 부모님은 새 것으로 바꿀 생각을 전혀 하고 있지 않으니. 새 것을 살 여력이 안 돼서 그런 걸까? 아니면 고쳐 쓸 수 있다고 생각하고 있는 걸까? 아니면 손으로 설거지를 하다 보면 옛날 에리트레아에서 직접 손으로 설거지하며 살던 옛 시절을 떠올리며 그리운 지난날에 대한 향수를 달랠 수 있어서 그런 걸까?

시각장애를 지닌 아이들은 집안일에 전혀 보탬이 안 된다는, 그런 말도 안 되는 얘기를 하는 경우가 많아요. 그런데 따지고 보면 시각장애 아이들을 가진 부모들이 너희들은 그 일 못 해, 하며 미리 차단하는 게 아닌가 싶어요. 우리 부모님은 달랐어요. 제가 집안일을 할 수 있으면 하길 원하셨고 저도 그렇게 했어요. 사실 집안일 가운데는 눈을 감고도 쉽게 할 수 있는 일이 많아요. 이를테면 촉각에 의지해 할 수 있는 부분이 많다는 거죠.

티티가 저한테로 오더니 제 왼쪽에 섰어요. 무슨 할 말이 있어 온 것 같아 저는 수도꼭지를 잠그고 동생의 얼굴을 바라봤어요.

"언니, 뭐하는 거야?"

"설거지하잖아."

"언니야, 누가 모를 줄 알아? 나, 그렇게 바보 아니야. 나서서 설거지한 적이 없잖아. 꿍꿍이가 뭐야?"

저는 목소리를 낮췄어요.

"엄마 아빠가 의심하는 것 같아?"

"아냐! 엄마 아빠는 〈악어 사냥꾼〉*을 보느라 정신이 없어. 알잖아, 두 분이 그 프로그램을 얼마나 좋아하는지."

"너도 좋아하기는 마찬가지잖아. 왜 더 보지 않고?"

"광고가 나와서. 그 참에 언니가 뭘 하고 있는지 궁금하기도 했고. 근데 무슨 속셈인데?"

"알았어, 말할 게…… 근데 엄마 아빠한테 말하면 안 돼. 언니가 학교에서 〈빌드온〉이란 동아리에 가입했어. 아직도 발전 중에 있는, 흔히 개발도상국이라 불리는 국가에 학교를 세우는 일을 돕는 모임이야. 그 동아리가 아프리카 말리에 가서 학교 세우는 일을 도우려 하는데 언니도 가고 싶거든. 근데 신청서에 엄마 아빠의 서명이 필요하단 말이야."

"언니야, 두 분 다 안 된다고 할걸. 뻔히 알면서 왜 그래?"

"그래도 설거지까지 했는데 엄마 아빠가 칭찬하면서 허락하지 않을까?"

"하! 일 년 내내 설거지해 봐. 퍽 해 주겠다."

웃을 수밖에요. 티티의 말이 틀린 말은 아니거든요. 부모님이 설정해 놓은 안전지대 밖으로 내보내 달라고 설득하느니 차라리 킬리만자로 산에 오르게 해 달라고 말하는 편이 나을지도 몰라요.

티티가 하는 식으로 저도 웃자며 한마디했어요.

* 〈디스커버리 커뮤니케이션스〉가 운영하는 텔레비전 채널인 〈애니멀 플래닛〉에서 방영한 야생 동물 다큐멘터리 텔레비전 시리즈물로, 1996년 시범 방송 이후 1997년부터 2004년까지 에피소드 64개가 방영되고, 2007년에 에피소드 13개가 추가되면서 10년 넘게 인기를 누림. 오스트레일리아의 환경 운동가이자 방송인인 스티브 어윈과 그의 아내인 테리가 야생 동물에 대한 새로운 접근 방법을 동원하여 진행을 맡은 것으로 유명함.

"내가 말리에서 사촌을 찾을 수도 있다고 하면 허락해 주실까?"

"뭐야? 그냥 말리에 가서 에리트레아 사람을 찾아보겠다고 해. 그러면 이렇게 얘기하실걸, '이제 혈통이 뭔지 안 모양이구나!'"

티티가 킥킥대며 말했어요.

"바로 그거야. 하기야 두 분이 늘 그런 식이니. 차선책으로 그 방법을 써야겠다."

"근데 언니, 계속 설거지할 거야?"

저는 잠시 생각했어요. 우리 부모님은 학교에서든 집에서든 제가 그냥 열심히 공부하기만을 원하셨어요. 그러니 제가 설거지를 한다고 해서 두 분에게 잘 먹힐 것 같지는 않았어요. 그래도 제 요구에 귀를 좀 더 기울이지는 않을까, 이런 생각이 들었지요.

"응, 계속 해야지. 엄마 아빠한테 내 얘기 절대 하지 마, 알았지? 내가 직접 얘기할 거니까."

"알았어."

티티와 저는 이러저런 문제로 티격태격하는 일이 많아요. 하지만 부모님과 관련된 문제가 발생하면 늘 우리 둘은 같은 편이 되었지요. 그래서 전 티티를 믿을 수가 있었어요.

싱크대에 받아 놓은 물에 떠다니는 또 다른 접시가 손에 잡혔어요. 티티가 접시 두 개를 슬쩍 담가 놓은 거예요.

"야!"

약 오르지 하며 놀리듯 신나게 킥킥거리며 티티가 주방에서 달아났어요.

20분 쯤 지나 저는 마지막 접시를 식기 건조대에 세워 놓았어요. 팔과 등이 쑤셔 왔어요. 점자를 읽어야 하는 제 손가락들이 비눗물과 따뜻한 물 때문에 불쌍하게도 많이 오글쪼글해진 것 같았어요.

저는 곧장 큰 소파로 향했어요. 소파에는 오른쪽에 한 사람, 왼쪽에 또 한 사람이 있었어요. 그 중간에 자리가 있어 앉으려고 하는데 그때 알았어요. 제가 앉으려고 하는 곳에 어머니가 다리를 쭉 뻗어 방석 위에 올려놓고 있었던 거예요. 엄마는 아무 말도 없이 다리를 비켜 주었어요.

"그래, 설거지는 다 한 거야?"

어머니가 물었어요.

"예! 스푼 여덟 개, 칼 두 자루, 사발 네 개, 접시 여섯 개, 컵 열 잔."

"아이고 얘 좀 봐! 하벤, 너 그걸 다 세고 있었던 거니?"

저는 어깨를 으쓱였어요.

"내가 얼마나 열심히 일했는지 알아?"

"고맙구나, 하벤. 정말 고마워."

저는 어머니를 바라보며 밝게 웃었어요.

"뭐 그런 걸 가지고."

옆에서 아버지의 경쾌한 목소리가 들려왔어요.

"물론 숙제는 다 한 거겠지, 우리 딸?"

"당연하지. 아빠는 걱정하지 않아도 돼. 작년처럼 올해도 전 과목 올에이 받을 자신 있어. 요즘은 세계사 시간에 일본에 대해서 배우고 있어."

"그래? 그럼 일본의 수도가 어딘지 아니?"

아버지가 물었어요.

"도쿄. 옛날부터 알고 있던 거야, 이건."

저는 아버지한테는 좀 더 어려운 문제를 내고 싶었어요.

"아빠, 에스토니아의 수도는?"

"식은 죽 먹기지, 탈린. 칠레의 수도는?"

"아이, 아빠! 산티아고. 인도네시아의 수도는?"

"자카르타. 그렇다면…… 타이는?"

"방콕. 말리의 수도는?"

"바마코. 가만 있자, 그 다음엔……."

"아빠는 말리라는 나라를 어떻게 생각해?"

짐짓 자연스럽게 행동하려다 보니 오히려 숨이 더 가빠지는 것 같았어요.

"말리는 아프리카에서 아주 중요한 나라지. 그 나라에 팀북투라는 도시가 있는데, 한때는 그곳이 거대한 무역 중심지였어. 아프리카와 중동 지역에서 온 상인이 그곳 팀북투에서 물건을 팔았거든."

"대단하네요! 말리에 대해서 또 아시는 건 없어요?"

제가 마음이 급했나 봐요.

"음악도 대단하지. 아빠 그 나라 음악을 좋아한단다. 어느 가수인지, 아무튼 말리의 어느 가수가 부른 노래가 담긴 시디 음반도 한 장 갖고 있어."

저는 되도록 감정을 자제하고, 무덤덤하게, 아무렇지도 않게, 그렇게 표현하려고 애를 썼어요.

"아빠는 내가 말리에 가서 시디 한 장을 구해서 갖다 주면 어떨 것 같아?"

"그게 무슨 뚱딴지같은 소리야?"

아버지의 목소리엔 의심이 묻어 있었어요.

저는 깊게 숨을 들이마시며 제 사정을 설명했어요.

"우리 학교에 〈빌드온〉이라는 동아리가 있는데 제가 거기에 가입했어요. 개발도상국가에 학교를 지어 주는 국립 비영리 단체에 속한 동아리래요. 지역 사회 봉사도 물론 하고요. 그런데 그 동아리에서 내년 4월에 3주 동안 말리에 학생들을 파견해서 학교를 짓는 활동을 할 예정이에요. 모든 게 다 무료고요. 항공료, 호텔 숙박비, 식사 등등 전부다. 엄마 아빠는 그냥 신청서에 있는 보호자 수락 난에 서명만 해 주시면 돼요."

침묵.

"모든 걸 다 〈빌드온〉에서 알아서 해 준대요."

저는 아버지를 안심시켜야 했어요.

"신청서는 벌써 다 작성했는데 부모님 서명이 필요해서요. 그냥 해주시면 되는데……."

침묵.

"신청서 가져오면 서명해 주실 거죠?"

"말리에 가고 싶은 이유는?"

마침내 아버지가 반응을 보였어요.

"더 나은 세상을 만드는 일에 도움이 되고 싶어서요. 말리의 어린아이들이 교육을 받을 수 있도록 돕고 싶어서 그래요."

옆에서 듣고 있던 어머니가 불쑥 끼어들었어요.

"하벤, 왜 하필 말리니? 에리트레아의 아이들에게도 학교가 필요하기는 마찬가지야. 에리트레아에 학교 짓는 일을 돕는 건 어떠니?"

"그건……."

저는 뭐라고 대답해야 할지 머리를 이리저리 굴려 봤어요.

"〈빌드온〉에서 에리트레아를 가는 게 아니니까. 에리트레아에 학교를 세우는 프로그램이 있으면 당연히 참가할 거예요."

"좋은 생각이야. 다음에 에리트레아에 가면 우리 하벤이 자원 봉사할 수 있는 학교가 있는지 알아보자."

아버지가 말했어요.

"그럼 나도 좋지. 에리트레아의 학교에서 봉사 활동을 하면 기꺼이 즐거운 마음으로 할 거예요. 그럼 우리 내년 여름방학 때 그렇게 하도록 계획을 세워 봐요. 〈빌드온〉 프로그램이 내년 4월에 있으니까. 두 번 다 시간이 돼요. 둘 다 하고 싶어요."

"4월에 학교는 어떻게 하고?"

아버지가 물었어요.

"〈빌드온〉은 학교 동아리야. 그래서 선생님 몇 분도 같이 가셔."

또다시 침묵.

"엄마 아빠가 말리에 가는 걸 허락해 주시면 내년 여름에 에리트레아의 학교에서 봉사하는 거, 약속할게요. 그럼 안 될까?"

"안 돼."

아버지가 말했어요.

"왜 안 돼요?"

기운이 빠졌어요. 티티가 옳았어요. 설거지로 부모님 마음을 움직일 수는 없었어요.

"안전하지 않아서 그래."

"말리는 안전하대요. 벌써 여러 해 동안 〈빌드온〉에서 말리로 학생을 파견했는데 아무 문제가 없었대요. 안전한 나라에만 학생을 보낸다고 해요."

"문제는 너야. 장애가 있으니."

대화가 복잡하게 이어지면 문제가 해결되지 않아요. 마음을 다잡고 신중하게 대할 필요가 있지요. 제 장애 때문에 걱정이 많은 아버지의 마음을 움직이려면 그만큼 큰 용기를 불러내야 해요. 가능한 한 두려움을 감추고 씩씩할 필요가 있어요. 제가 조금이라도 초조한 기색을 보이거나 겁을 내면 그것이 부모님의 보호 본능을 불러일으키는 게 당연하지 않겠어요? 하지만 어머니와 아버지와 저, 이렇게 세 사람을 위해 용기를 끌어모으는 일이 때론 수포로 돌아가는 느낌이 들어요. 사실 그동안 저는 나름대로 많은 용기를 내 봤어요. 그런데 독립과 자립으로 향하는 제 발걸음이 계속해서 제 안전에 대한 부모님의 걱정을 불러일으키기만 하니까 그게 문제죠. 우리 부모님은 자유를 향한 그분들의 길고 긴 험난한 여정에 관한 이야기를 들려주며 저를 키우셨어요. 그래서 저도 두 분처럼 저의 자유를 향한 길로 용감하게 나가리라 결심한 적이 한두 번이 아니었어요.

"제 장애가 어때서요?"

"눈이 안 보이는데 어떻게 학교를 짓겠다는 거니?"

"삽으로요. 벽돌로. 망치와 못으로. 다른 아이들이 하는 대로 똑같이 할 거야. 학교를 어떻게 세워야 하는지 모르지만 그건 다른 미국 학생도 마찬가지잖아. 선생님이 계시니까 가르쳐 주시겠지. 다른 아이들과 마찬가지로 현장에서 직접 배울 거야. 다른 아이들과 함께."

"하벤, 아빠가 시골 마을에 가 봤잖니. 그런 일이 어떤 일인지 잘 알아. 안전하지 않아."

"아빠도 아프리카 시골 마을에서 멋지게 살아 남으셨잖아요. 아빠가 할 수 있다면 저도 할 수 있어요."

"하벤. 에리트레아의 아이들에게도 학교가 필요하단다. 그 아이들을 도와주면 되잖아."

어머니가 다시 간섭하고 나섰어요. 어떻게 어머니가 계속 그런 얘기만 하는지 이해할 수 없었던 저는 어머니의 얼굴에서 시선을 뗄 수가 없었어요. 그런 다음 이 문제를 확실하게 해결하는 방법을 찾았어요.

"예, 여름에는 에리트레아에서 자원봉사할게요. 근데 지금은 내가 4월에 말리에 가는 문제로 얘기하고 있잖아."

저는 다시 아버지에게 고개를 돌렸어요.

"그 마을은 안전해요. 조직 위원회에서 이미 다 점검했대요. 정말 괜찮아요."

"하벤, 아빠가 얘기했지만 위험해. 너는 길을 가다가 뱀이 나타나도 볼 수 없잖아. 그런 경우, 어떻게 할래?"

속이 타들어 갔어요. 아버지 말이 맞아요. 저는 뱀을 보지 못할 거예요. 그러다 뱀이라는 사실을 알게 되면 제 온몸은 금방 고통 속에서 허우적거릴 게 분명해요.

"저런! 쟤는 뱀을 싫어한단 말예요."

왜 그런 말을 하냐고 야단치듯이 당당한 어머니의 목소리가 들렸어요.

"애한테 할 말이 있고 안 할 말이 있지! 하벤, 이제 알겠지? 그러니까 넌 에리트레아에서 학교 짓는 일을 도와야 하는 거야."

"엄마! 뱀은 에리트레아에도 있단 말이야!"

어머니한테 이만저만 실망한 게 아니었어요.

"그래도 그곳에 있는 뱀은 사람을 물지 않아. 너하고 마주쳐도 뱀들이 이렇게 생각할걸. '오, 저 사람은 에리트레아 사람이로군. 그냥 놔두고 가야지.' 진짜야."

저는 웃고 또 웃었어요. 에리트레아가 무슨 동화 속에 나오는 나라인 것처럼 얘기하는 어머니한테 두 손 다 들고 말았어요.

"아빠, 엄마가 하는 얘기 들었어?"

"듣다마다. 넌 엄마 말을 믿니?"

아버지가 재미있다는 듯이 웃었어요.

"진짜라니까! 하벤, 뱀들이 네가 에리트레아 사람인지 아닌지 구분한다니까. 어쨌든 에리트레아에서 우린 뱀을 본 적이 없단다. 그곳 뱀은 사람 가까이 가지 않거든."

어머니가 질 수 없다는 듯 계속 말을 이었어요.

이왕 이렇게 됐으니 저도 장난 좀 쳐야겠다고 생각했어요.

"〈애니멀 프래닛〉 채널에서 그 이야기를 방영해도 되겠네. '에리트레아, 전 세계에서 유일하게 뱀이 사람을 절대 물지 않는 나라.' 이렇게 시작하면 될까?"

어머니가 웃었어요.

"그래, 충분히 이야깃거리가 되고말고. 하지만 조심해야 해. 에리트레아 사람이 아니면 물지도 모르니까."

"아아, 그렇군요……."

저는 어머니 말에 어이가 없어 그냥 고개만 끄덕이고는 아버지에게 화살을 돌렸어요.

"어디든 다 뱀이 있단 말이야. 에리트레아에도 있고, 말리에도 있고, 베이 에어리어에도 있고, 뱀이 나올지 모르니 뒷마당에도 나가면 안 되겠네? 일어날지 안 일어날지 모르는 사소한 위험 때문에 뒷마당에도 못 나간다? 아빠, 난 그렇게 못해. 두려움에서 헤어나지 못하는 삶, 그런 삶은 살기 싫어요. 어려움이 있더라도 모험이 있는 삶을 살고 싶단 말이야. 말리로 가서 학교 세우는 일을 돕고 싶어."

"위험해서 안 돼. 티티야! 언니가 하는 말, 들었니?"

티티는 안락의자에 편안하게 앉아 있었어요.

"무슨 말?"

"언니가 말리에 가고 싶다는구나."

"와, 좋겠다!"

"무슨 말도 안 되는 소리야! 위험해서 안 돼. 말라리아에 걸릴 수도 있고, 나쁜 사람들한테 납치당할 수도 있고."

아버지가 버럭 소리를 질렀어요.

"납치되면 아빠가 몸값을 내야겠네."

"그럴 돈 없다."

그러자 티티가 안 됐다는 듯 말을 느릿느릿 이었어요.

"언-니-야, 다-신 못-보-겠-네. 그-동-안 즐-거-웠-어-요."

"티티! 어떻게 입에서 그런 말이 나와?"

아버지가 동생을 야단쳤어요.

"언니 놀린 거야!"

이 말과 함께 티티는 걸음아 나 살려라, 후다닥 자기 방으로 달아났어요. 괜히 동생까지 야단맞게 한 게 아닌가 싶어 마음이 아팠어요.

"걱정하지 마세요. 안전하다니까요. 우리가 갈 마을도 다 점검했대요. 마을 지도자들과 함께 일을 진행한다니까요. 다른 학생들도 있고 선생님도 계시니까 괜찮아요."

저는 다시 아버지를 안심시키려고 노력했어요.

"그래도 안 돼. 못 가."

"도대체 왜요?"

"말했잖니, 안전하지 않다고. 너, 가면 안 돼. 얘기 끝."

두통이 격하게 몰려오면서 관자놀이가 마구 요동쳤어요. 저에 대한 부모님의 걱정이 되레 단단한 쇠사슬처럼 저를 옭아맸어요. 절대로, 영원히 제가 성장하지 못하도록 할 작정인가 봐요.

소파에서 일어난 저는 거실에서 나오기 전 잠시 멈춰 서서 마지막 일격을 가했어요.

"앞으로 설거지 안 할 거야."

어머니와 아버지가 제 등에 대고 뭐라 큰 소리로 말했지만 그 소리는 거실을 나서는 제 발걸음의 배경 음향일 뿐이었어요.

저는 제 침대에 올라앉았어요. 완고한 부모님 때문에 부아가 치밀었어요. 안전하다, 경비도 댈 필요 없다, 그 모든 걸 하나하나 분명하게 설명했건만 꼼짝도 안 했으니까요.

다른 아이들을 돕는 일에 제 나름 역할을 하고 싶었는데 저지당하고 말았으니 오도 가도 못하고 갇힌 꼴이었어요. 부모님이 반대하셔서 너무 마음이 아팠어요. 목이 메면서 금방이라도 눈물이 왈칵 쏟아질 것 같았어요.

침대에서 나와 일어선 저는 두 손을 위로 쭉 뻗었어요. 그런 다음 손을 아래로 내리며 고개를 왼쪽으로, 오른쪽으로 돌렸어요. 뻣뻣했던 목이 풀어졌어요.

제 인생은 제가 살아가야 하는 저의 인생이죠. 옴짝달싹 못하고 갇혀 살아야 한다는 생각, 그런 생각에 제 인생을 맡길 수는 없었어요.

아버지는 제가 말리에 가는 일이 위험하다고 생각하기 때문에 서명을 거부한 거예요. 그래서 제가 무슨 주장을 하든지 무시해 버린 거죠. 차분하고 분명하게, 논리적으로 설명해도 소용없는 일이었어요. 어쩌면 제가 제 생각에만 치우쳐 제 능력을 과신하고 있는 게 아닌가 그런 생각을 했을 수도 있어요. 그렇지만 제 능력은 제가 잘 알아요. 누구보다 더 잘 알아요. 제가 할 수 있는 일과 할 수 없는 일이 무엇인지, 그 문제에 관한 한 누가 전문가일까요? 제가 아닌가요? 그래도 아버지는 요

지부동, 조금도 흔들리지 않았어요.

그렇다면 제가 말리에 가도 절대 위험하지 않다고 누가 아버지를 설득시킬 수 있을까? 문제는 바로 이것이었어요.

보름이 지났어요. 저는 여전히 부모님의 허락을 받기 위한 작전을 짜느라 정신이 없었지요. 그동안 매일 저는 서명 좀 해 달라고 졸랐어요. 물론 매번 다른 방법을 동원했지요. 그러니까 어머니와 아버지도 지친 것 같아요. 아버지의 대답도 "안 돼."에서 "생각해 보마."로 바뀌긴 했어요. 아버지로서는 그렇게 해서라도 말씨름을 끝내고 싶었겠지요. 그게 아버지의 전략이었겠지만 저도 호락호락하지는 않았어요. 제가 누구 딸인데요. 그 고집, 아버지에게서 물려받은 거예요.

오늘은 또 다른 방법으로 그 문제에 접근하기로 했어요. 우리 부모님과 〈빌드온〉 프로그램 관리자를 그냥 '점심'이나 같이 하자고 초대했거든요. 오클랜드에 있는 〈아스마라 레스토랑〉, 에리트레아의 수도 이름을 따서 붙인 그 식당에 갔어요. 우리 어머니 아버지가 좋아하는 음식이 바로 에리트레아 전통 음식이거든요. 아직도 그런 음식을 좋아한다는 게 실로 놀랍기는 해요. 아무튼 제가 이번에 생각해 낸 수가 바로 이것이었어요. 자리에 앉았어요. 아버지는 제 왼쪽에 어머니는 아버지 맞은편에. 제 맞은편에는 애비 선생님이.

애비 선생님은 여러 해 동안 고등학생들을 데리고 니카라과, 아이티, 네팔에 가서 〈빌드온〉의 해외 봉사 프로그램을 관장한 분이에요. 애비 선생님은 매주 우리 학교 〈빌드온〉 동아리에 찾아왔지요. 그래서 저희랑 같이 기금 모금이나 말리로 떠나는 일, 지역 봉사에 관해 많은 계획을 세웠어요.

지난 주말에 저는 애비 선생님과 함께 노인복지센터에 가서 호박 조각하기 봉사 활동을 할 기회가 있었어요. 봉사가 끝나기 전에 저는 애비 선생님에게 시간 좀 내달라고 해서 제 속마음을 털어놓았어요. 제가 말리에 가는 게 위험하다며 부모님이 걱정하는데, 선생님이 두 분을 만나 점심을 같이 하면서 안전하니 걱정 안 해도 된다고 안심하게 할 수 있냐고 부탁했던 거예요.

〈아스마라 레스토랑〉에서 애비 선생님은 제 부모님과 에리트레아의 역사에 대해 이야기를 주고받았어요. 어머니와 아버지가 들려주는 이야기에 애비 선생님이 홀딱 빠진 것 같았어요. 두 분이 어떤 일을 겪었는지 정말 진지한 표정으로 묻고 또 묻곤 하셨지요. 저는 음식 먹는 데에만 열중했어요. 제 전략이었죠. 세 분이 대화를 나누며 친밀해지도록 저는 그냥 가만히 있기로 했거든요.

"애비 선생님! 에리트레아 음식을 드실 줄 아네요. 정말 멋져요!"

어머니가 놀랍다는 표정을 지으며 말했어요.

저는 애비 선생님을 바라보며 환하게 웃었어요. 에리트레아 전통 음식을 처음 먹는 사람은 어떻게 먹는지 미리 연습을 해야 해요. 먼저 〈인제라〉라 불리는 부드럽고 납작한 빵을 가족용 큰 접시에 담아 내놓죠. 그리고 주문하기 나름이지만 그 접시에 고기 스튜나 야채 카레, 혹은 샐러드를 같이 담아 놓아요. 그러면 그 음식을 한 손으로 먹는 거예요. 주로 사용하는 손으로 〈인제라〉를 5cm 정도 크기로 한 조각 뜯어

내고, 그 빵조각으로 자기가 먹고 싶은 고기나 야채 위에 덮어 같이 싸서 집어 먹는 거예요.

"전에 에티오피아 음식을 먹어 본 적이 있거든요."

애비 선생님이 말했어요.

"에리트레아와 에티오피아 음식은 똑같아요."

제가 선생님에게 말했죠.

"아니야! 같지 않아. 비슷하긴 해도 다르다고."

화난 어머니의 목소리가 들렸어요.

"엄마 말이 맞다. 비슷하긴 하지. 하지만 음식 이름이 달라. 에티오피아에선 암하라어로 음식 이름을 표기하고 에리트레아에선 티그리냐어로 표기하잖니. 물론 먹는 방법이나 요리하는 방식 등은 비슷하지."

아버지가 어머니 편을 들었어요. 저는 미소를 지으며 고개를 끄덕였어요. 양쪽 편 손을 다 들어 주는 아버지가 고마웠어요.

"말리에 가서도 우린 맛있는 음식을 많이 먹을 거예요."

애비 선생님이 제 부모님을 안심시키려는 듯 자신 있게 말했어요.

"요리사를 고용해서 먹을 음식을 준비하게 할 겁니다. 밥, 야채 요리, 콩 요리, 닭고기…… 가끔 염소 고기도 먹을 거고요. 그곳에 가서 하벤이 잘 먹고 잘 지낼 테니 너무 걱정하지 마시고요."

"무슨 말씀인지는 알겠습니다만……."

아버지가 말끝을 흐렸어요.

침묵.

저는 불안과 기대가 섞인 눈길을 어머니와 아버지에게 쏟아 냈어요.

속마음까지 다 드러내자면, 사실 저나 부모님은 이 문제가 말리에 국한된 문제만은 아니라는 것을 잘 알고 있었어요. 말리 건은 앞으로 부모님이 저의 독립을 받아들일 것인가 말 것인가 고민하게 될 많은 사례 가운데 첫 번째에 불과한 문제였어요. 부모님이 두려움과 걱정 때문에 제가 살면서 어디를 가고 가지 말아야 하는지를 지시하고 결정하는 것을 저는 원치 않아요. 특히 제 자신이 두려움 때문에 주저하거나 물러서지 않겠다고 다짐한 경우엔 더욱 그래요. 그래서 말리에서 제가 잘 견뎌 낸다면 그때부터는 부모님도 저를 믿어도 되겠다고 생각하지 않을까 싶었지요.

"하지만 애비 선생님……."

이렇게 말을 꺼낸 어머니는 잠시 뜸을 들이더니 다시 말을 이었어요.

"우리 애가 학교 짓는 일을 어떻게 할 수 있다는 거죠?"

"할 수 있어요. 실은 어떻게 학교를 짓는지 저도 잘 몰라요. 하지만 방법을 찾아낼 겁니다. 오클랜드에서 봉사 활동하는 하벤의 모습을 지켜봤는데 잘 하더군요. 말리에서도 잘 해낼 거예요."

선생님한테 얼마나 감사한지 제 가슴이 부풀어 올랐어요. 정말 따뜻하고, 사려 깊고, 정직한, 멋진 대답을 한 거잖아요.

"여보, 당신은 어떻게 생각해요?"

어머니가 아버지에게 물었어요.

"선생님이 늘 우리 애 곁에 계실 건가요?"

아버지가 물었어요.

"그럼요. 내내 학생들 곁에 있을 겁니다. 저 말고도 선생님이 세 분

더 계세요. 모든 선생님이 학생들을 지켜보고 있을 거예요. 아이들 곁에 늘 누군가가 있다고 생각하시면 됩니다."

침묵.

어머니와 아버지가 또다시 얼굴 표정을 주고받는 것은 아닌지. 그런 식으로 두 분이 서로의 생각을 나누는 게 저는 못마땅했어요. 눈으로 읽어 낼 수가 없잖아요. 어떤 느낌, 어떤 생각인지, 말로 표현해야 그나마 어느 정도 알아들을 수 있을 텐데.

"그런데…… 말라리아는 괜찮겠습니까?"

아버지가 다시 말을 꺼냈어요.

"미리 말라리아 예방 주사를 맞을 겁니다. 전혀 문제없어요."

저는 숨을 죽였어요.

제발 뱀 얘기는 꺼내지 마세요. 제발, 정말 빌어요. 뱀 얘기를 꺼내지 말길.

"당신은 어떻게 생각해?"

아버지가 공을 어머니에게 넘겼어요.

"글쎄요. 애비 선생님이 곁에 계신다고 하니 저는 보내도 괜찮을 것 같은데요."

"하벤, 너 정말 말리에 가고 싶은 거니?"

아버지가 물었어요.

"예, 정말 가고 싶어요."

아버지가 한숨을 내쉬며 말했어요.

"그럼 좋다. 그렇게 해라."

저는 뛸 듯이 기뻤어요. 마음 같았으면 당장 살사 춤을 추었을 거예요. 아버지가 예스! 하셨으니 두 분 다 허락한 셈! 저의 집요함, 물러서지 않는 고집, 꼼꼼한 계획-이 모든 게 하나의 결실로 이어졌으니…….

"잘 생각하셨어요! 하벤이 같이 갈 수 있다니, 저희도 정말 기뻐요."

애비 선생님이 말했어요.

"선생님, 감사합니다. 같이 점심 먹을 시간 내주셔서 정말 감사드려요."

저는 가슴이 벅차올랐어요.

제8장

사막에서 물 때문에 벌어진 언쟁

말리의 태양은 세상을 다 태워 버릴 것 같은 무지막지한 열기를 뿌려 댔어요. 그늘에 있어도 큰 차이가 나지 않았어요. 애비 선생님과 제가 나무 그늘에 앉아 쉬고 있는 동안 또 한 학생인 호영은 사막 모래를 삽으로 퍼서 체에 뿌리고 있었어요. 삽이 모래 속을 파 들어 갈 때마다 쉬익, 귀에 거슬리는 소리가 들리곤 했어요.

"아주 잘하고 있어!"

애비 선생님이 호영을 바라보며 말했어요. 샌프란시스코에 있는 고등학교에 다니는 호영은 저와 같은 2학년이었어요.

말리 남부에 있는 케그네 마을에 짐을 푼 지 이틀째. 말리는 서부 아프리카에 있는 내륙국으로 사하라 사막의 일부가 포함된 나라예요. 말리 제국은 수학과 예술로 유명한 나라이면서 사하라 횡단 교역의 중심지였대요. 1892년에 프랑스의 식민지가 되었다가 1960년에 독립했다고 해요. 프랑스어가 아직도 공용어로 되어 있지만 가장 널리 사용되는 언어는 밤바라어라고 하는군요. 말리의 대부분이 그렇듯 케그네 마을 역시 이슬람교를 믿는 주민이 많이 사는 전형적인 농촌 마을이랍니다.

누군가가 나무 그늘 아래 쉬고 있는 우리에게 다가왔어요.

"물 좀 드셨나요?"

시몬느였어요. 버클리에 있는 고등학교에 다니는 2학년 학생이었지요.

애비 선생님이 물통을 들어 올리며 말했어요.

"하벤, 우리 물 좀 마실까?"

순간 이마를 찌푸리며 어떻게 할까, 생각했어요. 좀 전에 이미 물을 마셨거든요. 하기야 또 마셔도 상관은 없었어요. 저는 큼직한 제 물통을 들어 뚜껑을 돌려 따서는 물을 마시기 시작했어요. 탈수증에 걸리지 않으려면 시간당 1ℓ의 물을 마셔야 해요. 시몬느가 돌아다니며 사람들이 물을 잘 마시고 있는지 점검하는 중이었나 봐요.

말리에 온 미국 고등학생은 모두 열한 명이었어요. 이번 말리 프로그램에 참가한 우리는 베이 에어리어에서 함께 출발했어요. 〈지식 탐구 트렉〉이라는 명칭의 우리 프로그램엔 언어 교육, 문화 몰입 교육, 학교 세우기 봉사 등이 포함되어 있었지요.

"하벤, 준비됐지?"

애비 선생님이 일어섰어요.

"예!"

저는 선생님을 따라 모래 더미가 있는 곳으로 향했어요.

호영이 삽을 애비 선생님에게 건네고 그늘로 들어갔어요.

"자, 이게 삽이야."

애비 선생님은 손잡이를 저에게 내밀었고, 저는 오른손으로 손잡이를 잡으며 고개를 끄덕였어요. 계속 설명을 이어 가도 된다는 뜻이지요. 사실 1년 전에 아버지가 저에게 삽질하는 법을 가르쳐 준 적이 있어요. 그래서 자신은 있었어요.

"이건 체라고 한다."

선생님이 삽으로 체를 톡톡 두드리더니 삽날로 체 표면을 쓱 긁었어요.

"이 체는 너비가 약 1m 정도이고, 1m 조금 넘는 높이로 설치되어 있어."

애비 선생님이 삽과 함께 왼쪽으로 움직였어요. 삽의 손잡이를 잡고 있던 저도 왼쪽으로 두세 걸음 옮겼어요.

"여기에 모래 더미가 있다."

그러면서 선생님은 큰 모래 더미 속으로 삽을 쑥 집어넣었어요.

"이렇게 삽으로 모래를 퍼내서 체 위에 쏟아붓는 거야."

"알겠어요."

저는 또다시 고개를 끄덕였어요.

왼손으로 삽자루를 잡고 오른손으로는 손잡이를 잡은 채 저는 모래를 삽으로 퍼 올렸어요. 손을 통해 삽날에 담긴 모래와 돌멩이의 무게를 느꼈어요. 그런 다음 삽을 든 채로 오른쪽으로 걸음을 옮겼어요. 삽이 체에 닿는 느낌이 들자 저는 삽을 오른쪽으로 기울여 삽에 담긴 모래와 돌멩이를 체 위에 쏟아부었어요.

"잘했어! 계속 그렇게 하면 돼."

이 말을 남기고 애비 선생님은 그늘로 돌아가 호영 옆에 앉았어요.

다시 삽을 모래 더미 속에 쑥 집어넣었어요.

나도 할 수 있다.

삽날이 체에 닿았고 저는 모래를 쏟아부었어요.

내가 학교를 세우고 있는 거야!

삽날을 모래 더미 속에 집어넣고, 모래를 퍼 올리고, 몇 걸음 옮겨 그 내용물을 체에 쏟아 내고. 다시 삽을 모래 더미 속에 찔러 넣으며 똑같은 과정을 되풀이하는 것. 제 몸과 마음이 하나가 되어 일에 익숙해지기 시작했어요. 얼굴과 등에 송골송골 솟아난 땀방울이 흘러내렸어요.

나도 자신 있어. 할 수 있어. 내가 학교 세우는 일을 하다니!

"오케이. 그만 됐어. 이제 교대해야지."

애비 선생님의 목소리였어요.

얼른 그늘 속으로 들어갔어요. 시원한 느낌에 기분이 상쾌했어요. 육체노동을 하면 몸이 지치기 마련이지만 이곳의 더위는 그보다 더 빠르게 사람을 지치게 만들어요. 물을 벌컥벌컥 들이마셨어요. 숨이 막힐 정도로 계속 들이켰어요.

그다음 한 시간 동안 애비 선생님, 호영, 저 이렇게 셋이서 교대로 모래를 퍼서 체로 걸러 냈어요.

"이제부턴 다른 일을 해야겠다. 벽돌을 만들어 보자. 모래를 체로 더 걸러 내야 하는데 그건 다른 애들이 와서 할 거다."

애비 선생님이 우리한테 말했어요.

"그러니까 체로 걸러 낸 모래로 벽돌을 만든다는 거죠?"

제가 물었어요.

"바로 그거야."

"좋아요. 근데 물을 더 얻을 수 있을까요? 물통이 비어서."

"나도 마찬가지. 내 것도 비었어."

호영이 맞장구를 쳤어요.

애비 선생님이 커다란 텐트로 우리를 데리고 갔어요. 여러 사람이 텐트 아래에서 일하고 있는데, 그들의 모습이 흐릿하게 보였어요. 조그마한 테이블 앞에 멈춘 애비 선생님이 제 물통을 받아 뚜껑을 열고 물을 담은 다음 다시 돌려주었어요. 그러고는 호영의 물통에도 물을 담고, 마지막으로 선생님 물통에도 물을 채웠지요.

"나는 파티마 씨와 함께 점검할 게 있어서……."

애비 선생님이 텐트 아래 사람들 사이로 사라졌어요. 파티마 씨는 통역, 마을과 우리 단체 사이의 가교 역할, 건축 관리 등 여러 역할을 하며 〈빌드온〉을 지원하는 말리 사람이지요.

몇 분 뒤 애비 선생님이 돌아왔어요.

"호영, 따라와라."

저는 어떻게 해야 할지 몰라 그냥 테이블 옆에 계속 서 있었어요. 제 앞에 아지랑이처럼 어른거리는 쌓여 있는 건축 자재들과, 뿌연 안개가 이리저리 흩날리는 듯 움직이는 사람들의 모습만이 눈에 들어올 뿐이었어요. 뒤에는 모래사막이 아득히 먼 곳까지 펼쳐져 있었고요-실제로 그리 멀지 않은 곳에 펼쳐진 황량한 사막.

털 스웨터를 몇 겹 껴입은 것처럼 제 살을 무겁게 내리누르는 열기. 다시 물통을 집어 든 저는 또다시 벌컥벌컥 물을 마셨어요.

그때 애비 선생님이 도깨비처럼 제 옆에 불쑥 나타났어요.

"하벤, 너 오늘 물 너무 많이 마시는 거 아니니? 무슨 문제라도 있어?"

"너무 더워서요. 계속 물을 마시게 되네요."

저는 멋쩍게 웃으며 대답했어요.

"아무튼 내가 잘 지켜봐야겠구나."

저는 그냥 웃으면서 물었어요.

"이제부턴 뭘 해야 하죠?"

"지금부터는 벽돌을 만들 거야. 날 따라와."

애비 선생님이 텐트 안쪽으로 들어갔어요. 주위에 있던 사람들은 모두가 큰 소리로 떠들며 웃고 있었어요.

"이쪽은 우마르라고 한다. 너희 둘이 같이 벽돌을 만들어야 해. 나는 다른 아이들이 잘하는지 둘러보고 올 거다. 무슨 말인지 알겠지?"

애비 선생님이 어느 키 큰 남자 옆에 멈춰 서며 말했어요.

"예."

"씩씩하게 대답하네, 좋아. 잘해 봐!"

애비 선생님이 제 어깨를 토닥이며 말했어요.

저는 고개를 들어 우마르를 쳐다보았어요. 우마르가 뭐라고 말했지만 말이 뒤죽박죽 섞이면서 도무지 알아들을 수 없었어요. 저는 양손을 들어 올렸어요. 무슨 말인지 이해하지 못하겠다는, 누구나 다 아는 손짓이었지요. 그러자 그는 제 손을 잡아끌어 자기가 잡고 있던 장대를 잡게 했어요. 그의 손이 제 손 위쪽에 있었어요. 장대가 움직이자 뭔가 진동이 이는 듯한, 부르르르 떨리는 느낌이 아래쪽에서 장대를 타고 올라왔어요. 제 손이 귀를 기울였어요. 장대가 어느 작은 용기, 걸쭉한 액체가 담긴 용기와 부딪치면서 울리는 진동이었어요. 우리가 장대로 그 액체를 휘젓고 있었던 거예요.

우마르가 장대에서 손을 뗐어요. 저는 혼자 장대를 계속 돌렸어요. 액체는 폭이 60cm에 길이가 30cm인 용기에 담겨 있었어요. 그 액체를 휘저으며 저는 대체 이게 뭘까 생각했어요. 모래와 물을 섞은 것인가? 아니면 시멘트? 콘크리트?

우마르가 저를 불렀어요. 그의 얼굴을 바라보며 눈썹을 치켜올렸어요. 그러자 우마르가 장대를 한쪽 옆에 세우더니 용기의 짧은 면 앞에 쪼그리고 앉는 거예요. 아하, 무슨 뜻인지 이해가 됐어요. 저는 우마르 맞은편으로 가서 몸을 구부려 용기 양 끝을 잡았어요. 용기가 들어 올려지는 느낌이 왔어요. 우마르의 손이 움직이는 방향에 따라 제 손이 용기와 함께 물 흐르듯 움직였어요. 액체가 담긴 용기가 길게 늘어난 우마르의 손인 양, 그렇게 우리는 용기를 함께 들고 뜨거운 햇볕 속으로 춤을 추듯 나아갔어요.

우리는 벽돌을 굽고 있는 들녘에 용기를 내려놓고 다시 텐트 속으로 돌아왔어요. 우마르가 새 용기에 아까와는 다른 액체를 붓더니 다시 장대를 제게 건넸어요. 저는 당연히 어떻게 해야 하는지 알고 있었어요. 젓고, 또 젓고, 또 젓고. 저는 우마르는 물론 모든 말리 사람에게 알려 주고 싶었어요. 제가 어떻게 일을 해야 하는지 잘 모르지만 도와주고 싶은 마음만은 누구 못지않다는 사실을. 다른 건 몰라도 이렇게 젓는 일은 할 수 있다고. 장대를 빙빙 돌릴 때마다 용기 속에서 액체가 소용돌이쳤어요. 어쩌면 사람들이 저를 〈휘젓는 미국인〉이라고 이름을 붙였을 수도 있었겠네요…….

제 귀 가까운 곳에서 고함치는 소리가 들렸어요.

"하벤!"

놀라서 움찔할 수밖에요. 그래도 장대를 놓치지 않고 잡고 있었지요. 저는 불안한 마음에 누가 그랬는지, 고개를 돌려 봤어요.

"내가 두 번씩이나 불렀는데도 어쩜 못 들은 척 계속 무시하는 거니? 나는 너 도와주려고 그러는 건데!"

시몬느였어요.

저는 깊게 숨이 들이쉬었어요.

"시몬느, 못 들은 척한 게 아니야. 네 말, 듣지 못했어."

"그럼 다시 말해 달라고 했어야지. 무슨 소린지 듣지 못했다고 말하면 되잖아."

"아니, 정말로, 난 네 말을 들을 수 없어. 네가 나한테 말하는 건지도 몰랐어."

"알았어. 지금 물 마실 거지?"

말은 이렇게 했지만 납득할 수 없다는 투였어요. 기분이 상한 저는 입술을 삐죽 닫아 버렸어요. 그러고는 장대를 우마르에게 넘기고 물통을 잡아 뚜껑을 열고 한 모금 홀짝이고 다시 뚜껑을 닫았어요.

"그거론 안 돼. 더 마셔야 해."

충격을 받은 저는 시몬느를 빤히 쳐다보았어요.

왜 나한테 트집을 잡는 거지?

저는 화가 치밀어 뻣뻣해진 손가락으로 다시 물통 뚜껑을 열고, 몇 모금 들이켜고, 뚜껑을 꼭 닫아 버렸어요. 그러고는 물통을 내려놓고 시몬느에게서 등을 돌리고는 다시 장대를 힘껏 휘저었어요.

"하벤, 난 너를 도와주려고 했을 뿐이야. 애비 선생님이 모두가 물을 충분히 마시고 있는지 확인하라고 시켰단 말이야. 너, 탈수증에 걸릴 수도 있어. 갈증이 날 때까지 기다려서는 안 돼. 갈증이 난다 싶으면 이미 탈수증에 걸린 거라고."

저는 두 손으로 장대를 꼭 붙잡았어요.

"시몬느. 나도 어떻게 물을 마셔야 하는지, 그 정도는 안다고."

"난 내 일을 했을 뿐이다."

이미 시몬느는 발걸음을 옮기고 있었어요.

화가 난 저는 장대를 용기에 부딪혀 가며 휘저었어요.

그렇게 상기시켜 줄 필요 없다고. 모두가 나를 무능하고 서투르다고 생각하나?

저는 다짐했어요.

화내지 말자. 두려움, 분노 훌훌 털어 버리자.

장대를 휘젓는 데 써야 할 에너지를 그런 데 허비하지 말아야겠다, 이렇게 생각한 거죠.

그렇게 불만과 좌절의 감정을 휘저어 버리자 장대를 잡은 손이 훨씬 편안하게 느껴졌어요. 늘 겸손해야 한다는 사실을 기억해야 했어요. 베이 에어리어에서 자란 열다섯 고등학생인 저. 사막과 같은 곳에서 탈수증에 걸리지 않으려면 어떻게 해야 하는지, 당연히 모르는 게 많이 있을 수 있어요. 인정해요.

눈이 보이든 보이지 않든, 귀가 들리든 들리지 않든, 우리 모두는 세상의 지혜 가운데 조금만 알고 있을 뿐이지요. 모든 걸 다 알지 못한다고 솔직히 인정하는 것이 이 〈지식 탐구 트렉〉 프로그램에서는 필요해요. 그런 겸손이 우리에게 도움을 주니까요.

제9장

아프리카의 밤에 잃어버린 것은?

2004년 봄, 말리, 케그네 마을

"같이 지내는 주인집 아이들하고 〈고피쉬〉 카드 게임 하지 않을래?"

제가 호영에게 물었어요.

"좋지. 근데 게임을 어떻게 하는지 가르쳐 줄 수가 없잖아. 밤바라어를 모르는데."

케그네 마을에서 지낸 지 이틀째 되는 날 저녁이었어요. 온종일 들녘에서 일하고 돌아온 뒤였지만 좀이 쑤셔 가만히 있을 수가 없었어요. 호영과 저는 가로와 세로 길이가 2.5m 정도 되는 정사각형 모양의 작은 집에 묵고 있었어요. 사면의 벽을 다 진흙 벽돌로 쌓아 올린 방 한 칸짜리 집이었어요. 가구라고는 달랑 큼직한 나무 침대 하나뿐이었지요. 우리는 가져온 침낭을 그 나무 침대 위에 그냥 매트리스처럼 깔아 놓았어요. 밤에도 너무 더워 그 침낭 위에서 자야 했거든요. 아무튼 우리는 그 나무 침대 위에 앉아 있었어요.

"내가 밤바라어로 숫자 세는 건 알거든."

제가 호영에게 말했어요.

"잘 됐다. 가만, 그런데 숫자만 말해서 아이들에게 게임하는 방법을 알려 줄 수 있을까?"

"알려 줄 수 있을걸. 한번 해 보지 뭐."

"아무래도……."

저는 침대에서 기어 내려와 방바닥에 놓아 둔 원통형 가방 앞에 무릎을 꿇고 앉았어요. 가방의 지퍼를 열려고 하는데 순간 두려움이 손을 타고 슬금슬금 기어오르는 것 같았어요. 가방 안에 쥐나 벌레 같은 것이 들어 있는 것도 아닌데 손을 집어넣는 게 어찌나 불안한지. 손으로 가방 안에 든 물건을 더듬어 만져 보았어요. 셔츠, 반바지, 비누…… 드디어 찾아낸 카드가 담긴 조그마한 상자를 얼른 집어 꺼내고는 바로 지퍼를 닫았어요.

"얘들아, 여긴 어떠니?"

애비 선생님과 또 한 사람이 열려 있는 우리 집 문 앞에 서 있었어요. 제 왼쪽으로 1m도 안 되는 거리에.

"저흰 괜찮아요. 여기 아이들과 〈고피쉬〉 게임이나 할까 생각 중이었어요. 아무래도 통역을 해 줄 사람이 필요할 것 같은데, 선생님 생각은 어떠세요?"

저는 카드를 손에 쥔 채 일어섰어요.

"여기 이브라힘이 있잖니. 너희를 도와줄 수 있을 거야. 하지만 그러고 나서 우리 둘은 다른 아이들을 둘러보러 가야 한다. 카드는 벌써 준비했네. 앞장서."

우리는 밖으로 나섰어요. 저녁인데도 더위는 여전했어요. 저는 이브라힘을 바라보며 물었어요.

"여기 아이들이 게임을 하고 싶어 하는지, 그걸 먼저 물어봐 줄래?"

"그럴게. 어디서 할 건대?"

어딘가 귀에 익은 말투였어요. 문득 이 아프리카 대륙 동쪽 지역에 살고 있는 우리 가족이 생각났어요. 인챈티드 힐스 캠프에서 들었던 영국인 말투보다 훨씬 알아듣기 쉬웠어요.

"여기서."

저는 우리 집 앞에 외롭게 놓여 있던 의자를 가리켰어요.

"그런데 아이들더러 앉을 의자 좀 가져오라고 하면 안 될까? 모두 앉아서 하게."

이브라힘은 약 3m 정도 떨어진 곳에 있는 집으로 걸어갔어요. 곧이어 왁자지껄한 소리가 저를 향해 다가오기 시작했지요. 물론 밤바라어로 떠드는 소리였어요. 제 귀는 사람들이 하는 말을 오직 두 종류로만 구분해요. 알아들을 수 있는 말과 알아들을 수 없는 말.

우리 집 앞으로 아이들과 어른들이 나타났어요. 뛰어오는 사람, 의자를 들고 오는 사람…… 저는 손짓으로 둥그렇게 원을 그리며 의자를 놓도록 했어요. 호영, 아이들 4명, 저, 이렇게 여섯이 의자에 앉았어요. 우리 뒤로 열 명 정도가 둥근 원을 그리며 서서 아이들과 웃고 떠들고 있었어요.

제가 카드를 나눠 주는 동안 이브라힘이 어떻게 게임을 하는지 통역해 주었어요.

"오케이. 다 이해한 모양이야."

이 말과 함께 이브라힘은 애비 선생님과 자리를 떴어요.

"네가 먼저 시작해."

제가 호영에게 말했어요.

호영은 자신의 카드를 내려다봤어요.

"밤바라어로 아홉이 뭐야?"

저는 손가락을 하나하나 꼽으며 속으로 숫자를 세었어요.

켈레, 필라, 사바, 나니, 두루, 우루, 울란플라, 쉐긴……. "코논톤."

"코논톤."

호영이 맞은편에 앉은 한 아이에게 말했어요.

"코논톤?"

호영은 손으로 그 아이를 가리키며 물었어요.

이번엔 자기 카드 한 장을 들어 올리며 손으로 카드를 가리키다가 다시 그 아이를 가리켰어요.

"코논톤? 너 코논톤 가지고 있어?"

신나고 재미있었어요. 분명 제 얼굴이 밝게 빛났을 거예요. 아스마라에서 그곳 아이들과 함께 피아노를 두드리던 때가 생각났어요.

"그 카드가 없는 게 아닐까? 〈고피쉬〉라고 말하면 돼."

저는 그 아이를 바라보며 말했어요.

"고 피이이이쉬!"

큰 소리로 외치는 목소리가 들렸어요. 여자아이였어요.

호영은 한 벌의 카드에서 새 카드를 한 장 꺼냈어요.

"이젠 네 차례야. 아무나 지목해서 물어봐."

저는 그 여자아이를 향해 말하면서 손을 둥그렇게 움직이며 아이들 전체를 가리켰어요.

"네 차례야."

이번엔 손으로 그 소녀를 가리켰지요.

"우루."

여자아이가 말했어요.

누굴 지목해서 말한 건지 알쏭달쏭했던 저는 호영을 바라봤어요.

"누구한테 말한 거야?"

"너."

저는 웃고 말았어요. 저는 오른손 집게손가락으로 왼손에 들고 있는 카드를 한 장 한 장 더듬어 살폈어요. 카드의 왼쪽 맨 윗부분을 더듬어 숫자 〈6〉이 있나 없나 살핀 거예요. 사실 저는 여러 달 전에 카드 한 벌을 점자 타자기에 넣어 카드 왼쪽 위에 각 카드에 맞는 번호를 새겨 두었어요. 우리 가족이나 친구들이 카드놀이를 많이 하거든요. 그래서 저는 카드를 펴서 왼손에 들고 오른손으로 카드를 읽는 일에 익숙해요. 물론 카드놀이를 할 때마다 다른 사람이 제 패를 보지 못하게 카드는 옆으로 펼치지 않고 위아래로 펼쳐 손에 쥐지요.

"쟤가 〈6〉이 적힌 카드를 갖고 있어. 너, 6번 카드 있어?"

호영이 말했어요.

"여기 있어, 우루."

저는 카드를 그 여자아이에게 내밀었고 그 아이가 제 카드를 받아 챙겼어요.

"이름이 어떻게 되는지 물어봐야겠어. 이 토고?"

여자아이가 뭐라 말을 했고 그러자 모두 웃었어요. 저는 다시 한번 난처한 표정을 지으며 호영을 바라보았어요.

"뭐라고 말한 거야?"

"나도 잘 모르겠어."

이번엔 호영이 앉은 채 몸을 앞으로 기울여 그 아이에게 물었어요.

"이 토고?"

몇몇 아이들이 뭐라고 큰 소리로 대답하는 것 같았어요.

"내 생각엔 저 아이들이 말하는 게…… 칸자?"

아이들이 킥킥댔어요.

"칸자, 다시 네 차례야."

저는 얼굴에 미소를 그리며 손으로 전체 아이들을 가리켰어요.

"아무나 지목해서 물어. 네 차례니까."

칸자와 아이 몇몇이 자기들끼리 신난 목소리로 말을 주고받았어요.

"칸자가 잭을 들고 있어."

호영이 말했어요.

"누굴 지목한 거야?"

"너."

저는 카드를 펼쳐 잭을 찾았어요. 잭 카드를 찾은 저는 카드를 꺼내 칸자에게 건넸어요.

아이들이 우리 주변에서 계속 재잘재잘 떠들어 댔어요. 칸자의 목소리가 들렸어요.

"울란플라."

숫자 〈7〉을 말하는 거였어요.

"칸자가 너한테 7번 카드가 있는지 묻는 거야."

호영이 알려 주었어요.

저는 오른손 집게손가락으로 들고 있는 카드를 더듬어 살폈어요.

"여기 울란플라 있어."

저는 또다시 그 카드를 칸자에게 건넸어요.

"정말 잘한다!"

저는 웃으면서 손뼉을 쳐 주었어요.

"사바."

제 뒤에서 들리는 소리였어요. 우리 어머니 이름이기도 하고, 밤바라어로 숫자 〈3〉을 가리키는 말이지요.

"사바!"

칸자가 큰 소리로 말했어요.

저는 고개를 획 돌려 뒤를 살폈어요. 제 뒤에 다섯 사람이 서 있었어요. 뒤에서 몰래 제 어깨너머로 카드를 훔쳐본 거였어요.

"그만!"

그들이 웃었어요. 둥글게 앉아 있던 아이들도 따라 웃었어요.

자리에서 일어선 저는 손을 휘저으며 제 뒤에 서 있던 사람들을 쫓아냈어요.

"노! 아위! 아위!"

그들이 흩어졌어요. 하지만 그렇게 물러서면서도 계속 킬킬거렸어요. 자리에 앉은 저는 호영에게 말했어요.

"저 사람들이 내 카드를 훔쳐보고는 큰 소리로 알려 준 거라고!"

그러고는 다시 뒤를 돌아봤어요.

"저 사람들이 다시 내 뒤로 오면 알려 줄래? 다음 번에 이브라힘을 만나면 '부정행위자'를 밤바라어로 어떻게 부르는지 물어봐야겠어."

"계속 할 거지? 쟤가 딴 점수가 중요한 건 아니잖아."

"그렇긴 해도……."

저는 다시 고개를 획 돌렸어요. 두 사람이 뒤에 서 있었어요.

"노! 아위!"

그러자 그 두 사람은 더 뒤로 물러섰어요.

이 사람들 정말! 계속 훔쳐볼 거야! 그렇다고 계속 뒤를 돌아다 볼 수도 없으니…….

그때 머릿속에 떠오르는 게 있었어요. 물 마시는 문제로 시몬느와 신경전을 벌인 뒤 나름대로 불만과 좌절의 감정을 훌훌 떨어내자 마음이 얼마나 편해졌던지…….

"있잖아, 어쩌면 내가 놀이하는 방법을 제대로 설명하지 못했는지도 몰라. 아니면 통역하는 중에 빠뜨린 게 있든지. 그래, 누가 이기는지는 중요한 게 아니지. 아이들이 재미있어 하니까, 그러면 됐지 뭐. 나도 재미있고. 그런데 저 사람들이……."

또다시 뒤를 돌아본 저는 인상을 쓰며 뒤에 있는 사람들에게 경고의 눈빛을 쏘아 보냈어요. 그런 저를 보며 사람들이 웃었어요.

"우리도 저 사람들처럼 해 볼까? 〈고피쉬〉 게임과 스파이라……."

"글쎄…… 근데 내가 쟤네들 카드를 볼 수가 없잖아."

"그건 그래. 나도 볼 수가 없으니."

절로 킥킥 소리가 났어요.

아이들이 합창을 하듯 소리쳤어요.

"사바! 사바! 사바!"

"쟤가 3번 카드를 들고 있어."

호영이 말했어요.

저는 졌다는 듯이 고개를 절레절레 흔들었어요. 그래도 즐거웠어요.

"여기 있어."

또다시 카드 한 장을 칸자에게 내주고 말았어요.

호영과 저는 아이들과 카드놀이를 계속 했어요. 물론 간간히 고개를 돌려 스파이들을 내쫓아가면서요. 하지만 아무 소용이 없었지요. 제가 안 본다 싶으면 사람들은 다시 제 뒤로 몰래 다가와 어깨너머로 훔쳐보기를 반복했으니까요. 첫 판의 승자는 칸자였어요. 세 판을 더 했는데 그때마다 각기 다른 아이가 승자가 됐어요. 놀라지 않을 수 없었어요.

우리들이 즐겨하는 카드놀이에서 오히려 말리 아이들이 우리를 눌렀으니, 놀라웠어요. 이곳 아이들은 무엇을 하든 함께 정보를 모으고 공유하며, 함께 모든 일을 해나가는 아이들이었어요.

"피곤하다. 이제 그만하자고 하자."

호영이가 말했어요.

"카 수 헤에레!"

제가 아이들에게 말했어요. 잘 가라는 말이었어요. 호영과 저는 카드를 모으기 시작했어요. 카드를 다 챙기고 나서 저는 떠나는 아이들에게 손을 흔들어 주었어요.

"내일 또 하자. 이 니 체. 고마워."

호영과 저는 우리가 묵는 집으로 들어와 문을 닫았어요. 그런데 바로 누군가가 문을 두드리는 소리가 들렸어요. 호영이 문을 열었고, 무슨 일인지 궁금했던 저는 호영 곁에 다가가 섰어요. 우리 문 앞에 두 어른이 서 있었어요. 한 분이 말했어요.

"나오시구려. 단시."

"누구셔?"

저는 호영에게 물었어요.

"한 분은 우리 주인집 아저씨야. 성함이 기억이 안 나."

"요세프."

"단시. 나와 보시오."

그분이 다시 말했어요. 호영이 손사래를 치며 동시에 고개를 가로

저었어요.

"아녜요. 저흰 괜찮아요."

"나와 보시오. 단시."

그러면서 그분은 우리 오른쪽, 마을을 가로지르는 길을 가리켰어요. 고개를 흔들며 저는 한 걸음 뒤로 물러섰어요.

"아위."

그러자 요세프 씨는 지팡이를 들어 올리더니 기타 치는 흉내를 냈어요.

"어서 나와요! 단시."

이어서 지팡이를 내려 세우더니 빙빙 돌며 춤을 추는 게 아니겠어요? 마음이 좀 누그러지는 것 같았어요.

"우리 친구들이 춤을 추고 있다고 말하는 것 같은데, 어쩌지? 간혹 여기에 와서 댄스파티를 열기도 한다는 얘길 듣기는 했는데."

"댄스파티가 있다면 애비 선생님이 얘기했겠지, 안 그래?"

"어쩌면 파티가 있으니 참석하라는 전갈을 우리 주인집에 부탁한 건 지도 모르잖아. 그냥 자연스럽게, 즉흥적으로 그런 결정을 내렸을 수도 있으니까. 그렇다면 가고 싶긴 한데. 같이 가지 않을래?"

"음…… 좋아."

"아오."

저는 요세프 씨에게 〈예스〉라고 말했어요.

호영과 저는 문을 닫고 밖으로 나섰어요. 한 사람은 따로 어디론가 가 버렸어요. 요세프 씨가 오른쪽, 길이 있는 곳으로 걸음을 옮겼어요.

우리가 한 번도 가 본 적이 없는 길이었어요. 우리는 그분 옆에서, 그분이 가는 대로 따라 걸었어요. 호영이 가지고 나온 손전등이 우리가 가는 길을 환하게 밝혔어요. 호기심과 당혹감이 교차하면서 마음이 복잡했어요.

어디까지 이어지는지 알 수 없는 아득한 흙길. 우린 그 흙길을 따라 걸었어요. 제 왼쪽 저 멀리, 높게 자란 나무들이 어렴풋한 형상으로 눈에 다가왔어요. 오른쪽엔 너른 들녘에 자란 수풀만이 보일 뿐이었어요. 가벼운 바람이 불어와 제 살을 부드럽게 어루만져 주었어요. 그 바람 때문에 밤공기가 그런대로 시원했어요.

"볼로."

요세프 씨가 하늘을 가리키며 말했어요.

"볼로?"

고개를 들어 하늘을 바라보았어요. 깜깜한 밤하늘에 빛나는 구슬을 흩뿌려 놓은 것처럼 셀 수 없이 많은 별이 반짝이고 있었어요. 미국 베이 에어리어보다는 이곳의 별이 더 가깝게 내려앉은 듯 보였지요. 옆에서 걸어가는 요세프 씨 얼굴에 피어난 미소도 볼 수 없는 제 눈이 어찌된 영문인지 저 높은 곳, 밤하늘의 별은 담아내고 있었어요. 시각이라는 게 참으로 신기해요. 신비스러운 방식으로 작동하는 것 같아요.

"올로."

요세프 씨가 다시 하늘을 가리키며 말했어요.

"올로?"

"롤로."

그분은 여전히 하늘을 가리키고 있었어요.

"롤로?"

"아오."

그렇다는 뜻이었어요.

"롤로, 별."

저도 하늘을 가리키며 말했어요.

요세프 씨가 뭐라고 말했지만 알아들을 수가 없었어요.

"별."

전 그냥 다시 반복해서 말했어요.

"별."

"아오!"

너무 기뻤어요. 절로 웃음이 나왔어요.

우리는 걷고 또 걸었어요. 제 오른쪽엔 호영, 왼쪽엔 지팡이를 든 요세프 씨. 얼마가 지났을까, 요세프 씨가 다시 하늘을 가리키며 말했어요.

"알로."

"알로?"

제가 되물었어요.

"말로."

"말로?"

극도의 피곤이 제 온몸을 휘감는 것 같았어요. 길고 긴 낮 시간 동안 들녘에서 일하고, 낯선 장소를 익히고, 이곳 아이들에게 〈고피쉬〉 게임을 가르치고 같이 그 카드놀이를 하고, 이제는 신경을 곤두세우며 요세프 씨가 하는 말에 귀를 기울이고. 이 모든 게 쌓여 저를 무겁게 내리누르고 있었어요. 낯설고 새로운 것들이 줄지어 이어지는 미지의 세상 속으로 제 자신을 밀어 넣다 보니 온 에너지가 고갈된 것 같았어요.

"얄로."

요세프 씨가 다시 하늘을 가리키며 말했어요.

저는 어깨를 움츠리며 고개를 가로저었어요.

우린 말없이 계속 길을 따라 걸었어요. 우리 뒤로 점점 더 멀어져 이제는 사라지고 만 마을. 처음 길을 나설 때 보였던 키 큰 나무들도 이미 오래 전에 흔적 없이 자취를 감추고 말았어요. 호영의 손전등은 우리 주위에 평평하게 펼쳐져 있는 텅 빈 공간, 막막한 들녘만 보여 주고 있었어요. 그 너머엔 영원히 걷어 낼 수 없을 정도로 무겁게 내려앉은 어둠뿐. 그 어둠은 또 어떤 미지의 것들을 가득 품고 있을지…… 그때, 부모님이 들려준 이야기가 제 머릿속으로 슬금슬금 기어들어 오기 시작했어요. 사자, 하이에나, 뱀…….

"우릴 어디로 데려가는 거지?"

호영이 물었어요.

목구멍이 굳어 말이 나오지 않았어요. 침착해야 한다, 이렇게 다짐하며 겨우 입을 열었어요.

"나도 모르겠어."

"쥐새끼 한 마리도 보이지 않잖아! 집 한 채 보이지도 않고. 한참 됐어, 마지막으로 집을 본 지가."

호영의 목소리에 화가 묻어 있었어요. 말리로 오기 전에 여행 준비를 하면서 어떤 글에서 읽은 이야기가 생각났어요. 마을에서 아이들을 납치해서 일손이 필요한 대농장에 팔아 넘겨 어린아이들에게 강제 노역을 시킨다는 끔찍한 이야기. 공포가 찾아오자 심장이 걷잡을 수 없이 빠르게 뛰기 시작했어요.

이 사람이 우릴 납치해 가는 거라면 어떻게 하지? 농장 소유주한테 몸값을 두둑이 받아 한몫 챙길 생각을 하고 있는 건 아닐까? 이 모든 사실을 우리한테 말했는데 우리가 알아듣지 못한 걸까? 지금 우리가 어디로 가고 있는지 모르고 있는 것처럼?

"아무래도 우리 돌아가야 할 거 같아. 왔던 길을 따라 되돌아가는 수밖에 없어."

제가 말했어요. 호영이 걸음을 멈추고는 손전등을 휙 돌리더니 우리가 온 길을 비췄어요.

그러자 요세프 씨가 지팡이로 앞쪽을 가리켰어요. 계속 걸어가야 한다는 뜻이었지요. 말 그대로 지팡이는 '걸어가는' 막대기라는 뜻이니 그럴 만도 했다 싶었어요. 참 여러 용도로 지팡이를 사용한다는 생각에 숨이 턱 막혔어요.

호영이 다시 손전등으로 우리 앞을 비추더니 뭘 본 모양이에요.

"저 앞에 집들이 보이는 거 같은데."

길을 따라 좀 걷자 마을이 나타났어요. 우리가 묵고 있는 집처럼 방한 칸이 전부인 작은 집들이 어지럽게 흩어져 있는 마을이었어요. 그래

도 그 집들을 본 순간, 그동안 우리 옆에 사방으로 끝 간 데 없이 펼쳐
져 있던 너른 들녘의 수풀더미에서 이제야 벗어났다는 안도감이 몰려
왔어요. 좀 안심이 되었어요. 적어도 이곳은, 우리가 소리치면 그 소리
를 듣고 달려 나올 사람들이 가까이에 있을 테니까요.

요세프 씨는 집과 집 사이에 미로처럼 구불구불 이어진 길을 따라 우
리를 데리고 갔어요. 우리 앞에 연기와 열기를 뿌려 대고 있는 커다란
불길이 보였어요. 모닥불이었어요. 우리는 모닥불 바로 앞까지 가서 걸
음을 멈췄어요. 닥치는 대로 집어삼킬 듯 날름거리며 활활 타오르는 불
길을 둘러싸고 여러 사람이 앉아 있었어요. 그중 몇 사람이 일어서더니
인사를 하며 요세프 씨를 맞이했어요. 그러고는 바로 우리에게도 인사
를 청했어요. 하지만 호영과 저는 흠칫 뒤로 물러섰어요.

이게 뭐지? 이 사람들은 누구지? 우리를 데리고 뭘 하려는 거지?

한 사람이 호영과 저에게 다가오더니 손으로 모닥불 옆쪽에 있는 집
한 채를 가리켰어요. 요세프 씨도 그 집을 가리켰어요. 그러면서 두 사
람은 두 손을 한데 모아 들어 올리더니 그 두 손 위에 머리를 기울여 얹
는 시늉을 했어요.

공포가 제 가슴을 쥐어짜는 것 같았어요.

"우리더러 저기서 자라는 건가 봐!"

"말도 안 돼. 난 안 잘 거야 저기서! 누구 집인지 알고 잔단 말이니?"

"나도 마찬가지야! 나도 안 잘 거야!"

호영은 고개를 절레절레 흔들고 손을 마구 휘저으며 소리쳤어요.

"싫어, 안 돼, 안 된다고!"

저는 뒤로 물러섰어요.

"노!"

요세프 씨가 선을 넘어선 거였어요. 변명의 여지가 없어요. 어떻게 두 여자아이가 아무 집에서나 잘 거라는 생각을 한 건지. 이건 문화가 서로 달라서 생긴 오해라고, 언어 장벽 때문에 발생한 문제라고, 이런 식으로 구실을 붙일 수 없는 문제였어요. 어떤 식으로 설명하든 납득할 수 없는 문제였어요. 순간 〈노〉에 해당하는 밤바라어가 제 입에서 쏟아졌어요.

"아위! 아위!"

그 집의 문이 열렸어요.

"헤이! 하벤하고 호영이잖아! 너희들 여기서 뭐하는 거야?"

집 안에서 누군가가 소리쳤어요.

"자키야!"

호영이 기뻐 소리쳤어요. 자키야는 미국에서 같이 온 학생이었어요. 그 집이 자키야 주인집의 것이라면 조슬린도 그곳에 있을 게 분명했어요. 그렇다면 여기도 케그네 마을에 속하는 건가? 그렇게 먼 길을 걸었는데 우리가 아직도 케그네 마을에 있다니!

"우리 주인집 아저씨가 여기로 데려왔어. 너희들이 여기 있는 줄 몰랐어. 뭐하고 있었니?"

호영이 물었어요.

"조슬린과 같이 자려고 하던 참이야. 무슨 소란스러운 소리가 들리길래 나와 본 거야."

"깨워서 미안. 요세프 씨에게 말해 줄래? 우릴 집으로 데려다 주라고."

호영이 말했어요.

"당연하지!"

자키야가 영어가 아닌 다른 언어로 말하기 시작했어요. 밤바라어? 아님 프랑스어?

요세프 씨가 다시 우리를 데리고 구불구불한 길을 지나기 시작했어요.

저는 발을 땅에 질질 끌다시피 뒤를 따라 걸었어요. 한 걸음 한 걸음 내디딜 때마다 당혹감에 다리가 흔들거리는 것 같았어요.

살아가면서 무슨 일을 마주치든지 장애가 없는 사람들이 장애를 지닌 사람들을 대할 때 품게 되는 억측이나 가정 때문에 저는 많은 어려움과 불편함을 겪었어요. 물론 저 역시 제 위주의 억측이나 터무니없는 판단을 해서는 안 된다는 사실도 알게 되었지요. 말이든 생각이든, 그것을 다른 사람에게 전하거나 옮길 때 우리가 빠뜨리는 게 있을 수 있어요. 성급한 판단이나 억측 때문에 우리가 얼마나 많은 것을 잃어버릴 수 있는지, 우리는 다시 한번 생각해 봐야 해요.

제10장

쉿, 비밀이에요

2004년 봄, 말리, 케그네 마을

건설 현장은 벅적벅적 바쁘게 돌아가고 있었어요. 뜨거운 태양 아래 모래를 삽으로 퍼서 체로 거르고 벽돌을 만들면서 여러 날을 지내다 보니 몸 곳곳에 두텁게 달라붙어 떨어지지 않은 땀과 흙먼지 때문에 온몸이 끈적거리는 것 같았어요. 식수를 포함해서 물이 충분히 공급되지 않아 샤워를 일주일에 한 번밖에 할 수가 없었어요.

"어떻게 지내? 뭔 일 있어?"

남자 목소리. 저는 고개를 돌려 쳐다봤어요. 키가 크고 커다란 밀짚 모자를 쓴 사람. 누군지 금방 알아볼 수 있었어요. 베이 에어리어의 한 고등학교에 다니는 3학년 학생 데니스였어요.

"안녕, 데니스. 응, 그냥⋯⋯."

당황한 나머지 얼굴이 화끈거렸어요. 무슨 문제가 있는지 데니스에게는 알리고 싶지 않았어요. 더듬더듬 대답할 수밖에요.

"애비 선생님, 애비 선생님을 찾고 있는 중이야. 어디 계신지 알아?"

"알아. 내가 모셔 올게."

데니스가 현장 텐트 안으로 들어갔어요.

저는 이 문제를 혼자 힘으로 해결하고 싶었지만 결국에는 애비 선생님에게 얘기해 봐야겠다는 생각을 했어요. 사실 이곳 말리에 오겠다고 결심한 데에는 제 문제는 저 혼자서 해결할 수 있다는 사실을 부모님에게 증명해 보이겠다는 다짐도 한몫했어요. 그런데 다른 사람에게 도움을 청하는 것도 제 힘으로 문제를 해결하는 것이 아닐까요? 저는 아직도 제가 자신감에 넘치고 능력도 있는, 그리고 책임감이 있는 여자라고 생각하고 있어요. 제 생각이 틀렸을까요?

데니스가 돌아왔어요.

"애비 선생님을 모시고 왔어."

"고마워."

천천히 그의 얼굴에서 시선을 돌려 애비 선생님을 바라보는데 꼭 무슨 죄를 짓는 것 같아 속이 뒤집어지는 것 같았어요.

"선생님, 얘기 좀 할 수 있어요? 선생님과 저, 이렇게 둘이서만요."

"둘이서만? 비밀 얘기가 있는 모양이지?"

선생님이 제 앞으로 몸을 기울이며 말했어요. 수치심이 몰려오면서 얼굴이 뜨겁게 확확 타올랐어요.

"그냥 해 본 말이다! 좋아, 어디서 얘기하는 게 좋을까?"

애비 선생님은 저를 데리고 텐트 밖으로 나섰어요. 햇볕에 단단하게 말리려고 죽 늘어놓은 벽돌을 지나 한 30m쯤 떨어진 곳에 나무 한 그루가 있었어요. 그 나무 앞에 걸음을 멈춘 선생님이 말했어요.

"여기가 좋겠구나. 여기라면 우리가 하는 말, 아무도 못 들을 거야."

"좋아요. 있잖아요……."

저는 침을 꿀꺽 삼켰어요.

"내가 알아맞혀 볼까? 너 물통 망가뜨렸지?"

"제 물통 원래 그대론데……."

저는 당황한 표정으로 선생님을 바라보았어요.

"미안. 농담으로 한 말인데 그만……. 그래, 무슨 일인데 그러니, 하벤?"

선생님의 말투가 진지하게 바뀌었어요.

저는 심호흡을 하고 난 뒤 입을 열었어요.

"선생님 기억하시죠? 우리가 여기에 가져오는 물건들은 다 미생물로 분해 가능한 물건이어야 한다고 하신 말. 비누, 화장지 등등 모두 다. 전 선생님 말씀대로 했거든요."

저는 숨을 내쉬며 다시 용기를 끌어 모아 말을 이었어요.

"그런데 제가 가져온 미생물로 분해 가능한 생리대가 제 기능을 못해 쓸 수가 없어요."

"정말 쓸 수가 없다는 거니?"

"못 써요."

이 말과 함께 저는 더는 묻지 말아 달라고 애원하는 듯한 표정으로 선생님을 바라보았어요.

"그렇구나. 그런데 너도 여기 여성들은 어떻게 하고 있는지 알고 있을 텐데. 알고 있지?"

창피한 마음에 얼굴이 빨개지고 말았어요. 애비 선생님은 제 대답을 기다리며 그냥 서 있었어요.

"천 조각을 사용하고는 빨아서 다시 쓰고 있어요. 저도 꼭 그렇게 해야 한다면 할 수는 있어요. 하지만 다른 방법이 없나 싶어서요. 도와주실 거죠?"

"그래, 알아보기는 할게."

"감사합니다! 방법이 있든 없든 저는 괜찮아요. 어쨌든 제 문제는 제가 해결할 수 있어요. 다만 선생님이 도와주실 수 있는 방법이 있는지, 선생님한테 여분이 있어 저에게 주실 게 있는지, 그걸 알고 싶었을 뿐이에요. 선생님이 도와주시면 저는 그저 감사할 따름이에요."

"그래, 난 너 걱정 안 해. 잘하고 있잖니. 그런데 몇몇 다른 아이들이⋯⋯."

저는 으스대듯 고개를 쳐들며 물었어요.

"무슨 일 있어요? 누구예요? 사고 쳤어요?"

애비 선생님이 웃었어요.

"오오, 하벤."

"왜요?"

"말 안 하련다. 별일 아니야. 정말 아무 일 없이. 아무튼 여분이 있는지 찾아볼게. 계속 일할 수 있겠니?"

"샤워하고 싶어요. 가능할지 모르겠지만."

"알았다. 파티마에게 물어보마."

애비 선생님이 파티마를 찾으러 갔어요. 곧이어 애비 선생님과 파티마가 무슨 얘기를 주고받았어요. 애비 선생님이 파티마에게 어느 선까지 얘기했는지, 저는 그게 궁금했어요. 저는 어떤 상황에 처해 다른 사람에게 도움을 청할 때마다 그 상황을 제 마음대로 통제하지 못한다는 생각에 초조할 때가 많아요. 그럴 때면 제가 안고 있는 비밀을 다른 사람이 다 알게 될 가능성이 높아진다는 불안감이 뒤따르거든요. 그러나 저는 애비 선생님과 파티마를 믿어요. 그래서 우리 셋만 제 비밀이 드러나지 않도록 입 꼭 다물고 있으면 된다고 생각했어요. 그러면 다른 사람은 알 수가 없을 테니까요.

파티마와 저는 집이 있는 곳으로 걸어갔어요. 건설 현장에서 마을 중심까지 이어진 길에 몇 그루 나무들이 줄지어 서 있었어요. 나무를 보니까 생각이 나더군요. 끔찍할 정도로 뜨거운 열기가 우리를 에워싸도 여기가 사막은 아니구나, 하는 생각이요.

마을에 들어서자 파티마는 한 여자를 찾아 얘기를 주고받았어요. 그 여자가 어디론가 가더니 잠시 뒤 양동이 하나를 들고 나타났어요.

"오케이, 물이 왔다. 이 물로 샤워하면 돼."

파티마가 말했어요.

"무슨 컵 같은 건 없을까? 양동이에서 물을 떠서 쓰게."

"여기 있네, 이 안에."

"아, 그렇네. 근데 사람들이 샤워는 어디서 해?"

저는 미소를 지으며 말했어요.

"화장실에서."

화장실은 지붕이 없는 조그만 공간으로 사면이 높이가 낮은 벽돌담으로 둘러싸여 있고 바닥에 구멍이 하나 파져 있어요. 덮어 놓지 않는 그 구멍에서 정말 지독한 악취가 풍기기 때문에 대략 3m 거리 안에서는 누구라도 코를 꽉 틀어막아야 해요. 화장실에 들어가면 고약한 냄새가 숨을 멎게 만드는 짐승이 되어 우리에게 달려들어 공격한다고 보면 돼요.

실망이 이만저만이 아니었지만 저는 그런 제 감정을 애써 감추었어요.

"오케이. 이 양동이는 내가 들고 갈 수 있어. 고마워, 파티마."

이어서 저는 양동이를 갖다 준 여자를 바라보며 밤바라어로 고맙다는 말을 전했어요.

"이 니 체."

양동이를 들고 살살 걸음을 옮기며 저는 두 집을 지나 제가 묵고 있는 집으로 와 방으로 들어섰어요. 짧은 거리였어요. 약 9m 정도일까요? 자주 오가던 길이었어요. 물을 많이 마시다보니 당연히 화장실에 자주 가야 했으니까요.

저는 운동화를 벗고 슬리퍼로 갈아 신었어요. 가방에 손을 넣고 더듬어 새 옷, 수건, 비누를 꺼냈어요. 그리고 저를 적잖이 좌절시켰던 미생물에 분해가 된다는 가볍고 얇은 생리대도 하나 꺼냈지요. 아마도 그 생리대는 남자가 만든 것 같아요. 솔직히 말해서 여성이라면 그렇게 중요한 물건을 이렇게 형편없이 만들 리가 없잖아요.

옷이며 물건을 챙겨 가슴에 끌어안은 저는 화장실로 되돌아갔어요.

안으로 들어서자 고약한 냄새가 저를 힘차게 내리치는 것 같았어요. 숨을 멈췄어요. 가슴이 아플 정도로 답답해졌어요. 별 수 없이 저는 조금씩, 천천히 숨을 쉴 수밖에 없었지요. 입으로만 숨을 쉬려고 어찌나 애를 썼는지. 그 냄새를 받아들이려고 얼마나 노력했는지. 저는 제 자신을 달랬어요. 이것도 인간이 만들어 낸 냄새라고.

저는 옷과 물건들을 한쪽 벽돌담 위에 올려놓았어요. 사람들이 볼일을 볼 때는 구멍 위에 쪼그리고 앉아야 했어요. 그렇기 때문에 벽돌담의 높이가 1.5m 정도였어요. 쪼그리고 앉는데 괜히 높게 쌓을 필요가 없었던 모양이에요. 그러니 샤워를 할 때도 쪼그리고 앉아 할 수밖에요. 듣기 거북한, 보기 흉한 꼴을 얘기했네요.

샤워를 시작하기 전, 밖으로 나온 저는 바깥 공기를 한껏 들이마셨어요. 그런 다음에 물이 들어 있는 양동이를 화장실 안으로 끌고 들어왔어요.

나중에 애비 선생님이 우리 집에 들렀어요.

"샤워 잘 했니?"

"음…… 어쨌든 씻으니까 기분은 상쾌해요."

"좋았어. 그리고 여기 천 조각 좀 찾아왔다."

너무 실망한 나머지 제 입에서 싫어요, 하는 얘기가 나올 뻔했어요. 그런데 저는 제 나름의 주관적 판단에 따라 생각하지 말고 이곳의 관습을 존중해야 한다는 사실을 떠올렸어요.

"고맙습니다."

저는 선생님이 건네준 조그만 봉지를 받아 이리저리 둘러보았어요. 생리대였어요! 마음이 턱 놓인 저는 절로 웃음이 나왔어요.

"이건 괜찮을 거야. 그래도 못 쓰겠다면 알려 줘라. 다른 방법을 강구하게."

"감사해요!"

"당연히 그래야지. 이제 됐어? 더 필요한 것은 없니?"

"있어요. 옷을 좀 빨아 입고 싶어요. 빨랫비누도 가져왔거든요. 그래서 드리는 말인데 물을 더 얻을 수 있을까요?"

"요청해 보마. 그런데 네 말을 듣자니 예전에 손빨래를 해 본 적이 있다는 거 같은데, 해 봤니?"

"예, 에리트레아에서요. 우리 할머니 집에 세탁기가 있었는데 할머니가 한 번도 사용하지 않더라고요. 망가져서 그런 건지, 아니면 지붕 위에 물탱크가 있는데 그 물탱크에 물이 충분히 담겨 있지 않아 사용하지 못한 건지, 잘 모르겠어요. 왜 그랬는지 기억이 나질 않아요. 아무튼 기억나는 건 모든 빨래를 우리가 직접 손으로 빨았다는 것뿐이에요."

"그럼 너, 손빨래 프로구나! 내 것도 해 줄 수 있겠네?"

얼굴이 화끈거렸어요.

"제가 무슨 프로니 전문가니 그런 사람은 못 돼요. 하지만 비결을 알려 달라고 하시면 그건 알려 드릴 수 있어요."

애비 선생님이 웃었어요.

"농담이야! 어쨌든 물을 구할 수 있는지 알아볼게. 곧 돌아올 테니 기다려라."

10분 뒤 애비 선생님이 돌아왔고 저는 바로 선생님을 따라나섰어요. 이웃집 벽에 기대어 놓은 긴 의자가 보였고, 그 의자에 한 여자가 앉아 있었어요.

"저 여자 분이 빨래를 대신 해 주겠다는구나."

애비 선생님이 말했어요.

저 여자 분이 내 빨래를 대신하면 내가 생리 중이라는 걸 알게 될 텐데. 한 사람이 알게 되면 곧 온 마을 사람이 다 알게 될 거야!

"괜찮아요. 아위."

저는 고개를 절레절레 흔들며 싫다는 표시를 분명하게 했어요. 제가 하겠다는 뜻으로 손으로 저를 가리키고 이어서 제 빨래 주머니를 가리켰어요.

여자 분이 자리에서 일어섰어요. 애비 선생님과 잠시 얘기를 주고받더니 자리를 떴어요.

저는 안도의 한숨을 크게 내쉬었어요. 말리에 오기 전에 어느 글에서 읽은 내용인데, 어떤 마을에서는 생리 중인 여성을 격리시킨다고 하더라고요. 마을의 외딴 곳으로 보내 따로 지내도록 한대요. 그렇다면 저도 그런 곳에 보내 격리시키지 않을까요? 그게 두려웠어요.

"더 필요한 건 없니?"

애비 선생님이 물었어요.

"없어요. 이젠 됐어요."

"알았다. 그럼 이따 보자."

저는 빨래 주머니에서 바지 한 벌을 꺼내 물이 담긴 첫 번째 양동이에 담그며 빨래를 시작했어요.

빨래를 물에 담그고, 비누칠하고, 빡빡 문지르고, 헹구고, 비틀어 짜고 하는 동안 제 팔에 튀겨 흐르는 물. 마음을 진정시키는 시원한 물. 상쾌함을 안겨 주는 물. 불쑥 머쓱한 생각이 머릿속에서 톡 튀어 나왔어요.

아니, 빨래를 하면서 이렇게 즐거운 기분이 들다니!

눈이 보이지 않아도 빨래하기는 쉬워요. 차례대로 순서에 따라 하면 되거든요.

사실 마음 같아서는 빨래를 한 번 헹구고 나서 한 번 더 헹구기 위해 세 번째 양동이 물을 사용하고 싶었어요. 하지만 주인집 식구가 쓸 물을 필요 이상으로 쓰고 싶지는 않았어요.

옷가지를 다 빨고 난 뒤 저는 그 빨래들을 나무 침대 위에 펼쳐 놓았어요. 뜨거운 열기 때문에 한 시간 정도 지나면, 아니 그보다 더 빨리 마를 것 같았어요. 저는 양동이를 들고 집 뒤쪽으로 가서 빨래하고 남은 더러운 물을 쏴-악 쏟아 버렸어요. 빨랫비누가 미생물에 분해되는 것이라 안심하고 버린 거예요.

어떤 사람이 지나가는 게 보였어요. 남자인데 아마 주인집 식구 중 한 사람이 아닌가 싶었어요. 그래서 그 사람에게 양동이를 건네주었어요.

양동이를 받아 든 그 남자가 갔나 싶었는데 바로 저한테 성큼성큼 다가오며 고함을 치는 거예요.

심장이 콩닥콩닥 뛰기 시작했어요. 왜 화를 내는 것인지, 이게 무슨 망신인가 싶은 생각에 발이 땅에 얼어붙은 듯 꼼짝할 수가 없었어요.

그 사람은 양동이 하나를 손에 들고 이리저리 흔들며 계속 고함을 내질렀어요.

저는 양손을 위로 올렸다 다시 내렸어요. 무슨 일이냐고 묻는 것이기도 하고 잘못한 게 있으면 죄송하다는 뜻이기도 했죠.

"무슨 일인가요?"

저는 사람들이 큰 소리를 지르면 화가 나서 그런 것이라고 생각하거든요. 어쨌든 무슨 큰 오해가 있는 게 분명해요.

계속 소리를 지르며 그 남자는 양동이를 제 얼굴 앞으로 내밀었어요. 한 번 보라는 뜻이겠죠.

저는 머리를 숙여 양동이를 뚫어져라 살펴봤어요. 제 눈에는 별 이상이 없었어요. 어떻게 대응을 해야 할지, 머릿속이 복잡했어요.

내가 빨래하고 남은 물을 쏟아 버려서 그런 걸까? 아니면 빨랫비누 때문에 양동이 색이 변했나? 혹시 핏자국이 있어서?

뭔가 창피하고 분한 생각이 들면서 온 신경이 곤두서고 심장이 미친 듯이 내달리기 시작했어요.

이 사람이 안 거야! 그럼 곧 마을 전체에 퍼지겠지!

제가 생리 중이라는 사실을 혹시 누가 알까 봐 어떻게든 비밀에 붙이려고 애를 썼는데, 그게 오히려 불안과 걱정만 키우면서 저를 기진맥진하게 만든 것은 아닌지. 괜히 다른 사람과 유지하고 있는 관계에 악영향을 미친 것은 아닌지. 왜 이 사람이 화를 내는지, 양동이에 무슨 문제가 생겼는지, 저는 정말 알 수가 없었어요. 어떤 문화권에서는 여성의 생리를 불결한 것으로 비난한다는 사실을 알고는 있었어요. 하지만 한 사람의 여자로서 저는 생리를 당연하게, 당당하게 받아들일 수밖에 없어요. 세상 모든 여성이 다 경험하는 것이니까요.

저는 허리를 꼿꼿하게 세우고 그 남자를 쳐다보면서 목소리에 힘을 주어 아주 단호하고 당당하게 말했어요.

"미생물에 분해되는 거라고요."

제11장

변소 만들기

2004년 봄, 말리, 케그네 마을

"안녕!"

저는 인사를 하며 다가갔어요. 나무 그늘 아래 두 사람이 앉아 있었고, 또 한 사람은 체로 모래를 거르고 있었어요.

"안녕, 하벤. 나 시몬느야. 이 분은 엘리자베스 선생님이고."

제 바로 가까이에 있는 사람이 말했어요. 엘리자베스 선생님은 버클리에 있는 한 고등학교의 영어 선생님이었어요. 굉장히 사려 깊은 분이고, 제가 무엇을 물어보든 늘 기꺼운 마음으로 받아 주는 분이었지요.

저는 두 사람 옆, 모래 위에 앉았어요. 그늘이 고마웠어요.

"근데, 어떻게 생각해?"

"뭘?"

시몬느가 물었어요.

"이제는 내가 물 마시는 일 점검하는 대장이거든. 그래서 하는 말인데, 두 분 이제는 물 좀 마셔야지요?"

장난기 어린 말투로 말은 했지만 사실 제가 맡은 일은 조금도 방심해서는 안 되는 중요한 일이었어요. 모든 사람이 탈수증에 걸리지 않고, 저를 만나면 항상 먼저 말을 걸어 주고, 그렇게 오늘 하루가 끝났으면 하는 게 제 바람이었어요. 이곳에 온 첫날 시몬느에게 너무 성마르게 대한 것이 아닌가 하는 생각에 그동안 많이 위축되어 있었거든요.

시몬느와 엘리자베스 선생님이 물을 마셨어요.

"내일이면 여길 떠나야 한다는 게 믿어지지가 않는구나. 발길이 떨어지지 않을 것 같다. 여기서 너희들하고 같이 일한 것도 잊을 수 없을 거야. 주인집 식구들도 그리울 테고, 이곳 아이들과 놀던 일도 생각나겠지."

엘리자베스 선생님이 말했어요.

"저 역시 그래요. 베이 에어리어에서 우리 같이 돌아다니며 놀면 안 될까? 돌아가서 말이야."

저는 물통을 양손으로 쥐고 빙글빙글 돌리며 시몬느에게 물었지요.

"와우, 당연하지! 알고 보니 넌 정말 좋은 애구나."

시몬느가 말했어요. 저는 어리둥절할 수밖에 없었어요.

"놀란 거니?"

"아니, 꼭 그런 건 아니야. 실은 말이야, 네가 좀 어려웠어. 넌 똑똑하니까 나랑 친구 되는 걸 싫어하지나 않을까 걱정했거든."

"시몬느, 그건 말도 안 돼. 내가 너보다 똑똑한 게 하나도 없거든! 왜 그런 생각을 해? 혹시 내가 그렇게 보이게 행동한 거니? 아님 내 말에서 그런 기미가 보인 거야?"

"그런 건 아니고. 그런데 여기 오기 전에 사전 모임이 있었잖니. 아마 거기서 그런 생각이 들었던 것 같아. 애비 선생님이 질문을 던질 때마다 항상 네가 대답했거든."

이게 무슨 영문인지.

"그건 내가 자료를 읽어서 그런 건대. 사전에 나눠 준 자료집에 그 질문들이 다 들어 있었단 말이야."

"바로 그거야. 아무도 자료를 읽지 않았거든."

저는 믿을 수 없어서 눈을 크게 떴어요.

"진짜야?"

"하벤, 답을 알고 있는 사람은 너 혼자였어. 아무도 안 읽었어. 읽을 게 많았잖니. 나도 읽어야겠다고 생각하고 시도는 했었지. 그런데 시간이 나질 않더라⋯⋯."

"난 몰랐어, 어쩜⋯⋯."

전 새로운 것을 받아들일 때면 사전에 모든 정보를 하나하나 살펴보려고 노력하는 편이에요. 두툼한 자료집에는 온갖 정보가 다 들어 있었어요. 말리의 역사, 기초 밤바라어, 친환경 여행 도구 및 물품 소개⋯⋯.

가만! 아무도 그 자료집을 읽지 않았다면 미생물에 분해되는 물품을 가져온 사람이 나 혼자란 말인가? 그동안 다른 여자아이들은 기존에 자기네들이 사용하던 물품을 가져와 쓴 거야? 나 혼자만 끙끙대고 고민했던 거잖아.

제가 사전에 뭘 읽었던 것은 그때가 마지막이었어요.

시몬느가 말을 이었어요.

"너는 분명히 자료를 읽은 거고, 난 그러지 못해서 좀 찜찜했어. 그것 때문에 네가 나를 좋아하지 않을 거라고 지레짐작한 거야."

저는 한숨을 내쉬며 말했어요.

"시몬느, 난 너와 다르잖아. 잘 보지도 못하고 듣지도 못하고. 그래서 자료를 읽지 않으면 놓치는 게 많아. 하나하나 잘 챙긴 건 팀에 도움이 되고 싶어서 그랬던 거야. 걸어 다니는 구글 말이야."

"그런 생각은 하지 못했어."

잠시 어색한 침묵이 흘렀어요. 다행히 쓱쓱 모래 속을 파고드는 삽 소리가 그 침묵을 메워 주었어요.

저는 슬슬 자리에서 일어났어요.

"이제 내 일 하러 갈게. 가만, 저기 사람들이 한데 모여 있는데…… 뭐하는 거지? 가 봐야겠어."

저는 건설 현장 왼편 한쪽 구석을 가리키며 말했어요.

"무슨 일이 있는 모양인데……. 나도 같이 갈까?"

"그래."

시몬느가 엘리자베스 선생님을 보며 물었어요.

"저 하벤이랑 같이 가도 되죠?"

"그래, 그렇게 해. 존과 내가 교대로 체로 모래를 거르면 되니까."

시몬느와 저는 건설 현장에서 왼편으로 멀찍이 떨어진 한쪽 구석으로 갔어요. 대략 60cm 정도 높이인 벽돌담이 어렴풋이 눈에 들어왔어요. 그 순간 저는 뿌듯한 기분에 사로잡혔지요.

저 중에 내가 만든 벽돌도 있겠지! 오랜 시간 동안 땀 흘리며 삽으로 모래를 퍼서 체로 거르고 휘저어서 만든 벽돌들. 두 달 뒤면 이 마을에 학교가 세워져 배움에 굶주린 학생 8백 명이, 그 뒤로 계속해서 학생 수천 명이 공부할 수 있을 거야. 오클랜드에서 온 열다섯 살 중복장애 학생이 이 세상에 긍정적인 기여를 하다니.

이런 생각이 들자 저는 기운이 나면서 세상을 더욱 밝게 바라보게 되었어요.

우리는 학교 건물의 기초를 다져 놓은 곳을 지나 사람들이 옹기종기 모여 있는 곳에 다다랐어요. 시몬느가 그들 중 몇 사람과 말을 주고받는 동안 저는 대체 무슨 일인지 혹시 눈이나 귀로 확인할 수 있는 조그마한 단서라도 없을까, 주변을 둘러보았어요.

그때 파티마가 제 앞에 나타났어요.

"하벤, 너는 어때?"

"무슨 말이야?"

파티마는 돌아서더니 모여 있는 사람들을 바라보며 말했어요.

"하벤, 안 하고. 메이샤, 마찬가지. 시몬느, 물론 안 하고. 데니스 뿐이야! 왜 여자애들은 못 하겠다는 거야?"

무슨 영문인지 몰랐던 저는 파티마의 말을 그대로 되물었어요.

"하벤, 안 하고?' 뭘 안 한다는 거야?"

그때 또 다른 사람이 제 곁에 다가왔어요.

"하벤, 애비 선생님이다."

"선생님! 물은 드셨어요?"

저는 선생님을 추궁하기라도 하듯 말했어요. 선생님이 웃었어요.

"예, 물론입죠."

"그럼 됐어요. 근데 파티마가 하는 말이 뭐예요?"

"응, 그거, 우리가 학교 변소를 만들려고 구덩이를 파고 있거든. 도와
줄 사람이 더 필요해서 파티마가 알아보고 있는 중이야. 지금까진 마을
남자들하고 데니스밖에 못 모았거든."

"제가 도울 게요!"

"변소 파는 일을 돕겠다고?"

저는 씩 웃으며 대답했어요.

"예!"

"파티마! 하벤이 돕고 싶다는 구나."

애비 선생님이 손짓을 하자 파티마가 다가왔어요.

"그래요? 사람들한테 알려야겠어요."

파티마가 밤바라어로 뭐라고 소리치며 돌아갔어요.

저는 고개를 돌려 애비 선생님을 바라보았어요.

"그런데 정확히 어떤 식으로 일하는 거죠?"

"너는 어떤 일을 하는지도 모르고 무턱대고 도와주겠다고 한 거니?"

저는 그냥 웃었어요.

"잘 아시잖아요. 제가 무슨 일이든 항상 하고 싶어 한다는 걸······."

"그런 태도야 좋지. 그래, 알려 줄게. 지금쯤 저기서 데니스가 구덩이를 파고 있을 거다. 곡괭이로 땅을 파는 거야. 그럴 때마다 쌓이는 흙을 자주 삽으로 퍼내야 해."

애비 선생님이 데니스가 파고 있는 구덩이 가장자리로 저를 데리고 갔어요. 길이가 발걸음으로 네 걸음 정도 되고 폭은 두 걸음 정도 되는 직사각형 모양의 구덩이였어요.

"얼마나 깊어요?"

"2m가 조금 좀 못 될 거다. 데니스, 하벤이 내려가는데 좀 도와줄래?"

저는 누구 도움 없이 그냥 뛰어내리면 된다고 생각했어요. 두 다리는 멀쩡했거든요. 구덩이 가장자리에 앉은 저는 다리를 아래로 내렸어요. 공중에 붕 떠 흔들거리는 두 다리. 구덩이 아래쪽을 슬쩍 들여다보았어요. 데니스가 구덩이 안, 저쪽에서 곡괭이질을 하고 있었어요. 됐어. 지금이야. 저는 땅을 짚고 있던 손에 힘을 주어 훌쩍 구덩이 속으로 뛰어내렸어요.

데니스가 저를 잡아 주었어요. 두 팔로 제 몸을 비스듬히 기울이면서 제 두 발이 바닥에 닿도록 해 주었어요. 이렇게 힘이 세고, 기민하고, 균형 감각을 갖춘 사람이 있구나, 하는 생각에 저는 깜짝 놀라고 말았어요. 순간 나 혼자 뛰어내리겠다는데 웬 방해야, 하는 생각이 쏙 들어가고 말았어요.

데니스에게서 떨어져 비틀거리는 발걸음으로 한 발짝 물러서 나오는데 다리에 힘이 빠진 것 같았어요.

"너, 물 좀 마셔야 하는 거 아냐?"

"네가 일하는 동안 마시면 돼."

"좋아. 어떻게 하면 되는지 알려 줘."

흙을 파내던 곳으로 성큼 달려간 데니스는 곡괭이를 집어 저에게 건네주었어요. 손때가 잔뜩 묻은 곡괭이 자루. 이제는 제 손바닥에도 그때가 묻겠지요. 긴 곡괭이 자루를 더듬어 내려간 저는 날을 만졌어요. 예리하고 뾰족한 끝이 아래를 향하도록 자루를 돌린 다음 저는 자루 중간쯤을 두 손으로 꼭 잡았어요.

제 뒤로 가서 선 데니스가 뒤에서 손을 앞으로 쑥 내밀더니 제가 잡고 있던 곡괭이를 같이 잡는 거예요. 그러고는 제 오른쪽 어깨 위로 곡괭이를 천천히 들어 올리더니 팔을 쭉 뻗어 곡괭이를 우리 앞의 땅에 내리 꽂았어요. 곡괭이 그리고 데니스와 함께 한 몸이 되어 손을 들어 올리고 자세를 잡아 손을 쭉 뻗는 동작-살사 춤을 출 때 배운 기술이 도움이 되더라고요. 그런데 거기서 끝난 게 아니었어요. 데니스가 또다시 곡괭이를 들어 올리더니 땅에 꽂았어요. 그리고 한 번 더.

두근두근 부풀어 오르는 야릇한 느낌이 온몸을 타고 흐르면서 숨을 제대로 쉴 수 없었어요. 저는 목을 가다듬으며 말했어요.

"됐어. 어떻게 하는지 알았어."

그제야 데니스가 곡괭이를 저에게 맡기며 제 뒤에서 떨어졌어요.

*　　*　　*

저는 곡괭이를 어깨 위로 들어 올린 다음 앞으로 내리꽂았어요. 저 혼자 곡괭이질을 하니까 팔을 들었다 내리는 동작이 훨씬 편안해졌어요. 또다시 곡괭이를 들었다 내리꽂았어요. 위, 아래. 위, 아래. 잔인한 태양이 뜨거운 햇살을 우리에게 마구 쏟아부었어요. 지표면에서 2m 정도 깊게 패인 구덩이 안은 바람 한 점 없이, 그야말로 찜통이었지요. 땀방울이 얼굴을 타고 주르륵 흘러내렸어요. 위, 아래. 위, 아래. 곡괭이질을 할 때마다 땅바닥이 부서지며 패이고, 곡괭이는 단단한 흙 속으로 더 깊게, 더 깊게 파고들었어요.

흘끗 데니스를 바라봤어요. 두 걸음 정도 떨어진 곳에 있는 데니스. 커다란 밀짚모자를 쓴 키가 큰 아이.

얼굴에 어떤 표정을 짓고 있는지 볼 수만 있다면. 곡괭이질하는 내 모습을 지켜보고 있는 건가? 아니면 구덩이 위 사람들을 쳐다보고 있는 걸까? 자기 대신에 다른 사람이 땀 뻘뻘 흘리며 일하는 동안 자기는 쉴 수 있어서 기분이 좋은 걸까? 고맙다는 생각은 하는 걸까? 여자아이랑 같이 일하는 게 신경 쓰인다며 불편해 하는 것은 아닐까? 아니면 저 아이는 나를 그저 장애를 지닌 사람으로만 보고 있는 걸까?

끝까지 버티겠다는 듯 쉽게 부서지지 않는 흙바닥에 저는 다시 한번 곡괭이를 내리꽂았어요. 온몸의 힘을 끌어 모아 힘차게 곡괭이를 휘둘렀어요. 곡괭이를 들었다 앞으로 내리꽂을 때마다 팔, 어깨, 무릎, 몸통이 함께 움직였어요. 점점 몸이 지치면서 근육이 아파 왔지만 저는 계속 흙을 파냈어요.

두 팔이 한계에 이르렀을 때 저는 곡괭이를 데니스에게 넘겼어요. 곡괭이를 받은 데니스는 제 맞은편으로 걸음을 옮겼어요.

저는 사다리가 있는지 사방을 둘러보았어요.

"어떻게 나가야 하지?"

그러자 한 팔이 제 등을 감아 안고 또 한 팔이 제 무릎 뒤를 감싸는 게 아니겠어요? 데니스가 저를 공중으로 들어 올렸어요. 전 얼굴이 빨개지고 말았지요. 제 몸이 점점 더 높이 오르더니 급기야 데니스 머리 위까지 올라갔어요. 저는 손을 뻗어 구덩이 가장자리를 짚은 다음 단단한 땅바닥 위로 몸을 굴렸어요.

사람들 웃음소리가 잔잔하게 퍼지는가 싶더니 애비 선생님이 바로 제 곁에 무릎을 굽히고 앉으며 물었어요.

"괜찮니?"

"괜찮아요. 제 힘으로 나오고 싶었는데."

저는 기어서 구덩이 가장자리를 벗어난 뒤 일어섰어요.

"제법 깊어. 다른 사람이 도와주지 않으면 올라올 수가 없어."

"아, 그렇군요."

저는 또 한 가지 새로운 사실을 알게 되었어요.

"저 아래에서 참 열심히 하더구나. 너희 둘, 정말 훌륭한 팀이었어."

맥박이 마구 뛰기 시작했어요.

"저희 모두가 훌륭한 팀이잖아요."

하벤 길마

"하벤, 너 근데 얼굴 표정이 왜 그래?"

저는 얼른 표정을 바꾸고 싶었지만 그만 웃으면서 포기하고 말았어요.

"선생님이 선생님 비밀을 말씀해 주시면 저도 제 비밀을 알려 드릴게요."

"너, 약속한 거다."

제12장

사랑하니까 곁에 두어야 한다는 생각은 이제 그만

2005년 여름, 캘리포니아, 오클랜드

고등학교 3학년이 시작되기 전, 8월의 어느 날 오후였어요. 부모님이 제 방에서 저를 궁지에 몰아넣고 있었어요. 어머니 사바는 침대 위에서 제 옆에 앉아 있었고, 아버지 길마는 제 방 문 앞에 의자를 놓고 앉아 저를 정면으로 바라보고 있었지요.

"하벤, 넌 여기 베이 에어리어에 있는 대학에 가야 해. 네가 똑똑한 아이라는 건 우리도 잘 알아. 하지만 다른 주에 있는 대학에 진학하는 건 좀 그래."

어머니가 제 손을 꼭 잡으며 말했어요.

"나, 잘할 수 있어요. 말리도 갔다 왔잖아요."

"엄마 말 좀 들어라. 미네소타나 매사추세츠나, 아니 그곳이 아니라 어디에나 우리 가족이 없잖니. 그리고 너무 멀어서 안 돼."

아버지가 간곡한 어투로 말했어요. 저는 아버지에게 걱정하지 마세요, 라는 뜻으로 환한 미소를 지어 보였어요.

"나, 말리도 갔다 왔어요, 아빠."

"그 말은 이제 그만해! 이건 말리하고 아무 상관이 없어. 무슨 말인지 알아? 우린 대학 얘기를 하고 있는 거야. 알아, 우리 딸이 전 과목 에이(A)를 받은 학생이고 그래서 버클리에 갈 수 있다는 사실은 나도 알아. 스탠퍼드도 못 갈 건 없지. 스탠퍼드에 진학하는 건 어떨까? 그러면 매주 주말에 엄마가 음식도 갖다 줄 수 있는데. 집에서 직접 만든 에리트레아 음식, 어때?"

어머니가 정신 좀 차리라는 듯이 잡고 있던 제 손을 흔들었어요.

"실은 뉴질랜드에 아주 멋진 학교가 있다는 글을 읽고 있던 중이었어."

"하벤! 나 참 기가 막혀서. 우리가 하는 말은 안중에도 없구나!"

아버지가 벌떡 일어나더니 화가 난듯 크게 한숨을 내쉬었어요.

"나중에 얘기하자."

이 말과 함께 어머니와 아버지는 제 방에서 나갔어요. 걱정과 역정도 함께 제 방에서 사라졌지요.

저는 안도의 한숨을 내쉬었어요. 제가 계속 여기에 머물러 있으면 결코 다함이 없는 부모님의 걱정과 씨름하느라 저의 온 에너지를 다 쏟아야 할지 몰라요. 저는 댄스파티에 참석할 수도 없어요. 긴 하루 동안 고단한 일을 하느라 지친 부모님에게 차로 데려가 달라, 데리러 오라고 할 수 있겠어요? 그렇다고 부모님이 제가 혼자서 대중교통을 이용하는 걸 찬성하지도 않으세요. '안전하지 않다'는 이유 때문이죠. 저를 차로 어디로 데려가고 데리고 오고 하겠다는 부모님의 생각은 실험실 기술자인 아버지, 간호조무사로 일하는 어머니, 이 두 분의 고단한 직장 생활과 충돌하면서 늘 갈등만 일으키는 것 같아요. 시각장애인의 이동이나 여행에 관해 가르쳐 주는 선생님 한 분이 우리 부모님에게 제가 혼자서 버스도 타고 지하철도 타는 기술을 다 터득했다고 설명해 준 적이 있어요. 그런데도 부모님은 고개를 절레절레 흔들며 계속 같은 말만 되풀이했어요.

"안전하지 않습니다."

사정이 이러니 살사 춤을 더 배워야겠다는 꿈은 말 그대로 꿈으로 끝나고 말았어요. 부모님의 걱정과 불안 때문에 얼마나 많은 꿈이 무산되고 말았는지…….

부모님 말씀이 옳긴 해요. 대학이 말리와 같을 수는 없죠. 그렇다고 애비 선생님과 이 문제를 놓고 머리 싸매 가며 해결책을 찾고 싶지 않았어요. 저에 대한 부모님의 생각 방식을 놓고 누가 됐든 다른 사람과는 논의하고 싶지 않았어요. 부모님은 두 분 모두 아는 사람이 전혀 없는 낯선 곳에 살면서 많은 고통을 겪었어요. 그래서 저에게 그런 고통을 겪게 하고 싶지 않았던 것이니까요.

'과연 대학 생활을 잘해 나갈 수 있을까? 어떻게 하면 될까?'

이런 고민 끝에 한 가지 해결책, 정말 완벽해 보이는 해결책을 찾아냈어요. 안내견!

대학에 들어가기 전 여름에 안내견을 구하는 거야. 난 정말 머리가 좋아!

제 컴퓨터가 핑, 총알 날아가는 소리를 내며 메시지가 도착했다는 사실을 알려 주었어요. 친구인 브루스에게서 온 메시지였어요. 대학생인 브루스는 전국 시작장애인 연합회 지도부의 일원이었어요. 저는 그에게 안내견을 구할 계획이라고 말했어요.

브루스: 네 자신감을 개에게 맡기고 의존하겠다는 거야?

하벤: 왜 이상하게 그런 식으로 말하는 거야?

브루스: 안내견 학교가 신청자에게 필수적으로 요구하는 게 있어. 안내견을 구하기 전에 혼자 자신 있게 지팡이를 짚고 다녀야 한다는 거야. 그래도 아무 문제가 없어야 한다는 거지. 시각장애인이 자신감을 잃으면 개나 사람이나 다 엉망이 되고 말아. 그 자신감을 개에게 의존해서는 안 돼. 스스로 자신감을 키워야 해. 전국 시각장애인 연합회 소속 트레이닝 센터에서 그런 기술을 배워야 해. 나도 루이지애나에 있는 트레이닝 센터에 다녔어.

하벤: 루이지애나에 있는 센터를 선택한 이유가 있어?

브루스: 혹독하게 훈련시키거든. 시각장애인을 위한 신병 훈련소 같은 곳이랄까? 운영진의 교육 수준이나 기준이 아주 높아. 사실 시각장애인을 돕겠다는 기관이나 단체가 많이 있지만 대개가 교육 수준이 낮아. 트레이닝 센터가 좋은 곳인지, 교육

수준이 높은 곳인지 확인하려면 그곳의 강사들이 눈을 감고 교육할 수 있는지를 물어보면 돼. 시각장애인을 가르치는 선생 가운데 시각장애인이 알아 두어야 할 기술을 갖추지 못한 사람이 많다더라. 들은 얘긴데 점자를 가르치는 강사가 눈으로만 점자를 읽는다는 거야. 손가락으로는 점자를 읽지 못한다는 뜻이지.

하벤: 그렇구나.

브루스: 교육을 받으려는 시각장애인에겐 여간 실망스러운 게 아니지. 그뿐인지 아니? 시각장애인이 아니면서 지팡이로 돌아다니는 법을 가르치는 강사가 있는데 사실 그 사람은 눈을 감고는 타임스 스퀘어를 지나다닐 수 없는 사람이야. 그래서 그런 강사는 시각장애인 학생에게 타임스 스퀘어 같은 곳은 안전하지 않다고 말하지.

하벤: 나는 타임스 스퀘어를 지나다닐 수 있는데.

브루스: 그럼 뉴욕 대학이나 컬럼비아 대학에 지원해도 되겠는데?

하벤: 글쎄…… 그럴 수도 있겠지.

브루스: 겁나니?

하벤: 무슨 말 같지도 않은 소리! 난 말리도 다녀온 사람이라고.

브루스: 알아. 어떤 결정을 내리든 기억해. 안내견이 시각장애인이 배워야 할 기술을 가르쳐 주지 않는다는 사실을.

하벤: 알았어.

브루스: 트레이닝 센터에 가면 더 많은 기술을 배우고 익히는 데 도

움이 돼. 너 자신을 믿고 의지해야 해. 자신감은 자기 내면에서 나오는 거라고.

하벤: 멋진 말이다! 자신감은 자기 내면에서 나온다는 말. 안내견에서 나오는 게 아니다. 지팡이에서 나오는 것도 아니다. 배나 비행기에서 나오는 것도 아니다. 자신감은 자기 내면에서 나온다.

몇 군데 트레이닝 센터를 조사하고 난 뒤 저는 〈루이지애나 시각장애인 센터〉에 다니기로 결정했어요. 여름 동안 시각장애인을 위한 집중 프로그램에서 기술을 배우면 앞으로 살아가면서 과연 시각장애인이 이런 저런 일을 할 수 있을까, 하며 걱정할 필요가 없을 것 같았어요.

부모님은 물론 저의 이런 계획을 받아들이지 않을 거예요. 제가 독립할 수 있는 기술을 증진한다는 것은 두 분이 저를 보살피며 통제하는 일이 줄어든다는 것을 의미하거든요. 부모님은 제가 당신들이 생각하는 안전 구역에서 벗어날까 봐, 그래서 부모로서 자식을 잘 보살피지 못하게 될까 봐 걱정되고 불안하겠죠. 우리 부모님은 장애아를 자식으로 둔 다른 부모님과는 달리 저에게 많은 자유를 허락한 편이었어요. 장애를 지닌 딸아이가 말리에 간다고 하는데 다른 부모님 같았으면 그걸 허락했겠어요? 어림없었을 거예요. 저를 사랑하고, 동생과 저를 키우며 가정을 꾸리느라 고생한 부모님. 그런 부모님이 있는 저는 축복받은 아이였어요. 그렇지만 부모님에 대한 감사의 마음이 제 안에 있듯이 세상 밖으로 가자, 가자, 가자, 이렇게 집요하게 제 가슴을 두드리며 외치는 소리도 제 안에 있어요.

가야 해요. 앉아서 구경하는 게 안전하겠지만 직접 나서서 춤을 추는 것이 얼마나 기쁘고 신나는 일인가요. 가야 해요. 그것이 매일 혼자 울면서 잠드는 것을 의미한다 해도 가야 해요. 가야 해요. 우리 가족의 이야기를 듣고 저도 지금은 알 수 없지만 어떤 큰일을 하고 싶다는, 희망 가득한 영광의 삶을 이끌어 가고 싶다는, 그런 여망에 가슴이 부풀었으니까요.

결국에는 부모님이 저를 이해할 거라고 믿어요. 부모님과 저는 사랑으로 얽혀 있는 통제의 실타래를 한 가닥 한 가득 풀어낼 수 있다고 생각요. 두 분을 설득해서 루이지애나 트레이닝 센터에 다니는 것을 허락받을 자신이 있어요. 뉴질랜드에 가겠다는 건 아니니까, 괜찮겠죠? 언젠가는 가겠지만 어쨌든 아직은······.

제13장

이 글은 제 부모님이 절대 읽어서는 안 돼요

2006년 여름, 루이지애나, 러스턴

루이지애나 시각장애인 센터는 러스턴이라고 하는 작은 도시에 있어요. 저는 고등학교를 졸업하자마자 곧장 이곳으로 날아왔어요. 전국 각지에서 온 성인 학생 15명이 이곳에 다니고 있어요. 물론 모두가 서로 다른 삶을 살다가 온 사람들이에요. 우리는 모두가 시각장애인이 지녀야 하는 기술을 배우고 몸에 배도록 하겠다는 목표를 지니고 있어요. 저처럼 시력이 조금이나마 남아 있는 학생은 수면 안대*를 착용해야 했어요. 수업 시간에 수면 안대를 착용하면 잔여 시력에 의존하지 않고 비시각적 기법을 습득하는데 크게 도움이 되거든요. 어두운 상황이나 잔여 시력마저 흐려져 보이지 않는 경우에도 우리가 하고자 하는 일을 해낼 수 있어야 한다는 것, 이것을 우리는 알아 두어야 했어요.

* 빛을 차단하는 눈가리개.

192

목공에 흥미가 붙으면서 목공 수업이 제가 좋아하는 수업이 되었어요. 전동 공구를 자유자재로 다루게 되면서 저는 〈시각장애 여성〉이라는 말에 담긴 의미를 재정립하고 싶은 생각이 들기도 했어요. 일부 학생들은 전동 공구를 무서워했어요. 하지만 저는 아녜요.

반갑다, 방사형 암톱!

무시무시한 짐승이 잠에서 깨어나면서 울부짖듯, 스위치를 탁 켜면 기계가 윙 하는 굉음을 내며 움직이기 시작해요. 톱날이 회전하면서 내는 그 우레와 같은 소리가 다른 모든 소음을 잠재워 버리고 그 힘에 탁자가 부르르 떨어요. 손가락 하나 탁 움직였을 뿐인데 그렇게 엄청난 힘을 내다니. 아니, 그 이상의 힘이 숨어 있을지도……

저는 한 손으로는 잘라 낼 판목 하나를 제자리에 놓은 다음 다른 손으로는 톱의 손잡이를 꼭 움켜쥐었어요. 손잡이를 당기자 날이 회전하면서 판목을 뚫고 지나갔어요. 톱니가 나무를 가르며 지나는 동안 판목이 떨리는 진동이 어느 강도로 변하는지 손을 통해 느낄 수 있었지요. 그러는 사이 톱밥이 사방으로 튀어 날리고 제 콧속으로도 날아들어요. 자립을 일깨워 주는 나무 가루들.

그러다 돌연 판목의 진동이 멈추면 이제 잘린 거예요!

저는 스위치를 끄고 톱을 제자리에 갖다 놓았어요. 잘라 낸 나무토막은 길이가 10cm, 폭이 5cm, 높이가 5cm 정도 되었어요. 그 토막에 여섯 구멍을 내고, 나무못 여섯 개를 잘라 구멍에 박아 넣으면 나무못

이 아주 훌륭한 점자가 될 것 같았어요.

목공 강사인 JD 선생님은 시각장애인도 '위험한' 일을 해낼 수 있다는 사실을 우리에게 알려 주고 싶어 했어요. 아니, 우리가 아는 것에 그치지 말고 진정으로 내면화하길 원했죠. 우리가 안전한 비시각적 기법을 발전시키면 어떤 일이든 못 할 일이 없다는 뜻이었어요.

우리 아버지도 공구를 좋아하셨어요. 저를 지극히 아끼고 보호하려고 애를 쓰긴 했지만 한편으론 망치나 나사돌리개 사용하는 법을 가르쳐 주기도 했어요. 물론 전동 톱은 그 근처에도 못 가게 했지요.

"위험하다."고 아버지가 말씀하셨고 저도 알겠다고 했으니까요.

저에게 방사형 암톱 사용법을 가르칠 때 JD 선생님은 수면 안대를 착용했어요-사실 그분은 눈을 감고도 사용법을 가르칠 수 있는 분이에요. 설레는 마음으로 흥미진진하게 몇 번에 걸쳐 사용법을 배우고 나서 선생님이나 저나 이제는 톱을 사용해도 되겠다는 생각에 이른 것이지요.

저는 왼손에 잘라 낸 나무토막을 쥐고 오른손으로는 지팡이를 잡고 주 작업대가 있는 곳으로 향했어요. 제 손에서 제 앞의 바닥까지 뻗은 길이가 1m 50cm 정도 되는 지팡이. 걸음을 옮기면서 앞에 무엇이 있는지 신경을 쓰며 그 지팡이로 가는 길목의 왼쪽 오른쪽을 가볍게 톡톡 두드렸어요. 얼마 지나지 않아 지팡이가 어떤 단단한 물체에 탁 부딪쳤어요. 그동안 한 경험으로 작업대라는 걸 금방 알았어요. 저는 작업대를 따라 돌며 제 의자를 더듬어 찾았어요.

작업대에 앉으니 웅얼거리는 소리가 들렸어요. 무슨 소리인지는 알아들을 수 없었지만 JD 선생님과 학생 2명의 목소리였어요. 한 학생은 이름이 케이샤로 루이지애나에서 자라 이제 막 고등학교를 졸업한 아이였어요. 또 한 학생은 오하이오 출신인 루크였지요. 최근에 고등학교를 졸업한 졸업생이에요.

저는 〈클릭 자〉라고 불리는 튜브 모양의 측정 기구를 사용하기 시작했어요. 그 자는 튜브 모양의 관에서 금속 막대가 미끄러져 나올 때 0.16cm의 길이마다 찰깍하는 소리가 나는 측정 기구죠. 그 금속 막대 위에는 둥근 손잡이가 있어 특정 길이를 재려면 그것을 잠그면 일정하게 길이를 잴 수가 있어요. 막대 위에 촉각으로 알 수 있게끔 만들어진 표시를 통해 저는 나무토막에 드릴로 뚫을 여섯 개의 구멍 위치를 정확하게 계산했어요. 그런 다음, 연필처럼 생긴 스크래치 송곳으로 각 구멍 위치를 나무토막 위에 표시해 두었지요. 그렇게 여섯 구멍을 다 표시한 다음 저는 드릴 프레스가 있는 곳으로 향했어요.

모든 프로그램이 다 끝날 때까지 머물렀다면 저는 보석 상자, 작은 함, 할아버지에게 선물할 시계 등 거의 모든 것을 만들 수 있었을 거예요. 사실 학생 대부분은 6개월에서 9개월 정도 센터에 머물면서 그 기간을 활용하여 큰 프로젝트를 완성하는 게 보통이에요. 케이샤와 루크도 대학 진학을 미루면서 프로그램을 전부 수료할 예정이라고 해요. 하지만 제가 센터에 머물 수 있는 시간은 여름뿐이에요. 그러니 보석 상자는 어림도 없는 일이지요.

요리 수업에서 저는 미트로프*를 만들어 다른 학생에게 나눠 주었어

---

* 미트로프meatloaf는 고기를 다져 달걀과 채소를 섞어 덩어리로 구운 다음 얇게 썰어서 내놓는 음식.

요. 요리 강사 선생님은 다음 시간에는 채식주의자용 음식을 찾아서 가르쳐 주겠다고 약속했어요.

시각장애인 가운데 약 10%만이 점자를 읽을 수 있다고 하네요. 물론 텍스트 음성 변환 소프트웨어를 이용하면 시각장애인도 각종 정보에 접근할 수는 있지만, 그런 것이 글을 읽고 쓰는 능력을 의미하지는 않아요. 책의 내용을 귀로 들어서만 배우는 일부 시각장애 아이들은 커서도 '옛날 옛적에'라는 표현을 한 단어로 생각한다는군요. 점자를 배우면 글을 읽고 쓰는 능력이 향상되고 그러면 장차 취업의 기회도 많아져요. 그렇기 때문에 루이지애나 센터에서도 자립 능력을 키우는 교육의 가장 중요한 부분으로 점자를 꼽고 있어요. 점자 교육 선생님은 저의 점자 읽기 능력을 인정했어요. 그래서 이따금 저를 불러 다른 학생에게 큰 소리로 점자를 읽어 주라고 부탁하기도 해요. 시각장애인도 다른 시각장애인에게 글을 읽어 줄 수 있다는 사실을 보여 주기 위해서 그런 것이죠.

컴퓨터 교실에서 우리는 화면 판독기, 그러니까 화면에 나타난 그래픽 정보를 음성이나 디지털 점자로 변환하는 소프트웨어 응용 프로그램으로 인터넷을 이용하는 법을 배웠어요. 그리고 우리는 컴퓨터로 작업할 때 마우스 대신에 단축키를 사용해요.

하루의 마지막 수업은 저에게 이동과 여행하는 법을 가르치는 선생님과 함께 러스턴 시내를 돌아다니는 거였어요. 여러 종류의 도로와 철도 건널목을 지나다니며 이동하는 법을 배우는 거죠. 루이지애나 센터 바로 오른쪽 가까이에 놓인 철로를 따라 기차들이 러스턴 시내를 관통하고 있어요. 우리는 그 사실을 잘 알고 있어요. 아무튼 센터에서는 우리 학생들이 어떤 환경에서든 이동하고 여행하는 기술을 터득하도록 많은 도움을 주었어요.

정신없이 이 수업 저 수업 듣다 보니 드디어 긴 하루가 끝나 가네요. 밖으로 나오자 온몸에 끈적끈적 달라붙는 것 같은 습한 남부의 열기가 거센 파도처럼 저를 덮쳤어요.

"헤이! 누구세요?"

누군가의 지팡이가 제 신발을 톡 건드린다 싶더니 이렇게 묻는 거예요.

저는 돌아서며 대답했어요.

"하벤인데요."

"하벤! 네가 만들어 준 미트로프, 정말 맛있었어."

루크였어요.

"고마워, 루크."

"너도 아파트로 가는 중이니?"

루이지애나 센터의 학생용 아파트는 센터 본관에서 걸어서 20분 거리에 있었어요.

"응."

저는 지팡이를 좌우로 흔들면서 다시 걸음을 옮겼어요.

루크가 제 오른쪽 옆에서 같이 걷기 시작했어요. 그는 지팡이로 왼쪽을 톡톡 두드리고, 저는 오른쪽을 톡톡 두드렸어요. 딱! 두 지팡이가 부딪쳤어요.

"미안!"

루크가 얼른 지팡이를 자기 쪽으로 돌렸어요. 그러고는 오른쪽으로 걸음을 옮겨 우리 사이를 좀 더 벌려 놓았어요.

"괜찮아. 그럴 수도 있지 뭐."

저는 계속 걸었어요.

우리는 센터 가까이에 있는 한 교차로에서 멈췄어요. 시각장애인은 교통의 흐름을 잘 이해해야 길을 안전하게 건널 수 있어요. 루이지애나 센터에서 이동과 여행을 지도하는 선생님은 학생을 낯선 교차로로 데려가 지나가는 차량의 소리를 분석해서 그 교차로가 어떤 종류의 교차로인지 확인하도록 시켜요. 알아맞힐 때까지 계속 들어 보라고 하죠. 그래야 그 교차로가 신호등이 있는 T형 교차로인지, 전방향 정지 교차로인지, 아니면 교차로가 아니라 차량이 붐비는 주차장인지 알 수가 있다는 거예요. 같은 방향으로 움직이는 차량들의 소리와 서로 교차하는 방향으로 움직이는 차량의 소리가 다르거든요. 신호등에 녹색 불이 켜지면서 차량들이 앞으로 몰려 나갈 때 나는 소리 또한 다르죠.

저처럼 또 다른 장애가 있는 시각장애인은 다른 방법을 이용해야만 해요. 저는 소리가 어느 방향에서 나는 소리인지 구분하지 못할 때가 많아요. 그래서 많은 소리를 놓치고 말지요. 시야도 제한되어 차량이 3m 정도 거리에 들어와야 알아볼 수가 있어요. 보도의 보행 안전 구역에서 교차로를 확인할 수 있는 정도의 수준이죠. 보통 저는 시각과 청각의 단서를 종합하여 상황을 판단해요. 그래서 시각과 청각을 활용할 수 없는 경우엔 다른 행인에게 도움을 청하거나 다른 교차로가 있는 곳으로 갈 수밖에 없어요.

우리가 멈춰 선 루이지애나 센터 한쪽 모퉁이에 있는 교차로는 정지 신호가 있는 T형 교차로예요. 가까이에서 같은 방향으로 차량이 움직이기 시작하자 저는 지팡이를 앞세우고 길을 건너기 시작했어요. 루크 역시 제 오른쪽에서 같이 길을 건넜어요. 두 지팡이가 서로 부딪치지 않도록 일정한 거리를 유지하면서 나란히 건넜어요.

루크가 뭐라고 말을 했어요. 교차로를 다 건너고 나서 저는 무슨 말을 했는지 다시 말해 달라고 했어요.

"오늘 저녁에 뭐 할 거니?"

철로 건널목의 종소리가 크게 울리기 시작했어요.

"오."

걸음을 멈췄어요. 루크도 같이 멈췄어요.

"내가 무슨 말 했는지 들었어?"

루크가 물었어요.

"들었어."

오늘 저녁에 뭐 할 거니? 꿍꿍이가 담긴 질문 아닌가? "별로 할 일 없다."라고 하면 나를 따분한 애로 생각하겠지?

"그런데?"

전 웃었어요. 좀 황당하긴 했어요.

"그냥 저녁 먹고 책이나 읽을까 생각 중인데."

얘가 뭘 같이 하자고 할 건가? 내 대답이 좀 그랬나?

"철길까지는 아직도 한 구역 더 가야 하는데, 우리 좀 더 걸을까?"

"좋아."

우리는 지팡이로 앞을 톡톡 두드리며 걷기 시작했어요.

루크가 다시 무슨 말을 했어요.

"뭐라고?"

저는 루크 가까이 다가갔어요. 제 지팡이와 루크의 지팡이가 다시 부딪쳤어요. 지팡이를 옆으로 빼며 저는 왼쪽으로 움직였어요. 둘 사이에 두 걸음 정도 거리가 확보되면서 우리는 지팡이를 부딪치지 않고 걸으면서 얘기할 수 있었어요.

그런데 또다시 시끄러운 소음이 루크의 목소리를 뭉갰어요. 안 되겠다 싶어 저는 지팡이를 제대로 사용하는 방법이고 뭐고 다 필요 없다는 듯 지팡이를 그냥 왼쪽으로 돌려 버리고 말았어요. 그러고는 얼른 루크 곁으로 다가갔어요. 어깨를 나란히 하고 걸으면서 저는 루크에게 털어놓았어요.

"미안해. 네 말을 듣지 못했어."

"내가 물었어. 어느 대학에 갈 거냐고."

루크가 목소리를 높였어요.

"루이스 앤 클라크 대학. 오리건주 포틀랜드에 있는 조그마한 인문 대학이야."

제 지팡이가 앞에 놓인 길을 180도로 충분히 훑지 못하고 반쪽만 더 듣게 되었어요. 왼쪽, 중앙. 왼쪽, 중앙. 저는 가로등에 걸려 넘어지고 싶지 않았어요. 루크의 지팡이에 발이 걸려 넘어지고 싶지도 않았고요. 어떤 돌발 상황에 맞닥뜨리는 일도 원치 않았어요.

루크가 제 말에 뭐라고 대꾸했지만 잘 듣지 못했어요.

"뭐라고?"

왼쪽, 중앙. 왼쪽, 중앙.

저는 몸을 루크에게 기울이며 걸어가면서 무슨 말인지 들으려고 애를 썼어요.

"무슨 말인가 하면……."

루크가 했던 말을 다시 반복했지만 전 또다시 놓치고 말았어요.

제 지팡이는 계속해서 앞에 장애물이 있는지 없는지 살펴보고 있었어요. 왼쪽, 중앙. 왼쪽, 중앙.

문득 왼쪽을 바라보던 저는 어떤 거대한 물체가 우리를 향해 다가오는 것을 감지했어요.

"서!"

저는 루크의 팔을 잡았어요.

앞으로 발걸음을 내디디려던 루크가 뒤로 물러났어요.

"뭔데?"

기차가 지나가면서 몰고 온 세찬 바람에 우리는 이리저리 마구 흔들거렸어요. 살이 얼얼할 정도로 강하게 얼굴을 때리며 지나가는 바람. 지진이 난 듯 흔들거리는 땅. 우리 바로 앞, 두 걸음 정도 앞에서 기차가 지나가고 있었던 거예요. 천둥소리는 저리 가라는 듯 귓전을 후려치는 요란한 굉음과 함께. 무지막지한 괴물과도 같은 기계 앞에서 저는 너무도 연약한 존재였어요. 힘없는 인간.

몇 발자국 뒤로 물러서며 저는 루크의 팔을 꼭 잡아끌었어요. 앞에 놓인 철로를 따라 덜컹덜컹 연달아 지나가는 육중한 차량들을 지켜보는 동안 심장이 쿵쿵 울렸어요.

루크는 지팡이로 땅바닥을 세차게 탁탁 두드리더니 멀어져 가는 기차를 향해 욕을 퍼부으며 외쳤어요.

"우리, 죽을 뻔했잖아!"

"그러게 말이야."

저는 낮은 목소리로 중얼거렸어요. 지팡이를 잡은 손의 손가락들이 달라붙은 듯 펴지지가 않았어요. 얼마나 꼭 쥐고 있었는지, 손을 흔들어 털어 손가락의 힘을 풀어내야 했어요.

"네가 내 목숨을 구했어."

순간 저는 덜컥 말을 내뱉었어요.

"아니야!"

"진짜 네가 구한 거야."

"아니라니까."

저는 영웅이 아니에요. 책임감이 없는 어린아이? 그런 느낌이에요.

"너는 기차 소리를 들었을 거 아니야. 아니면 땅이 흔들거리는 것도 느꼈을 테고. 지팡이로 가까이에 철로가 있다는 것도 알았을 거면서."

"그렇더라도 이미 늦었을걸."

숨이 목구멍에 막혀 나오지 않는 것 같았어요. 게다가 발아래 땅이

비스듬히 기우는 것 같았지요. 겨우 정신을 가다듬으며 저는 괜히 신경을 곤두세우며 억지를 부릴 필요가 없다고 생각했어요.

"그래, 맞아. 내가 네 목숨을 구했어. 너, 나한테 아주 큰 빚을 진 거야. 어떻게 갚을래?"

저는 살짝 미소를 흘리며 말했어요.

"그게, 글쎄…… 내가 스파게티 하나는 정말 잘 하는데."

저는 웃었어요. 뜻밖이라 좀 놀라기도 했지요.

"목숨을 구해 준 값이 겨우 스파게티 한 접시라고?"

"마늘빵 추가."

저는 미소를 지으며 고개를 흔들었어요.

"겨우? 케이샤 것도 해 줄 수 있어?"

"물론이지."

"좋아 그럼!"

저녁을 맛있게 먹을 생각을 하니 기분이 좋았어요. 숙소인 아파트에서 먹는 저녁. 철로 건너편에 있는 아파트…… 심호흡을 했어요. 건널목 종소리도 들리지 않았어요. 우리와 같은 방향으로 차들이 움직이고 있었어요.

"우리, 건너갈까?"

루크가 지팡이를 들어 올리더니 앞으로 휘휘 섯늣 흔들었어요.

"오케이, 자, 가자."

저는 지팡이로 앞길을 톡톡 두드리며 발걸음을 내딛기 시작했어요. 지팡이 끝이 금속 레일에 닿자 가슴이 쿵쿵 거렸어요. 다시 돌아설까,

하는 충동이 일었지만 그래도 힘을 주어 발걸음을 내디뎠지요. 레일을 밟을 땐 신발 바닥을 압박하는 느낌이 들면서 발걸음이 떨어지지 않기도 했어요.

드디어 건널목을 다 건너 다시 보도로 들어섰어요. 저는 걸음을 멈추고 루크를 불렀어요.

"헤이, 루크?"

"왜?"

루크도 멈춰 섰어요.

"우리가 정신을 딴 데 팔고 있어서 하마터면 죽을 뻔했어."

저는 천천히 숨을 들이마시며 목소리를 차분하게 가다듬었어요.

"우리는 기차가 오는 걸 알고 있었어. 많은 징후가 있었잖아 건널목 종소리, 기차 소리, 같은 방향으로 움직이던 차들이 멈춘 것, 땅이 흔들거리던 것. 우리 눈이 안 보이는 게 문제는 아니야. 눈이 보이는 사람도 정신을 놓을 때가 있어. 앞을 볼 수 있는데도 기차에 치여 죽는 사람이 많거든. 그러니까 주의를 기울이느냐 안 기울이냐의 문제지 눈이 안 보이는 게 문제는 아니라는 뜻이야. 무슨 소린지 이해가 돼?"

"응."

"내가 이런 말을 했다고 기분 나빠하지 않았으면 좋겠어. 훈계하려고 그런 건 아니니까."

"알아. 괜찮아."

"좋아. 그리고 저녁 만들어 준다는 거, 고마워. 넌 참 좋은 애야."

"우리 아버지가 가르쳐 준 특별한 요리법이 있어. 맛이 끝내준다고."

케이샤와 저는 루크가 차려 준 음식을 맛있게 먹었어요. 기차 얘기는 꺼내지도 않았지요. 루크도 그랬고요.

나중에 혼자 방 안에 있다 보니 그 끔찍했던 순간이 머릿속에 떠올랐어요. 부모님이 그 얘길 들었다면 분명히 내 장애 때문에 일어난 일이라고 했을 거예요. 그러면서 기차 건널목은 절대 건너다니지 못하게 했을 테지요. 길을 건너는 일도 마찬가지고요. 두 분 없이는 절대 외출도 못 하게 했을지 몰라요. 그 철길이 기억에 되살아날 때마다 심한 자책감이 불같이 확 일어나요. 주의를 기울이지 않고 정신을 딴 데 팔았던 그 단 한순간이 어쩌면 시각장애에 관한 사람들의 생각을 몇십 년 뒤로 퇴보시켰을 수도 있어요. 많은 사람이 분명 눈이 안 보이기 때문에 그런 사고가 났다며 장애를 탓할 테니까요. 하지만 장애인이 어디를 이동하거나 여행할 때 어떻게 행동하고 무엇을 주의해야 하는지 잘 아는 장애인이라면, 부주의가 위험을 초래한 것이라는 사실을 솔직히 인정할 수밖에 없을 거예요.

제14장

우리만의 숨바꼭질

2006년 여름, 루이지애나, 러스턴

저는 루이지애나 시각장애인 센터의 학생인 어른 세 분과 함께 저녁 식사를 하는 중이었어요. 그분들이 살아오면서 터득한 삶의 지혜가 있다면 그것이 무엇인지 배우고 싶었거든요. 나이가 쉰인 탐 아저씨는 펜실베이니아의 운송 회사에서 일하는 분이었어요. 그분이 음식을 만든 뒤 저녁 식사 하러 오라고 당신 아파트로 우리를 초대한 거예요. 또 한 분은 앨라배마에서 온 연세가 일흔이 넘은 메이슨 할아버지였어요. 이미 은퇴한 분이지만 품위 있는 삶을 살겠다고 시각장애인이 갖춰야 할 기술을 배우고 있는 중이었지요. 나머지 한 분은 여성인데 애리조나에서 교사로 학생을 가르치는 사십대 나이의 로사 선생님이었어요. 그러니 그날, 같이 식탁에 앉은 사람 가운데 열일곱 살인 제가 제일 어린 친구였지요.

"당신, 이즈 종족!"

로사 선생님이 탐 아저씨에게 냅다 소리를 질렀어요.

무슨 영문인지 몰라 혼란스러웠던 저는 인상을 찡그리며 생각했어요. 로사 선생님의 말이 무슨 뜻인지 알고 싶었던 저는 그 자리에서 제 위치를 이용하자고 마음먹었어요. 나이가 제일 어린 제가, 세상 경험도 일천한 순진한 어린아이에 불과한 제가 몰라서 묻는 것이 하등 이상할 것 같지 않았거든요. 그래서 용기를 내어 물었어요.

"이즈 종족? 그게 무슨 말이에요?"

"이-스-트. 이스트."

탐 아저씨가 발음을 분명하게 알려 주었어요. 세 사람 가운데 그분 말이 제일 알아듣기 쉬웠어요. 메이슨 할아버지 말이 제일 듣기 어려웠고요. 솔직히 그 할아버지가 하는 말은 지금까지 단 한 마디도 못 알아들은 것 같아요.

"아하, 이스트 종족……. 그게 무슨 뜻이에요?"

저는 아직 무슨 뜻인지 몰라 어리둥절할 뿐이었어요.

"요리 수업 이후 로사 선생이 계속 나를 그렇게 부른단다. 이스트가 어떻게 빵을 부풀리는지 로사 선생이 묻기에 내가 이스트 종족이 그렇게 만든 거라고 대답했거든."

탐 아저씨가 말했어요.

"아저씨!"

너무 어처구니가 없어 저는 웃음을 터뜨렸어요.

"그래서 내가 저 양반을 이스트 종족이라고 부른 거라고! 저 이스트 종족 같으니!"

로사 선생님이 또다시 큰 소리로 말했어요. 사실 탐 아저씨는 이스트 모양하고는 거리가 멀어요. 키가 180cm가 넘어 이곳 센터에서 가장 긴 지팡이를 짚고 다니는 분이거든요.

저는 로사 선생님 쪽으로 몸을 기울이며 말했어요.

"탐 아저씨가 이스트 종족이라고 한 말, 다 거짓말이에요."

탐 아저씨가 손으로 식탁을 탕탕 내리쳤어요.

"하벤, 그런 말 하지 마! 진짜로 이스트 종족이 있거든."

로사 선생님이 의자를 뒤로 물렸어요.

"저한테 거짓말하신 거예요?"

탐 아저씨가 우물우물 뭐라고 대답했어요.

"거짓말쟁이! 저한테 한 번 혼나 보실래요?"

로사 선생님이 자리에서 벌떡 일어서더니 식탁을 따라 탐 아저씨가 있는 곳으로 향했어요.

이어서 식탁이 막 흔들리기 시작했어요. 어떤 키 큰 사람이 그 아래로 기어들었어요. 탐 아저씨!

방 안이 난장판이 되었어요. 메이슨 할아버지가 조심조심 의자에서 일어나 나오며 로사 선생님과 함께 소리치기 시작했어요. 의자에 그대로 앉아 있었던 저는 배꼽을 잡고 웃었어요. 터져 나오는 웃음을 참지 못하고 계속 웃다 보니 옆구리가 아플 정도였어요. 앞을 보지 못하는 남자가 역시 앞을 보지 못하는 여자를 피해 식탁 아래를 파고들다니! 로사 선생님과 메이슨 할아버지가 열을 내며 말을 주고받았어요. 그러다 갑자기 로사 선생님이 소리를 빽 내질렀어요.

"하벤!"

"저요?"

"일어서! 너도 우리랑 같이 이스트 종족을 찾아야지."

저는 박수를 치며 대답했어요.

"좋아요!"

"이 놈의 이스트 종족! 어디 있어요?"

로사 선생님이 지팡이를 집어 들었어요. 메이슨 할아버지 역시 지팡이를 집어 들었고요.

"이스트 종족! 숨어 봤자 소용 없어요! 내가 반드시 찾아낼 거라고!"

로사 선생님이 식탁 밑을 지팡이로 휘휘 저었어요. 그곳에 탐 아저씨는 없었어요. 주방으로 걸어간 로사 선생님이 여기저기 더듬어 뒤지기 시작했어요. 찾고, 또 찾았어요.

'흐음, 대체 탐 아저씨는 어디에 숨은 거지?'

저는 곰곰 생각해 보았어요. 탐 아저씨는 거실 쪽으로 기어갔어요. 사실 학생용 아파트는 기본적으로 구조가 같았어요. 주방이 거실에 바로 이어져 있었어요. 짐작이 갔어요. 저는 거실로 발걸음을 옮기며 주위를 둘러보았어요. 벽에 붙여 놓은 사각형의 소파가 흐릿하게 눈에 들어왔어요. 탐 아저씨는 보이지 않았어요. 방 한가운데에 있는 팔걸이의자로 다가갔어요. 역시 없더군요. 그 다음엔 의자 뒤를 살펴보았지만 마찬가지였어요.

"탐 아저씨! 여기 계신 거 다 알아요!"

방 안을 쭉 훑어보다가 저 멀리 한쪽 구석에 뭔가가 있다는 느낌을 받았어요. 저는 그곳으로 다가가 손을 더듬었어요. 서랍장이었어요. 그 뒤도 더듬었어요. 아무것도 잡히지 않았어요. 거실에 다른 가구는 없었어요.

글쎄 혹시 침실이나 욕실에 숨은 건 아닐까?

저는 거실을 되돌아 나오기 시작했어요. 소파를 지나는데 문득 소파 위에 거무스름한 커다란 그림 하나가 걸려 있는 게 눈에 띄었어요. 뭔가 싶어 가까이 다가갔어요. 그건 그림이 아니었어요! 소파 팔걸이에 올라서서 벽 한쪽 구석에 바싹 기대어 서 있는 탐 아저씨였어요!

저는 입을 막고는 얼른 팔걸이의자로 돌진하듯 다가가 웃음을 터뜨리며 쓰러지듯 털썩 의자에 파묻혔어요.

"찾았니?"

주방에서 로사 선생님의 목소리가 들려왔어요.

"찾았어요!"

로사 선생님과 메이슨 할아버지가 허겁지겁 거실로 들어왔어요.

"그래, 어디 있는 거야?"

로사 선생님이 물었어요.

"으음⋯⋯."

먼저 이런 생각이 들었어요.

내가 탐 아저씨가 어디 숨었는지 말하지 않으면 로사 선생님이 날 쫓아다니며 야단칠 테지. 그렇다고 어디 숨어 있는지 알려 주면 그때는 탐 아저씨가 나를 혼내겠다고 하겠지. 차라리 소리 나지 않게 살살 움직여 서랍장 위로 올라가 숨어 버리는 게 낫지 않을까? 어떻게 해야 하지?

어디 있냐고 묻는 로사 선생님의 말로 인해 순간적으로 저는 이 게임에서 제가 어떤 역할을 해야 하는지, 그 문제를 붙들고 씨름하지 않을 수 없었어요.

로사 선생님도 알고 있는 사실이지만, 다른 세 분보다는 시력이 조금 남아 있는 내가 그나마 눈을 사용할 수 있으니 내가 유리해. 바꿔 말하면, 다른 사람은 눈을 감고 숨바꼭질을 하는데 나 혼자 눈을 뜨고 하는 셈이잖아. 이건 공정한 게임이 아니야. 눈으로 얻은 정보를 로사 선생님에게 제공하는 것은 게임의 틀을 무너뜨리는 짓이지. 더욱이 로사 선생님이 혼자 힘으로 탐 아저씨를 찾는 일을 막아 버리는 거잖아. 시각이 아닌 다른 감각으로 무엇을 찾아내는 기술을 활용할 기회를 빼앗는 꼴은 아닐까? 한 마디로 이건, 부정행위야.

루이지애나 센터의 강사 선생님들이 늘 우리한테 조심하라며 주의를 주는 것이 있어요. 바로 시력의 위계라는 거예요. 시력이 더 좋은 사람에게 더 많은 특혜가 돌아가는 체계를 말하는 것이지요. 시각장애인은 때로 그런 시력의 위계를 내면화한다고 해요. 그래서 눈이 완전히 안 보이는 사람은 부분적으로 눈이 보이는 사람의 말을 따르고 복종하게 되고, 또 일부 눈이 보이는 사람은 온전한 시력을 지닌 사람의 말을 따르고 복종한다는 거예요. 그러한 시력의 분류가 우리 시각장애인 사회를 분열시키고 급기야는 우리를 억압하는 데 활용된다고 해요. 시각장애인 교육 프로그램에서는 그런 억압 체계를 잘 깨닫고 거부하고 저항해야 한다고 가르친답니다.

저는 외눈박이 사람이 자동으로 왕 노릇 하는 그런 눈 먼 세상을 원하지 않아요.

로사 선생님이 "어디 있는 거냐?"고 물으면서 도와달라고 요청했지만 저는 게임의 나머지 부분은 그냥 앉아서 지켜보기로 마음먹었어요.

"여기에, 여기 어딘가에 계세요."

아무짝에도 도움이 안 되는 말을 했다는 생각에 얼굴이 화끈거리긴 했어요.

"모든 탁자, 모든 의자, 모든 구석마다 다 뒤져 보세요!"

로사 선생님이 메이슨 할아버지에게 뭐라고 말을 했고, 곧이어 두 분이 서로 나눠서 거실을 탐색하기 시작했어요.

"이스트 종족! 어디 있어요, 이스트 종족?"

로사 선생님이 소리쳤어요. 메이슨 할아버지가 소파로 다가갔어요. 저는 의자에 앉은 채 몸을 앞으로 숙이며 숨을 죽였어요.

메이슨 할아버지는 허리를 굽혀 한 손으로는 지팡이를 잡은 채로 다른 손으로 소파를 더듬어 쭉 훑었어요. 그러고는 손을 아래로 내리며 더듬더듬 살피더니 방석 하나를 만졌어요. 두 걸음을 떼더니 또 한 방석을 만졌지요. 그런 다음에 발을 끌며 소파에서 물러났어요.

저는 숨을 길게 내쉬었어요. 탐 아저씨를 찾아내지 못한 거예요. 게임은 계속되었어요.

이번엔 로사 선생님이 지팡이로 바닥을 톡톡 두드리며 소파로 다가 갔어요. 그러더니 지팡이를 바닥에 던져 놓고는 두 손으로 소파를 죽죽 쓰다듬듯 훑기 시작했어요. 당연히 소파엔 아무도 앉아 있지 않았지요.

저는 눈을 들어 소파 팔걸이에 발을 딛고 서 있는 탐 아저씨의 모습을 바라보았어요. 키 큰 형상이 눈에 들어왔어요. 순간 너무 재미있다는 생각에 웃음을 터뜨렸어요. 온몸이 들썩일 정도로, 정말 온몸으로 웃었어요. 그런 곳에 숨어 있다니, 얼마나 창조적이고, 현명하고, 기발한지! 눈을 뜨고 하는 숨바꼭질이 따라오지 못하는 더 높은 차원의 숨바꼭질. 훨씬 더 도전적이고, 훨씬 더 짜릿한 느낌을 주고, 훨씬 더 큰 재미를 맛볼 수 있는 숨바꼭질, 그게 바로 눈이 보이지 않는 상태에서 하는 숨바꼭질이에요. 눈이 보이는 사람들에게 눈가리개를 씌우고 그 재미를 느끼게 하면 얼마나 좋을까요.

탐 아저씨는 공부도 많이 하고 책임감이 있는 분인데다 직장도 있잖아요. 그런데도 이렇게 재미있게 노는 법을 알다니 부러웠어요. 저도 나이가 쉰이 되더라도 가벼운 마음으로 숨바꼭질 놀이에 뛰어들 수 있었으면 좋겠다는 생각을 했어요.

"하벤, 이리 와 봐라."

로사 선생님이 명령하듯 말했어요. 저는 로사 선생님과 메이슨 할아버지가 서 있는 현관문으로 향했어요.

"왔어요."

"갈 시간이 됐다. 자, 이제 우리 갑니다. 안녕히 계세요, 이스트 종족!"

로사 선생님은 현관문을 열고 지팡이를 몇 번 탁탁 두드리고는 귀를 기울였어요. 저는 입술을 깨물며 아무 말 않고 가만히 있었어요. 3분 정도 흘렀을까. 마침내 로사 선생님이 문을 닫으며 메이슨 할아버지에게 말했어요.

"여기 없는 거 같아요."

"여기 계세요! 정말 몰래 숨으셨단 말예요. 의자며 테이블이며, 구석구석 다 뒤지셔야 해요."

이렇게 말하면서 저는 얼굴을 붉힐 수밖에 없었어요. 일부러 어른을 놀리고 있는 게 아닌가 하는 죄책감이 들었거든요.

메이슨 할아버지와 로사 선생님은 다시 아파트를 뒤지기 시작했어요. 저는 다시 팔걸이의자로 가서 앉았어요. 곧이어 로사 선생님이 제가 앉아 있는 의자로 와서 위에서부터 손으로 쓰다듬으며 살폈어요.

"저예요! 저, 하벤이라고요!"

로사 선생님이 제 무릎을 쓰다듬었어요.

"미안하다, 얘야."

로사 선생님은 돌아서서 소파로 향했어요.

"이스트 종족! 오, 이스트 종족!"

로사 선생님은 소파의 방석을 손으로 쓸 듯이 훑었어요. 그러고는 방석을 들추더니 그 아래도 쓱쓱 문질렀어요. 등받이 방석도 마찬가지였어요. 그런 식으로 방석 하나하나를 다 더듬어 가며 소파를 샅샅이 뒤졌지요.

느닷없이 로사 선생님이 비명을 질렀어요.

탐 아저씨가 소파에서 뛰어내렸거든요. 로사 선생님은 지팡이로 아저씨의 다리를 때리며 소리쳤어요.

"이스트 종족! 내가 찾아냈어!"

로사 선생님은 이렇게 말한 뒤 다시 지팡이로 때렸어요.

"그렇게 해서 어느 세월에 찾아내겠수?"

탐 아저씨가 소파에 앉으며 말했어요.

"그 팔걸이 위에 서 있을 줄은 생각도 못했지요!"

로사 선생님이 또다시 아저씨를 때렸어요.

메이슨 할아버지도 소파에 앉았어요. 그렇게 세 분이 소파에 앉아 얘기를 주고받기 시작했어요.

"어르신들, 무슨 말씀인지 못 들었어요."

저는 의자를 소파 가까이 끌어당겼어요.

탐 아저씨가 목소리를 높였어요.

"좀 조용히 합시다, 로사! 하벤이 내 말을 들을 수 없다고 하잖소."

"알았어요! 하는 말마다 다 거짓말이면서……."

로사 선생님이 대뜸 대꾸하고 나섰어요. 탐 아저씨가 헛기침을 한 번 하면서 말했어요.

"내가 무슨 말을 하고 있는 중이었냐면, 사람들이 전혀 예상하지 못하는 곳, 그런 곳이 가장 숨기 좋은 곳이라는 말을 했단다. 사람들은 항상 소파의 앉는 부분은 살펴보면서도 팔걸이 부분은 생각도 하지 않거든. 사람들이 기대하지도 않고 짐작할 수도 없는 곳으로 가야 한다는 뜻이지."

"정말 멋져요. 너무 재미있어요. 그런데 그 말씀의 속뜻은 뭐예요? 그걸 알아야 어디다 써먹을 수 있죠?"

제가 말했어요.

"내 말 뜻은…… 하벤, 네가 공부하기 싫어서 앞을 못 보는 선생님을 피해 숨어야 한다면 어떻게 해야 하는지를 알려 준 거야."

저는 순간 헉, 놀랐다가 금방 킬킬 웃고 말았어요.

"하벤아, 매사에 무슨 의미를 부여할 필요는 없다. 그냥 우리는 재미있자고 한 것뿐이잖니. 그래도 네가 뭔가 더 알고 싶은 모양이니 말해 주마. 우리가 놀이나 게임을 할 때 활용하는 기술이나 능력이 무슨 일을 할 때 도움이 될 수 있다는 뜻이다. 가령, 숨바꼭질은 무엇을 살피고 검색하는 기술, 방향을 올바르게 정하는 법, 경청하는 능력을 향상하는데 도움이 될 수 있거든. 로사, 당신은 경청하는 능력을 좀 더 키워야 해요."

"쥐 죽은 듯이 있었으면서 무슨 말이에요!"

로사 선생님이 대뜸 대꾸하고 나섰어요.

"훈련을 자꾸 하다 보면 더 많은 소리를 들을 수 있단다. 숨 쉬는 것과 같은 이치지. 시각장애 아이는 반드시 숨바꼭질 놀이를 해야 해."

탐 아저씨가 말했어요.

"시각장애 어른도요."

제가 말을 덧붙이자 탐 아저씨가 껄껄 웃었어요.

"그래, 그 말도 맞다!"

얼마 뒤 우리는 서로 작별 인사를 나눴어요. 로사 선생님, 메이슨 할아버지, 저는 각자의 아파트로 향했지요.

아파트로 돌아와 생각했어요. 제가 한 발 물러서서 로사 선생님이 혼자 힘으로 탐 아저씨를 찾아내도록 놔둔 것이 얼마나 잘한 결정이었는지. 너무 기뻤어요. 당연히 로사 선생님도 아저씨를 찾았을 때 느끼는 그 짜릿한 기분을 누려야 했어요. 눈 뜬 사람이 지배하는 세상에서 눈먼 사람으로 살다 보면 그런 기분을 경험하지 못할 때가 많아요. 눈이 보이는 사람이 선한 의도로 친절을 베풀다 보면 그런 기회가 주어지지 않거든요. 언제 도움을 주고, 언제 한 발 뒤로 물러서며 "구석구석 다 뒤져 보세요"라고 얘기해야 하는지, 그 시기를 잘 판단하는 것. 이것이 우리 모두에게 필요한 지혜가 아닐까요?

제15장

시각장애를 바라보는 긍정의 철학

2006년 여름, 루이지애나, 러스턴

    루이지애나 시각장애인 센터장인 팸 선생님이 시각장애에 대한 사회의 인식이 어떤지를 살펴보는 의식 함양 세미나를 개최했어요. 사회의 지배 문화가 장애에 대한 편견과 차별, 즉 장애인이 그렇지 않은 사람보다 열등하다는 인식을 조장하고 있다는 내용이었어요. 장애는 비극이다, 장애인은 가르쳐 봐야 소용없다, 장애를 안고 사느니 죽는 게 낫다 바로 이런 억측이 우리 사회 저변에 깔려 있다는 것이죠. 루이지애나 센터에서는 장애 차별과 편견에 도사리고 있는 이런 억측에 저항하도록 학생을 가르치고 있어요. 그릇된 전제나 잘못된 억측을 식별해서 없애야 시각장애는 단지 시력을 상실한 것에 지나지 않는다는 생각에 바탕을 둔 긍정의 철학을 구축할 수 있다는 내용이지요.

    도서관 세미나실에서 학생들이 둥글게 모여 앉아 팸 선생님을 바라봤어요. 그 여선생님은 셔츠에 조그마한 무선 마이크를 꽂고 있었는데, 그 마이크가 무선으로 제가 머리에 쓰고 있는 헤드폰 수신기로 선생님의 말씀을 전달하도록 되어 있었어요. 그러니까 헤드폰이 보조 청취 장치의 한 부분이었던 거지요. 대학에 진학하면 바로 그 장치를 활용해서 강의를 들을 생각이에요.

팸 선생님이 우리에게 이야기했어요.

"이야기 한 편을 읽을 테니 잘 들어 보세요. 매킨레이 캔터*라는 작가가 쓴 《두 눈을 잃은 사람》이란 이야기예요."

팸 선생님은 무릎에 올려놓은 점자책을 읽었어요. 내용은 이랬어요. 어느 시각장애 거지가 한 신사에게 다가가요. 그 거지는 신사의 손에 담배 라이터를 억지로 들이며 1달러를 달라고 해요. 신사가 자기는 담배를 안 피운다고 하는데도 거지는 온갖 감언이설로 꾀어 결국엔 돈을 받아 내요. 신사에게 돈이 더 있다는 사실을 눈치챈 거지는 자기가 어떻게 해서 눈을 잃게 되었는지 그 이야기를 주절주절 늘어놓기 시작하지요. 세부적인 내용을 과장해서 부풀리기도 하고 멋지게 꾸미기도 하면서 신사의 동정심을 불러일으키려 했지요. 그런데 이야기를 듣던 신사가 자기도 그 공장에서 일했는데 폭발 사고가 날 때 현장에 그 거지와 같이 있었다는 사실을 밝히게 돼요.

---

* 매킨레이 캔터1904-1977는 미국의 소설가이자 시나리오 작가이면서 언론인으로 활동하였다. 1956년에 남북전쟁을 배경으로 〈앤더슨빌Andersonville〉이라는 포로수용소에서 벌어진 사건을 그린 소설인 《앤더슨빌》로 퓰리처상을 수상하였다.

거지는 거칠게 숨을 들이쉬며 한참 동안 아무 말 없이 서 있기만 했다. 그러더니 숨이 멎을 듯한 목소리로 말을 더듬거렸다. '파슨스. 이럴 수가. 어찌 이런 일이! 난 당신이⋯⋯.' 그러더니 거지는 미친 듯이 비명에 가까운 소리를 내질렀다. '그래. 그럴 수 있어. 그랬겠지. 하지만 난 이렇게 눈이 멀었다고! 난 눈이 안 보여. 그런데 당신은 여기 서서는 내가 마구 지껄여 대는 꼴을 그냥 지켜보고 있다니. 그러면서 계속 나를 비웃었겠지! 내가 앞이 안 보인다고 그런 식으로 한 거 아냐?' 지나가던 사람들이 모두 고개를 돌려 거지를 쳐다보았다. '당신은 그때 그 자리를 피한 거잖아. 나는 이렇게 눈이 멀고 말이야! 내 말 듣고 있어?' 그러자 파슨스 씨가 말문을 열었다. '자, 자, 괜히 이렇게 소란 피우지 말게, 마크워트⋯⋯ 나도 눈을 잃었다네.'

세미나실엔 침묵이 무겁게 내려앉았어요.

"하벤."

팸 선생님이 저를 지목하며 말했어요.

"이 이야기를 듣고 어떤 생각이 들었는지 네 생각을 우리 모두에게 들려줬으면 좋겠다."

"그럴게요! 파슨스 씨 역시 눈이 안 보인다는 사실을 알았을 때 거지가 얼마나 놀라고 충격을 받았을지 상상해 보세요. 그 거지는 돈이 있는 사람이라면 당연히 앞을 볼 수 있는 사람이라는 잘못된 추측을 한 거예요."

"고맙구나, 하벤. 그래요, 우리 사회에는 시각장애 거지의 이미지가 깊게 박혀 있어 시각장애인도 성공한 사람이 될 수 있다는 사실을 꿈에도 생각하지 못해요. 사회에서 성공한 사람이 시각장애인이었다는 사실을 알게 되면 거의 모든 사람이 깜짝 놀라며 충격을 받는 게 보통이잖아요. 그렇지 않아요? 그런 측면에서 이 이야기는 사회의 그런 인식에 멋지게 일격을 가한 이야기라 할 수 있어요. 바라건대, 앞으로 언젠가는 사회에서 성공한 시각장애인의 이야기가 많이 나와 우리가 성공하더라도 그게 전혀 놀라운 이야기가 아니었으면 해요. 우리의 문화도 바뀌어야 해요. 그래야 그릇된 전제나 억측이 우리 사회에서 사라지게 될 겁니다. 그래서 우리는 여러분 모두가 시각장애가 어떤 것을 의미하는지 그 인식을 계속 변화시켜야 한다고 생각하는 겁니다."

이곳, 루이지애나 시각장애인 센터에는 시각장애라는 것이 그저 시력이 제한된 것에 불과하다고 이해하는 사람이 많아요. 주변에 그런 사람이 많은 게 너무 좋아요. 제대로 된 도구를 활용하고 훈련을 제대로 받으면 시각장애인도 그렇지 않은 사람과 동등하게 경쟁할 수 있어요. 루이지애나 센터와 같은 곳이 바로 시각장애인이 도구를 활용하고 훈련도 받아 성공할 수 있게끔 도와주는 곳이지요. 안타까운 것은 시각장애에 대한 이런 우리의 생각이 이곳 센터 담을 넘어서면 소수의 생각에 불과하다는 사실이에요. 다음 주에 대학에서 만나게 될 많은 사람도 아마 이야기 속 그 눈 먼 거지와 같은 생각을 할 거예요. 그러다 보니 이곳 센터에 계속 있었으면 하는 생각이 들었어요. 아 참, 요리 수업을 들으러 가야 해요. 필수거든요.

어떻게 해서든지 어떤 식으로든 저는 장애 그 자체가 우리를 가로

막고 있는 장벽이 아니라고 믿는 사람들이 한데 모일 수 있는 공동체를 만들어 갈 생각이에요. 사실 가장 높은 장벽은 사회적, 신체적 장벽이고 디지털 장벽이지요. 아무튼 저는 이곳 루이지애나 시각장애인 센터에서 배운 교훈을 세상에 전할 수 있는 힘과 능력을 키우고 싶어요. 그게 제 희망이에요.

그러나 우선은 대학부터 다녀야겠지요?

제16장

저는 동화 속 이야기를 믿지 않아요
그런데 이 이야기는 예외랍니다

2006년 가을, 오리건, 포틀랜드

오리건주 포틀랜드 교외에 있는 루이스 앤 클라크 대학은 캠퍼스가 참 예뻐요. 오리엔테이션 기간 중 장애 지원 부서의 책임자인 데일 선생님이 저를 데리고 캠퍼스 곳곳을 구경시켜 주었어요. 제일 먼저 그 여선생님은 학생 지원부 안에 있는 서가를 보여 주었지요. 앞으로 읽어야 할 모든 점자 텍스트가 그곳에서 저를 기다리고 있었어요. 그 다음에 데일 선생님은 저를 데리고 다니며 템플턴 캠퍼스 센터로 들어서는 여러 출입구를 알려 주었어요. 제가 살게 될 기숙사에서 길 건너에 있는 유리문을 통해 들어가는 길이 있고, 트레일 룸이라 불리는 샐러드 바 옆에 펼쳐진 잔디밭을 지나 우편실 옆에 길게 이어진 계단을 타고 올라도 되며, 작은 개울 위를 지나 숲속으로 난 길을 따라 가도 그 센터로 들어설 수 있었어요. 데일 선생님 덕분에 저는 이제 혼자서 캠퍼스 곳곳을 편안하게 다닐 수 있게 되었지요.

오늘 저녁에 저는 다른 학생 3명과 함께 캠퍼스 밖으로 나가 여기저기 구경하고 돌아다닐 참이었어요. 저는 다른 학생 2명과 함께 기숙사 밖에서 나머지 한 학생을 기다렸어요. 우리가 사는 에이킨 기숙사는 2층짜리 작은 건물이었어요. 대체로 다양성을 존중하는 학생이 그 기숙사에 살고 있기 때문에 저는 그곳에서 장애를 긍정적인 시각으로 바라보는 학생을 많이 만나겠구나, 그렇게 생각했어요. 서로 정을 쌓으려면 시간이 더 지나야 하겠지만 캐리라는 이름을 가진 제 룸메이트는 여러모로 보아 금방 친해질 것 같았어요. 춤, 여행, 초콜릿을 좋아하는 게 저와 딱 어울리는 룸메이트였지요. 완벽한 조합! 바로 그것이었어요.

캐리가 우리가 기다리고 있는 곳으로 헐레벌떡 달려왔어요.

"오케이. 나도 준비 다 됐어. 참, 하벤, 잠시 나랑 얘기 좀 할래?"

"그래."

저는 캐리를 따라나섰어요.

캐리는 기숙사로 들어서는 계단 앞에 멈췄어요.

"우리 캠퍼스 밖으로 나가는 거 알지?"

"알아."

"그런데 우린 버스 타고 다니지 않을 거야. 작은 오솔길로 가기로 했어."

"그러지 뭐."

"그 길이 좀 가파른 길이야. 그래서 하는 말인데, 혹 네가 다칠까 봐 걱정이 돼서."

저는 살짝 미소를 지어 보이며 대답했어요.

"난 괜찮아. 정말이야. 내가 하이킹을 얼마나 많이 다녔는데. 지팡이를 짚고 가면 다 갈 수 있어. 바위나 큰 돌멩이가 어디에 있는지 지팡이가 다 알려 주거든."

"그래도 이건 아니다 싶어. 길이 미끄러울 수도 있거든. 정말 네가 다치는 게 싫어. 혹시 무슨 사고라도 나면 다 내 책임인 거 같아서 말이야."

저는 진지한 표정으로 캐리를 바라봤어요.

"네가 나를 책임질 필요는 없어. 나한테 무슨 일이 생긴다고 그게 네 잘못은 아니잖아. 내 말, 무슨 뜻인지 알겠어?"

"아냐, 그렇지 않아. 계속 죄책감에 시달릴 거야. 내가 원래 그래. 영 내키지 않아. 넌 그냥 여기 있으면 안 될까? 그래야 내 마음이 편할 거 같아서 그래."

캐리의 말이 어린 제 가슴을 아프게 찔렀어요. 저는 어깨를 뒤로 젖히며 말했어요.

"무슨 말인지 알겠어."

"고마워, 이해해 줘서. 그럼 우리 나중에 보자."

이 말을 남기고 캐리는 다른 학생들이 기다리는 곳으로 달려가더니 그들과 함께 어두컴컴한 밤길로 사라졌어요.

에이킨 기숙사로 들어서는 계단에 세 지팡이 소리가 탕탕 울려 퍼졌어요. 저는 쿵쿵 발소리를 내며 복도를 지나 제 방으로 들어가서는 문을 쾅 닫아 버렸어요. 싸늘하고 냉정하고 잔인한 대학이라는 세상을 외면하고 싶었어요. 어떻게 캐리랑 한 방에서 지내야 하나? 저를 능력이

모자라는 사람으로 생각하는 사람과 앞으로 1년이란 세월을 꼬박 같이 지내야 한다는 생각을 하니 속이 뒤틀리고 쓰라렸어요.

내가 사는 방 안에 도사린 장애 차별과 편견에 어떻게 대처하고 저항해야 하는 걸까?

저는 침대에 풀썩 몸을 내던졌어요. 비통함이 온몸을 내리누르는 것 같았어요. 저를 배려한다며 캐리가 보여 준 공손함과 정중함이 오히려 기숙사 룸메이트를 가장 친한 친구로 삼아야겠다는 제 꿈을 산산조각 내 버리고 만 거예요. 뻥 뚫린 제 가슴, 그 허전함을 어떻게 채워야 할지. 서너 걸음 정도 걸어가면 놓여 있는 캐리의 침대. 제 책상 맞은편에 있는 캐리의 책상. 이 방을 보이지 않는 선으로 갈라놓은 방 두 개라 생각하고 지낼 수도 있겠지요. 그러면 두 가지 선택밖에 없어요. 문제가 생길 때마다 매번 싸우면서 계속해서 긴장하는 상태로 지낼 것인가? 아니면, 서로 마주칠 수밖에 없을 때는 정중하고 태연하게 대하면서 각자의 삶을 살 것인가? 어느 쪽이든 외롭고 쓸쓸할 것 같았어요. 어색하고 난처하고 진이 빠지는 일이지요. 그러면서 이 세상엔 제가 무능력한 존재라고 생각하는 사람, 아니면 저를 싫어하는 사람이 늘 있기 마련이라는 사실을 언제나 되새기며 살아야 하니까요.

머리가 아팠어요. 저는 통증을 가라앉히기 위해 관자놀이를 손가락으로 꾹꾹 눌렀어요. 그때 번뜩 머릿속에 떠오르는 게 있었어요. 오래 전에 한 친구가 들려줬던 어느 동화 이야기. 핵심 내용은 이런 것이에요.

소피아는 한숨을 푹푹 내쉬며 할머니 옆에 털썩 주저앉았어요.

"만나는 남자마다 문제가 많아. 마음에 쏙 드는 완벽한 남자를 찾을 수가 없단 말이야."

"이 할미가 너한테 하려다 하지 못한 얘기가 있단다. 마음에 쏙 드는 완벽한 짝을 찾고 싶으면 소피아 네가 먼저 흠 잡을 데 하나 없는 완벽한 사람이 되어야 해."

할머니는 선반에서 재스민 차를 꺼내 내려놓으며 타일렀어요. 소피아는 얼굴을 찌푸리며 할머니만 빤히 바라보았어요.

차를 다 준비한 할머니가 어떻게 하면 되는지 설명하기 시작했어요.

"이 할미가 저녁 자리를 주선해 주마. 그 자리에서 너는 사람 말에 귀 좀 기울여야 하고, 상처를 받아도 참아 내야 하며, 상대방과 너의 그 잘난 재능도 나눠 가며 시간을 보내야 한다. 그러고 나서 이 할미랑 같이 매주 그 만남을 되돌아보며 어떻게 시간을 보냈는지 반복해서 이야기해 보는 거다. 마음에 드는 사람을 찾았다 싶을 때까지."

소피아의 얼굴에 땀방울이 맺혔어요. 그녀는 얼른 땀을 닦아 냈어요.

"할머니, 제가 할머니를 좋아하긴 해도 이건…… 할머니는 제가 어떤 남자를 좋아하는지 모르시잖아요."

"할미가 말하려는 게 바로 그거야!"

할머니는 실망한 듯이 손을 내저었어요.

"넌 사람을 만나면 신발에서 머리끝까지 일일이 살펴 가며 그 사람을 판단하잖니. 이젠 그러면 안 돼."

소피아는 찻잔을 들어 천국의 향기인 듯 따뜻하고 은은한 차향을 들이마셨어요.

김이 모락모락 나는 차를 조금씩 홀짝이며 소피아가 대답했어요.

"알았어요…… 그렇게 하죠, 뭐."

소피아는 시골 남자도 만나고 외국 남자도 만났어요. 어부도 만나고 소방관도 만나고. 한 사내가 씨를 뿌리기에 좋은 토양이 어떤 토양인지 설명하는 동안 소피아의 눈썹이 아래로 힘없이 처졌어요. 한 남자가 스웨덴의 세금 제도에 대해 주저리주저리 늘어놓는 동안 소피아는 자기도 모르게 나오는 하품을 억지로 참아야 했어요.

그렇게 여러 사람을 만나고 그 만남을 되돌아보는 과정을 거치면서 소피아는 남의 말에 귀 기울이며 판단하는 능력이 점점 향상되었어요. 동시에 자신의 계획이 무엇이고 꿈이 무엇인지 상대방에게 들려주면서 점점 자신감도 커져 갔지요.

대만에서 온 한 투자자를 만나서는 교량 설계에 관한 자신의 생각을 펼쳐 보이기도 했어요. 한 사업가를 만나서는 동일 임금의 중요성에 대해 강의를 하듯 가르쳐 주기도 했고요.

같이 저녁을 먹는 남자들이나 식당 종업원들 모두가 그녀가 들려주는 이야기에 홀딱 빠져들기 일쑤였어요.

한번은 어느 변호사와 신나게 저녁을 먹으면서 그 사람을 포복절도하게 만들기까지 했으니!

드디어 서른아홉 번째 저녁 자리에서 소피아는 순식간에 기쁨이 몰려오면서 감정이 고조되는 듯한 느낌을 받았어요. 그녀는 그 남자에게 다시 만나자고 했고 그 뒤로 두 사람은 계속 만나며 시시덕거렸어요. 그 두 사람의 관계는 다이아몬드나 돈으로 형성된 관계가 아니었어요. 맛있는 음식, 끈끈한 인간관계, 이것이 두 사람을 맺어 준 것이었지요.

이 이야기를 떠올리며 저는 미소를 흘리며 고개를 저었어요. 참 어이없는 이야기인 것 같으면서도 그 안에는 지혜가 담겨 있지요. 소피아의 전략이 남녀의 낭만적인 관계를 형성하는 데 효과가 있다면 우정을 키우는 데도 통할 것이 분명했어요.

저는 지팡이를 손에 쥐고 방을 나와 문을 닫았어요. 우리 방의 문에는 한쪽 구석에 노란 태양이 그려져 있는 파란 줄무늬의 국기가 걸려 있어요. 바로 우루과이 국기죠. 기숙사의 모든 방마다 문에는 여러 나라의 국기가 붙어 있어요. 에이킨 기숙사에 온정이 감돌게 하는 장식이지요. 저는 복도를 지나며 곁눈질로 형형색색의 국기들이 붙어 있는 문을 바라보았어요. 그 국기가 어느 나라 국기인지 곰곰 생각하면서요.

어느 한 방의 문이 열렸어요. 한 사람이 복도로 나오더군요.

"안녕, 난 하벤이라고 해."

저는 지팡이를 왼손으로 넘기며 오른손으로 익수를 청했어요. 상대의 손이 크더군요.

"이름이 어떻게 돼?"

"에드."

"만나서 반갑다, 에드."

"나도."

"같이 밖에 나갈래? 카드 게임 같이 하면 어떨까?"

"나중에 봐서."

"좋아. 있잖아, 난 우루과이 방에 살아. 문 구석에 노란 해가 있고 파란 줄무늬가 그려진 국기가 붙어 있는 방. 101호."

저는 손으로 제 뒤를 가리켰어요.

"알았어."

이 말과 함께 에드는 돌아서더니 그냥 가 버렸어요.

기숙사 복도를 지나며 새 친구를 찾으려는 시도는 수포로 돌아갔지만 저는 희망을 버리지 않았어요. 앞으로 만날 사람이 많을 텐데 적어도 그중 한 사람은 제 마음을 알아주리라 믿었거든요.

한 달에 걸쳐 저는 많은 사람을 만났어요. 사람들 말에 귀 기울이고, 그들에게 더 가까이 다가가고, 제 유머 감각도 아낌없이 발휘했지요. 어쩌다 사람들이 "음, 전에 만난 적이 있다."며 어리둥절해 할 때면 저는 그 자리에서 바로 제 자신을 탓하고 나무라며 머쓱한 표정을 지어요. 그러면 사람들이 다 이해하더라고요. 자신을 낮추는 능력 또한 효과가 있어요.

학생들을 많이 만날 수 있는 곳이 카페테리아예요. 본 아페티*가 운

* 본 아페티Bon Appetit는 캘리포니아 소재 대학이나 기업의 구내 카페를 운영하고 주문 음식 서비스를 제공하는 회사다.

영하는 본 카페테리아엔 정말 많은 학생이 드나들어요. 직사각형 모양의 널찍한 카페테리아는 세 면의 벽에 큼지막한 창문이 달려 있어 특히 비가 내릴 때 포틀랜드의 멋진 풍광을 즐길 수 있어요. 나머지 한 벽에는 음식 주문대가 여럿 설치되어 있어요. 눈이 보이는 학생은 인쇄된 메뉴판을 보고 자신이 고른 음식을 제공하는 주문대로 가서 음식을 가져오면 돼요. 하지만 저는 메뉴판을 읽을 수가 없어요. 시각장애 학생이 이용할 수 있는 형태로 만들어진 메뉴판이 아니었거든요.

1번 주문대에 학생들이 긴 줄로 서 있었어요. 뭔가 맛있는 음식을 내놓는 곳인가 싶어 저도 그 줄에 합세했어요. 음식을 요리하는 온갖 냄새가 카페테리아 안을 휘감으며 서로 뒤섞이는 바람에 오히려 실내엔 특정 음식의 냄새가 아닌 은은한 향기가 감도는 듯했어요. 매일 제공되는 음식과 달리 어떤 음식은 보란 듯이 음식 분자를 공기 중에 내뿜으며 다른 냄새를 압도하는 특유의 향을 내기도 해요. 팬케이크, 프렌치프라이, 피자 그런 음식들은 "와서 절 맛보세요!"라며 계속 합창하듯 냄새를 풍기지요.

줄을 선지 15분쯤 지났을까, 드디어 저는 카운터 앞에 섰어요.

"오늘 음식이 어떤 거예요?"

제가 점원에게 물었어요. 점원이 뭐라고 말했지만 실내의 시끄러운 소리 때문에 듣질 못했어요. 저는 카운터 위로 몸을 기울었어요.

"죄송하지만 뭐라고 하셨어요? 제가 듣질 못해서요."

점원이 큰 목소리로 다시 대답했지만 여전히 알아들을 수 없었어요. 몸도 지치고 배도 고팠던 저는 그냥 점원이 주는 대로 음식을 받아 돌아서 나왔지요.

주문대에서 나와 식사하는 공간으로 들어서자 수많은 학생의 목소리가 벽에 부딪혀 울리면서 어떤 맹수가 목 놓아 터뜨리는 포효처럼 계속 높아졌어요. 길게 이어진 둥근 테이블마다 배고픈 학생이 앉아 음식을 먹고 있었어요. 테이블 사이 시끌벅적한 비좁은 통로를 지나며 저는 근처에 자리가 없나 계속 흘끗흘끗 살펴야 했어요. 드디어 빈 의자를 찾았어요. 의자 등받이를 더듬어 보았더니 빈자리가 확실했어요.

제가 앉은 자리 양 옆에도 학생이 앉아 있었어요. 저는 미소를 지으며 왼쪽에 있는 학생 쪽으로 고개를 돌렸어요.

"안녕, 전 하벤이에요. 이름이 뭐예요?"

웅얼, 웅얼, 웅얼.

"제가 잘 듣질 못해요. 특히 이렇게 시끄러운 데서는 더 그래요. 미안하지만 이름을 다시 한번 말해 줄래요?"

저는 몸을 왼쪽으로 더 기울였어요. 이번에는 알아들을 수 있겠지, 이렇게 생각했지요.

"팸."

"팸?"

더 큰 소리가 들렸어요.

"앤."

"앤? 점심, 맛있어요?"

저를 바라보는 그 여학생의 얼굴 표정을 보니 이미 제 질문에 대답한 것 같았어요. 주변에 울려 퍼지는 잡담 소리가 그녀의 말을 삼켜 버린

게 분명했어요. 시끄러운 소음이 우리 사이에 유리 벽을 세워 놓은 셈이었지요. 한쪽엔 제가 있고 반대편엔 앤과 나머지 학생이 있었던 거예요.

우리 할머니는 사람 말 듣는 것이 제일 먼저 습득해야 할 중요한 기술이라고 가르쳤지만 이런 환경에서는 그게 아무 소용이 없었어요. 이런 곳에선 친구를 사귀는 게 불가능하다는 사실을 깨닫는 순간 세상이 제 앞에 놓인 접시 크기로 쪼그라지고 말지요.

포크를 집어 든 저는 포크 끝으로 접시 곳곳을 가볍게 톡톡 찍어 보았어요. 어떤 음식인지 알아볼 요량이었지요. 포크가 뼈에 붙은 고기를 쿡 찔렀어요. 양 어깨가 축 처졌어요. 제가 원했던 건 채식주의자용 음식이었어요. 탐색을 계속했어요. 오른쪽에 뭔가 부드러운 게 느껴졌어요. 조금 도려내어 한 입 먹어 봤어요. 삶아서 으깬 감자였어요. 한 입 더 먹었어요. 입안에서 슬며시 녹아 버리는 부드러운 감자. 그런대로 맛이 괜찮았어요.

저는 음식 주문대가 있는 쪽으로 눈길을 돌렸어요. 어쩌면 다른 주문대에는 제 입맛에 맞는 음식이 있었을지도…… 재스민 쌀밥을 곁들인 삭 파니르*, 훈제 구다 치즈와 파니니 샌드위치, 영혼을 행복하게 하는 음식과 우정 이것들은 저 너머, 유리 벽 너머에 있었어요.

"만나서 반가웠어."

저는 자리에서 일어서며 앤이 있는 쪽을 향해 중얼거렸어요.

---

* 삭 파니르Saag Paneer는 시금치와 인도식 치즈가 들어간 커리를 말함. 삭saag은 시금치를 비롯한 야채를 뜻하고, 파니르paneer는 인도를 비롯한 남아시아 국가에서 즐겨 먹는 응유 생치즈를 말한다.

＊　＊　＊

카페테리아와는 달리 장애 지원 부서 사무실에서는 시각장애 학생이 이용 가능한 형태로 정보를 제공하였어요. 저는 지난 4월에 데일 선생님과 그분의 동료 직원인 레베카와 바버라를 처음 만났어요. 점자로 책을 읽어야 하는 학생을 대한 게 제가 처음이라고 하더군요. 하지만 그분들은 전혀 난감해 하거나 걱정하지 않았어요. 당장 점자 엠보싱 기계와 점자 전환 소프트웨어를 구입하더니 여름 내내 보통의 글을 점자로 옮기는 방법을 배웠대요. 그분들은 미지의 세계를 두려워하지 않았어요. 오히려 학생 편에 서서, 자신들의 발전을 위해, 배우고 탐구하고 원하는 바를 찾아냈지요. 루이스 앤 클라크 대학이 내세우며 드높이는 개척 정신을 제대로 구현하고 있는 사람들이 바로 그분들이었어요.

독서 전문가인 레베카 선생님은 업무 범위에 점자를 포함시키며 당신의 능력을 더욱 확대했어요. 그분은 제가 듣는 수업의 담당 교수님에게서 강의 계획서를 확보하고 난 뒤 국립 점자·오디오북 도서관과 북쉐어＊에서 점자책을 주문했지요. 그런 와중에 원하는 도서가 아직 점자책으로 나오지 않은 경우엔 출판사에 해당 도서의 디지털 사본을 요청하여 그것을 본인이 직접 점자로 전환하기도 했어요. 점자 엠보싱 기계는 두꺼운 점자용 용지에 점을 찍어 내는 커다란 인쇄기라고 생각하면

＊ 북쉐어Bookshare는 시각장애 같은 이유로 인쇄된 글을 읽을 수 없는 사람에게 점자책을 제공하는 세계 최대 규모의 온라인 점자책 도서관을 말한다.

돼요. 착암기 울리는 소리와 비슷한 소리를 내는 그 기계를 레베카 선생님은 커다란 골방에 놓고 사용하고 있어요.

"마침 잘 왔어! 좀 전에 막 인쇄를 끝냈단다. 오늘 아침에 토머스가 언짢은 표정을 짓기에 일을 마치고 나서 좀 쉬게 했어."

레베카 선생님이 제게 점자책 한 권을 건네며 말했어요. 저는 무슨 말인지 몰라 당황한 표정을 지었어요.

"토머스가 누군데요?"

"점자 엠보싱 기계. 그 녀석이랑 늘 같이 사는데 이름이라도 붙여 주고 싶어 토머스라고 붙였지."

저는 웃으며 말했어요.

"그 이름 좋아요. 토머스가 얼른 기분이 좋아졌으면 좋겠네요."

"나아지겠지. 아니면 만든 사람과 얘기 좀 해야지."

레베카, 바버라, 데일 선생님은 제가 수업을 듣는데 장애가 되는 것을 모두 제거해 주었어요. 그 덕분에 저는 오로지 학업에만 전념할 수 있었어요. 반면에 강의 자료를 시각장애 학생 본인이 알아서 직접 점자로 전환하도록 하는 바람에 우리가 공부에 쏟아부어야 할 소중한 시간을 그런 일로 헛되이 흘려버리게 하는 선생님도 있어요. 많은 시각장애 학생이 수업 자료를 이용 가능하게 가공하랴 그 내용을 공부하랴 이중으로 정신없이 고군분투하는 가운데 자연히 학업이 뒤처지게 돼요. 그런데 우리 대학의 헌신적인 직원 선생님들 덕택에 저는 많은 시간을 도서관에서 보내며 누구에게도 뒤처지지 않으려고 혼신의 힘을 다할 수 있었던 거예요.

그날 저녁 본 카페테리아에 간 저는 테이블 하나가 비어 있는 것을 보았어요. 그 테이블이 저를 불러 대는 것 같았지요.

여기 앉아! 이리 와! 사람들 목소리를 듣지 못하는데 괜히 사람들과 어울리려고 애쓰지 마. 불쌍한 네 귀를 생각해. 여기에 앉아 있으면 마음이 평화로워진단 말이야.

그 테이블이 놓여 있는 구석진 곳, 그곳은 고요한 은둔처 같았어요. 제 뒤에 있는 벽과 오른쪽에 있는 벽이 주변의 소음을 빨아들이는 것 같았어요. 음식도 훨씬 맛있게 느껴졌어요. 애서 사람들 말을 들으려고 긴장할 필요가 없었던 탓에 제 앞에 놓인 맛있는 피자 냄새에 더 집중할 수가 있었죠.

누군가가 제가 앉아 있는 테이블 앞에 멈춰 섰어요. 그러거나 말거나 저는 계속 피자를 먹었어요. 그런데 그 사람이 뭘 기다리는지 계속 서 있는 거예요.

"혹시 저한테 말을 거셨나요?"

"여기 같이 앉아도 될까요?"

"그러세요."

저는 피자를 또 한 입 베어 물었어요.

그는 식판을 테이블 위에 올려놓더니 제 맞은편에 앉았어요. 웅얼, 웅얼, 웅얼.

"제가 귀가 안 들리거든요. 좀 더 큰 소리로, 천천히, 분명하게 말씀해 주시면 좋겠어요."

"지금은 어때요? 들려요?"

"예. 그래도 가끔은 놓치고 못 들을 때가 있을 거예요. 근데 무슨 말
을 한 거예요?"

"이름이 어떻게 되는지 물어봤어요."

"아하!"

웃음이 나왔어요.

"하벤이라고 해요. 그쪽은?"

"난 저스틴. 4학년이고 역사를 전공해요."

"전 1학년이에요. 사실 앞으로 뭘 전공으로 선택할지 모르겠어요. 컴
퓨터공학도 괜찮을 것 같고, 아니면 국제관계학…… 그래서 서로 다른
전공으로 몇 과목 들어 보고 제가 하고 싶은 게 뭔지 찾아보려고요."

"잘 생각한 겁니다. 여러 전공을 탐색하다 보면 좋아하는 주제를 발
견하게 되고 그러면 자연스럽게 도서관에 파묻혀 살게 되니까. 그건 그
렇고, 피자 맛, 어때요?"

"정말 맛있어요."

"그래 보이네요. 그럼 나도 좀 갖다 먹어 볼까……."

그러면서 저스틴은 음식 주문대로 향했어요. 잠시 뒤 그가 접시 두
개를 들고 돌아왔어요.

"뭘 가져왔어요?"

"피자 몇 조각과 초콜릿 브라우니 한 조각. 피자를 가지고 오는데 이
브라우니가 날 부르더라고요. 그래서 다시 가서 가져왔지요."

"브라우니가 있는지도 몰랐어요."

너무 기뻐 숨이 멎는 듯했어요. 저는 테이블 아래에 내려놓았던 지팡이를 집어 들었어요.

"금방 갔다 올게요."

저는 디저트 주문대로 신나게 걸어가서는 유리 진열장 아래에 있는 브라우니 한 조각을 얼른 집어 들었어요. 지팡이로 앞을 짚어 가며 그 브라우니를 들고 돌아오는 길이, 무슨 상을 받아 들고 오는 것처럼 즐거웠어요.

"아니…… 몰랐어요, 눈이 안 보인다는걸……. 근데 뭐, 그게 무슨 문제가 되는 건 아니니까…… 정말로 지팡이를 잡을 때까지 몰랐어요."

자리에 앉는데 저스틴이 말하더군요.

"재미있네요. 여기 사람들은 거의 다 알고 있어요."

시각장애가 그의 머릿속에서 어떤 이미지로 그려질까 생각하다 보니 우울한 기분이 들었어요. 그의 입에서 장애 차별과 같은 기분 나쁜 말이 나오기 전에 선수를 쳐야 한다는 생각이 들었어요.

"시각장애는 그냥 시력을 상실한 것뿐이에요. 시각장애인도 적절한 장비를 갖추고 제대로 훈련만 하면 무엇이든 다 할 수 있어요. 전 여행도 다니고, 암벽 등반도 하고, 우리 지역에서 자원봉사도 해요. 시력을 대체하는 기술을 사용하면 다 할 수 있어요."

"그래요, 다 알아요. 우리 어머니가 특수학교 교사거든요. 우리 이제 서로 말을 놓고 지낼까요?"

눈이 번쩍 뜨일 정도로 놀랐어요. 새로 사람을 만난다는 것이 대개는 장애 차별이라는 악령을 내쫓는 일과 다를 바 없어요. 그런데 장애에 대해서 잘 알고 있는 사람을 만나다니, 정말 기적과도 같은 일이었어요.

"네, 좋아요. 앞으로 선배라고 부를 게요. 어머니가 가르치는 학생들은 어떤 장애를 지닌 아이들이에요?"

"대개가 학습 장애아들야. 야! 반갑다, 잘 지내지?"

갑자기 이게 무슨 일인지. 너무 당황한 저는 저스틴 선배만 빤히 바라보았어요. 잠시 뒤 또 한 사람이 우리 테이블에 합석했어요. 중얼, 중얼, 중얼. 두 사람은 자기들끼리 뭐라 얘기를 했고, 저는 브라우니를 먹기 시작했어요.

"하벤, 이쪽은 고든이란 애야. 고든, 여긴 하벤이야."

"안녕하세요."

저는 고든과 악수했어요.

"이름을 다시 한번 말해 줄래요?"

"하-벤."

중얼, 중얼.

"제가 귀가 안 들리거든요. 좀 더 큰 소리로, 천천히, 분명하게 말씀해 주시면 좋겠어요."

고든이 목소리를 높였어요.

"그런 이름 처음 들어봐서. 집안이 어디 출신이죠?"

"에리트레아 출신이에요. 아프리카 동북부에 있는 작은 나라. 하벤은 에리트레아의 모국어인 티그리냐어 이름이에요."

"그럼 〈하벤〉이 티그리냐어로 무슨 뜻이죠?"

숨이 탁 멎는 듯했어요. 놀랐거든요.

와, 이 사람은 정말로 내 말에 귀를 기울이고 있구나.

대체로 사람들은 티그리냐어니 에리트레아니 하는 낯선 말을 들으면 금방 입을 다물고 말아요. 이젠 됐다, 이런 식의 태도로 화제를 돌려 버리기 일쑤지요. 그런데 이 사람, 고든은 미지의 세계에서 달아나지 않았어요.

"에리트레아는 이웃 나라인 에티오피아를 상대로 30년 동안 투쟁한 끝에 1993년에 독립을 쟁취한 나라죠. 자유와 독립을 굳건하게 지켜 낸 문화적 자긍심에서 우리 부모님이 이름을 그렇게 지었대요. 티그리냐어로 〈하벤〉은 자긍심이란 의미예요."

"재미있어요. 에리트레아에 대해서 공부 좀 하고 싶은데."

웅얼, 웅얼. 저스틴 선배와 고든이 그들만의 대화 속에 빠져들었어요. 또다시 유리 벽이 우리를 갈라놓은 것 같았어요.

브라우니를 다 먹은 제가 입을 열었어요.

"그런데 두 사람, 무슨 얘기를 하고 있는 거예요?"

"고든이 역사를 전공할 생각이라서 나한테 교수님에 관해서 물어보고 있던 참이야."

"힐리어 교수님의 강의 방식이 궁금해서 물어보고 있었어요."

"그 남자 교수는 뭘 가르치는데요?"

"힐리어 교수님은 여자예요."

고든의 말이었어요.

당황한 저는 얼굴을 붉혔어요. 하지만 은근히 기분 좋았어요. 제 말이 틀린 걸 고쳐 주었잖아요. 장애를 지닌 사람이 실수를 하거나 잘못을 해도 많은 사람이 그걸 그냥 봐 주고 넘어가요. 우리가 약한 사람이라는 전제를 깔고 그러는 것이죠.

"그 여자 교수님이 뭘 가르치는데요?"

"〈남북전쟁사〉라는 과목이 있는데 그걸 신청해서 들을까 싶어서요."

이 말과 함께 고든은 다시 저스틴 선배와 대화를 나누기 시작했어요. 제가 알아들을 수 없는 대화. 나지막이 윙윙대던 주변의 소음이 시끄러운 굉음으로 커지면서 또다시 유리 벽이 세워졌어요.

저는 자리에서 일어났어요.

"너무 시끄러워서요. 이젠 가 봐야겠어요."

"나도 다 먹었어."

저스틴 선배가 벌떡 일어섰고 고든도 따라 일어섰어요.

우리는 식판을 카페테리아 한쪽 구석에 있는 식기 반납대에 밀어 넣고 출입문으로 향했어요. 밖으로 나섰는데 저스틴 선배와 고든이 여전히 제 옆에서 같이 걷고 있는 거예요. 함께 밖으로 나와 같이 걷는 것처럼 보이지만 어쩌면 우연의 일치인지도 몰라요. 방향이 같아서 그런 게 아닌지. 아무튼 캐리와의 일이 있고 나서는 사람들과 같이 밖을 돌아다니는 일에 대한 기대가 바다 깊은 곳으로 가라앉고 말았으니까요.

보도를 따라 걷는 동안 침묵이 우리를 감싸며 마음을 따뜻하게 해 주었어요. 시원한 가을 공기를 깊게 들이마셨어요. 그런데 어디선가 날아온 담배 연기가 제 코를 찡그리게 만들었어요.

　서서히 침묵이 어색함으로 이어지기 시작했어요. 저스틴 선배와 고든을 번갈아 바라보았어요. 이제 인사를 하고 헤어져야 하나 싶었지요. 그런데 바로 그때 소피아와 소피아 할머니의 이야기가 떠올랐어요.

　카페테리아는 그 안이 너무 시끄러워서 사람들 말을 잘 알아듣지 못하지만 밖에서는…….

　"전 에이킨 기숙사에서 살아요."
　저는 우리 앞에 보이는 작은 건물을 가리키며 먼저 입을 열었어요.
　"국제 기숙사인가요?"
　고든이 물었어요.
　"다문화 기숙사. 원하신다면 제가 구경시켜 드릴게요."
　"좋아요. 선배, 어때요?"
　"좋아, 한번 둘러보자."
　저스틴 선배가 뭔가를 땅바닥에 톡 던져 버리더니 발로 비볐어요.
　제 지팡이가 거리를 톡톡 두드리기 시작했어요.
　"좋아요. 따라오세요."
　저는 먼저 바깥 전망을 훤히 내다볼 수 있는 창에 안락한 소파가 있고 피아노도 한 대 놓여 있는 에이킨 기숙사의 라운지 룸을 보여 주었어요. 라운지 룸 옆에는 작은 주방이 딸려 있는데 그곳에서는 매주 누군가가 음식을 태우는 바람에 화재경보기가 울리곤 하지요. 저는 두 사

람을 데리고 기숙사 복도, 문마다 세계 각 나라의 국기가 붙어 있는 복
도를 지났어요.

"이제 우리 지하층으로 가요!"

계단을 따라 지하층으로 내려간 우리는 컴컴한 통로를 지나 불이 꺼
져 역시 어두컴컴한 방으로 들어섰어요. 손을 더듬어 스위치를 찾은 저
는 찰칵, 스위치를 켰어요.

"멋지다!"

저스틴 선배가 게임 방으로 들어서며 감탄사를 내질렀어요.

"우리 포켓볼 시합하자. 내가 그렇게 잘하지는 못하지만 정말 재미
있거든."

저스틴 선배는 당구대 주위를 분주히 오가며 당구대에 놓인 당구 큐
대를 치우고 포켓에서 공을 꺼냈어요.

"그 시합, 어떻게 하는 건데요? 잘 몰라서……."

여동생과 당구공을 치던 기억을 불쑥 끄집어내긴 했지만 기억이 가
물가물했어요. 고든이 당구대로 다가서며 말했어요.

"흰색 공을 쳐서 그 공이 다른 공을 밀어 포켓에 집어넣으면 되는
거예요."

저스틴 선배가 당구 큐대를 집어 들며 말했어요.

"그래, 그런 거야. 공을 많이 집어넣는 사람이 이기는 거지. 내가 먼
저 할게."

그가 각도를 조정하더니 큐대로 흰색 공을 쳤어요. 딱! 당구대 안에
서 공들이 따다닥 흩어졌어요. 저는 당구대로 다가가며 물었어요.

"들어간 게 있어요?"

"두 개. 자, 여기."

저스틴 선배가 저에게 큐대를 넘겨 주었어요. 제가 들고 다니는 하얀 지팡이의 사촌 같은 느낌? 어딘가 익숙한 느낌이 들었어요.

"나 다음에 치는 게 어때? 그리고 너희 둘도 이제 편하게 말을 놓고."

몇 주 동안 저를 따돌리고 배제하는 세상 속에 있다가 이렇게 저를 끌어들이는 아주 단순한 제안에 순간 핑, 어지러운 느낌이 들더군요.

"알았어요…… 근데 흰 공이 어디에 있어요?"

저스틴 선배가 당구대 왼쪽을 가리켰어요. 그쪽으로 다가간 저는 초록색 당구대를 뚫어지게 바라보았어요. 공 세 개가 가물가물 눈에 들어왔어요. 하지만 그 공들이 당구대 왼쪽 면에 있다는 것만 알았지 공의 정확한 위치는 가늠할 수가 없었어요. 저는 정확한 위치를 확인하려고 손을 뻗었지요.

"하벤, 반칙이야!"

고든이 제 손을 가리키며 소리쳤어요.

"공을 옮기려는 게 아니에요. 그냥 손으로 위치만 확인하려고요."

저는 계속해서 공을 만져 보았어요.

"알아. 그냥 정신 사납게 하려고."

저는 똑바로 서서 큐대로 손바닥을 두드리며 고든을 쏘아보았어요.

"큐대를 잡고 있는 사람한테 그러다니 머리가 나쁜 거 같은데요."

"고든, 조심해!"

저스틴 선배가 웃음을 터뜨리며 소리쳤어요.

"계속 지켜볼 거야."

고든이 당구대에서 물러나면서도 할 말은 다 하더군요.

마지막으로 공의 위치를 확인한 저는 큐대로 흰색 공을 겨냥했어요. 딱! 공들이 당구대 안을 빠르게 돌았어요. 저는 포켓을 바라보며 물었어요.

"몇 개 들어갔어요?"

"하나."

저스틴 선배가 대답했어요.

"와우."

그래도 하나를 집어넣었다는 뿌듯함이 한 번 해 보자는 경쟁심에 불을 붙였어요. 저는 저만의 촉감 기술을 동원하여 시합을 계속했어요. 결과는 제가 1등, 저스틴 선배가 2등, 고든이 꼴찌였어요.

너무 기분이 좋았던 저는 지팡이를 위로 들어 올리며 소리를 질렀어요.

"눈 먼 여학생이 이기다!"

"뭐라고 한 거야? '흑인 여학생이 이기다!'라고 한 거야?"

저스틴 선배가 못 들은 척 물었어요.

"그 말도 맞아요! 그래도 말은 바로 해야죠? '눈 먼 여학생이 이기다'라고 했어요. 저스틴 선배, 선배 소개 좀 해 줘요."

저는 웃으며 말했어요.

"안경을 끼긴 했지만 '두 눈 멀쩡한 학생,' 이렇게 할까?"

저는 얼굴을 잔뜩 찌푸렸어요.

"자꾸 장난치지 말고……."

"그래 알았어. 난 백인이야. 우리 어머니는 코네티컷주 출신이고 아버지는 조지아주 출신이지."

"그럼 반은 남부 사람이고 반은 북부 사람이네요."

저스틴 선배가 웃었어요.

"맞는 말이야. 대개는 북부 사람으로 살았지만. 코네티컷에서 자랐거든."

"고든은요?"

"나도 백인. 알래스카 남동부에서 자랐어."

"정말이에요? 그럼 이글루에서 살았겠네요?"

저는 고든을 좀 놀리고 싶었어요.

"아냐! 우리 부모님은 집이 있어. 현대식 집. 이글루에서 사는 사람이 어디 있니?"

저는 나오는 웃음을 억지로 참았어요.

"좋아요. 이글루는 아니고. 그럼 허스키 개가 끄는 썰매는 탔어요?"

"말도 안 돼. 안 탔어. 개 썰매를 누가 타? 물론 우리 집에 허스키 비슷한 개는 있었지. 사모예드라고, 털이 복슬복슬하고 귀가 뾰족한 몸집 큰 개. 왜? 왜 그러는데?"

저는 웃음을 씩 흘리며 말했어요.

"내가 당구공 칠 때마다 야단법석 떨며 집중하지 못하게 한 대가예요."

"좋아, 그렇담 네가 반칙해도 모른 척할게."

기가 막혀 한숨이 다 나왔어요.

"반칙이 아니라니까요! 그럼 나도 계속 알래스카 농담을 할 거예요."

"난 이제 가서 과제나 해야겠다. 그리고 나도 알래스카 농담 좀 생각해 봐야겠는걸."

저스틴 선배가 당구대 위에 큐대를 내려놓으며 말했어요.

"헤이! 내 편인 줄 알았는데, 아닌가?"

고든이 책가방을 어깨에 걸치며 삐죽댔어요.

"저스틴 선배, 고마워요! 고든, 알래스카 사람들은 무슨 글을 읽어요?"

저는 앞서서 위층으로 올라가며 말했어요. 저스틴 선배가 저를 거들었어요.

"글을 읽기는 하나?"

"그럼요, 저어어어엄자를 읽는데요!"

고든이 졌다는 듯 한숨을 푹 내쉬었어요.

저스틴 선배와 고든은 제가 카페테리아에 들어서는 걸 보면 언제나 곧장 저에게 다가와 자기들이 어디 앉아 있는지 알려 줬어요. 그 이전 학창 시절에 학교 구내식당에서 어떤 학생도 저에게 같이 앉아 먹자고 먼저 초대한 적이 없어요. 음식 먹을 때 누가 같이 앉아 먹자고 하면 참 신기하게도 하늘로 날아갈 것 같은 기분이 들어요. 사막에 사는 사람이 샘물을 발견했을 때 느끼는 느낌이랄까? 바로 그런 기분이지요.

우리 세 사람은 늘 일찍, 소음이 가장 적을 때 식사를 하려고 노력해요. 특히 벽 바로 옆의 테이블에서요. 서로의 말소리를 잘 들을 수 있기 때문이죠. 그런 자리를 차지할 때, 특히 구석진 곳에 있는 자리를 확보

할 때면 무슨 경기에서 승리한 것 같은 느낌이 들기도 해요.

본 카페테리아에서는 에리트레아나 에티오피아 음식을 제공하지 않아요. 저스틴 선배나 고든도 그런 음식을 먹어 본 적이 없대요. 고든과 제가 캠퍼스 센터의 컴퓨터실에서 식당을 찾아보기로 했어요. 고든은 컴퓨터 화면을 뚫어지게 바라보며 포틀랜드에 있는 에티오피아 식당인 〈블루 나일〉로 가는 길을 검색하기 시작했어요.

고든이 컴퓨터가 보여 주는 시각 세상 속으로 사라져 버린 동안 저는 옆에 앉아서 기다렸어요. 마냥 기다리고 있어야 하는 건 아닌지. 고든이 제가 다가갈 수 없는 컴퓨터 화면-또 하나의 유리 벽이었어요-과 말없이 교류하는 동안 시간이 굼벵이 기어가듯 어찌나 더디게 흐르던지. 차라리 기숙사 방에 가서 시각장애인인 제가 사용하는 시각장애인용 컴퓨터로 찾아볼까 하는 생각이 굴뚝같았지요. 급기야 저는 손가락으로 테이블을 톡톡 두드리며 입을 열었어요.

"멕시코로 가는 길을 찾는 거예요?"

고든의 눈은 여전히 화면에 고정되어 있었어요.

"이 지도는 북아메리카만 나오는 지도야."

"멕시코가 북아메리카에 있잖아."

"아니지. 멕시코는 남아메리카지."

저는 터져 나오는 웃음을 참지 못했어요.

"멕시코는 북아메리카에 속한다고. 잘 찾아보라고!"

"무슨 소리야?"

고든이 화가 난 듯이 자판을 두드렸어요. 갈비뼈가 흔들릴 정도로 웃음이 터져 나왔어요. 몸을 앞뒤로 구르며 배꼽을 잡고 웃는 바람에 몸이며 앉아 있던 의자며 모두가 마구 흔들렸어요. 너무 웃다가 지친 저는 웃음이 잠시 멈춘 틈을 타서 물었어요.

"어디서 학교 다녔어? 알래스카?"

"찾았어, 네 말이 맞다. 북아메리카네."

"거 보라니까!"

저는 또 한 차례 의자가 흔들릴 정도로 미친 듯이 웃음을 터뜨렸어요.

"그만 좀 해라, 그만! 그래도 난 너처럼 교수 하면 다 남자라고 생각하지는 않잖아. 그런 바보 같은 말은 안 하지."

순간 성차별 발언을 했던 기억이 나면서 제 웃음도 그쳤어요. 그때, 우리 뒤에서 어느 여자가 마구 소리치기 시작했어요.

"그런 식으로 말하지 마세요! 하벤은 바보가 아니거든요! 얼마나 똑똑한데요. 생각 좀 하면서 잘 대해 줘야죠!"

제 몸이 딱딱하게 굳어 버렸어요. 반면에 머릿속은 혈관을 타고 질주하는 감정을 뭐라고 불러야 할지, 복잡했어요. 두려움? 분노? 절망?

장애 차별적인 상황이나 환경 속에서 지내는 일은 발도 떼기 힘든 찐득찐득한 진흙 속을 거니는 것과 같아요. 우리 사회에 장애 차별과 편견이 너무 깊이 스며 있는 바람에 장애 차별적인 행동을 하는 사람 대부분이 자신의 행동이 장애 차별이라는 사실을 인지하지 못하는 경우가 허다해요. 그런 사람은 자신의 행동을 아름답고 선한 행동으로 포장하는게 보통이에요. 자신의 그런 〈선한〉 행동을 다른 사람이 칭찬해 주기를 은근히 바라기도 하지요. 그런 〈선한 행동〉 뒤에 도사린 장애 차별에 대해 하나하나 설명하려고 하면, 왜 그리 민감하게 구냐, 화가 났냐, 아니면 고마운 줄 모른다, 이런 식으로 막아 버리기가 일쑤예요.

신경이 곤두 선 저는 목소리를 가다듬으며 말했어요.

"저희 그냥 농담하고 있던 중이거든요. 괜히 저를 위한다고 그런 식으로 말씀하실 필요는 없을 것 같아요."

그 여자가 방을 박차고 나가는 소리가 들렸어요.

"누구였어?"

제가 작은 소리로 고든에게 물었어요.

"캐리랑 같이 다니는 여학생."

"애니카."

"그래. 쟤하고 캐리가 항상 널 위한답시고 어린애 대하듯이 말하잖아. 대단히 널 아끼고 보호하는 사람인 것처럼."

"알고 있었구나!"

여름날 느낄 수 있는 따뜻한 기운이 저의 온몸을 감싸는 듯했어요. 그네를 타고 공중 높이 올라갔을 때, 그럴 때 느끼는 기분처럼 온몸이 가벼워지며 훨훨 날아오를 것만 같았어요.

"아무도 그런 걸 모를 거라고 생각했거든. 늘 날 위한답시고 이런 말 저런 말 하는 사람들, 그러면 다른 사람은 그게 날 '배려해서 잘 대해 주는' 거라고 하고……."

놀람과 안도의 감정이 서로 뒤섞이면서 제 가슴을 뛰게 만들었어요.

고든은 알고 있어. 정말로, 진실로, 다 알고 있어. 장애 차별의 행동과 말에 맞서는 사람이 이젠 나 혼자가 아니야…….

제17장

장애에 대한 차별과 편견,
그리고 땅콩버터 젤리 샌드위치

2006년 가을, 캘리포니아, 오클랜드

추수감사절 주말엔 루이스 앤 클라크 대학이 문을 닫아요. 그래서 저는 가족과 함께 추수감사절을 지내기 위해 비행기를 타고 오클랜드로 왔어요. 에리트레아 음식으로 잔치를 벌였어요. 향긋한 시금치 볶음, 병아리콩 커리, 향료를 넣어 요리한 토마토와 당근. 이 모든 음식에 은은하니 맛있는 냄새를 풍기는 부드럽고 납작한 빵인 〈인제라〉가 곁들여 나와요. 우리는 추수감사절 당일, 그 다음 날인 검은 금요일에 에리트레아 음식을 먹었어요. 그리고 토요일인 오늘 부모님 집에서 에리트레아 음식을 더 많이 준비해서 또 한 차례 파티를 열기로 했지요.

음식도 실컷 먹었겠다, 달리 할 일도 없었던 저는 다시 포틀랜드로 돌아갈 준비를 하면서 어머니에게 말했어요.

"내일 비행기 타고 갈 건데 샌드위치나 만들어 싸 가야겠어요."

"그래라. 그런데 요페트한테는 들키지 마라."

어린 사촌인 요페트는 제 여동생 티티와 제가 가진 것이면 뭐든지 달라고 졸라 대는 아이였어요. 티티가 케이크 먹는 것을 보면 자기도 먹고 싶다고 졸라요. 이미 네 조각이나 먹었는데도 더 달라는 거죠. 제가 바나나를 먹고 있으면 요페트는 배 터지도록 먹어서 더 들어갈 것 같지도 않은데 바나나를 달라고 해요. 우리가 먹고 있는 것을 똑같이 먹고 싶어 안달복달하는 통에 저러다 병이라도 나지 않을까 걱정이 들기도 해요. 우리가 이제 많이 먹었잖니, 하며 안 된다고 하면 온갖 난리를 피우며 사람을 못살게 하는 바람에 오히려 저희 부모님이 우리한테 좀 주라고 사정을 하기까지 해요. 아무튼 그 영리한 것이 늘 그런 식으로 자기가 원하는 것을 끝까지 얻어 낸다니까요.

저는 살며시 부엌으로 들어섰어요. 다행히 아무도 없었어요. 저는 찬장에서 땅콩버터 병을 꺼내 내려놓고 냉장고에서 딸기잼을 끄집어냈어요. 그런 다음 조리대 위에 접시 하나를 올려놓고 그 옆에 칼을 놓았어요. 접시에 빵 두 조각을 올린 다음에 땅콩버터 병을 열었어요. 바로 그때 요페트가 제 옆에 불쑥 나타났어요. 가슴이 쿵쿵거렸지요. 요페트는 아직 키가 작아 조리대까지 머리가 닿지는 않았지만 목소리 하나는 부엌 안을 쩡쩡 울릴 정도로 컸어요.

"뭘 하는 거예요?"

"땅콩버터 젤리 샌드위치 만들고 있어. 내일 점심에 먹을 거야."

저는 중얼거리듯 말했어요.

"그렇구나. 내 것도 하나 만들어 줘."

꼬마가 명령하듯이 말했어요. 그러고는 잠시 뜸을 들인다 싶더니 계속 말을 이었어요.

"알지? 안 만들어 주면 사바 이모한테 가서 이를 거야. 그러면 이모가 누나한테 하나 만들어 주라고 말할걸. 그러기 전에 만들어 주는 게 좋을 거야."

요페트의 말이 옳아요. 어른들은 늘 그 아이 편이었어요. 이 꼬마가 은근히 겁 주며 공갈치지 못하게 하려면 뭔가 창의적이고 신속하게 행동할 필요가 있었어요.

저는 얼굴을 똑바로 펴고 진지한 표정으로 물었어요.

"눈이 안 보이는 사람이 땅콩버터 젤리 샌드위치를 만들 수 있을까?"

요페트는 잠시 생각하더니 대답했어요.

"못 만들어."

저는 차분한 목소리로 계속 물었어요.

"누나는 눈이 안 보이는 사람이지?"

"응."

"눈이 안 보이는 사람은 땅콩버터 젤리 샌드위치를 만들 수 없다고 하면 누나도 너한테 만들어 줄 수 없겠네? 맞아 틀려?"

요페트는 말없이 그냥 서 있었어요. 그러면서 제가 샌드위치 만드는 것을 지켜보았지요. 저는 땅콩버터 병과 딸기잼 병의 뚜껑을 닫았어요.

"아앙!"

요페트가 울먹이는 목소리로 소리를 지르며 부엌 밖으로 달려 나갔어요.

"사바 이모! 있잖아요, 하벤 누나가 그러는데…… 하벤 누나가……."

잠시 뒤 요페트가 다시 부엌으로 달려오더니 명령하듯 말했어요.

"누나, 사바 이모가 나한테 샌드위치 만들어 주래."

저는 눈썹을 치켜올리며 말했어요.

"너는 눈이 안 보이는 사람은 샌드위치를 만들 수 없다고 해놓고선 어떻게 나더러 만들어 달라는 거니?"

"만드는 거 봤단 말이야."

요페트가 징징 짜기 시작했어요.

요페트가 직접 두 눈으로 관찰한 것은 그 아이가 이 사회에서 배운 〈사실〉, 즉 시각장애인은 무능하다는 사실과는 분명 어긋나는 것이 틀림없어요. 관찰을 통해 알게 된 사실과 학습으로 배운 사실, 이 두 가지 사실이 서로 모순되면 사람들은 스트레스를 받아요. 그래서 대개는 둘 중 하나는 버리면서 조화를 찾게 되지요. 이게 바로 인지부조화 이론에 나오는 내용이에요. 사람들 대부분은 장애에 대한 차별과 편견을 그냥 그대로 받아들여요. 그런 잘못된 인식을 거부하는 일−지배 담론에 맞서는 일−이 너무 힘들고 더 많은 의식적인 노력을 요구하기 때문이에요. 저는 요페트가 그런 잘못된 편견에서 벗어나길 원해요. 이 아이가 눈이 안 보이는 사람도 땅콩버터 젤리 샌드위치를 만들 수 있다고 말하면 저는 기꺼이 만들어 줄 거예요.

"그러니까 너는 누나가 샌드위치 만드는 걸 봤다는 거잖아? 재미있는데. 우리 한번 생각해 볼까? 그 말은, 눈이 안 보이는 사람도 땅콩버터 젤리 샌드위치를 만들 수 있다는 뜻이지?"

요페트는 잠시 생각하는 듯하더니 대뜸 툭 말을 던졌어요.

"아니."

"그렇다면 누나는 너한테 샌드위치를 만들어 줄 수 없어. 미안."

요페트는 발을 쿵쿵 구르며 부엌 밖으로 나갔어요.

어쨌든 요페트는 눈이 먼 사람도 땅콩버터 젤리 샌드위치를 만들 수 있다는 사실을 거의 받아들이는 단계에 다다른 셈이에요. 저는 확신해요. 언젠가 이 아이가 더 크면, 자신이 직접 눈으로 본 것을 믿으며 장애에 대한 잘못된 인식에 용기 있게 맞서리라는 것을요.

그래, 요페트야, 누나도 땅콩버터 젤리 샌드위치를 만들 수 있단다. 그러니 이리 와 그냥 "누나 제발!" 이 말만 해다오.

하일레 셀라시에 황제가 이탈리아의 식민 통치에서 에티오피아와 에리트레아를 해방시키는데 많은 공을 세운 키다네 아드고이 할아버지를 치하하는 장면이에요. 할아버지는 황제에 대해 예를 갖추기 위해 고개를 숙인 공손한 자세로 황제가 주는 작은 상자를 받아 들고 있어요. 짙은 회색 양복을 입은 두 분 모두 엄숙한 표정을 짓고 있어요. 검은 양복을 입은 여덟 사람이 두 분 주위에 서 있고, 섬광 전구가 달린 커다란 카메라를 들고 있는 사진 기자도 두 명 보이네요.

우리 어머니인 사바를 웃겨 얼굴에 환한 미소를 짓게 할 때, 그럴 때 기분이 정말 좋아요. 아디스아바바에 있는 아버지 집 바깥에서 어머니가 눈부실 정도로 환한 미소를 지으며 서 있는 모습이에요. 어깨에 두른 스카프와 햇빛을 받아 반짝이는 선글라스가 너무 잘 어울려요. 어머니 뒤로 포장된 좁은 길이 보이는데, 길 양쪽에 늘어선 싱싱한 초록 관목과 빨간 꽃이 근사하네요.

아위예 할머니가 온화한 미소를 지으며 카메라를 바라보고 있는 모습이에요. 할머니가 머리와 어깨에 <네텔라>라 불리는 하얀 스카프를 두르고 있네요.

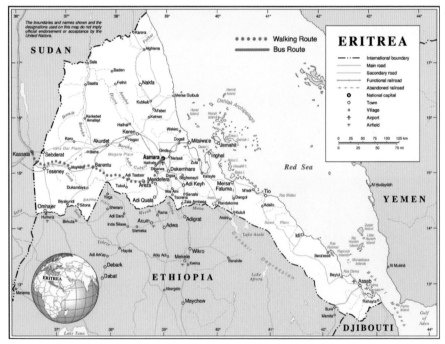

에리트레아는 아프리카 북동쪽에 있는 나라예요. 남쪽으로는 에티오피아, 북쪽으로는 수단과 국경을 접하고 있지요. 북동쪽으로는 홍해가 흐르고 동쪽은 지부티와 접해 있어요. 우리 어머니는 아스마라에서 버스를 타고 그리 멀지 않은 곳에 있는 할할레라는 마을로 가서, 그곳에서 서쪽으로 장장 32km 길을 걸어 수단의 카살라에 들어간 거예요. 3주에 걸친 그 고난의 길 내내 거의 맨발로 걸었다고 해요. 이 지도는 유엔이 만든 지도에서 따온 거예요.

아버지 등에 찍찍이처럼 착 달라붙어 잠들어 있는 7살 때 제 모습이에요. 아버지는 오클랜드에 있는 우리 집 마당에 침대를 만들어 놓고, 그 침대 위에서 밝은 햇살 아래 책을 즐겨 읽었어요. 침대에 배를 깔고 누워서는 앞에 두툼한 책을 펼쳐 놓고 있던 아버지가 등에서 잠든 저를 어깨너머로 보시며 고민하는 것 같아요. 귀찮더라도 잠든 저를 그대로 놔두고 계속 책을 읽을 것이지, 아니면 깨워서 등에서 내려오라고 할 것인지.

4살 때 사촌인 요페트가 얼굴에 로션을 바르고 있는 모습이에요. 손에 로션을 잔뜩 묻혀 얼굴에 비벼 대는 모습이네요. 얼굴뿐인가요? 손이며 파자마까지 온통 로션 범벅이에요. 이 모습만 봐도 야페트가 얼마나 개구쟁이인지 알 수 있을 거예요.

약 9m 높이의 거대한 빙산이 사진을 가득 메우고 있네요. 노란 기운이 서려 있는 것처럼 보이는 푸른빛이 감도는 하얀 빙산. 멘든홀 빙하에 있는 빙산을 제가 장갑 낀 손으로 만지며 서 있는 모습이에요. 제가 고든과 함께 조심조심 기어올랐던 그 빙산은 아니에요.

하버드 로스쿨 졸업식에서 무대에 오른 저에게 마샤 미노 학장님이 학위기를 건네주는 장면이에요. 학위복을 입고 있는 미노 학장님과 저에 뒤질세라 맥신은 멋진 털가죽을 뽐내고 있네요.

백악관 블루룸에서 버락 오바마 대통령이 테이블 앞에 서서 자판을 두드리고, 저는 반대편에 서서 제 점자 컴퓨터에 나타나는 대통령의 말을 읽고 있는 장면이에요. 대통령과 제가 그렇게 대화를 나누는 모습을 조 바이든 부통령과 발레리 재럿이 지켜보고 있네요.

버락 오바마 대통령이 팔을 제 어깨에 두르고 저를 안내하며 백악관 그린룸을 지나는 장면이에요. 저는 손에 점자 컴퓨터를 들고 있고, 바로 뒤에서 조 바이든 부통령이 따라오고 있네요.

열정적인 연설은 청중의 마음을 움직여 행동으로 이끄는 힘이 있어요. 서밋 앳 시the Summit at Sea에서 자주색과 오렌지색 산호 장식 구조물이 빛나는 무대에 올라 연설하는 장면이에요.

지금은 이십 대의 젊은 여성으로 성장한 제 동생 티티가 산꼭대기에 올라 양팔을 힘차게 펼치고 있는 모습이에요. 뒤로 샌프란시스코의 전경이 펼쳐져 있네요. 청바지에 화려한 색 셔츠를 입고, 검은 테 안경을 쓴 얼굴에 환한 미소를 짓고 있는 모습이 좋아 보여요.

저는 장애인 인권과 포용에 관한 강연을 하기 위해 안내견인 맥신과 함께 전국을 돌아다녔어요. 캔자스 대학교 종탑 앞에서 제가 무릎을 굽혀 맥신 곁에 앉아 있는 모습이에요. 제가 맥신에게, "여긴 캘리포니아가 아니야."라고 말하고 있는데 맥신이 앞발 하나를 제 팔 위에 올려놓고 저를 바라보는 게 꼭 제 말을 귀담아 듣고 있는 것 같아요.

왼쪽, 오른쪽, 앞으로, 천천히 달려-이런 식으로 말과 소통하다 보면 안내견과 함께 훈련하던 때가 생각나요. 엷은 갈색 말에 올라탄 제가 고삐를 잡은 채 미소 짓고 있는 모습이에요. 뒤로는 길게 이어진 푸른 언덕이 보이네요.

저는 따뜻한 바다에서 패들보드 위에 서서 노 젓는 일을 좋아해요. 작은 파도가 일어 물살이 거친 하와이 케알라케쿠아 베이에서 제가 패들보드 위에 서서 노를 젓고 있는 모습이에요. 멀리 안개 낀 푸른 산이 보이네요.

친한 친구인 에이프릴과 브라이언 윌슨의 요청으로 제가 두 사람 결혼의 주례를 맡게 되는 영광을 누리게 되었어요. 해군 제복을 입은 브라이언이 사랑스러운 눈길로 에이프릴을 바라보고 있네요. 에이프릴이 들고 있는 크림색, 분홍색, 오렌지색 꽃이 어우러진 예쁜 꽃다발이 연한 분홍색의 드레스와 잘 어울리네요. 저는 점자 컴퓨터에 손을 올려놓고 두 사람이 사랑의 서약을 하도록 도와주고 있는 중이에요. 우리 뒤로 잔잔한 바다가 펼쳐져 있네요.

제18장

곰과 마주쳐도 절대 '걸음아 나 살려라' 달아나지 마세요

2006년 가을, 오리건, 포틀랜드

저는 저스틴 선배와 고든에게 타파웨어 용기를 내밀었어요.

"우리 엄마가 추수감사절에 이 음식을 만들었어. 〈키차핏핏〉이라는 음식인데 납작한 빵을 조각조각 찢어서 버터와 〈버르베르〉라는 아주 매운 에리트레아 향신료를 섞어 볶은 거야."

두 사람은 한 입씩 먹어 보더군요. 에리트레아의 버터와 〈버르베르〉 향이 훨훨 날아다니며 에이킨 기숙사의 조그마한 학습실에 가득 퍼지기 시작했어요. 그 학습실은 한쪽 벽면을 따라 파란색 긴 소파가 하나 놓여 있고, 역시 파란색인 팔걸이의자 두 개, 책과 게임 자료가 가득한 키 높은 서가 하나가 있는 작은 방이었어요. 그곳에서는 주변 소음을 걱정할 필요 없이 우리만의 대화를 나눌 수가 있어 좋았어요.

"정말 매운데. 다른 사람보다 매운 걸 잘 먹는 편인데, 이건 정말 맵다."

저스틴 선배가 가벼운 기침을 하며 말했어요. 저는 눈썹을 치켜떴
어요.

"다른 사람들? 미국인을 얘기하는 거죠? 에리트레아 사람한테 이건
매운 축에도 못 껴요."

"그렇겠지. 어떻게 보면 이건, 그래, 〈버르베르〉 향신료만 빼면, 오늘
본 카페테리아에서 내놓은 튀긴 빵과 비슷해."

저스틴 선배가 한 입 더 먹으며 말했어요. 그 소리를 듣자 기분이 좋
지 않았어요.

"오늘 튀긴 빵이 있었어요?"

"응. 점심 때. 하벤, 네가 메뉴가 뭔지 알 수 있는 방법이 없을까?"고
든이 물었어요.

"점자나 내가 이용할 수 있는 방법으로 되어 있지 않아서. 그래서 그
냥 사람들이 줄을 얼마나 서 있나, 그걸 보고 추측할 뿐이야."

저스틴 선배가 〈핏핏〉을 더 가져다 먹으며 말했어요.

"주문대마다 가서 음식을 시켜 한 입씩 먹어 보면 안 될까? 그러면
입에 맞는 음식을 찾을 수 있을 거 같은데."

저는 얼굴을 찌푸리며 대답했어요.

"음식 낭비잖아요. 게다가 점심시간 내내 줄 서다 말겠어요. 그러다
배고프고 지쳐 쓰러지면 선배가 책임질 거예요?"

"그럼 하벤더러 각 주문대마다 가서 음식 냄새를 맡아 보라고 해봐요."

저는 두 사람에게서 음식이 담긴 용기를 빼앗었어요.

"저스틴 선배, 정말 저한테 그렇게 하라고 할 거예요? 아님 고든 네가?"

그러면서 저는 고든에게 경고의 눈빛을 보냈어요.

"하벤, 네 후각이 나보단 훨씬 나을걸. 네가 눈이 안 보여서가 아니라 내가 골초라서."

저스틴 선배의 말이었어요.

"흠."

저는 계속 고든을 쏘아보았어요.

"〈키차핏핏〉 좀 더 먹어 보면 안 될까?"

고든이 화제를 돌리려고 하는 거 같았어요.

"안 돼."

"농담한 거야. 눈이 안 보인다고 해서 다른 감각, 즉 후각이 뛰어나다고 생각하지 않아. 그런데다가 카페테리아에서는 동시에 계속해서 여러 음식을 요리하잖아. 주문대도 다닥다닥 붙어 있고. 그러니 음식 냄새가 서로 뒤섞여 냄새로 구분하기가 쉽지 않지."

고든이 이제야 진심을 말하는 것 같았어요. 저는 다시 음식 용기를 두 사람에게 내밀었어요.

"대답 잘 했어. 난 두 사람이 인간과 허스키 개를 구분하지 못하는 줄 알고 걱정했지."

저스틴 선배가 기회다 싶었는지 얼른 끼어들었어요.

"전에 고든이 하도 나를 쫓아다니기에 난 알래스카 말코손바닥사슴이 아니니 쫓아다니지 말라고 계속 설명해 줘야 했다고."

저는 손을 들어 저스틴 선배와 하이파이브를 했어요. 고든이 팔짱을 끼면서 투덜댔어요.

"하여간 알래스카 남쪽 48개 주 사람들은 어쩌면 그렇게 다 똑같은지. 알래스카하면 그냥 말코손바닥사슴하고 이글루만 생각한다니까. 혹시 알래스카가 이글루에 사는 말코손바닥사슴이라고 생각하는 건 아니야?"

저도 모르게 킬킬 웃음이 터져 나왔어요.

"그런데요, 49개 주거든요. 하와이를 빼면 어떻게 해!"

"하베 말이 맞아. 지리적으로 보면 하와이도 알래스카 아래에 있어. 알래스카 사람들이 나머지 미국 전체를 얘기할 때 왜 아래쪽 49개 주하고 말하지 않는지, 무슨 이유가 있니?"

저스틴 선배가 저를 거들었어요.

"글쎄 잘……. 그냥 미국 본토를 말하는 거겠죠. 사실 우리 할머니는 별 49개가 그려진 국기를 갖고 계세요. 알래스카가 미국 주로 편입되고 난 뒤에 만들어진 국기 중 하나라고 하던데. 물론 하와이가 미국의 주가 되기 전이지."

고든이 〈키차핏핏〉을 우적우적 씹어 먹으며 말했어요.

"굉장하네! 그 국기 한 번 보고 싶다."

저스틴 선배가 말했어요.

저는 〈핏핏〉을 조금 집어 먹으며 이렇게 말했지요.

"아무튼 나는 카페테리아에 가서 메뉴판에 대해 말할 거예요."

다음 날 저는 고든과 함께 템플턴 캠퍼스 센터에 있는 본 아페티 사무실로 향했어요.

문 앞에 누군가가 서 있었어요.

"안녕하세요. 클라우드 씨를 뵙고 싶은데요."

클라우드 씨는 본 카페테리아의 매니저였어요. 오리엔테이션 기간 중에 데일 선생님이 소개해 줘서 본 적이 있는 분이죠.

"저기 책상에 앉아 계십니다."

저는 그 사람을 따라 한쪽 구석에 있는 책상 앞으로 향했어요.

"무슨 일이시죠?"

책상을 앞에 두고 앉아 있던 사람이 물었어요.

"클라우드 씨이시죠?"

"그런데요?"

"전 하벤이라고 해요. 얼마 전에 데일 선생님이 학교를 구경시켜 주면서 소개해 주셔서 뵌 적이 있어요. 안녕하세요? 있잖아요, 카페테리아에서 메뉴를 인쇄해서 벽에 붙여 놓잖아요. 근데 제가 눈이 안 보여서 그 메뉴를 읽을 수가 없거든요. 혹시 메뉴를 점자로도 만들어서 눈이 안 보이는 학생도 읽을 수 있게 해 줄 수 있어요."

"제가 학생한테 읽어 줄 수 있습니다. 아니면 우리 직원더러 읽어 주라고 할 수도 있습니다만."

"저는 귀도 잘 안 들려요. 카페테리아 안이 너무 시끄러워 사람들이 하는 말을 못 알아들을 때가 많아요. 하지만 메뉴를 점자로 만들어 주시면 소음 따위는 아무 문제도 아니죠. 학생지원부에 점자 엠보싱 기계가 있어요. 메뉴를 미리 보내 주시면 그곳에서 점자로 전환해 줄 수 있을 거예요."

"으음, 글쎄요. 그게 잘 될까 모르겠군요. 마지막 순간에 메뉴를 바꾸는 경우가 종종 있어서요."

"아. 메뉴를 출력해서 공지하잖아요. 그렇다면 컴퓨터에 그 내용이 저장되어 있다는 뜻인데, 맞나요? 그럼 그 내용을 복사해서 저한테 이메일로 보내 주시면 될 것 같아요. 제가 이메일은 사용할 수 있거든요. 제 컴퓨터에 문자를 디지털 점자로 전환하는 스크린리더라는 화면 판독 소프트웨어가 설치되어 있거든요."

저는 대안을 생각해 냈어요.

"그러니까 메뉴를 이메일로 보내 달라, 그런 뜻이죠? 그럴 경우 우리가 특별히 더 해야 하는 게 있나요?"

"없어요. 그냥 복사해서 이메일로 보내 주시면 돼요. 그러면 제가 읽을 수 있어요."

"간단한 일이네요."

"정말 간단해요. 제 이메일 주소 알려 드릴게요. 펜 좀 쓸 수 있을까요?"

그로부터 몇 개월 동안 제가 클라우드 씨와 논의한 대로 본 카페테리아는 때때로 메뉴를 이메일로 보내 주었어요. 그 이메일이 삶에 변화를 가져다 주었어요. 맛있는 채식주의자용 음식을 제공하는 주문대로 곧장 가서 제가 원하는 음식을 가져올 수 있으니 시간도 절약되고 신경 쓰지 않아도 되니 얼마나 좋은지 몰라요. 하지만 이메일이 오지 않을 때가 훨씬 많아요. 그런 날에는 되는대로 주문대를 선택할 수밖에 없어요. 그렇게 해서 음식을 가져오고, 빈 테이블을 찾고, 음식을 맛보고, 그러다 윽, 무슨 맛이 이래? 하며 인상을 찌푸린 적이 얼마나 많았는지 손으로 꼽을 수도 없어요.

저는 다시 한번 이의를 제기하려고 본 아페티 사무실로 향했고 이번에도 고든이 함께 가 주었어요.

"이메일이 안 올 때가 많아 메뉴를 알 수가 없어요. 주문대에서 어떤 음식을 내놓는지 모를 때 얼마나 좌절하는지, 얼마나 스트레스를 받는지 모르실 거예요."

저는 클라우드 씨에게 불만을 털어놓았어요.

"사람을 시켜 메뉴를 읽어 주도록 하죠, 그럼."

그의 제안이었어요.

"카페테리아에서는 사람 말소리를 거의 들을 수가 없단 말예요. 하지만 메뉴를 이메일로 보내 주시면 제 컴퓨터로 그걸 읽을 수가 있다고 했잖아요. 그래야 각 주문대에서 어떤 음식을 내놓는지 정확히 알 수 있단 말예요."

"여기 있는 우리 직원 모두가 바쁜 사람들입니다. 수많은 학생을 상대해야 하잖아요. 학생이 우리 직원에게 메뉴를 읽어 달라고 요청하면 그건 우리가 기꺼이 해 드리겠습니다."

너무 어이가 없어 숨이 턱턱 막히는 것 같았어요.

"말씀드렸잖아요. 메뉴 읽어 주는 소리를 들을 수가 없다고. 제 귀가 안 들리거든요. 그래서 제가 메뉴를 이메일로 보내 달라고 한 거예요."

"직원들에게 얘기해 놓겠습니다. 제가 업무가 바빠서요."

이 말과 함께 그는 저를 사무실에서 내보냈어요.

고든과 저는 건물 밖으로 나왔어요. 비가 후드득 쏟아져 내리고 있었어요.

저는 우산을 꺼내 펼쳐서는 고든에게 건넸어요.

"우산 좀 들어, 네가 키가 크니까."

고든이 우산을 우리 머리 위로 들어 올렸어요. 그렇게 우리는 우산을 쓰고 쏟아지는 빗속을 걸어가기 시작했어요.

"어떻게 생각해?"

제가 고든에게 물었어요.

"그 사람, 참 말이 안 통하는 사람이네."

바람이 불면서 비가 비스듬히 비껴 날리는 바람에 우산을 써도 소용이 없었어요. 저는 코트를 단단히 움켜잡았어요.

"처음에 찾아가서 얘기할 때는 괜찮아 보였는데 지금은……."

"본 카페테리아, 정말 짜증난다. 하벤, 너는 기숙사에 사니까 의무로 식권을 구입해야 하잖아. 그러면 본에서 먹지 않아도 돈은 지불하는 셈이고. 그래서 거기서 식사를 하려는 건데 복잡하고 음식도 금방 동이 나는 게 많고. 운영 시스템도 영 실망스러운 게 아니고……."

"난 요리하는 거 좋아하지 않아. 그런데도 본에서 먹느니 내 손으로 해 먹는 게 낫겠어. 하루라도 빨리 캠퍼스 밖에서 살고 싶은데, 규정에 학생들은 무조건 첫 두 해 동안은 캠퍼스에서 살아야 한다고 나왔더라고."

"나도 캠퍼스 밖에서 살고 싶다."

저는 지팡이로 계단을 톡톡 두드리며 내려가기 시작했어요.

"내가 너하고 저스틴 선배한테 눈감고 지팡이에 의지해서 이 계단을 내려가 보라고 했던 거, 기억 나?"

"저스틴 선배는 잘 내려가던데. 깜짝 놀랐어. 아무튼 난 지팡이를 통해 느껴지는 진동의 차이로 주변에 뭐가 있는지 느낄 수 있다는 것도 몰라."

"음, 재미있는 말이네."

도서관 앞에서 고든이 걸음을 멈췄어요.

"이제 너 뭐 할 거야?"

그 말에 전 깊은 한숨을 내쉬었어요.

"과제 두 개 해야 하고 시험 준비도 해야 해. 저녁 걱정할 시간도 없겠네."

저는 우산을 살짝 잡아당겼어요.

"수업 들어가야 해. 고마워, 같이 본 아페티 사무실에 가 줘서."

"당연히 같이 가야지. 본을 상대할 때 혼자 가고 그러지 마."

고든이 우산을 돌려주었어요. 그런데 우산보다는 그가 하는 말, 그 말 한 마디 한 마디가, 연대를 뜻하는 그 귀중한 말들이 저에게는 비바람을 막아 주는 소중한 보호막이었어요. 도서관을 뒤로 하고 저는 교실을 향해 터벅터벅 발걸음을 옮겼어요. 비에 젖은 신발이 어찌나 무거웠던지.

어쩌면 저는 서비스가 엉망인 카페테리아 측의 처사를 있는 그대로 받아들여야 하는지도 몰라요. 적어도 음식은 먹을 수 있으니까요. 세상 곳곳에 먹을 것이 없어 굶주린 사람이 얼마나 많은데……. 저는 이 멋진 대학을 전액 장학금을 받고 다니고 있지만 우리 어머니는 제 나이일 때 수단에서 난민으로 지내야 했어요. 그러니 제가 누굴 탓하고 불만을 터뜨릴 수 있겠어요? 다른 대학에 다니는 시각장애 학생들은 수업 자료가 뭔지 제대로 알 수 없다고 하더군요. 그런데 루이스 앤 클라크 대학에서는 모든 수업 자료를 점자로 제게 제공해 주고 있잖아요. 별처럼 빛나는, 정말 빼어난 일 처리가 이루어지고 있어요. 얼마나 감사한 일인지. 클라우드 씨는 어쩌면 이런 말을 하고 싶었는지도 몰라요. 〈불평 그만하고 어서 가서 공부나 해요. 지금 누리고 있는 것만 해도 얼마나 감사한 일인데.〉 그래요, 이 말이 맞는 말인지도 몰라요. 그냥 매사에 감사하며 살아야 하는 건지도 몰라요.

그날 저녁 본에서는 저녁 메뉴를 이메일로 보내지 않았어요. 다음 날 아침 메뉴도 마찬가지고요.

"점심 메뉴는 보내 왔어?"

고든이 물었어요. 우리는 에이킨 기숙사의 학습실에서 과제를 하고 있던 중이었어요.

"응. 그건 보냈더라고. 점심시간이 지나고 난 뒤에."

저는 울컥하는 심정을 달래며 대답했어요.

"잠깐, 뭐라고? 점심 메뉴를 점심시간 뒤에 보냈다고?"

저는 고개를 끄덕였어요.

"말도 안 돼! 지금이 어느 시대인데. 이메일 하나 보내는 게 뭐가 어렵다고. 요즘 그거처럼 쉬운 일이 어디 있어? 전부 게을러 터졌어."

"옛날에 자원이 부족한 시골 마을에서 지낸 적이 있어. 실제로 먹을

게 부족한 상태에서 살아야 한다면 그까짓 것 못 살게 뭐야. 하지만 본은 그런 게 아니잖아."

"이거, 가만히 있으면 안 돼. 내가 도와줄 게 없을까?"

저는 어깨를 으쓱였어요.

"모르겠어. 클라우드 씨에게 이메일을 보낼까 싶어. 왜 메뉴가 이메일로 오다가 안 오다가 하는지 물어보려고."

"좋아. 뭐라고 답장하는지 지켜보자고."

메뉴와 관련된 일이 주말 내내 이어졌어요. 월요일에 드디어 클라우드 씨에게서 답장이 왔어요. 그날 오후 저는 도서관의 보조 기술 방에서 고든을 만나 클라우드 씨의 답장을 보여 주었어요.

안녕하세요, 하벤 양.

제가 점심시간에 사무실을 비웠다가 오후 3시쯤 돌아와 이메일을 보고 이렇게 답장 드립니다. 이번에 일이 어떻게 된 건지(아마 예전에도 비슷했을 것 같습니다만) 설명 드리겠습니다. 우리 팀장이 시간을 내서 이메일을 작성했는데 그만 〈보내기/받기〉 버튼을 클릭하지 않은 것 같습니다. 제가 돌아와서 체크해 보니 그 메일이 〈보낼 편지함〉에 그대로 있었습니다.

불편을 끼친 점 진심으로 사과드립니다. 시간을 내서 컴퓨터에 메뉴를 타이핑하고는 그걸 보내지 않았다니 이해가 되지는 않습니다. 갑자기 피치 못할 사정이 있어 그런 게 아닌가 싶습니다.

이런 일이 다 학생을 도와주려는 우리의 노력이라는 사실을 이해해 주시길 바랍니다. 아울러 학생이 요청한 일이 우리가 학교와 계약할 때 재공하기로 한 서비스가 아니라는 점도 이해해 주셨으면 합니다. 대학과는 달리 우리 회사에는 학생들의 특수한 요구를 담당하는 직원이 없습니다. 앞으로도 우리는 지속해서 학생을 돕기 위해 최선을 다할 생각입니다. 하지만 우리가 해야 할 의무가 없는 일(우리는 이런 일을 할 수 있다, 할 것이다, 혹은 반드시 약속한다, 이렇게 표현한 적이 없습니다)을 해야 한다고 기대하는 것은 너무 불합리하다고 생각합니다. 또한 이런 우리 측 도움이 물 흐르듯 착착 진행되리라 기대하는 것도 무리라고 생각합니다. 앞으로도 준비된 음식이 일찍 소진되는 경우도 있을 것이고 이메일이 늦게 도착하는 경우도 있을 겁니다. 현재로서는 이 문제와 관련해서 학생을 개인적으로 도와줄 직원이 배치되어 있지 않다는 것만 말씀드리겠습니다. 우리는 매 식사 시간마다 천 명이 넘는 학생의 요구를 충족하기 위해 최선을 다하고 있습니다. 그래서 드리는 말씀입니다만 우리가 모든 서비스에 만전을 기하기 위해 모든 문제에 관심을 기울이고 있다는 것과 가능한 경우 우리가 학생에게 할 수 있는 모든 도움을 아끼지 않고 있다는 사실을 알아 주셨으면 합니다.

대학 관련 업무를 담당하는 몇몇 사람과 이야기를 나눈 결과, 물론 학생으로서는 실망스러운 일이 될지 모르겠습니다만, 우리는 학생에게 정식으로 항구적인 해결책을 찾아줄 수 있는 사람을 학교에서 찾아보시라고 권고하는 바입니다.

그럼, 이만 줄이겠습니다.

클라우드.

"이 사람, 정말 참을 수가 없는데!"

고든은 다시 한번 컴퓨터 화면을 바라보며 말을 이었어요.

"이 사람은 대학이 장애 학생의 고충을 해결하는 마법의 해결책이라도 갖고 있다고 생각하는 모양이지? 그러니까 자기는 사람들의 장애에 대해서 신경 쓸 필요가 없다, 이거 아니야? 메뉴에 대해서는 학생지원부가 아니라 그 사람이 권한을 갖고 있는 거잖아. 이거야 나 원 참."

"학생지원부에서도 나한테 메뉴를 미리 보내 주라고 얘기했다고 하더라고. 심지어 데일 선생님은 직접 점자로 만들어 줄 수도 있으니 본에서 선생님한테 메뉴를 보내 주면 어떻겠냐고 제안도 하셨다고 해. 내 생각엔……."

저는 잠시 말을 멈추고 생각을 정리했어요.

"이메일 첫 부분에서 그 사람이 컴퓨터로 타이핑한다는 말을 했었지? 카페테리아 출입문 옆 벽에 핀으로 꽂아 놓은 메뉴가 컴퓨터에서 출력한 거, 맞지?"

"그렇지. MS 워드로 작성해서 출력한 다음 벽에 붙여 놓은 것 같던데. 그러니까 메뉴를 두 번씩 타이핑해서 작성할 필요는 없는 거야. 그냥 파일에서 그 내용을 복사해서 이메일에 붙여 넣으면 그만이지. 그리고 〈보내기〉를 누르면 되는 거고."

고든의 말에 저는 살짝 미소를 지어 보였어요.

"웃기지 않아? 자기네는 이메일을 보낼 준비가 안 되어 있다는 말을 이메일로 보낸 거잖아!"

고개를 가로저으며 저는 말을 이었어요.

"많은 곳이 다 이런 식이야. 장애에 대해 생각하고 싶지 않아서 장애를 지닌 사람들을 받아들이려 하지 않아. 그러면서 장애인에게 서비스를 제공하는 일을 아주 예외적인, 일종의 자선 행위라고 생각하는 거야. 장애 전문가만이 우리의 〈특수한 요구〉를 처리할 수 있다는 전제가 깔려 있는 거지. 그 〈특수한 요구〉라는 말, 정말 모욕적인 말이거든. 음식을 먹게 해 달라는 요구가 보편적인 요구지 〈특수한 요구〉는 아니잖아."

"그들이 장애 학생에게 제대로 서비스를 다해야 한다고 요구하는 법은 없어?"

"미국 장애인 법을 좀 읽어 봐야겠어. 컴퓨터에서 좀 비켜 줄래?"고든이 의자를 뒤로 굴려 자기 노트북 컴퓨터가 있는 자리로 물러났어요. 저는 한 시간에 걸쳐 미국 장애인 법의 각 조항을 파악하는데 온 신경을 썼어요. 마음의 위안이 되고 자신감을 불어넣는 부분도 있었지만 어떤 부분은 혼란스럽기도 했어요. 법 조항을 다 이해하고 난 뒤 저는 클라우드 씨에게 보내는 답장의 초안을 작성하기 시작했어요.

안녕하세요, 클라우드 씨.

미국 장애인 법에 따르면 본 아페티는 장애를 지닌 사람이 그곳이 제공하는 서비스를 이용할 수 있도록 필요한 조치를 다해야 하는 법적 의무가 있어요.

그동안 저는 본 아페티에 제가 그곳의 메뉴에 접근할 수 있도록 해 달라고 계속 요구했어요. 시각과 청각에 장애가 있는 중복장애인인 저는 인쇄물로 된 메뉴를 읽을 수 없고, 시끄러운 카페테리아에서 누가 메뉴를 읽어 준다 해도 잘 들을 수 없어요. 제 컴퓨터에는 화면의 텍스트를 디지털 점자로 전화해 주는 소프트웨어가 설치되어 있기 때문에 만일 본 아페티에서 그 메뉴를 이메일로 보내 주신다면 제가 충분히 메뉴에 다가갈 수 있거든요.

이건 제가 본 아페티에 어떤 편의나 호의를 요구하는 게 아니라 다만 법에 따라 조치를 취해 달라는 요청임을 부디 이해해 주셨으면 해요. 미국

장애인 법 제3장에 따르면, 본 아페티처럼 대중을 수용하는 장소에서는 장애인에 대한 차별이 금지되어 있더군요. 만일 본 아페티가 메뉴에 접근할 수 있도록 해 달라는 제 요구를 계속 거절하신다면, 저로서는 법적 조치를 취할 수밖에 없다는 점을 말씀드리지 않을 수 없군요.

본 아페티 측에서는 제가 메뉴에 접근할 수 있도록 지속적이고 전문적인 방식으로 필요한 조치를 취해 주신다고 약속하실 수 있는지요.

안녕히 계세요.

하벤 드림.

이메일 내용을 검토한 뒤 저는 본 아페티의 고위 임원의 이메일 주소를 찾아 그 주소들을 제 〈보내는 메일〉의 〈참조〉에 타이핑해 넣었어요. 물론 학생처 처장님과 학생지원부 데일 선생님의 주소도 포함시켰어요. 다시 한번 메일 내용을 점검했어요. 이제 됐다고 생각한 저는 〈보내기〉를 눌렀어요.

그런데 잠깐. 어떻게 소송을 제기하는 거지? 장애 인권 변호사를 한 사람도 모르잖아. 안다고 해도 변호사 비용은 어떻게 마련하지?

문득 이런 문제가 떠오르면서 의심이 일어나더군요.
그 사람 답변을 언제까지 기다려야 하는 걸까? 혹 내가 요구한 대로 하겠다고 해도 그게 진심인지 아닌지 어떻게 알지?

미지의 세계로 힘차게 뚜벅뚜벅 걸어가기에 완벽한 장소가 바로 이곳, 루이스 앤 클라크 대학이지요. 루이스 앤 클라크 대학은 미국 파이오니어, 즉 미국 개척자의 역사를 찬양하는 대학이에요. 교정 중앙에 탐험가인 메리웨더 루이스와 윌리엄 클라크가 미국 서부를 탐험할 때 동행하며 통역을 맡았던 미국 원주민 여성인 새커거위아의 동상이 서 있어요. 이 대학의 미식축구 팀 명칭이 〈파이오니어스〉이고, 대학 신문은 〈파이오니어 로그〉라고 해요. 대학의 셔틀버스 명칭은 〈파이오니어 익스프레스〉이지요. 아, 그 버스의 목적지가 어디인지 아세요? 바로 〈파이오니어 스퀘어〉랍니다.

우리 대학의 이런 개척자 자부심이 제가 노력을 기울이는 일에 더욱 헌신하도록 힘을 주었어요. 대학에서 저와 이야기를 나눈 모든 분들, 학생지원부 선생님은 물론 학생처 부처장님까지 모든 분이 본 아페티 측에 제가 이용 가능한 방식으로 메뉴를 제공해 주라는 요청을 했어요. 본 아페티가 그런 요청에 응하도록 어떻게 설득해야 할지 몰랐지만, 아무튼 저는 한번 해 보기로 했어요. 앞에서 언급한 그 이메일을 보내는 것이 일단은 좋은 출발이 될 것 같은 느낌이 들었어요. 미국 장애인 법을 공부하는 것은, 길게 보면, 앞으로 저에게 도움이 될 것 같았고요. 장애인들이 진입하거나 접근하는데 방해가 되는 장벽을 자발적으로 제거하지 않는 사람을 만나면-분명히 만나게 될 거예요-어떻게 대처해야 하는지 알 수 있을 테니까요.

다음 날 점심시간에 고든과 저는 카페테리아의 구석 자리에 앉았어요. 우리 뒤에 두 벽면이 있어 주변 소음이 그리 크지 않았어요.

"클라우드 씨한테서 답장 왔어?"

고든이 물었어요.

"아니. 전혀 없어."

저는 치즈 버섯 퀘사디아를 한 입 베어 물었어요.

"놀랄 일도 아니지. 오늘 아침에 우리 어머니한테서 전화가 왔는데, 우리 집 차고에서 곰을 발견했다지 뭐야."

고든 역시 자기 퀘사디아를 한 입 베어 먹으며 말했어요.

"뭐라고? 너희 어머니가 차고에서 곰을 발견했다는 거야?"

숨이 턱 막히는 것 같았어요.

"응. 억지로 차고 문을 열고는 어슬렁어슬렁 안으로 걸어 들어간 모양이야."

저는 놀란 눈으로 고든을 바라보며 말했어요.

"다친 사람은 없고?"

"응, 모두 괜찮대. 곰이 본채 쪽으로는 가지 않았다고 해."

"다행이다! 후유. 난 알래스카에서 절대 살지 못할 거 같아. 근데 곰과 마주치면 어떻게 해야 한다고 했지? 다시 한번 말해 줘."

"중요한 것은, 뛰지 말라는 거지. 달아나겠다고 뛰어서 도망가면 절대, 절대 안 돼. 잠깐, 저기 클라우드 씨가 오고 있는데."

몸집이 커다란 사람 하나가 제 옆의 의자를 끌어내며 앉았어요.

"그동안 잘 지냈지요?"

불안한 생각이 들면서 몸이 긴장되더군요. 겨우 입을 열었어요.

"예. 잘 지내셨죠?"

"그럼요. 메뉴 문제, 정말 미안하게 생각하고 있습니다. 다시 시작해 봅시다. 관련된 모든 사람한테 다 얘기했습니다. 앞으로는 일을 더 잘 처리해 나갈 겁니다."

그동안 우리가 나눈 모든 대화가 머릿속을 스치고 지나가면서 이 말을 믿어야 할지, 의구심만 커지더군요.

"그럼 이메일이 제때에, 한 번도 빠지지 않고 계속 온다는 건가요?"

"그렇습니다. 사무실에 있는 모든 직원이 이게 아주 중요하다는 사실을 이해했으니까요."

저는 깊게 숨을 들이마셨어요.

"감사합니다. 정말 감사해요."

그가 약속을 지킬지 어떨지는 시간이 말해 주겠지, 이런 생각이 들었어요.

"그럼 됐습니다."

그가 자리에서 일어서더니 테이블 위에 뭔가를 내려놓았어요.

"뭐 드릴 건 없고, 초콜릿 칩 쿠키를 좀 가져왔습니다."

무릎 위에 놓인 제 손이 좀처럼 떨어지지 않았어요. 그냥 고개만 끄덕이고 말았어요.

"그밖에 뭐 필요한 게 있으면 언제든지 저한테 알려 주십시오."

이렇게 말하고 그는 자리를 떴어요.

고든이 저에게 몸을 기울이며 말했어요.

"누가 저 사람 엉덩이를 걷어차면서 혼낸 게 분명해."

"그럴 수도. 그런데 정말로 약속을 지킬지, 누가 알겠어?"

저는 쿠키 하나를 집어 들었어요.

"이거 올리브 가지야, 허쉬 쿠키야?"

"하벤 너!"

웃음이 나왔어요. 긴장이 좀 풀어지더군요.

"먹어도 되는 건지 알아보려고 그런 거야."

플라스틱으로 포장된 커다란 쿠키가 부드럽고 따뜻하다는 느낌을 주었어요. 오븐에서 꺼낸 지 얼마 안 된 것 같았어요. 저는 쿠키를 만지작거리며 어떻게 해야 할지 생각했어요. 쿠키의 포장을 풀자 따뜻한 초콜릿 향이 퍼지면서 입안에 군침이 돌기 시작했어요.

"한 번 더 기회를 주지 뭐. 어떻게 되는지 한번 보자고."

1년이 지난 뒤 본이 분명히 달라졌다는 느낌이 들었어요. 클라우드 씨는 약속을 지켰고 직원들도 이제는 메뉴를 이메일로 꼬박꼬박 잘 보내 주고 있어요. 메뉴를 쉽게 알아보게 되자 귀에 거슬리는 시끄러운 소리로 가득한 카페테리아에 들어서는 일이 편해졌어요. 채식주의자용 음식을 먹는 일도 훨씬 쉬워졌고요. 진입 장벽 문제를 자비나 자선의 문제가 아니라 시민권의 문제로 접근한 것이 카페테리아의 문화를 바꾸는 데 큰 도움이 되었어요.

메뉴를 보니 2번 주문대에서 파스타의 일종인 치즈 토르텔리니를 내놓는다고 나와 있어 저는 카페테리아에 들어서자마자 곧장 그곳으로 향했어요. 카운터에 다가간 저는 점원에게 바로 말했어요.

"치즈 토르텔리니."

점원이 제 식판에 접시 하나를 올려놓았어요.

"감사합니다."

카페테리아에서는 벽을 따라 테이블이 놓여 있는 곳이 제일 조용했어요. 저는 식판을 들고 그쪽으로 걸음을 옮겼어요. 테이블이 보이자 저는 걸음을 늦추며 어디 빈자리가 없나 흘끗흘끗 주위를 살폈어요. 마지막 테이블까지 갔는데 빈자리가 없었어요.

어느 젊은 여자가 제 옆으로 다가와 서더군요.

"친구 찾으세요?"

저는 당황한 얼굴로 그녀를 바라보았어요.

"어, 그런데요……."

그녀가 어디론가 걸어가기 시작했고 저는 그 뒤를 따라갔어요. 그녀가 벽을 따라 놓인 테이블 중 두 번째 테이블 앞에 멈췄어요.

"친구 분이 여기 있네요!"

테이블에 앉아 있는 사람에게 다가가자 그 사람 옆에 놓인 흰 지팡이가 눈에 띄었어요.

"안녕, 빌!"

"헤이, 하벤."

빌은 뉴멕시코에서 온 1학년 학생으로 저와 마찬가지로 눈이 보이지 않았어요. 카페테리아에서 다른 학생들은 빌을 보면 제가 연상되는지 큰 소리로 말을 붙이곤 해요. 그래서 빌은 계속 자기는 제가 아니라고 설명을 해 줘야 했어요.

저는 저를 데려다 준 여자에게 고맙다고 했어요. 그녀가 떠나고 나서 저는 자리에 앉았어요.

"역시 그래! 난 그냥 어디 빈자리가 없나 찾고 있던 중이었는데 그 여학생이 다가와 친구를 찾고 있냐고 묻더라고."

"그리고 여기로 데려다 준 거야?"

"그렇다니까!"

"시각장애인은 모두 친구처럼 보이는 모양이지. 그런 게 아닐까?"

"맞아!"

웃음을 터뜨리며 저는 맛있는 냄새가 모락모락 피어오르며 입맛 당기게 만드는 뜨끈한 치즈 파스타에 포크를 꽂았어요.

"그런데 빌, 이메일로 메뉴 받았니?"

"응, 받았어. 정말 도움이 많이 돼."

"그냥 궁금해서 그런데, 넌 귀가 들리잖아. 누가 메뉴를 읽어 주면 되는데 못 듣는 거야?"

"이따금 듣지 못해. 여긴 너무 시끄러워서 나도 사람들이 하는 말을 듣기가 어려워. 그러니까 이메일로 받는 게 정말 도움이 많이 되지."

"그렇구나. 난 여기서는 귀가 들리는 사람도 사람들 말소리를 알아듣기가 힘들다는 사실을 몰랐어. 어쨌든 메뉴를 너한테도 이메일로 보내 주고 있으니, 잘된 일이지."

빌의 말을 듣고 깜짝 놀랄 정도로 깨달은 게 있어요. 저의 노력이 우리 대학 공동체에 영향을 끼쳤다는 사실이에요. 저로 인해 일어난 변화가 저뿐만이 아니라 앞으로 루이스 앤 클라크 대학에 들어올 미래의 시각장애 학생들이 쉽게 메뉴에 다가갈 수 있는 환경을 만들었으니까요. 기억나는 게 있어요. 메뉴에 접근하고자 쏟아부은 시간과 에너지, 그런데 과연 그럴 가치가 있을까, 하며 의문 속에서 망설이던 때가 떠올랐어요. 한동안 저는 그냥 참고 지내야 하지 않나, 그렇게 생각하기도 했거든요. 그렇지만 문제가 있는데 그것을 회피하고 달아난다고 해서 그 문제가 사라지는 건 절대 아니잖아요. 곰과 마주쳤을 때, 무서워 뛰어 도망간다고 곰이 사라지는 게 아니지요. 오히려 곰이 계속 쫓아온다고 해요. 만일 제가 제 입장을 분명히 하고 맞서지 않았다면 그 메뉴 문제가 대학 4년 내내 따라다녔을 거예요.

빌과 얘기를 나눈 뒤 저는 컴퓨터 온라인 검색을 통해 미국 전역에 어떤 로스쿨이 있는지 찾아보았어요. 그냥 호기심이 발동해서 그런 거예요.

제19장

현실이 얼마나 냉혹한지, 그 사실을 알려 준 알래스카

2008년 여름, 알래스카, 주노

"우리가 학생을 잘못 채용한 것 같군요."

인력 채용 담당 부장의 말을 듣는 순간 누군가가 저한테 얼음물 한 통을 쏟아부은 것처럼 오싹한 느낌이 들었어요.

대학에서 2학년을 마친 직후 저는 알래스카 주노로 날아왔어요. 주의회 의사당을 안내하는 멋진 일자리를 얻어 부푼 꿈을 안고 온 것이지요. 채용 담당자들은 제 귀가 잘 안 들린다는 사실을 알고 있었어요. 그래서 사람들을 안내하면서 제가 보조 기술을 이용해서 질문을 듣고 답변하는 것에 서로 동의한 상태였어요. 또한 그들은 제가 지원서의 인종 구분 난에 아프리카계 미국인이라고 체크를 했기 때문에 제 인종 정체성도 알고 있었지요. 그런데 제가 시청에 들어서기 전까지 그들이 몰랐던 게 하나 있어요. 오늘 아침, 오리엔테이션에 참석하려고 인력개발팀 사무실로 들어서는데 부장이 저만 따로 불러 한쪽으로 데리고 갔어요.

비좁은 사무실에 들어서니 숨이 턱 막히는 것 같았어요. 우리는 무릎이 거의 맞닿을 정도로 가까이 서로 마주 보고 앉았어요. 저는 등을 꼿꼿하게 세우고 나서 물었어요.

"제가 눈이 안 보인다고 그만두라는 건가요?"

"그게 아닙니다. 이유는 학생이 캘리포니아 출신이기 때문입니다. 이 일자리가 원래는 알래스카 거주민에게 가야 할 일자리였어요."

힘이 쭉 빠졌어요. 저는 그냥 말없이 앉아 있기만 했어요. 처음엔 충격을 받았지만 서서히 이건 부당하다는 생각이 들었어요.

"서류에 제가 캘리포니아 출신이라는 게 다 나와 있을 텐데요. 이곳에 살지 않기 때문에 면접도 전화로 했고요. 다 알고 계시지 않았어요? 벌써 몇 주가 지났는데…… 이 자리가 알래스카 사람을 위한 자리라면 왜 저를 뽑으신 거죠?"

"우리가 실수를 한 겁니다. 죄송합니다."

밖으로 나오니 비가 부슬부슬 내리고 있었어요. 추위가 코트 속으로 스며들면서 가슴 깊숙한 곳에서 스멀스멀 기어 나오던 두려움이 더욱 커지는 것 같았어요.

앞으로 내가 일자리를 얻을 수 있을지…….

고든은 어느 여행사에 일자리를 얻었어요. 그의 누이도 여행사에서 일하고 있고요. 형은 여름 청소년 프로그램을 총괄하는 일을 하고 있다는군요. 고든의 아버지는 황야와 야생 생물을 카메라에 담는 사진 여행 팀을 이끌고 있어요. 심지어 고든의 집에서 묵고 있는 집안 친구라는 사람도 취약 계층 청소년을 돌보는 일을 하고 있다고 하네요. 고든의 어머니인 로리 아주머니는 음악을 가르치는 분이고요. 이렇게 저를 제외한 모든 사람이 다 일을 하고 있었어요.

맥이 빠져 의사당에서 나온 저를 제일 먼저 위로해 준 사람은 로리 아주머니였어요. 차를 타고 집에 오는 내내 로리 아주머니는 저를 그만두게 한 그들의 처사를 비난했어요. 그러면서 이렇게 이야기했지요.

"더 좋은 일자리를 찾을 수 있을 거다, 하벤. 여름이 되면 주노에 일자리가 아주 많이 생기거든."

저는 묵묵히 고개만 끄덕였어요. 너무 실망한 나머지 말이 나오지 않았어요.

숲속에 있는 고즈넉한 고든의 집에 도착하자마자 저는 곧장 컴퓨터 앞으로 향했어요. 크레이그리스트*에는 수많은 구인 광고가 올라와 있었어요. 로리 아주머니 말이 맞았어요. 주노에서는 정부 기관 다음으로 관광 산업이 큰 규모로 인력을 채용하는 부문이었어요. 매년 여름마다 백만 명이 넘는 관광객이 방문하여 주노의 환상적인 풍광, 수많은 야생 생물, 멘든홀 빙하 등을 구경한다고 해요. 그래서 여름엔 일손이 부족해서 본토 사람들을 끌어 들여 채운다고 하네요. 물론 고용주가 내는 광고에는 주노에 비나 눈이 자주 내린다는 사실을 밝히지 않아요.

* 크레이그리스트Craiglist는 직업, 주택, 상품 판매, 서비스, 이력서, 토론 등 분야별로 광고를 제공하는 광고 서비스 웹사이트를 말한다.

저는 몇 주에 걸쳐 여러 군데에 지원서를 보냈어요. 주로 대중 연설에 강점이 있는 저에게 잘 어울릴 만한 곳을 골라 보낸 거지요. 아프리카 말리에서 학교 세우는 일을 돕는 봉사 활동을 하고 난 이후, 저는 컴퓨터에 들어가 수가 적든 많든 청중에게 제 이야기를 들려주며 많은 시간을 보내곤 했어요. 저의 그런 경험이 인상적이었는지 주 의회 채용 담당자가 알래스카 주민을 제치고 저를 뽑았던 게 아닌가 싶어요. 적어도 제가 흰 지팡이를 짚고 사무실로 들어서기 전까지는 그랬을 거예요.

지원을 하면 면접이 뒤따르고, 면접을 보면 퇴짜 맞고. 계속 그런 식이었어요. 다시 크레이그리스트에 들어간 저는 검색 범위를 넓혀 말하기, 읽기, 분석 기술 등이 뛰어난 사람을 찾는 채용 광고에 응하기 시작했어요. 하지만 마찬가지였어요. 지원서를 보내고, 당당하게 면접에 응하고, 역시 불합격 통보를 받고……. 전략을 바꿔 거의 모든 채용 광고에 응했어요. 선물 가게에서 상품 정리하는 일, 빵 굽는 일, 호텔에서 세탁물 정리하는 일. 퇴짜. 퇴짜. 퇴짜.

장애 전문가가 저에게 해 준 말이 있어요. 열심히 공부하지 않으면 절대 취직할 수 없다고. 시각장애인 가운데 약 70%가 무직 상태에 있다고. 그래서 저는 열심히 공부했어요. 고등학교를 졸업할 땐 수석 졸업자로 졸업생 대표 연설도 했어요. 졸업 뒤 여름엔 루이지애나 시각장애인 센터에서 독립하는 기술도 연마했고요. 그뿐인가요? 대학의 평균 평점도 아주 뛰어났어요. 물론 제 이력서엔 자원 봉사 활동 기록도 담겨 있어요. 하지만 70%의 미취업 비율에서 저 역시 헤어나지 못하고 있었던 거예요. 일자리가 풍부한 알래스카의 도시에서 무직 상태로 남아 있는 저.

무슨 일이든 올바르고 뛰어나게 해내는 데도 불구하고 사회가 무시하고 짓밟으면 속이 얼마나 쓰라리고 아픈지, 그 고통이 얼마나 심한지 모르실 거예요. 열심히 공부하고 일하면 어떤 난관도 극복할 수 있다는 일반적인 믿음이나 생각에 의문이 들었어요.

고든이 용기를 내라며 격려했지만 그런 말도 듣고 싶지 않았어요. 여름이 되면 알래스카는 밤 10시나 되어야 해가 지는, 낮이 길고 긴 땅이라고 고든이 얼마나 부추겼는지. 여름에 분명히 일자리를 얻을 수 있다고 장담하며 약속까지 했던 고든. 그런데 제가 직면한 것은 채용 차별이었어요.

시각장애는 시력을 상실한 것에 지나지 않아요. 하지만 사람들은 그 장애를 말도 안 될 정도로 부당하게 부풀리죠. 무능하고, 지능도 떨어지고, 다른 방법으로도 기여할 수 없다, 이렇게 생각하는 게 보통이에요. 이게 수십 년간 우리 문화 담론을 뒷받침하는 전제이면서 장애인은 비장애인에 비해 열등하다는 생각을 영속화하는 편견이지요. 어디를 가든 저는, 제가 열심히 하고 안 하고에 상관없이 계속해서 장애 차별과 편견에 시달려야 했어요.

로리 아주머니가 초콜릿 마카롱을 굽고 있었어요. 따뜻한 초콜릿향이 유혹하는 바람에 저는 컴퓨터 앞을 떠나야 했어요. 아주 잠시였지요. 다른 사람들이 모두 일하고 있는 동안 로리 아주머니가 저를 데리고 밖으로 나섰어요. 가파른 퍼시비어런스 트레일에 있는 폭포수 주변으로 하이킹을 떠나자는 거였어요. 얼굴 가득 햇빛을 받으며, 수풀과 나무들을 헤치고 산에서 흘러내리는 물줄기 냄새를 들이마시자 나는 일자리를 얻지 못한 실패자라는 생각이 머릿속에서 사라지더군요. 그런 생각을 영원히 잊어버린다면 얼마나 좋을까요.

그 뒤에 로리 아주머니는 친구 분인 레이철 아주머니에게 저를 소개해 주었어요. 레이철 아주머니는 한 체육관의 관리인이었어요. 그분은 제 이력서를 검토하고 면접을 보고 난 뒤 저를 접수대 시간제 직원으로 채용했어요. 체육관을 둘러보는 가운데 레이철 아주머니는 기구를 사용하는 법이며 탈의실 청소하는 방법, 금전 등록기 사용법 등을 가르쳐 주었어요. 제 흰 지팡이를 보고도 전혀 놀라지 않았어요. 제가 맡은 일을 잘 하는지 그게 중요하지, 눈이 보이느냐 비시각적 기술을 사용하느냐, 이런 것은 별로 중요하게 생각하지 않았어요.

어느 날, 한 여자 손님이 접수대로 다가왔어요.

"안녕하세요. 트레드밀을 이용할까 하는데 작동이 안 돼요."

"제가 한번 볼게요. 어느 거죠?"

저는 그 여자를 따라 트레드밀이 줄지어 놓여 있는 곳으로 갔어요. 두 번째 트레드밀에 멈추더군요. 지팡이를 바닥에 내려놓고 저는 그 기구로 다가가 작동 버튼을 눌렀어요. 움직이지 않았어요. 계기판에 있는 다른 버튼을 눌러 보았지만 마찬가지였어요. 저는 두 손으로 기구 곳곳을 만져 보았어요. 아랫부분에 스위치가 하나 만져졌어요. 그 스위치를 켜자 트레드밀이 윙 소리를 내며 살아났어요.

"오, 되네요. 고마워요! 놀랐어요! 난 그 스위치를 보지도 못했는데……."

그 여자 손님이 입을 떡 벌렸어요.

저는 장난치듯 씩 웃으며 입술을 올렸어요.

"저도 보지 못했어요."

그러자 우리 둘의 입에서 웃음이 터져 나왔어요. 우리는 속이 확 트이게, 영혼을 치유하는 시원한 웃음을 한껏 터뜨렸지요.

이처럼 어떤 때는 촉각이 시각을 능가할 때가 있어요. 언젠가는 세상이 알게 되겠지요. 장애인도 그 나름의 재능을 지니고 있다는 사실을.

제20장

작은 안내견이 지진을 일으켰어요

2009년 여름, 뉴저지, 모리스타운

"맥신을 신뢰해야 합니다."

안내견 훈련 교사인 조지 강사가 말했어요. 조지 강사와 저는 뉴저지주 모리스타운 시내의 보도에 서 있었어요. 이번 여름에는 채용 차별에 맞서 싸우는 대신 안내견과 함께 훈련을 받기로 했어요.

"안내견이 어떤 행동을 하는지 보조 장비를 통해 느껴야 하는 겁니다."

저는 고개를 끄덕였어요. 맥신은 씽아이*에서 훈련시킨 안내견이었어요. 독일산 셰퍼드 암컷인 맥신은 생후 첫 2년을 미국에서 가장 오래된 안내견 학교인 씽아이에서 보냈다고 하더군요. 지난 몇 개월 동안은 조지 강사가 안내견 훈련을 집중적으로 시켰다고 해요.

---

* 씽아이The Seeing Eye는 1929년 미국 뉴저지주 모리스타운에 세워진 안내견 학교로 미국에서 가장 오래되고 규모가 큰 안내견 훈련 학교로 알려져 있다.

"실수하거나 잘못하면 '노'라고 얘기해서 고쳐 줘야 합니다. 좀 큰 실수를 저지르면 야단치듯 화난 목소리로 '푸이'라고 말하면 됩니다."

〈푸이〉라는 말은 독일어로 크게 실망했을 때 내뱉는 말이라고 하더 군요.

"더 중요한 건 칭찬해 주는 일입니다. 많이 칭찬하고 격려해야 합니 다. 그래야 신이 나서 당신을 안내하려 할 겁니다."

저는 자세를 낮춰 앉으며 맥신과 눈을 맞추면서 쓰다듬어 주었어요.

"그래, 착하지, 맥신."

맥신은 셰퍼드 치고는 작은 개였어요. 몸무게가 20kg 조금 넘고, 몸 집은 다른 셰퍼드에 비해 반 정도밖에 안 되었지만 저한테는 딱 알맞 은 크기의 개였어요. 검게 태운 것 같은 색의 털이 매끈하고 부드러운 데, 특히 멋지게 생긴 귀 주변이 제일 야들야들한 것 같았어요. 맥신이 자기 몸을 더 쓰다듬어 달라는 듯, 깜찍하게 생긴 긴 코로 제 손을 찌르 듯 들이대더니 뭘 찾는 듯 이리저리 문지르다 곧 제 손을 밀어내었어 요. 같이 지낸 지 딱 하루밖에 안 되는데 너무 귀여워서 저는 그 애한테 푹 빠지고 말았어요.

"이 개가 당신을 데리고 이 주변을 돌아다니도록 지시를 내려야 합 니다. 우선은 다음 길모퉁이까지 가 보세요."

"알겠습니다."

저는 몸을 일으켜 준비를 했어요. 왼손으로 씽아이에서 고안해서 만 든 보조 장비를 잡았지요. 맥신의 등, 가슴, 목에는 부드러운 가죽 끈이 감겨 있었어요. 그 가죽 끈이 맥신의 몸을 편안하게 적당히 잘 감싸 줄 수 있게 조절하는 띠쇠가 달려 있었지요. 가죽 끈은 맥신의 등을 가로 질러 놓여 있는 가벼운 손잡이와 연결되어 있었어요. 왼손으로 그 손잡이를 잡은 저는 오른손으로 앞쪽을 가리키며 말했어요.

"맥신, 앞으로."

그러자 맥신이 제 팔을 잡아끌며 앞으로 뛰어나갔어요. 저는 맥신을 따라 가볍게 뛰듯 걸어야 했어요. 그러면서 저는 맥신의 몸과 연결된 손잡이로 느낄 수 있는 장력을 통해, 춤을 출 때 춤을 이끄는 사람이 상대방의 손이나 몸을 끌어당기면서 방향이나 움직임을 조절하는 이치를 떠올렸어요. 보조 장비에 달린 손잡이를 통해 느낄 수 있는 끌어당기는 힘을 가늠하면서 저는 경쾌한 걸음으로 바꿔 맥신이 가는 대로 따라갔어요. 침착하게 저는 네 발로 걷는 맥신과 보조를 맞추려고 보폭을 크게 하여 성큼성큼 걸어갔어요. 그런데 도중에 제 왼발이 보도의 크게 깨진 부분에 부딪치고 말았어요. 비틀거리면서 넘어질 뻔했지만 얼른 껑충 뛰듯이 발을 떼고는 다시 걸음을 맞췄어요. 맥신은 아랑곳하지 않고 계속 앞으로 나아갔어요. 저는 무엇에 걸리더라도 넘어지지 않게 신발 속의 제 발가락들을 위로 들어 올렸어요. 맥신은 저를 더 울퉁불퉁한 길로 데리고 갔어요. 겨우겨우 몸의 균형을 잡으며 저는 그 뒤를 따랐지요. 드디어 보도가 끝나는 지점에 다다르자 맥신이 걸음을 멈췄어요.

"잘했어!"

저는 맥신의 귀를 긁어 주었어요.

"어땠어요?"

조지 강사가 물었어요.

"신기했어요!"

"맥신이 너무 빨리 가지 않던가요?"

"아뇨. 재미있었어요."

"좋습니다. 맥신이 너무 빨리 간다 싶으면 속도를 늦추라고 말해야 합니다."

"으음."

"맥신더러 왼쪽으로 방향을 잡고 이 구역 끝까지 가도록 해 보세요."

"맥신, 왼쪽으로."

맥신이 왼쪽으로 방향을 틀었어요.

"맥신, 앞으로."

맥신이 시킨 대로 걷기 시작했고 저도 보폭을 넓혀 편안하게 따라갔어요. 마음 편하게 숨도 깊이 들이마시고요. 길이 고르지 않았지만 발걸음은 가벼웠어요. 얼마 뒤 맥신이 다음 모퉁이에서 걸음을 멈췄어요.

"잘했다! 정말 착하다, 맥신!"

저는 쪼그려 앉아 맥신과 눈을 마주치며 목덜미를 어루만져 주었어요.

"잘했어요. 계속 가 보세요."

조지 강사가 말했어요.

저는 몸을 일으키며 말했어요.

"맥신, 왼쪽으로."

맥신과 함께 왼쪽으로 방향을 잡은 저는 또다시 앞으로 가라는 지시를 내렸어요.

왼손을 확 잡아당기는 느낌이 왔어요. 저를 끌어당기는 힘에 맞춰 움직였어요. 맥신의 몸과 연결된 가죽 보조 장비에 온 신경을 쓰면서 저는 좀 빠르게 큰 걸음을 내디뎠어요. 앞으로 전진할 때마다 장비를 타고 손잡이까지 작은 진동이 전달되곤 했어요. 왼쪽, 오른쪽, 왼쪽, 오른쪽. 보조 장비 손잡이를 통해 얼마나 많은 촉감 정보가 전달되는지 너무너무 신기하고 놀라웠어요.

제 발이 어떤 물체와 부딪쳤어요. 저는 넘어지고 말았지요. 순간적으로 손을 대 딛고 발에 힘을 주면서 충격을 줄일 수 있었어요. 일어서는데 다리가 후들후들 떨렸어요.

조지 강사가 서둘러 다가왔어요.

"푸이라고 말하세요."

목구멍이 탁 막히면서 말이 안 나왔어요. 깊게 숨을 들이마시며 성난 목소리를 내뱉었어요.

"푸이!"

당황했는지 맥신이 뒤로 주춤 물러섰어요. 그 모습을 보자 저 역시 좀 당황스럽더라고요. 맥신이 저를 화분이 놓여 있는 곳으로 끌고 갔어요.

"다쳤어요?"

조지 강사가 물었어요.

저는 잠시 생각한 뒤에 대답했어요.

"아뇨."

"오케이. 오른쪽으로 방향을 틀어 계속 앞으로 가서 보도로 들어서

게 한 다음 이 구역을 돌게 하세요."

저는 내키지 않았어요. 그냥 작은 개를 내려다보기만 했어요. 나를 걸려 넘어지게 만들었잖아요! 씽아이의 안내견이 나를 넘어지게 만들었다니까요!

저는 우리가 갈 방향으로 손잡이를 다시 잘 조정했어요.

"맥신, 앞으로."

그런데 맥신이 두 걸음을 떼더니 그만 멈추는 거예요. 저는 목소리에 힘을 주어 다시 명령을 내렸어요.

"앞으로 가."

다시 발걸음을 떼더군요.

"맥신, 왼쪽."

몇 발자국 더 가더니 맥신이 왼쪽으로 방향을 틀었어요. 맥신은 다시 보도로 들어서자 속도를 냈어요. 저는 또다시 발이 무엇에 걸리지 않도록 발가락 끝을 올렸어요. 목표로 했던 구역 끝자락에 다다랐고 우리는 멈췄어요.

"잘했다고 칭찬해 줘요."

조지 강사가 말했어요.

저는 무슨 말도 안 되는 소리냐는 듯 조지 강사를 쳐다보며 말했어요.

"쟤가 절 넘어뜨렸잖아요."

"그건 아까 그랬던 거고요. 그래서 야단쳤잖아요. 하지만 잘할 땐 칭찬해 줘야 해요. 당신을 이 모퉁이까지 잘 안내했으니 당연히 칭찬해 줘야죠."

"알았어요."

저는 허리를 굽혀 맥신의 귀를 긁어 주었어요.

"잘했어! 정말 잘했다, 맥신!"

다시 허리를 편 저는 조지 강사에게 물었어요.

"근데 왜 저를 넘어뜨리게 만든 거죠? 훈련받은 개가 아닌가요?"

"개와 인간이 함께 무슨 일을 하는 관계를 형성하려면 시간이 좀 걸립니다. 첫날부터 그런 관계가 이루어진다면 굳이 3주 반이나 훈련시키는 프로그램이 왜 있겠어요? 인내심을 가져야 합니다. 이런 일은 시간이 걸리는 법이죠."

여전히 기분이 풀리지 않은 저는 얼굴을 펼 수가 없었어요. 과연 잘될 수 있을지 의심스러운 마음을 거두지 못했거든요.

"자, 이제 안으로 들어갑시다."

조지 강사는 우리를 데리고 트레이닝 센터로 향했어요. 우리가 들어선 곳은 소파와 팔걸이의자가 놓여 있는 큰 방이었어요. 학생과 강사가 한데 모여 있었어요.

한 소파에 빈자리가 있어 저는 그곳에 가 앉았어요.

"맥신, 앉아."

가만히 있던 맥신은 제가 엉덩이를 살짝 누르자 자리에 앉았어요.

"잘했어!"

"헤이, 하벤. 안내견과 같이 걷는 게 어때요?"

소파의 저쪽 끄트머리에서 한 여자의 목소리가 들려왔어요. 시카고에서 온 카이아나였어요. 세 번째 안내견과 훈련하러 온 사람인데 경험이 없는 제가 뭘 물어보든 자세히 알려 주는 분이었지요.

저는 그녀 옆으로 자리를 옮겼어요.

"맥신이 저를 해치려고 했어요."

"어떻게 그런 일이! 무슨 일이 있었어요?"

저는 아까 있었던 일의 자초지종을 들려주었어요. 그러자 카이아나가 웃음을 터뜨리며 말했어요.

"난 또 무슨 일인가 했네. 누구나 다 겪는 일이에요. 훈련 과정에서 안내견이 실수를 저지를 때가 많아요. 일단은 당신 개를 신뢰해야 해요."

"전 신뢰했어요. 그런데 절 넘어뜨린 거잖아요!"

"에이, 진짜 그러려고 그런 게 아니라니까."

저는 작은 소리로 툴툴거렸어요.

"예에, 그랬겠죠. 그래요."

카이아나가 웃음이 채 가시지 않은 목소리로 말했어요.

"날 믿어요. 차차 나아질 거예요. 이게 꼭 데이트하는 거랑 같다니까. 첫 데이트 때는 어딘가 좀 어색하잖아요. 그러다 시간이 지나면서 정이 붙고 사이가 좋아지고 하면서 관계가 돈독하게 되지요."

저는 제 발 옆 바닥에 편하게 앉아 있는 맥신을 내려다보았어요.

"예, 맞는 말씀인 것 같아요."

저는 자리에서 일어섰어요. 그러자 맥신도 벌떡 일어서는 거예요. 제 얼굴에 미소가 피어올랐어요.

"읽을거리가 뭐 있나 찾아봐야겠어요."

저는 손을 아래로 내려 맥신의 보조 장비를 잡았어요.

"맥신, 앞으로."

우리는 방을 가로질러 나아갔어요. 그런데 얼마 지나지 않아 앞서 나가던 맥신이 멈췄어요. 눈길을 아래로 내려 보았더니 맥신이 머리는 숙이고 꼬리는 쭉 뻗은 채 앉아 있는 거예요. 무슨 일인지 영문을 몰랐던 저는 그냥 물끄러미 바라보기만 했어요. 그런데 그때 머릿속에서 번득 떠오르는 게 있었어요.

이것이 오줌을 싸고 있구나! 그것도 실내에서 실례를 하다니!

북극 찬바람이 팔다리를 얼어붙게 만들 듯 충격에 휩싸인 저는 꼼짝도 할 수 없었어요. 그 순간 조지 강사의 충고가 얼음장 같은 제 머릿속을 깨며 고개를 내밀었어요. 저는 몸을 굽혀 맥신의 귀 가까이에 입을 대고 말했어요.

"푸이!"

그래도 여전히 맥신은 볼 일을 보고 있었어요. 이번엔 좀 더 험악한 목소리로 말했어요.

"푸이!"

"야단 잘 치셨어요."

또 다른 강사인 페기가 다가오며 말했어요.

"됐어요. 제가 치울게요."

저는 어찌해야 할지 몰랐어요.

내 개가 용변을 본 건데 내가 치우는 것이 당연한 게 아닌가? 그런데 강사 선생님이 치우겠다고 하니…….

"감사합니다."

저는 이렇게 예를 표하고는 손을 들어 앞을 가리키며 맥신에게 지시했어요.

"앞으로."

잠시 뒤 저는 점자 잡지 한 권을 들고 다시 소파로 돌아와 앉으며 투덜댔어요.

"맥신이 여기서 오줌을 쌌어요."

"밥의 개도 조금 전에 실례를 했어요. 훈련 중에 이따금 제멋대로 굴때가 있지요."

카이아나가 말했어요.

저는 고개를 가로저었어요.

"그래도 훈련받은 개들 아닌가요?"

"훈련은 받았지. 하지만 아까 내가 말했듯이 서로 친해지려면 시간이 좀 걸려요."

저는 무릎 위에 잡지를 펼치며 중얼거렸어요.

"첫 데이트치고는 참 그렇네요. 오줌까지 누고."

저녁 아홉 시. 저는 이제 그만 자야겠다며 잘 준비를 했어요. 썽아이에서는 모든 학생에게 기숙사 방을 제공해 주었어요. 맥신을 자기 침대 옆에 묶어 놓은 저는 바로 옆에 있는 제 침대로 올랐어요. 맥신은 자기 침대 옆에 그냥 앉아 있었어요.

"넌 정말 착한 애야, 맥신."

저는 맥신의 몸을 어루만져 주었어요. 그러다 제 손길이 멈추면 맥신은 코로 저를 자꾸 건드리고 찌르곤 했어요.

"알았다, 알았어. 이제 그만 자야지."

저는 이불을 푹 뒤집어썼어요. 맥신은 이불 위에 긴 코를 들이대고 제 팔을 쿡쿡 찔러 댔어요. 무시해 버렸어요. 그러자 이번엔 앞발로 제 몸을 긁어 대는 거예요.

"아우! 엎드려!"

소용없었어요. 맥신은 제 침대에 머리를 올려놓고 계속 서 있었어요. 침대에서 뛰어내린 저는 맥신 침대 옆에 무릎을 굽히고 앉았어요.

"앉아."

그제야 앉더군요.

"잘했어! 정말 착하다, 맥신!"

귀를 가볍게 긁어 주자 맥신이 제 손으로 파고들었어요. 저는 목과 어깨와 등을 마사지하듯 쓰다듬어 주었어요.

"엎드려."

맥신이 자기 침대에 엎드렸어요. 저는 계속 어루만지며 말했어요.

"착하지, 맥신. 잘한다, 우리 맥신. 잘 자라, 맥신."

저는 일어섰어요. 그런데 맥신도 따라 일어서는 거예요.

"이제 그만해라."

저는 침대를 돌아 반대편으로 가서 침대 속으로 들어갔어요. 피곤했던 저는 금방 잠에 골아떨어졌어요. 잠은 저를 상상이 지배하는 세상으로 안내해 주었어요. 우리가 잘 알고 있는 오감, 그런 감각하고는 아무 상관이 없는 세상으로 말예요. 꿈속에서 제 시각과 청각은 제가 깨어 있을 때의 세상을 비춰 주었어요. 저는 중복장애인이에요. 하지만 모든 정보가, 깨어 있을 때 그렇게 아등바등 노력하며 얻어 냈던 정보가, 아주 쉽게 다가왔어요. 아주 수월하게 사람들을 식별하고, 메시지를 받고, 여러 현상을 경험하고…… 모든 지식이, 늘 제 내면에 있었던 것처럼, 그렇게 내면에서 고개를 내밀며 떠올랐어요. 꿈에 캘리포니아 집이 나타났어요. 저는 동생과 거실에 앉아 어머니가 만들어 준 계피차를 홀짝거리고 있었어요. 그런데 갑자기 우리 집이 흔들리기 시작했어요. 지진이다! 지진이 발생한 거였어요.

저는 침대에서 벌떡 일어나 앉았어요. 심장이 쿵쿵 뛰었어요. 진짜로 지진이 일어난 것 같았어요.

뉴저지에도 지진이 일어나나?

바로 그때 침대가 흔들리기 시작했어요.
지진이다!
오른쪽에서 특히 진동이 심하게 느껴졌어요. 이불을 걷어 내고 침대 오른쪽으로 기어갔어요. 가다 멈췄어요. 맥신이 침대에 몸의 반을 올려놓고 있었어요. 왜 그런가 싶어 저는 맥신의 앞발이 닿지 않는 곳에서 가만히 기다려 보았어요. 그랬더니 맥신도 저를 가만히 지켜보는 거예요. 그러다 어느 순간에 맥신이 땅에 구멍을 파듯 전광석화와 같은 속도로 매트리스를 앞발로 마구 긁어 대는 거였어요. 침대 전체가 흔들거렸어요.

"맥신, 네가 지진을 일으켰구나."

웃음이 절로 나왔어요. 저는 맥신을 어루만져 주었어요. 또다시 머리를 제 손에 기대더군요. 침대에서 내려온 저는 맥신 옆에 무릎을 꿇고 앉았어요. 맥신이 침대에서 몸을 내리더니 코로 저를 쿡쿡 찔러 댔어요.

"씽아이에서 사람 자는 침대에 개를 같이 재우지 말라고 했단다. 미안하다, 맥신."

혹시 어디가 아픈 건 아닌지, 뭐가 잘못됐는지 살펴보려고 두 손으로 몸 곳곳을 매만지는 동안에도 맥신은 계속 코로 저를 찌르고 앞발로 긁어 댔어요.

"아무 이상이 없네, 우리 아기. 어서 엎드려라."

맥신이 몸을 눕히더니 벌렁 뒤집었어요. 저는 배를 문질러 주었어요.

"착하지, 맥신. 잘 자거라, 우리 맥신."

내가 일어서니까 맥신 역시 몸을 벌떡 일으켰어요. 다시 침대 속으로 기어든 저는 이불을 푹 뒤집어썼어요. 침대가 다시 흔들리더군요. 저는 그냥 무시하고 꿈나라로 빠져들었어요.

그 다음 주에도 맥신과 저는 많은 시간을 같이 훈련하며 보냈어요. 물론 우리가 같이 보도를 걷고, 길을 건너고, 상점 사이를 요리조리 피해 가며 다니는 동안 조지 강사가 늘 곁에서 지켜봤지요. 맥신이 잘못해서 제가 무엇에 부딪힐 때면 당연히 야단을 쳤어요. 잘할 때는 어김

없이 칭찬을 해 주었고요. 맥신은 칭찬을 참 많이 받았어요. 특히 길을 건널 때면 강사 선생님들이 차를 타고 우리를 덮칠 듯이 다가오지만 맥신은 매번 잘 피해서 저를 안내했어요. 그래서 제가 칭찬을 많이 해 주었답니다.

맥신과 훈련을 하지 않을 때면 저는 로스쿨 입학시험 준비를 했어요. 점자로 된 실전용 문제집을 가져왔거든요. 제 노트북 컴퓨터에는 문제 자료들이 담겨 있었어요. 스크린리더 소프트웨어만 있으면 쉽게 접근 할 수 있으니까 아무 문제가 안 됐어요.

저는 책상 앞에 앉아 에세이 테스트 질문에 대한 답안을 작성하고 있었어요. 맥신이 계속 앞발로 제 다리를 긁어 댔어요. 자판에서 손을 뗀 저는 맥신을 쓰다듬으며 말했어요.

"엎드려."

계속 쓰다듬자 맥신이 바닥에 엎드렸어요.

"착하다! 이젠 좀 쉬고 있어라."

저는 다시 자판 위에 손을 올려놓고 타이핑을 하기 시작했어요. 처음 에 로스쿨 입학시험 실전 문제에 대한 답안을 작성했을 때는 정말 뇌가 얼어붙은 듯 아무 생각도 나질 않았어요. 문제가 원하는 답변이 저 멀리, 딴 세상에나 있는 것 같았지요. 그때 혼자 다짐했어요.

그래도 해야 해. 맞게 쓰든 엉뚱하게 쓰든 천 리 길도 한 걸음부터 니까.

그렇게 해서 저는 답안의 첫 문장을 작성할 수 있었어요. 그런 다음, 제가 쓴 첫 번째 에세이의 피드백을 받으니까 다음 에세이를 쓰는 게 훨씬 수월해지더라고요. 뭐라고 써야 할지 고민할 필요도 없었어요. 다음 글을 쓰는데 제 손가락이 자판 위를 날아다닐 정도였으니까요.

맥신이 제 다리를 긁었어요. 아랑곳하지 않고 저는 계속 글을 작성했어요. 맥신이 또다시 다리를 긁더군요. 하지만 제 손은 여전히 자판 위에 있었어요. 그러자 맥신이 그 긴 코로 제 왼쪽 손목을 밀었어요. 저는 손을 들어 휙 뿌리쳤어요. 웃음이 나오더군요.

"야, 너 참 질기다, 질겨!"

제가 몸을 쓰다듬자 맥신은 제 손에 몸을 들이밀었어요.

"나 공부해야 해. 로스쿨에 들어가려면 공부해야 한단 말이야. 엎드려. 그래, 잘했어! 좀 쉬고 있어."

저는 다시 의자에 앉아 자세를 바로 하고 계속 자판을 두드렸어요. 그러나 그것도 잠시, 맥신은 코로 자판 위에 있는 제 왼팔을 밀어냈어요. 하지만 곧 저는 그 팔을 다시 자판 위로 올렸지요. 또다시 맥신이 밀어내더라도 움직이지 않게 팔 근육에 힘을 잔뜩 주었어요. 맥신의 코가 다시 제 팔을 밀었지만 이번엔 밀리지 않았어요. 그랬더니 더 세게 밀더라고요. 제 팔이 아주 조금 밀렸어요.

"안 돼."

저는 부드러운 목소리로 야단쳤어요.

"여기까지다. 더는 안 돼. 내가 일할 땐 좀 얌전히 있어 줄래? 나중에 놀아 줄게."

저는 다시 컴퓨터로 돌아왔어요.

맥신이 두 번 더 코로 제 팔을 밀어내려 했어요. 하지만 제가 아무런 반응을 보이지 않자 그냥 바닥에 엎드리더군요. 저는 계속 공부했어요.

그 다음에 공부를 방해한 것은 안내 방송이었어요. 점심시간이 된 거예요! 맥신과 저는 복도로 나섰어요. 저는 왼손으로 보조 장비의 손잡이를 잡고 지시를 내렸어요.

"앞으로."

맥신과 저는 다른 학생들의 방을 지나 복도를 따라 걸어가기 시작했어요. 좀 더 빨리 가자고 맥신을 재촉했어요.

"좀 더 빨리."

속도가 두 배로 빨라진 것 같았어요.

"잘한다, 맥신!"

복도를 지난 우리는 작은 로비를 지나 왼쪽으로 방향을 틀고는 가볍게 걸음을 멈췄어요.

"잘했다!"

저는 한 발을 살살 내밀어 계단 꼭대기가 맞는지 확인했어요.

"됐다, 앞으로."

우리는 함께 계단을 내려갔어요.

"잘했어, 다시 앞으로."

복도를 쏜살같이 지나가던 우리는 한 학생 곁을 바람처럼 지나쳤어요.

"잘했다! 가자, 맥신!"

"하벤!"

저는 걸음을 멈췄고, 맥신 역시 멈춰 섰어요. 조지 강사가 우리에게 다가왔어요.

"속도를 늦춰야 합니다."

"왜요?"

"맥신이 빨리 달리면 생각할 시간이 없게 되요. 그리고 여기엔 다른 학생도 있습니다. 만일 눈이 안 보이는 두 학생이 그렇게 빨리 다니다가 쿵! 이렇게 부딪치기 십상입니다."

저는 씩, 환하게 웃었어요.

"알겠어요. 사람들이 붐비는 곳에서는 천천히 갈게요. 맥신, 앞으로."

저는 손으로 식당을 가리키며 말했어요. 맥신이 몇 발자국 걷는가 싶더니 멈췄어요. 전에 그랬던 것처럼 맥신이 앉은 자세를 취하더니 고개는 앞으로 숙이고 꼬리는 쭉 뻗고 있는 거예요.

저는 발을 쿵쿵 굴렀어요. 그래도 맥신은 계속 소변을 누는 거예요. 화가 난 저는 얼른 한 마디 내뱉었어요.

"푸이!"

맥신이 몸을 일으켰어요. 즉시 저는 조지 강사가 있는 쪽으로 맥신을 몰고 갔어요.

"방금 맥신이 오줌을 쌌어요! 지난주엔 시내 트레이닝 센터에서 그러더니. 왜 그러는 거죠? 실외나 특정 장소에서 소변을 보도록 훈련받았다고 생각했는데……"

"오늘 아침에 맥신을 데리고 밖에 나가 봤어요?"

"예. 두 번이나요."

"내가 훈련시킬 때는 이런 일이 없었거든요."

저는 믿을 수 없다는 표정으로 그를 바라봤어요.

"그게 무슨 뜻이죠?"

"맥신은 실외나 특정 장소에서만 소변을 보도록 훈련된 개가 맞습니다. 시간을 두고 지켜보시죠. 둘이 정말 잘 해낼 수 있을 겁니다. 걱정하지 마세요. 치우는 건 제가 하겠습니다. 어서 점심 먹으러 가세요."

맥신과 저는 식당으로 들어섰어요. 긴 테이블에 학생들이 앉아 있었고, 그 아래에 개들이 엎드려 있었어요. 저와 맥신은 벽 가까운 곳에 있는 테이블 끝으로 갔어요. 조금 조용한 곳이었지요. 검은 머리를 어깨까지 길게 늘어뜨린 한 여자가 그 테이블 끝에 앉아 있었어요. 그녀 발 아래엔 검은 래브라도 개가 엎드려 있었고요.

"안녕하세요."

저는 조심스럽게 그녀 옆자리로 가 앉았어요.

"안녕, 하벤!"

"스테이시, 맞아요?"

위스콘신에서 온 스테이시는 안내견을 다룬 경험이 많은 사람이었어요.

"그래요."

그녀는 테이블 아래로 손을 내려 런던이란 이름을 가진 자기 개를 확인했어요.

맥신은 제 신발에 등을 대고 누웠어요. 잠시 잠이라도 자라고 저는 발을 전혀 움직이지 않고 가만히 있었어요.

"아침에 잘 지내셨죠?"

"끔찍했어요."

저는 놀라서 물었어요.

"뭐 잘못된 게 있었나요?"

"오…… 하는 일마다 전부……."

"전부요?"

제 목소리가 높이 올라갔어요.

"그래요. 사실 모든 게 내 잘못이에요. 내가 실수를 했거든요."

그녀는 허탈하게 웃으며 말했어요. 맥신이 몸을 일으키더니 한 바퀴 빙 돌고는 다시 등을 대고 누웠어요. 앞발 하나를 슬며시 제 오른쪽 신발 위에 올려놓았어요.

"무슨 일이 있었는데요?"

저는 스테이시에게 물었어요.

"주차장에서 그만 길을 잃고 말았어요."

"어머나!"

"길을 찾으려고 한 십 분은 허둥지둥한 것 같아요. 그래도 길을 찾아 빠져나왔으니 됐죠, 뭐."

그녀 목소리에는 기쁨과 좌절감이 한데 섞여 묻어났어요.

"다행이에요. 그런데 어떻게 해서 주차장에 들어가신 거예요?"

저는 잠시 그녀가 했던 말을 되새겨 봤어요. 그녀는 조금은 부끄럽 다는 듯이 조용한 목소리로 대답했어요.

"런던 때문이지요."

저는 미소를 머금으며 말했어요.

"하여튼 얘네들은!"

웃음이 나왔어요.

"제 개도 속 썩일 때가 많아요. 지난주에는 트레이닝 센터 안에서 쉬를 하더니, 오늘은 복도에서 버젓이 실례를 하더라고요. 그뿐인가요? 한밤중에 저를 깨우는 바람에 잠을 푹 잘 수가 없어요. 애를 키우는 것도 아니고……."

"그래도 우리는 얘네들을 사랑해야 해요. 안 그래요? 쟤네들이 우리한테 자유와 독립을 안겨 주니까요."

테이블 위에 놓인 물컵으로 손을 뻗으며 저는 스테이시의 말을 듣고 떠오른 생각을 입 밖에 내지 말고 그냥 혼자서만 알고 있자고 다짐했어요.

내가 누릴 자유와 독립은 누가 주는 것이 아니라 나 스스로가 찾아야 하는 거야. 자신감도 물론 나의 내면에서 나오는 것이고. 안내견을 짝으로 삼아 같이 다니는 것은 선택의 문제일 뿐이지. 사실 흰 지팡이보다 더 나쁠 것도 더 나을 것도 없어. 그냥 서로 다를 뿐이야. 지팡이는 줄줄이 심어진 화초가 어디에 있는지 알아내어 내가 그 위를 밟고 지나지 않도록 해 줄 수가 있어. 또한 지팡이는 내가 잠이 들더라고 지진을 일으켜 내 꿈을 방해하는 일도 없어. 지팡이는 오줌을 싸는 일도 없고. 단순한 장비에 지나지 않는 지팡이가 얼마나 깔끔하고 품위 있게 그 능력을 발휘하는지 정말 놀라울 정도지. 어쩌면 계속 지팡이를 고수해야 할지도 모르겠어.

하지만 개와 함께 길을 걷는 것도 얼마나 놀랍고 신기한지. 맥신은 장애물이 있어도 아주 쉽게 피해 다니며 부드럽게 움직이잖아. 하지만 지팡이를 짚고 다니다 장애물을 만나면 먼저 지팡이로 그게 뭔지 두드려 확인하고 나서야 피해서 돌아갈 수 있어. 지팡이를 짚고 다닐 때와는 달리 보조 장비를 오랫동안 잡고 다녀도 팔에 큰 무리가 없어. 더구나 맥신의 눈과 귀가 주변 환경에 관한 정보를 제공해 주니 그 또한 도움이 되지. 특히 길을 건널 때 더 안전하게 건널 수 있고, 어딜 가든 안심이 돼.

나는 지팡이를 짚고 다니기보다는 안내견을 데리고 다니고 싶어. 하지만 실내에서 오줌을 싼다는 게 영 마음에 걸려. 앞으로 내가 활동할 무대가 강의실, 법정, 로스쿨, 로펌 등인데 괜찮을까? 전문적인 일을 하는데, 데리고 다니는 안내견이 오줌이나 싸면 얼마나 창피할까? 맥신이 착하고 좋은 개이긴 하지만 앞으로 계속 이런 실례를 저지른다면 다시 지팡이를 짚고 다니는 쪽으로 돌아서야 할 거야.

오랜 시간 같이 훈련한 맥신과 저는 잠자리에 들기 전에 학생 라운지에 한번 가 보기로 했어요.

"누구 없어요?"

아무도 없는 것 같았어요. 소파에 자리를 잡고 앉은 저는 아이폰을 꺼냈어요. 애플사에서 최근에 화면의 그래픽 자료를 합성된 음성으로 전환하는 일종의 스크린리더인 〈보이스오버〉 소프트웨어를 개발했어요. 실제로 제가 귀로 듣게 해 준 최초의 음성 합성 기술이었지요-제한된 제 청각 범위 내에 고주파 음성이 들어오면 귀에 쏙 들어가게 만든 이어버드를 통해 저는 그 소리를 직접 제 귀로 들을 수가 있었어요. 가히 혁명적이랄 수 있는 그 〈보이스오버〉를 활용해서 저는 아이폰은 물론 위성항법시스템GPS, 이메일, 도서, 인터넷 등 현재 이용 가능한 여러 도구와 수단에 접근할 수 있게 되었어요. 제가 사람들에게 문자 메시지를 보낼 수 있다는 사실이 아직도 가슴이 뛸 정도로 믿어지지 않아요. 얼마나 감동적이고 신나는 일인지 몰라요.

맥신이 벌떡 일어섰어요. 고개를 들었더니 몇 사람이 방 안으로 들어오는 것 같았어요. 자기네끼리 말을 주고받더군요. 그 대화를 들을 수 없었던 저는 다시 아이폰으로 눈길을 돌렸어요.

"뭐 하고 있는 겁니까?"

목소리가 들려왔어요.

저는 제 옆에 앉아 있는 사람을 유심히 살펴보았어요. 저와 비슷한 키에 검은 래브라도 개를 데리고 있는 남자였어요. 저는 미소를 지으며 말했어요.

"안녕하세요, 시골뜨기."

소파 다른 쪽 끄트머리에 앉아 있던 한 여자가 재미있다며 잘한다고 환호를 질렀어요. 카이아나! 피터가 텍사스 시골에서 보낸 얘기를 침을 튀기며 신나게 떠벌리고 난 뒤 카이아나가 그에게 〈시골뜨기〉라는 별명을 붙여 준 거예요.

"물어봤는데도 대답 안 해 줄 거예요?"

피터가 물었어요.

"문자 보내고 있었어요."

"누구한테요?"

그는 집요했어요.

"고든이란 친구한테요. 알래스카 출신 친구."

"우와. 그럼 그 친구도 억양이 세라 페일린* 과 같겠네요?"

"모르겠어요. 나중에 한 번 물어볼게요."

고든이 어떤 반응을 보일지 상상만 해도 웃음이 절로 나왔어요.

제 오른쪽에 있던 남자가 소리를 질렀어요.

"개가 내 발을 핥고 있는데 누구 개인지 모르겠네."

플로리다에서 종교 지도자로 활동한다는 세바스찬이었어요. 그는 검은색 성직 복을 입고 있었어요. 한 강사가 들려준 얘기에 따르면 이곳 센터에서 세바스찬 복장에 어울리게 한다고 검은 래브라도를 짝으로 소개했다는군요.

맥신의 코가 어디에 있는지 살피던 저는 세바스찬의 발 옆에 맥신의 코가 바싹 붙어 있는 것을 알았어요.

"얘야, 아마추어처럼 왜 그러니? 조금만 움직여 볼래? 착하다, 맥신! 잘했어!"

---

* 세라 페일린은 2006년부터 2009년 6월 스스로 사임하기까지 알래스카 주지사로 재직한 미국의 정치인. 2008년에는 공화당 대통령 후보였던 존 매케인의 부통령 러닝메이트로 지명되어 선거에 나섰으나 민주당의 버락 오바마와 조 바이든 후보에게 패했다.

맥신은 아까와는 다른 방향을 바라보며 바닥에 엎드렸어요.

"말을 아주 다정하게 하네요."

세바스찬이 말했어요.

"제가 하는 말이 독일어가 아니라서 그런걸 거예요."

그는 빙긋 웃으며 물었어요.

"코모 테 야마스?*"

제 이름을 묻는 거였어요.

저는 놀랐어요. 우리가 이 프로그램에 참여한지 3주가 지났는데 이름도 모르고 있다니.

"메 야모** 하벤."

"헤븐? 코모 씨엘로?"

짧은 순간 저는 정신을 집중해서 고등학교 때 배운 어설픈 스페인어 실력으로 그가 한 말의 의미를 파악해야 했어요. 그 말뜻이 뭔지 찾아낸 저는 너무 기뻐 웃음이 터져 나올 것 같았지만 억지로 참았어요.

"아녜요, 코모 씨엘로가 아녜요. 제 이름은 하벤이에요. 물론 천국에 사는 것처럼 행복한 사람이긴 해요."

사람들 웃음소리가 터지면서 그 웃음소리가 방 안을 가득 메웠어요. 웃음소리에 저는 덩실덩실 춤이라도 추고 싶었어요. 사람들을 웃게 만드니까 장애 때문에 어쩔 수 없이 생겨나는 자의식이나 어색함 등이 다 날아가 버리는 것 같았어요. 유머는 사람들을 끌어들이면서 서로가 의

* 이름이 어떻게 되죠?

** 제 이름은.

310

미 있는 관계를 형성하게끔 길을 터 주거든요. 어렸을 적에 언젠가, 사람들의 삶에 웃음을 심어 주면 공감과 호의가 불꽃처럼 피어오른다는 사실을 깨달은 적이 있어요. 그때 이후로 저는 유머 감각을 키우려고 많은 노력을 기울였어요.

세바스찬이 스페인어에서 영어로 말을 바꿨어요.

"하벤, 피터가 부릅니다."

"아, 예. 절 불렀어요?"

저는 고개를 돌려 피터를 바라보며 말했어요.

"예. 미안하지만 혹시 마실 것 좀 갖다 줄 수 있나 해서요."

"갖다 줄 수 있어요. 하지만 먼저 독립심부터 키워야 할 것 같은데요?"

"노우우우! 친절하고 상냥한 사람인 줄 알았는데 그게 아니잖아요!"

그는 울부짖듯이 소리를 길게 내지르며 말했어요.

"딱 이번 한 번 뿐이에요. 맥신, 앞으로. 그래, 착하지."

저는 자리에서 일어나 맥신에게 손짓을 하며 말했어요.

방을 반쯤 지났을까, 맥신이 또 걸음을 멈추더니 실례를 하는 거예요. 피가 부글부글 끓는 것 같았어요.

"푸이! 푸이!"

숨을 깊이 들이마시며 저는 마음을 추스르려고 애를 썼어요.

"카이아나, 맥신이 또 오줌을 눴어요."

"괜찮아요. 아직 배우는 중이니까. 아기들도 말썽 피우며 속 썩일 때가 있잖아요."

저는 씩씩거리며 청소용 물품을 올려놓은 선반으로 향했어요. 선반에서 종이 수건과 걸레 청소기를 꺼내 들고는 다시 카펫이 깔려 있는 곳으로 돌아왔어요. 종이 수건 몇 장을 뜯어 내어 반으로 접은 다음 카펫 위, 축축하게 젖은 부분을 찾아 빡빡 문지르기 시작했어요. 맥신이 코로 제 팔을 쿡쿡 찔러 댔어요.

"얌전히 앉아 있어."

그러고는 아차 싶어 잠시 뜸을 들인 뒤 중얼거리듯 말했어요.

"착하지, 우리 맥신."

다 깨끗이 닦고 손도 씻은 다음 저는 방 안에 있는 사람들을 향해 말했어요.

"저 이제 자러 갈래요."

"기분 상했어요?"

카이아나가 물었어요.

"예. 보름하고도 한 주가 더 지났는데도 아직 사고를 치잖아요."

제가 카이아나에게 향하자 맥신도 따라왔어요.

"시간이 약이에요. 내 말 믿어요. 훈련 기간에는 보통 사고를 쳐요. 하지만 훈련이 끝나면 모든 게 좋아져요. 그렇게 속이 상한 채로 애기를 데리고 가서 잠자리에 들면 더 안 좋을 텐데."

저는 한숨을 쉬며 일어섰어요.

"맥신이 안내견으론 적합하지 않나 봐요."

이렇게 말하고 나니, 헤어질 때의 아픔을 예견이라도 하듯, 가슴이 조여 왔어요. 방으로 걸어가는 동안 내내 목이 메었어요.

다음 날 저는 조지 강사에게 얘기 좀 하자고 했어요. 학생 모임방에서 조지 강사와 저는 서로 마주 보고 앉았어요.

"맥신이 그동안 너무 많은 사고를 쳤어요. 너무 자주 그러니까 그런 일을 '사고'라고 부를 수도 없다는 생각까지 들더라고요. 제 생각입니다만 맥신은 안내견 자격이 없는 것 같아요. 실내에서 아무 데나 볼일을 보는 개를 데려갈 수는 없을 것 같아요."

제가 먼저 말문을 열었어요.

"개를 좋아하기는 하죠?"

조지 강사와 저 사이에 앉아 있는 맥신을 내려다봤어요. 귀를 쫑긋 세운 게 우리가 하는 말을 다 듣고 있는 것 같았어요.

"무척 좋아하죠. 영리하고 예쁘고. 정말 귀여운 개죠. 하지만 문제는 그게 아니잖아요."

"길 안내는 어때요?"

조지 강사가 계속 물었어요. 제가 무엇을 걱정하는지 모르는 건지, 아니면 모른 척하는 건지.

머리가 지끈거리며 관자놀이가 불뚝불뚝 요동치기 시작했어요.

"길 안내에 대해서는 불만이 없어요. 아주 잘해요. 매일매일 솜씨가 느는 거 같아요. 그런데 실내에서 오줌 싸는 건 여전하단 말예요! 그게 골치 아픈 문제라니까요."

"맥신은 훌륭한 개입니다. 제가 같이 훈련해 본 개 중 최고이지요. 저랑 같이 훈련할 땐 아무 문제가 없었어요. 실외 화장실을 이용하도록 해 주셨죠?"

저는 그렇다고 고개를 끄덕였어요. 아무 말도 하고 싶지 않았어요.

"밖으로 데리고 나가면 볼일은 다 봅니까?"

다시 고개만 끄덕였어요.

"그러면 잘하고 계시네요. 계속, 밖으로 더 자주 데리고 다니세요."

"제 말뜻을 잘 이해 못 하시는 것 같네요. 하루 이틀도 아니고 3주나 지났는데도 계속 사고를 친단 말이에요. 이제 조금 있으면 제가 신청한 프로그램이 끝나잖아요. 전 실내에서 오줌 싸는 개를 데려가고 싶진 않아요."

"꼭 데려가실 필요는 없어요. 여기 그냥 놔두고 가셔도 됩니다. 당신이 선택할 문제니까요. 그런데 만일 제가 당신이라면 데리고 갈 겁니다. 정말 제가 본 개 중 최고에 속하는 개거든요. 정말 영리하고 사랑스럽고. 둘이 잘 어울렸잖아요? 맥신도 당신을 좋아하고 있어요."

눈가에 눈물이 그렁그렁 고이더군요. 애써 참았어요.

"저도 좋아해요. 그렇지만 실내에서 볼일을 보는 건 어떻게 할 수가 없어요. 전 로스쿨에 진학해서 변호사가 되려고 해요. 그런데 자주 사고를 치는 개를 데리고 다니는 건 제가 원하는 그런 전문적인 일에 영 어울릴 것 같지 않아요. 무슨 말인지, 이해하시죠?"

"물론이죠, 다 이해합니다. 하지만 맥신은 장소를 가려 볼일을 보도록 훈련된 개입니다. 사실 독일산 셰퍼드가 특히 예민한 종이죠. 그들은 환경이 변하면 굉장히 힘들어 해요. 지금 맥신은 적응 과정 중입니다. 시간이 문제죠."

"그럼 언제쯤 사고를 치지 않을까요?"

"정확하게 언제라고 말씀드릴 수는 없습니다. 원치 않으면 여기 그냥 놔두고 가셔도 됩니다. 여기 있는 누구도 억지로 데리고 가라고 하지 않습니다. 그래도 맥신은 훌륭한 개입니다. 좀 더 시간을 주세요."

저는 맥신의 몸을 쓰다듬어 주었어요. 어떻게 결정을 내려야 할지 난감했어요.

정말 사랑스러운 개. 내가 너무나 좋아하는 개. 그렇다고 여기에 귀여운 개를 구하러 온 건 아니지. 봉사해 줄 동물을 구하러 온 거야. 아무리 봉사를 잘해도 이틀에 한 번씩 사고치는 동물을 받아들일 수는 없어. 어떻게 해야 하지?

이제 몇 주만 지나면 가을 학기가 시작돼요. 9월까지도 맥신이 장소를 가려 소변을 보지 못하면 그때 씽아이에 다시 돌려보내면 될 것 같았어요. 저는 침을 꿀꺽 삼키며 메인 목을 달랬어요.

"좋아요. 시간을 더 두고 보겠어요."

"잘 생각하셨습니다. 결정, 잘하신 겁니다. 그밖에 더 말씀하실 건 없나요?"

저는 맥신을 계속 쓰다듬으며 고개를 저었어요. 조지 강사가 자리에서 일어나 문으로 향했어요.

"둘이 아주 잘 해낼 겁니다. 현재대로 계속하시면 됩니다."

조지 강사가 이 말을 남기며 문을 닫고 나갔어요.

맥신의 부드러운 털 사이로 손을 움직이며 저는 새로운 사실을 알려 주었어요.

"이 멍청아, 너한테 일단 유예 기간을 준 거야."

맥신은 제가 수업을 듣는 강의실로 가는 경로를 잘 기억했어요. 물론 맥신이 제일 좋아하는 길은 집으로 가는 길이었어요. 제가 특정 신호를 보내면 맥신의 네 다리가 평소보다 두 배나 빠르게 움직일 때가 있어요. 물론 아주 빠르게 달리는 정도는 아니고요. 맥신이 흥이 나면 그 기분이 보조 장비를 타고 제 팔로 전해지고, 그러면 저는 얼굴에 환한 미소를 그려 화답해요. 우아한 자태로 움직이는 맥신의 모습에 주변 모든 사람이 아낌없이 찬사를 보내요. 수업을 같이 듣는 친구나 교수님 모두가 맥신이 완벽한 안내견이라고 말해요. 저는 늘 어루만지고 칭찬을 해요. 이따금 야단칠 때도 있지만 다 괜찮아요. 금방 고쳐지니까요. 맥신은 완벽, 그 자체였어요.

석 달 전에 씽아이를 떠난 뒤로 맥신은 한 번도 사고를 치지 않았어요. 단 한 번도. 오리건에 있는 대학으로 돌아가는 8시간의 여행 중에도 아무 문제가 없었지요. 지금 맥신을 보고 있자면 어른을 보고 있는 것 같아요. 대소변 가리려고 애쓰던 두 살 때의 모습이 어땠는지 잘 기억이 나지 않을 정도예요.

사실 훈련 기간 중에는 맥신이 저를 안전하게 안내하거나 카펫을 더럽히지 않는 것에 충분히 신경 쓰지 않았어요. 사랑은 시간의 문제인 것 같아요. 진심으로 감사의 마음을 표하고, 상호 경계를 분명히 하고, 용서할 땐 용서하고, 서로 존중하고…… 이런 과정을 통해 사랑이 형성된다고 봐요. 시간이 지나면서 이런 경험이 한데 엮이면서 두 존재 사이에 강한 유대감이 형성되는 것이고요. 시간과 경험이 신뢰를 키우고, 그 신뢰 속에서 둘이 함께할 수 있으면서 공감과 이해의 마음을 다지고, 그 마음이 계속 확장되는 것이 사랑인 것 같아요.

아, 또 하나 큰 변화가 있어요. 이제 맥신이 더는 지진을 일으키지 않아요. 요즘엔 제 침대에서 맥신과 같이 잠을 자요. 맥신이 약속했거든요. 이 사실을 썽아이에 말하지 않겠다고.

제21장

빙산 위까지 따라온 사랑

2010년 겨울, 알래스카, 주노

두툼한 장갑을 꼈는데도 손가락에 감각이 느껴지지 않았어요. 엉금엉금 기어서 빙산을 오르는 중이었어요. 멘든홀 빙하에서 약 800m 정도 떨어진 곳에 솟아 있는 빙산이었어요.

알래스카 주노에 있는 멘든홀 빙하는 지구상에서 가장 장엄한 풍광을 자랑하는 곳 중 하나라고 해요. 종종 그 빙하 앞에 놓인 커다란 호수로 빙산을 떨어뜨린다고 하더군요. 고든, 고든의 친구인 샘, 저 이렇게 셋이서 걸어서 얼어붙은 호수를 지나 빙하로 향하던 중 정말 멋진 빙산을 발견했어요. 빙산 중 빙산이랄까. 어느 꿈나라에서 나타난 듯했지요. 한쪽 면은 둥근 언덕이고, 반대편은…… 그래요, 정말 완벽한 얼음 미끄럼틀이었어요!

당연히 우리는 그 빙산에 올라 미끄럼을 타고 내려오는 놀이를 하고 싫었죠. 방금 전에 샘이 먼저 올라갔어요. 그 다음에 고든과 제가 가파른 언덕을 타고 오르기 시작했어요. 두 팔이 벌벌 떨렸어요. 미끄러져 떨어질 수도 있고, 거대한 빙하가 갈라질 수도 있고, 얼어붙은 호수가 금이 가면서 되돌아가지 못할 수도 있었어요. 어쩌면 우리가 오르고 있는 빙산이 무너져 내릴지도 몰랐지요. 하지만 어떤 모험이든 위험이 뒤따를 수 있다는 사실을 되새기며 두려움을 가라앉혔어요. 더욱이 샘과 고든이 이 호수에서 놀며 자랐다고 하니까 안심이 되긴 했어요. 알래스카에 오면 알래스카 사람처럼 행동하자, 이렇게 마음을 굳게 먹었어요.

"안 돼!"

제 뒤를 따라 맥신이 빙산을 오르고 있었어요. 목소리에 잔뜩 힘을 주어 다시 외쳤어요.

"안 돼!"

그래도 맥신은 아랑곳하지 않았어요. 두려움이 혈관을 타고 흐르며 온몸을 뒤흔드는 것 같았어요.

"푸이!"

얼음이 덮여 있는 언덕 위 2m 넘는 높이까지 맥신이 저를 따라왔어요.

"여기까지 나를 따라오다니, 너 그러면 안 돼! 맥-시-이-인, 위험해. 내려가야 해."

저는 제 위에 있는 고든에게 소리쳤어요.

"잠깐 거기서 기다려! 맥신을 데리고 내려가야 해서. 곧 돌아올게."

저는 조심조심 뒤로 기어 아래로 내려갔어요.

"맥신, 내려와!"

맥신이 저를 바라봤어요.

"착하지, 맥신! 내려와!"

제 발이 평평한 바닥에 닿았어요.

"맥-시-이-인, 내려올 수 있잖아, 내려와."

맥신이 빙산에서 풀쩍 뛰어 제 발 옆에 내렸어요.

"잘했다! 다시는 그러면 안 돼."

저는 이미 미끄럼을 타고 내려와 있던 샘에게 다가갔어요. 이곳 주노에 살고 있는 샘은 초등학교 때부터 고든과 친했던 친구였어요.

"맥신 좀 붙잡고 있어 줄래?"

저는 목줄을 그에게 건네며 물었어요.

"그래, 그럴게."

"고마워, 샘. 맥신! 얌전히 있어야 해."

저는 맥신의 등을 쓰다듬어 주었어요. 장갑 낀 손으로 쓰다듬다 보니 좀 낯설고 이상한 느낌이 들긴 했어요. 4학년 겨울 방학, 알래스카에 온 지 며칠이 지났는데도 장갑 낀 손이 영 어색하고 제 손 같지 않다는 느낌이었어요.

살금살금 걸어 다시 얼음 언덕으로 향했어요. 빙산은 작은 사람 키정도 높이부터 제법 가파르게 솟아 있었어요. 그곳에서부터 저는 얼음 언덕을 짚고 있는 두 손과 두 발에 상체가 닿을 정도로 자세를 바싹 낮추었어요. 장갑 낀 손으로 얼음 조각을 쓸어 낸 다음 두 손에 체중을 얹었어요. 그 다음엔 두꺼운 양모 양말과 겨울 부츠로 무장한 두 발로 발

디딜 곳을 툭툭 쳐서 확인한 다음 두 발에 체중을 실었지요. 언덕엔 매끈한 부분도 있었고, 단단한 얼음 조각이 불쑥 튀어나와 있는 울퉁불퉁한 부분도 있었고, 단단하지 않은 작은 얼음 조각과 눈이 살포시 쌓여 있는 부분도 있었어요.

위로 조금씩 오르면서 두 눈을 집중해서 분명하게 확인해야 해요. 손으로 붙잡을 수 있는 돌출된 부분이 있는지. 발을 디뎌 버틸 수 있을 정도로 얼음에 구멍이 나거나 움푹 파인 부분이 있는지.

부츠 신은 발로 경사면을 더듬어 보면 안전하게 발을 딛고 있을 수 있는 곳을 찾을 수 있었어요. 물론 자주 발이 미끄러지긴 했지요.

한 발 두 발 오를 때마다 저는 눈을 가늘게 떠서 빨간색과 검은색 파카를 입은 고든이 어디에 있는지 살폈어요. 고든의 파카는 그 색이 하얀 얼음과 대조를 이루고 있어서 눈에 확 띄었어요. 그래서 뒤따라 올라오는 저를 기다리는 고든의 모습을 금방 확인할 수 있었지요. 샘은 아까 저보다 세 배나 빠른 속도로 미끄러운 언덕을 올라갔다 내려왔어요. 고든도 빨리 오를 수 있었지만 누가 빨리 오르나 시합하러 온 것이 아니라고 생각한 게 분명해요. 이 웅장한 겨울 왕국을 저에게 소개하고 싶었던 그 마음, 다 알고 있어요.

위로, 조금씩 더 위로 오르자 빨간색과 검은색의 파카가 어렴풋이 점점 더 가까워졌어요. 언덕이 평평해졌어요. 정상에 다 올라온 거예요. 두 팔로 몸의 균형을 잡은 저는 조심조심 몸을 돌려 고든 옆에 앉았어요. 살을 찌르는 듯 차가운 바닥에 앉아 있자니 기분은 별로였지만 팔과 다리를 쭉 펴며 쉴 수 있어 좋았어요. 제가 정복한 세계, 그 세계를 쭉 둘러보았어요. 눈이 어지러울 정도로 푸른빛이 반짝이는 하얀 얼음의 세계. 이 세계가 실제로는 모두 물이라는 사실에 저는 경외감에 사로잡히고 말았어요. 물 위를 걸었고, 물 위를 기어올랐고, 물 위에 앉아 있으니…….

그렇게 상념에 잠겨 있는 저를 고든이 깨웠어요.

"잠깐, 잠깐, 잠깐만, 당신 캘리포니아 사람 아니십니까? 우리 얼음을 훔치러 오신 건가요?"

"협조만 해 주신다면 빙하의 반은 남겨 둘게요."

얼음 옥좌에 앉아 앞에 펼쳐진 세상을 찬찬히 살펴보던 저의 눈에 저 멀리, 검은 점 하나가 눈에 띄었어요. 샘과 맥신이 분명했어요.

"우리가 어느 높이까지 올라온 거야?"

"한 6m 정도. 그런데 맥신이 낑낑대며 울어."

죄책감이 들면서 마음이 아팠어요.

"괜찮아, 맥신! 걱정하지 마! 곧 내려갈게!"

가여운 맥신. 오늘 이렇게 빙산을 오를 줄 알았더라면 맥신을 그냥 집에 두고 올걸 그랬어.

맥신은 저와 떨어지는 걸 죽기보다 싫어했어요. 사람이든 뭐든 우리 둘 사이에 무엇이 끼어들면 맥신은 세상에서 가장 구슬프고 애처로운 소리를 내곤 했어요. 제가 스키를 타러 갈 때 맥신은 울었어요. 스케이트를 타러 갈 때도 마찬가지였고요. 샤워를 해도 울었어요. 우리 둘 사이에 그 어떤 것이 끼어들던, 심지어 욕실 문까지도, 맥신은 울었어요.

"얘가 귀를 쫑긋 세우고 계속 너를 지켜보고 있더라고. 샘이 줄을 잡고 있지 않았으면 아마 지금쯤 여기까지 올라와 우리 곁에 있었을 거야."

몸이 떨렸어요. 그러면 맥신이 미끄러지고 아래로 떨어졌을 수도 있잖아요.

"맥신을 지켜 줘서 고마워, 샘!"

샘이 뭐라고 소리치자, 고든이 알려줬어요.

"우리가 앉아 있는 여기 얼음이 우지직 깨지고 있다는데 거짓말이야."

순간 머릿속에서 얼음이 깨지면서 우리가 저 깊은 심연 속으로 떨어지는 모습이 그려졌어요.

"어서 가자. 미끄럼 타는 데가 어디야?"

고든이 팔과 무릎으로 엉금엉금 기어 오른쪽으로 향했어요.

"이쪽으로 와. 내 오른쪽에 붙어야 해."

얼음벽을 따라 고든 옆으로 기어가는데 팔이 부들부들 떨렸어요.

고든이 제 손을 왼쪽으로 한 팔 길이 넘게 살살 끌어당겼어요.

"자, 여기가 끄트머리야. 6m 정도 미끄러져 내려가야 해."

그 다음엔 제 손을 오른쪽으로 움직이게 했어요.

"이쪽에 벽이 있어. 그러니까 중간쯤에 위치를 잡고 내려가면 돼."

큰 소리로 뭐라고 외치는 샘의 모습이 보였어요.

"응원을 보내는데."

고든이 설명해 줬어요.

저는 미소를 지었어요. 그동안 너무나 많은 사람이 합창하듯 집요하게 저한테 소리쳤어요.

"넌 할 수 없어! 넌 안 돼! 넌 못 할걸?"

하지만 샘과 고든은 달랐어요. 자기들이 노는 알래스카의 놀이터를 소개해 주고, 또 잘하라고 응원도 해 주고. 맥신도 저를 제지하지 않았어요. 그냥 제 옆에 있는 것만으로도 좋았던 모양이에요.

"준비됐어?"

고든이 물었어요.

"아직. 내가 알아야 할 게 또 뭐 없어? 설명해 줄 게 없냐고?"

얼굴을 빨개졌어요. 순간 당황했거든요.

"으음, 없어. 진짜 없어. 왼쪽 가장자리에서 떨어져 있기만 하면 괜찮아."

저는 정말 조금 앞으로 움직이다가 멈췄어요. 속이 울렁거리더니 곧 뻑뻑한 느낌이 들었지요. 불길한 생각이 계속 떠올랐어요.

얼음 위에서 균형을 잃으면 어쩌지? 미끄러져 내려가다 구부러진 곳이 있는데 보지 못해 어디 부딪치거나 떨어지면 어떻게 해?

알지 못하는 곳으로 미끄럼 타고 내려가지 말라고 몸속의 모든 세포가 말리고 있었어요. 목소리가 갈라지면서 떨렸어요. 진정하려고 해도 잘 안 됐어요.

"더 말해 줄 거 없어? 내가 알아야 할 게 또 없냐고?"

"맥신이 계속 너를 지켜보고 있어. 엄마가 빨리 내려오길 기다리고 있다고."

아, 안 돼. 엄마가 얼음 낭떠러지에서 떨어지는 꼴을 보려는 거야?

저는 뒤로 물러났어요.
"너 먼저 할래? 금방 따라갈게."
"그러지 뭐."
고든이 제 앞에 앉더니 손에 힘을 줘서 몸을 앞으로 밀었어요. 처음
엔 천천히 간다 싶더니 곧 쏜살같이 미끄러져 갔어요. 빨간색과 검은색
의 파카가 시야에서 쑤욱 사라졌어요.
저는 손을 왼쪽으로 뻗어 가장자리를 더듬었어요. 왼쪽은 위험하다
는 사실을 다시 한번 상기했어요. 몸을 앞으로 슬슬 밀며 오른쪽에 있
는 벽을 만졌어요. 두 다리를 앞으로 쭉 뻗은 저는 빙산의 미끄럼 길을
타고 내려갈 자세를 취했어요.
온몸을 누르는 묵직한 떨림이 척추를 따라 아래로 내려가는 것 같았
어요. 저는 속으로 다짐했어요. 긴장을 풀자. 겁내지 말자.
낭떠러지, 미끄럼 길, 쭉 펼쳐진 호수. 이 모두가 하얗게 반짝이는 빛
속에 녹아들었어요. 미끄럼 길의 가장자리가 보이지 않았어요. 보통은
미지의 세계와 마주치더라도 흔들리지 않았어요. 맥신과 함께 길을 나
서면 앞길이 보이지 않아도 전혀 두렵지 않았거든요. 조금도 무섭지 않
았어요. 보도에서 설혹 발이 무엇에 걸려 비틀거리거나 넘어져도 금방
자세를 바로잡거나 벌떡 일어서면 그뿐이었어요. 하지만 이곳에선 미

끄러운 얼음 때문에 제 몸을 제 마음대로 할 수가 없었어요. 눈도 안 보이고 귀도 들리지 않는데 몸도 마음대로 가누지 못하게 된 것이죠. 자칫 잘못 미끄러지면 6m 아래로 그냥 떨어지는 거예요.

저 아래에서 뭐라고 외치는 소리가 들려왔어요.

응원하는 소리겠지, 그렇게 생각하고 미소를 지었어요.

소리가 더 커졌어요.

혹시 나한테 조심하라고 경고하는 소리인가? 빙산이 갈라지고 있는 걸까?

가슴이 쿵쿵 뛰기 시작했어요. 가장자리를 흘끗 바라봤어요. 아무 이상이 없는 것 같았어요. 어디 갈라지거나 깨지는 소리가 나는지, 저는 온 신경을 집중해서 귀를 기울였어요. 아무 소리도 들리지 않았어요.

저는 두 손으로 힘주어 얼음 바닥을 밀었어요. 몸이 앞으로 빠르게 미끄러지면서 활강을 시작했어요. 한때 빙하의 일부였던 얼음벽을 오른손으로 밀듯이 눌러 대면서 몸을 오른쪽으로 기울인 상태였어요. 왼손은 활짝 펴서 바닥을 짚어 가며 왼쪽 가장자리로 몸이 쏠리지 않도록 했어요. 얼음길이 평평해지고, 몸이 서서히 멈추더군요. 맥신이 달려 왔어요. 그 뒤를 따라 샘도 왔고요.

"맥-시이-인! 봤지? 봐, 걱정하지 말라고 했잖니."

저는 맥신의 귀를 긁어 주었어요. 샘이 가까이 다가왔어요.

"우리가 멈추라고 소리치는 거 못 들었어?"

"뭐라고 하는지 들을 수가 없었어."

두려움이 몰려오면서 갑자기 심장이 탁 멎는 듯했어요. 무슨 끔찍한 소식이라도 있는 건지…….

"고든이 사진 찍을 준비가 될 때까지 기다리라고 소리친 거야."

"아!"

근심이 안도로 바뀌면서 한숨이 절로 길게 이어지더군요. 고든과 샘은 비디오를 찍고 싶었던 거예요. 이 멋진 얼음판에서 미끄럼 타는 모습을 담아 내고 싶었던 거죠.

"좋은 생각이네. 그렇게 하면 이곳, 여기, 이 아름다운 풍광을 우리 부모님에게 보여 드릴 수 있을 텐데."

저는 눈길을 돌려 빙산을 바라봤어요. 조금 전까지만 하더라도 높고 무서웠던 빙산. 얼어붙은 호수에 있는 얼음 요새. 이제는 그 빙산으로 오르는 길과 그 너머까지 잘 알고 있으니 무섭지 않았어요.

"한 번 더 탈까? 비디오로 찍게?"

"날이 어두워지고 있어. 비디오가 중요한 건 아니지?"

고든이 말했어요. 맥신이 코로 제 손을 쿡 찔렀어요. 저는 손을 맥신의 머리 위로 올린 다음 목을 마사지하듯 주물러 주었어요. 그랬더니 맥신이 제 몸을 저한테 기대더군요. 맥신이 저를 따라 빙산 위로 오르려 했다는 사실에 제 마음이 훈훈했지만 다른 한편으론 불안하기도 했어요. 제가 다시 미끄럼을 탄다고 하면 맥신도 따라올 것이 분명했어요. 너무 소중한 존재인 맥신이 다시 빙산을 오른다? 그럴 수는 없었어요.

순간 새로운 깨달음이 찾아오면서 세상을 바라보는 제 시각에도 변화가 일어났어요.

부모님이 내가 빙산을 기어오르는 것을 봤다면 그분들도 이런 느낌이 들었겠지? 내가 말리로 여행을 간다고 했을 때도 두 분의 생각은 이랬을 거야. 두 분은 당신들이 직접 아프리카를 여행했음에도 내가 간다고 했을 때 말리고 싶으셨던 거야. 지금 나도 내 자신의 안위보다는 맥신이 다치지 않고 안전하게 있었으면 하고 바라고 있는 거잖아. 맥신 덕분에 부모님의 사랑이 어떤 것인지 이해할 수 있게 되었어. 당신이 희생당하더라도 사랑하는 자식이 더 잘되기를 바라는 이 사랑의 역설을······.

"그래, 돌아가자. 비디오는 나중에 찍지 뭐. 자, 이제 가자! 준비됐지?"

저는 맥신을 향해 돌아서며 한껏 들뜬 목소리로 말했어요.

맥신은 펄쩍 뛰며 휙 돌더니 꼬리를 흔들었어요. 다시는 맥신을 혼자 놔두는 일은 없을 거예요. 적어도 제가 다시 욕실에 들어갈 때까지는······.

제22장

하버드 로스쿨 최초의 중복장애 학생

2010년 가을, 매사추세츠, 케임브리지

"잘 들려요?"

제 이어버드를 통해 들려오는 커다란 음성은 그냥 지지직거리는 소리에 불과했어요. 이어버드는 보조 청취 장치의 한 부분인 FM 수신기와 연결되어 있어요. 그 수신기가 FM 마이크를 통해 전달되는 소리를 잡아 줘요. 하버드 로스쿨에서는 제가 수업을 들을 때 시청각 정보에 접근할 수 있도록 음성 전자轉字 기술을 지닌 미국 수화 통역사인 셸리아 미추와 에린 폴리를 고용했어요. 두 사람은 교실 뒷자리에 앉아 방음 마스크가 씌워진 조그마한 마이크에 뭐라고 속삭이고 있었어요. 그 마이크는 수신기와 무선으로 연결되어 있어서 저는 교실 아무 데나 앉아도 소리를 들을 수 있었어요. 그래도 저는 교실에 들어오면 뒷자리에 앉아요. 통역사들과 소통할 필요가 있는 경우를 대비해서 그런 거예요.

"(웅얼, 웅얼, 칙칙, 지지직.) 지금은 어때요?"

이렇게 묻는 목소리였어요. 저는 어깨를 으쓱이며 고개를 가로저었어요.

"이게 더 나은가요?"

이어서 치지직거리는 소리가 나면서 목소리가 묻혔어요. 저는 다시 고개를 저었어요.

"어쨌든 반응을 보이니, 그래도 우리 목소리를 듣기는 한다는 얘기죠? 그렇죠?"

제 앞 어딘가에서 교수님이 계약법에 관한 강의를 하고 있었어요. 그 주변에 학생 70명이 앞을 바라보며 책상에 앉아 강의를 듣고 있었고요. 저는 목소리를 내어 수업을 방해하고 싶지 않았어요. 교실 뒤로 돌아앉은 저는 손을 들었어요. 잠시 그대로 있었어요. 수어로 대화하려면 머릿속에 떠오른 생각을 수어 어휘로 바꾸어야 했어요. 그런데 제 수어 어휘는 제한되어 있었어요. 그렇다면 단어의 철자를 하나하나 수어로 말하는 수밖에요. 저는 수어로 말했어요.

"잘-안-들-려-요."

"잘 안 들린다고요? 그러니까 우리 말소리가 들리기는 하는데 무슨 소린지 잘 모르겠다는 뜻인가요?"

저는 역시 수어로 대답했어요.

"맞아요."

"알았어요. 어떻게 도와드리면 될까요?"

"모르겠어요."

저는 계속 수어로 대답했어요.

"교수님이 방금 저희를 바라봤어요. 학생이 손을 들고 있어서 무슨 일인가 궁금한 모양입니다."

저는 얼굴이 빨개졌어요. 수화를 하더라도 최대한 손을 낮춰서 해야 겠다고 다짐했어요.

"우리랑 같이 계속 수업 들으실 거죠?"

저는 고개를 끄덕이며 의자를 돌려 교실 앞을 바라보았어요.

"오케이. 자, 수업으로 돌아갑니다. 피고인의 (웅얼웅얼)."

강의는 계속되었고 저는 그 내용을 들으려고 신경을 곤두세웠어요. 제 귓속에서 소리가 비틀어지고 빙빙 돌았어요. 아무리 들으려 애써도 단어를 알아들을 수 없었어요. 음량의 문제가 아니었어요. 음량은 충분히 크게 조정되어 있었어요. 이해력의 문제도 아니었죠. 수업 자료를 다 읽고 왔거든요. 문제는 청력이었어요. 점점 줄어들고 사라져 가는, 실망만 안겨 주는 제 청력. 그게 문제였어요.

저는 나이가 스물두 살이에요. 매년 청력과 시력이 희미해지고 있어요. 그런 변화가 너무 서서히 진행되는 바람에 제때에 감지할 수가 없어요. 그러다 어느 순간에, 그동안 제가 취해 왔던 대응 전략이 무용지물이 될 것 같았어요. 시각장애 센터에서 훈련을 받는 동안 수면 안대를 썼던 저는 점점 진행되고 있는 시력 상실에 그나마 제대로 적응할 수가 있었어요. 그리고 시각장애 대응 기술을 모두 터득한 상태이기도 하고요. 하지만 청력 상실에 적응하는 일은 쉽지 않았어요. 저주파 청력은 이미 사라졌어요. 청력도를 보니 제한된 고주파 청력도 많이 약해졌어요. 이미 많이 쇠퇴한 상태였지요. 소리로 이루어진 세상에 접근할 수 없다는 생각을 하다 보면 저 혼자 고립되는 게 아닌가, 이런 두려움이 스멀스멀 머릿속에 기어 들어오곤 해요.

저는 영어 음성 소리에 대해서는 이미 나름대로 어떤 구상도를 만들어 놓았어요. 때로는 그 머릿속 구상도를 통해 가까스로 들은 고주파 소리를 영어 단어로 전환할 수 있어요. 그렇게 해서 파악한 단어들을 통해 어떤 문장인지 가늠하게 되지요. 그렇게 만든 문장을 통해 무슨 개념이나 사상을 말하는지 이해할 수가 있어요. 글을 읽고 공부한 것이 그 빈칸을 채우는데 큰 도움이 되었지요. 읽기, 독서를 통해 저는 중학교, 고등학교, 대학교를 마칠 수 있었어요. 글을 읽으면 점점 추락하는 제 청력을 벗어나 멀리 달아날 수도 있는 개념이나 사상을 붙잡을 수 있거든요. 수업이 끝나면 한 학생이 수업 내용을 적은 노트를 이메일로 장애 지원 사무실로 보내고, 그러면 그 사무실에서는 그 노트를 저에게 전달해 주지요. 제가 로스쿨에서 살아남는다면 그건 순전히 글을 읽는 능력 때문일 거예요.

귀에서 목소리가 들렸어요.

"셀리아예요. 맥신이 네 발을 다 높이 들어 올렸어요. 질문이 많은가 봐요!"

제 어깨가 들썩였어요. 손가락을 움직여 글자를 하나하나 보여 주었어요.

"하-하."

손을 아래로 내린 뒤 맥신을 살펴보니 네 발을 위로 들어 올린 채 벌러덩 누워 있었어요. 저는 맥신의 배를 쓰다듬어 주었어요.

"오케이, 교수님이 칠판에 글을 씁니다. 〈웹 대 맥고윈〉. 쉬는 시간이 끝나고 다시 돌아올 때 우리는 (웅얼웅얼)."

강의실이 갑자기 웅성웅성 시끄러워졌어요. 제 옆의 학생이 자리에서 일어서더니 강의실 문을 향해 걸어갔어요.

저는 앉은 채 의자를 빙 돌려 셀리아와 에린을 바라보며 말했어요. "두 분이 언제 말하는지 다 알아요. 그런데 가끔 너무 숨죽인 소리처럼 들려 무슨 말인지 이해 못 할 때가 있어요. 어떤 때는 찍찍대는 소리가 들리기도 하고요. 때로는 소리를 듣지 못할 때가 있는데 그 이유를 모르겠어요."

이어버드를 통해 잡소리가 마구 뒤섞인 듯 알아들을 수 없는 말이 들려왔어요.

"죄송해요. 주위가 너무 시끄러운 것 같아요."

제 얼굴이 빨개졌어요. 셀리아가 제 앞에 무릎을 굽히고 앉았어요. 오른손을 제 왼손 아래로 내밀더니 손을 움직이기 시작했어요.

"죄송해요. 제가 그 수어를 이해하지 못해요."

얼굴이 더 빨개졌어요. 통역사는 여러 해 동안 미국 수어를 공부한 사람이라 청각장애인과 쉽게 의사소통을 할 수 있어요. 수어에 능통하지 못한 저는 어쩌면 까다로운 청각장애인인지도 몰라요. 뭐랄까, 전문가도 해결하지 못하는 소통의 문제를 안고 있는 사람인 셈이죠.

셀리아가 문을 가리키며 손가락으로 글자를 하나하나 보여 주었어요.

"우-리-밖-에-나-가-서-얘-기-해-요."

"좋아요."

저는 FM 수신기를 들고 자리에서 일어나 문으로 향했어요. 우리 셋은 조용한 복도에 모였어요.

"이젠 내 목소리가 들려요?"

에린이 물었어요.

저는 미소를 지으며 대답했어요.

"예. 목소리를 작게 하지 않으니까 훨씬 듣기가 쉬워요."

"그렇겠죠. 우리는 다른 학생들을 방해하고 싶지 않아 되도록 목소리를 낮추어 말했던 거예요."

"알아요. 저 역시 다른 학생들을 방해하고 싶진 않아요."

에린이 마이크를 셀리아에게 넘겼어요.

"셀리아예요. 강의실에서 우리가 하는 말을 더 쉽게 들으려면 어떻게 하는 게 좋을까요? 무슨 아이디어 없어요?"

"모르겠어요. 큰 목소리로 분명하게 얘기하고 주변에 소음이 없으면 잘 알아들어요. 마이크가 교수님 목소리를 잡아서 들려주는 것 같은데, 어쩌면 통역사님의 말이 마이크에 씌운 속기사 마스크에 묻어 윙윙 울리는 게 아닌가 싶어요. 그리고 속삭이듯 작게 말씀하셔야 하잖아요."

"변수가 많아요. 강의실에 있는 뭔가가 이 FM 시스템이 사용하고 있는 라디오 주파수를 방해하면서 간섭 현상이 일어나는 것일 수도 있어요."

저는 고개를 끄덕였어요.

"그럴 수도 있겠네요."

"후유, 모르겠어요, 하벤. 어쨌든 계속 생각해 볼게요. 에린이 할 말이 있대요."

에린이 마이크를 잡았어요.

"강의실로 들어가기 전에 한 가지 알려 주고 싶은 게 있어서요. 우리가 앉은 곳에서 두 줄 앞에 있는 한 학생이 휴대폰을 책상 아래에 감추고 계속 문자를 보내더군요. 들키지 않고 잘도 하더라고요. 보고 있으려니 정말 재미있더군요. 수시로 휴대폰을 내려다보며 어찌나 즐거운 표정을 짓던지."

"누구예요?"

제가 수신기로 들어오는 말을 들으려고 끙끙대고 있는데 다른 학생은 강의 내내 짬을 내서 시각적 즐거움을 누리고 있었던 거예요. 저도 강의실 스트레스를 줄일 수 있는 방법을 찾아야 하는 건가요?

"이름은 몰라요. 알게 되면 알려 줄게요."

마이크를 잡은 손이 또 바뀌었어요.

"셸리아예요. 혹시 관심이 있거나 알고 싶은 게 있으면 구체적으로 그게 뭔지 알려 줘요. 물론 우리는 강의에 집중할 겁니다. 하지만 우리가 제공해 줬으면 하는 어떤 특정한 시각 정보나 자료가 있으면 알려 줘요."

"저는 사회와 관련된 자료에 관심이 많아요. 사람마다 서로 다른 개성을 갖게 하는 세부적인 요소가 무엇인지, 인간이 지닌 별난 행동 습관엔 어떤 것이 있는지……."

"그래요, 무슨 뜻인지 알겠어요. 찾아볼게요. 자, 강의실로 들어갈까요?"

강의실로 돌아와 자리에 앉았어요. 신나게 떠드는 시끄러운 소리가 강의실 곳곳에 울려 퍼지고 있었어요. 정확히 무슨 말을 하는지 물론 들을 수 없었지요. 바로 앞 줄 책상 옆에 몇몇 학생이 서 있었어요. 뭐가 재미있는지 신나게 웃음을 터뜨리더군요. 즐거워하는 소리, 그 소리를 저는 들을 수 있어요. 즐거워하는 모습, 그 모습을 저는 볼 수 있어요. 하지만 제 앞에 유리 벽이 놓여 있다는 느낌은 여전히 지울 수가 없어요. 그 유리 벽 밖에서 안을 들여다보고 있을 뿐…….

저는 점자컴퓨터를 켜고 판례를 검색하는 케이스노트를 읽기 시작했어요.

왁자지껄 시끄럽게 떠드는 소리가 포탄을 퍼붓듯 계속해서 제 귀를 때렸어요. 웃음소리. 대화. 또다시 웃음소리. 제 내면의 귀에 쓸쓸하고 슬픈 말이 들렸어요.

너는 외톨이야.

저는 맥신을 쓰다듬기 시작했어요. 윙윙거리는 소리가 끊이지 않고 귀청을 때렸어요. 너는 외톨이야. 그 소리를 지우려고 저는 맥신의 목을 어루만지고 또 어루만졌어요.

누군가가 제 팔을 만졌어요. 돌아봤어요. 셀리아가 제 앞에 무릎을 굽히고 앉아 오른손을 제 왼손 밑으로 넣었어요. 저는 오른손을 뻗어 그녀 왼손 위에 올려놓았어요. 그녀가 손을 움직이기 시작했어요.

"천천히 해 주세요."

수화를 배울 때 공부했던 것을 기억 저 편에서 되살려 가며 저는 손가락으로 그녀의 손 모양을 살폈어요.

"리-퀸 리퀸 이 이…… 죄송해요. 그 손동작이 뭔지 모르겠어요. 묻-고-있-어-요 묻고 있어요…… 죄송해요, 이것도 모르겠어요."

너무 당황했는지 얼굴이 화끈거렸어요.

"뭐-예-요 오, 맞아요! 이건 알아요. 죄송해요, 계속하세요. 뭐예요…… 당신 개의 이름이, 물음표."

저는 주위를 둘러봤어요. 셀리아 오른쪽에 누군가가 서 있었어요. 리퀸. 저는 그에게 말했어요.

"얘 이름은 맥신이야."

셀리아가 일어서며 의자를 끌어다 앉았어요. 그녀가 제 손에다 자기 손을 움직이기 시작했어요. 또다시 저는 그녀의 손동작을 감지해서 그게 무슨 뜻인지 입으로 말해야 했어요.

"몇……."

머리가 혼란스러워 눈썹을 치켜뜨며 정신을 집중해야 했어요.

"몇-살-이-에-요 맥-신-은, 물음표."

저는 리퀸을 돌아보며 대답했어요.

"세 살. 두 살 때부터 나하고 있었어. 안내견 학교를 마치고 나서부터."

셀리아가 다시 손을 움직이기 시작했어요. 머리가 지끈거렸어요. 아니, 지글지글 끓는 것 같았어요. 펑, 하고 터질 것 같았어요. 더는 수화를 할 수 없었어요. 저는 셀리아에게 미안한 표정을 지으며 손을 거둬

들였어요.

"리퀸, 내가 보여 줄 게 있는데, 볼래?"

저는 제 책상으로 오라고 리퀸에게 손짓했어요. 책상 옆에 선 그에게 저는 제 점자 컴퓨터를 돌려 쿼티 자판*을 보여주었어요.

"물어볼 게 있으면 자판을 쳐."

그가 뭐라고 말했어요. 저는 자판을 가리켰어요.

"난 말을 들을 수가 없어. 하지만 자판을 치면 내가 읽을 수는 있거든."

리퀸이 자판을 두드리기 시작했어요.

"끝나면 컴퓨터를 다시 나한테 넘겨야 해."

리퀸이 컴퓨터를 건네주었어요. 저는 점자가 보이도록 컴퓨터를 돌려 손가락으로 점자를 더듬었어요.

〈이거, 어떻게 작동되는 거야?〉

"네가 자판을 치면 핀이 튀어 올라 점자 문자를 만드는 거야."

저는 큰 소리로 알려 줬어요.

"브레일노트라는 점자 컴퓨터지. 시각 화면 대신에 촉각 화면이 설치되어 있어."

저는 컴퓨터를 돌려 다시 그에게 내밀었어요.

자판을 두드린 리퀸이 다시 컴퓨터를 저에게 내밀었어요. 이런 내용이었어요.

---

* 쿼티 자판QWERTY keyboard은 1868년 미국의 발명가인 크리스토퍼 레이섬 숄스가 디자인한 자판을 말한다. 라틴어 기반 알파벳을 사용하는 많은 나라의 타자기나 컴퓨터에 표준으로 채택된 자판으로, 자판의 좌측 맨 윗줄의 배열이 QWERTY로 시작되는데, 그 여섯 글자를 따서 이름을 붙였다.

〈굉장히 멋진 컴퓨터다. 오, 수업이 시작되는 모양이야. 티티와이엘
(TTYL)*〉

저는 이어버드를 다시 귀에 꽂았어요.

"오케이, 수업이 시작됩니다. 누가 한번 얘기해 볼래요 (웅얼웅얼)."

온갖 생각이 윙윙거리며 머릿속을 날아다녔어요.

만일 무선 자판을 강의실에 갖고 들어오면 리퀸이 자판을 두드리
는 동안 내가 그 글을 읽을 수 있잖아. 그러면 실시간으로 대화를 주고
받을 수 있어. 번거롭게 컴퓨터를 주거니 받거니 할 필요도 없고. 어쩌
면, 정말 그럴 수 있을지는 모르겠지만, 그러면 다른 학생들도 나한테
말을 걸지 않을까?

* * *

로스쿨 동기생, 교수님과 교류하는 일이 저에겐 중요한 의미를 지녀
요. 하지만 제가 오리건에서 매사추세츠로 건너온 이유가 그 때문만은
아니에요. 제가 개인적으로 겪은 차별, 들어서 알게 된 다른 사람이 경
험한 차별, 그로 인해 저에겐 법률 옹호** 기술을 계발해야 한다는 욕망
이 불꽃처럼 타올랐어요. 로스쿨에 들어오기 전 학부에서 예비 과정을

---

* 〈talk to you later(나중에 얘기하자)〉의 약어로 문자 메시지나 이메일에서 많이 사용한다.〉

** 옹호advocacy는 정치, 경제, 사회 시스템 및 기구 내의 의사 결정에 영향을 미칠 목적으로 행
하는 개인이나 집단의 활동을 말한다.

수강할 때 지도 교수가 최상위권 로스쿨에 도전하라고 강하게 권했어요. 그래야 취업 기회도 많이 찾아올 거라고. 변호사라도 장애가 있는 변호사는 취업할 때 차별을 당한다고 했어요. 여러 달에 걸쳐 지원서를 공들여 작성해 경쟁력 있는 로스쿨에 보내고 난 뒤로 전국 각지에서 입학 허가가 쏟아져 들어왔어요. 그런 와중에 뜻밖에 큰 선물이 왔어요. 하버드 로스쿨. 하버드에서 장학금과 학자금 융자 등을 포함한 재정 지원이 담긴 입학 허가서를 보내 왔어요. 세상 최고의 해안을 떠나 동부 해안으로 가는 일이 저에게는 그리 매력적으로 다가오지 않았어요. 하지만 변호사로 성공할 가능성을 더욱 높이기 위해서는 제가 할 수 있는 한 무엇이든 다 해야 했어요. 부모님도 지지해 주었어요. 특히 제가 졸업한 뒤엔 캘리포니아로 돌아오겠다고 약속하자 더욱 반기며 기꺼이 그러라고 했지요.

어떻게 보면 하버드도 제가 다녔던 학교와 마찬가지로 저에게 많은 배려를 해 줬어요. 문자로 쓴 글은 제 학습 과정에서 생명 줄과 같아요. 장애 지원 부서에서는 교수님들과 함께 글로 된 모든 자료를 제가 접근할 수 있는 형태로 전환해 주었지요. 저는 읽기 자료와 강의 노트로 공부하는 것만으로도 지금까지 잘해 왔거든요. 하버드에서도 그러리라 생각해요. 아마 저에게 가장 큰 도전은 동기생, 교수님과 소통할 수 있는 더 좋은 방법을 찾는 것이 되겠지요. 그게 가장 큰 문제거든요.

고든은 대담하게도 대륙을 횡단하여 제가 있는 케임브리지로 왔어요. 그는 이곳에서 조그마한 사업을 시작했어요. 자신이 지닌 기술로 가정, 학생, 기관을 도와주는 사업이었어요. 고든은 정말 컴퓨터에 능통한 친구였어요. 저를 위해 하버드 정보기술팀이 해결하지 못한 문제를 해결했을 정도로 그쪽으로는 뛰어난 친구죠.

연초에 저는 블루투스 자판을 제 점자 컴퓨터에 연결하는 새로운 커뮤니케이션 시스템을 만들자고 제안했어요. 점자 컴퓨터가 세상에 나온 지 수십 년이 지났고 해가 갈수록 그 성능도 많이 좋아졌어요. 올해엔 〈휴먼웨어〉에서 블루투스 성능을 갖춘 최초의 브레일노트인 〈브레일노트 아펙스〉를 출시했어요. 캘리포니아 직업재활과에서는 제 교육과 취업을 지원하기 위해 그 컴퓨터 두 대를 구매하기도 했고요. 고든과 저는 브레일노트를 서로 다른 여러 블루투스 자판과 짝을 지어 써 봤어요. 들고 다니기 쉽고 실용적이며 쓰기 편안한 조합이 어떤 것인지 찾으려고 그랬던 거예요.

강의가 끝난 뒤 저는 센트럴 스퀘어에 있는 아스마라 레스토랑에서 고든을 만났어요. 우리는 테이블 위에 자판과 점자 컴퓨터를 놓고 마주 앉았어요.

"이 자판을 사용해서 수업을 같이 듣는 애들이랑 얘기 한번 해 보고 싶어서."

저는 왼손을 점자 디스플레이에 올려놓고 그의 대답을 기다렸어요. 오른손으로는 계피차가 담긴 컵을 들고요.

고든이 자판을 두드리자 글자가 점자 디스플레이로 튀어 올랐어요.

"여태 사용해 보지 않았다는 거야?"

"그게 있잖아……."

말끝을 흐렸어요. 저는 걱정이나 근심거리가 있어도 밖으로 드러내지 않고 꾹 참곤 해요. 사람들 대부분이 그걸 알게 되면 막 부풀리며 굉장히 안쓰럽게 생각하거든요. 하지만 고든은 제 걱정거리를 있는 그대로 들어주지요. 그래서 이번에도 그냥 털어놓았어요.

"사람들이 별나다고 생각할까 봐."

"야, 지금은 2010년이야. 누구나 자판 두드리잖아. 뭐가 별스럽다는 거야?"

"그러게…… 오늘 동기생 중 하나가 브레일노트 자판을 사용했어. 멋지다고 하더라."

"그래, 끝내주지! 그냥 자판 하나 치면 짜잔! 점자가 나오잖아. 어디 그뿐인가? 실시간으로 문자를 주고받는 것 같은 짜릿한 기분도 들고 말이야."

저도 이미 다 알고 있는 사실이었어요. 이 시스템을 만들어 보자고 아이디어를 낸 사람이 바로 저였잖아요. 그렇지만…… 때로는 이미 알고 있는 사실을 일렬로 정리하다 보면 숨겨진 사실이 드러나는 법이지요. 고든은, 특유의 그 다정한 방식으로, 장애 차별에 대해 너무 민감하게 생각하지 말라고, 너무 위축되지 말라고 충고했어요.

"고마워. 그래, 그런 얘길 듣고 싶었어."

우리 사회는 변호사가 어떤 특정한 방식으로 소통하기를 기대하겠지만 저는 기본적으로 제가 원하는 변호사의 모습을 이미 그려 놨어요.

학기가 시작된 지 두 주가 지났어요. 저는 하버드 대학교 청각장애

지원센터의 코디네이터인 조디 스타이너, 로스쿨장애지원센터 소장인 캐슬린 시걸, 경력지원센터의 제니퍼 페리고와 한 면담에서 제가 사용하는 점자 커뮤니케이션 시스템을 설명했어요. 우리 네 사람은 파운드 홀의 회의 테이블에 둘러앉았어요. 로스쿨에서는 학생들의 네트워킹 기술을 증진하기 위해 네트워킹 이벤트*라는 워크숍을 계획하고 있었어요. 저는 그 워크숍에서 저의 점자 커뮤니케이션 시스템을 사용하고 싶었어요.

"내가 제대로 이해했는지 확인해 보려고요. 그러니까 학생 말은 누구든지 이 자판을 두드리면 학생이 점자로 그 내용을 읽게 된다는 거죠?"

조디 코디네이터가 FM 마이크를 대고 말했어요. 저는 고개를 끄덕였어요.

"좋아요. 참 쉬운 것 같네요. 워크숍에서 자리에 앉길 원해요? 아니면 서 있어도 되나요?"

"보통 사람들이 네트워킹 이벤트 워크숍에서 어떻게 하는데요?"

"젠 선생이 답변하도록 할게요. 이 마이크를 젠에게 넘깁니다."

마이크를 잡은 손이 바뀌었어요.

"보통은 사람들이 서서 여기저기 테이블을 돌아다니게 해요. 방에 리셉션 테이블을 몇 개 갖다 놓을 거예요. 높이가 조금 되는 둥근 테이블이죠."

"그러면 이 자판을 어느 한 테이블 위에 갖다 놓으면 되겠네요."

---

* 네트워킹 이벤트networking event는 일종의 비즈니스 네트워킹으로 관련 분야의 사람들이 만나 관계를 형성하고 정보를 공유하면서 잠재적 파트너를 찾기 위해 만나는 사회 활동을 말한다.

"그렇게 해야죠. 우린 학생과 조디를 위해 따로 테이블 하나를 마련해 놓을 거예요. 자리에 앉는 게 좋다면 의자도 준비해 놓을 게요."

저는 고개를 가로저었어요.

"그냥 서 있는 게 좋아요."

마이크가 다시 이동했어요.

"조디예요. 학생과 내가 높이가 높은 테이블 중 한 테이블에 서 있게 될 거예요. 점자 컴퓨터와 자판도 그 테이블 위에 놓을 거고요. 맥신은 어떻게 하죠? 어디에 있게 할까요? 맥신도 명함을 갖고 있나요?"

"명함이야 많죠! 모든 사람이 맥신이란 이름을 알게 될걸요? 제 발 옆 바닥에 앉아 있게 하려고요."

"야, 맥신. 맥신이 갈색의 저 크고 아름다운, 너무도 순진한 눈망울로 나를 바라보네요. 좋아요."

조디 코디네이터가 계속 말을 이었어요.

"젠에게 질문이 있어요. 큰 방에 변호사들이 많이 모일 것 같은데…… 아, 물론 꼰대 같은 변호사를 말하는 건 아니지만, 그래도 사람들이 우리 테이블에 와서 자판을 칠 것 같은가요?"

마이크가 젠 선생님에게 넘어갔어요.

"우리는 젊은 로스쿨 학생들을 도와주면서 멘토 역할을 하는데 관심이 있는 사람들에게 연락을 취할 겁니다. 제 생각엔 괜찮은 모임이 되지 않을까 싶네요. 조디 코디네이터가 마이크를 원해서 다시 돌려드립니다."

"고마워요, 젠. 하벤, 이번엔 당신에게 물어볼 게 있어요. 나는 어떤 일이든 미리 계획을 세우는 게 좋다고 생각해요. 그래서 묻는 건데, 누가 자판에 와인을 엎지르면 어떻게 하죠? 물론 그런 일이 일어나지 않길 바라지만 언제든 사고는 일어나는 법이니까요. 그럴 경우 우리가 어떤 대비책을 세워야 하죠?"

"좋은 질문을 하셨어요."

저는 의자 등받이에 몸을 기댄 채 잠시 생각을 하고는 대답했어요.

"가방에 예비 자판을 넣어 가면 안 될까요?"

"좋은 생각이에요! 혹시 점자 컴퓨터에 무슨 문제라도 생기면 그때는 어떻게 하지요?"

뜻밖의 질문이라 좀 놀랐어요.

"점자 컴퓨터는 비싸요. 집에 예비로 점자 컴퓨터가 한 대 더 있긴 한데, 둘 다 갖고 다니다 잘못되면…… 누가 자판에 뭘 엎지르는 일이 일어나면 할 수 없지요, 뭐. 급하면 수화를 하면 되니까요. 기본만 알고 있어서 문제이긴 하지만. 아무튼 수화를 우리 대비책으로 하죠, 뭐."

"알았어요. 모든 게 잘될 것 같네요. 당신이 이번 이벤트를 흔들어 놓을 활력소가 될 것 같네요! 캣 소장님, 뭐 덧붙일 말 없으신가요? 마이크를 캣 소장님께 넘깁니다."

마이크가 다시 움직였어요.

"하벤, 잘 해내리라 확신해요. 생각해 보고 필요한 게 있으면 언제든지 알려 줘요. 기다리고 있을게요."

워크숍 날이 되었어요. 조디 코디네이터가 예약된 우리 테이블이 있는 방 오른쪽 중간쯤으로 저를 데리고 갔어요. 저는 키가 높은 둥근 테이블 위에 점자 컴퓨터와 자판을 올려놓았어요.

"이거 잘 되죠?"

조디 코디네이터가 자판을 두드리며 물었어요.

너무 긴장한 나머지 목소리가 어디로 도망간 모양이에요. 전 그냥 고개만 끄덕였어요.

"됐어요! 오케이, 자, 어디 한번 볼까요? 난 방 안을 둘러보고 있어요. 방 왼쪽, 저쪽에 긴 테이블이 하나 보이네요. 보통 바라고 부르는데, 그곳에서 젊은 남자가 마실 것을 만들고 있어요. 뭐 좀 마실래요?"

저는 고개를 가로저었어요.

"똑똑하네요, 정말. 오케이, 사람들이 더 들어오고 있어요. 하벤, 당신 뒤에 테이블이 하나 있는데 두 여성이 얘기를 나누고 있네요. 나이가 들어 보이는데, 오십 대는 된 것 같아요. 그 여자들 왼쪽, 그러니까 당신 오른쪽 뒤에 두 남자와 한 여자가 있어요. 당신과 나이가 비슷해 보이는 게 아마 학생들인 것 같아요. 아, 바가 있는 쪽으로 걸어가네요."

저는 가볍게 헛기침을 하며 목을 가다듬었어요.

"좋아 보이는 사람을 찾아서 여기로 데려오실 생각인 거죠?"

"그럼요. 어떤 사람을 원해요?"

저는 어깨를 으쓱였어요.

"아무나 괜찮은데……."

"에이, 그건 너무 막연해요. 난 당신을 지원하기 위해 여기에 온 거예요. 팬스레 내 의견을 밝혀 당신이 사람들을 만나고 얘기하는 일에 영향을 주고 싶진 않아요. 자, 분명하게 지시하고 요구해요."

"그렇다면 좋아요. 친근감이 있어 보이는 사람을 찾아 주세요."

"친근감이 있다는 게 뭔지 정의를 내려 봐요."

저는 신경이 쓰이긴 했지만 그냥 웃었어요.

"글쎄요, 음…… 얼굴에 미소를 짓고 있는 사람을 찾아 주세요."

"오케이, 그럴게요. 아, 내 오른쪽, 당신에게는 왼쪽이 되겠지만, 그쪽으로 4, 5m 정도 떨어진 곳에 세 남자가 한데 모여 있어요. 삼십 대쯤 됐나? 옷차림도 근사하고. 무엇 때문인지 모르겠지만 웃고 미소 짓고 그러는데요? 그들을 데려올까요?"

"안 돼요! 누구든 방해하고 싶지 않아요. 같이 모여 있는 사람은 피해 주세요."

제 맥박이 마구 뛰기 시작했어요.

"알았어요. 그럼 미소를 짓고 있는 사람으로 혼자 있는 사람을 찾아 볼게요. 그런 사람을 찾더라도 반지를 끼고 있는지 아닌지 알려 줄까요?"

"조디 선생님! 알았어요. 마음대로 하세요. 말씀하고 싶은 거 다 말해 주세요!"

제 가슴 깊숙한 곳에서 솟아난 웃음이 손가락과 발가락까지 너울너울 퍼져 나갔어요. 잔뜩 힘이 들어갔던 어깨도 가벼워지는 것 같았어요.

"당연히 그래야죠. 여기 있는 사람 모두가 그런 세세한 것까지 다 보려고 이리로 온 거예요. 그러니 하벤, 당신도 그런 것을 다 알아야 공정한 게임이 되는 거예요. 원한다면 복장이며, 헤어스타일이며, 장신구며,

얼굴 표정까지, 뭐든 다 설명해 줄 수 있어요. 당신이 중요하게 생각하는 게 뭔지 그걸 알려 주면 내가 설명해 줄게요."

"알겠어요. 지금 누구랑 같이 있지 않은, 혼자 있는 사람이 보이나요?"

저는 그녀에게 환한 미소를 지어 보이며 물었어요.

"찾아보고 있어요…… 음료 테이블 근처에 혼자 서 있는 남자가 보이네요. 사십 대쯤? 그런데 그 사람이 미소를 짓고 있는지 아닌지, 여기서는 안 보여요."

"그 사람을 모셔 올 수 있을까요?"

"가서 뭐라고 얘기하고 모셔 올까요?"

"음, 이렇게 얘기해 주세요. '안녕하세요, 제가 하벤이란 여학생을 소개해도 괜찮겠습니까? 그 학생이 뵙고 싶어 하는데.' 그래서 그분이 좋다고 하면 이렇게 설명해 주세요. '그런데 그 학생은 중복장애인이라서 자판과 점자 컴퓨터를 사용해야 해요. 이쪽으로 와 보세요, 제가 소개해 드릴 테니.' 그러면서 우리 테이블을 가리키세요."

"알았어요. 비알비(BRB)*."

조디 코디네이터는 이 말과 함께 미지의 세계로 걸어 나갔어요.

사실 저는 두 눈으로 지극히 잘 볼 수 있는 사람들 속에 앞을 보지 못하는 상태로 있는, 정반대의 상황이 뒤섞인, 혼동의 위치에 놓여 있는 사람이에요. 사람들은 어떤 대상을 빤히 바라보죠-인간의 본성이에요. 눈에 띄는 사람, 가령 저처럼 하버드 로스쿨 리셉션 장소 한가운데 이상한 컴퓨터를 테이블에 올려놓고 개를 데리고 있는 흑인 여성이라면,

---

* 〈be right back(곧 올게요)〉의 약어로 문자 메시지나 이메일에서 많이 사용함.

그 사람에게 당장에 사람들의 눈길이 쏠리게 되지요. 그리고 사람들은 판단할 거예요-이것 역시 인간의 본성이죠. 필시 많은 사람들이 저를 피해야겠다고 생각할 거예요. 제가 어디에 기여할 만한 가치를 지녔다고 생각하지 않을 테니까요. 제가 보내는 메시지는 제 뜻대로 할 수 있지만 그런 사람들의 행동에 대해서는 제가 어쩌겠어요.

저는 손가락을 더듬어 자판을 찾았어요. '넌 자신 있어.' 제가 저에게 보낼 메시지를 타자한 거예요. 손가락으로 그 글자들을 훑으며 메시지를 읽었어요.

이 메시지를 느끼자. 생각하자. 믿자.

두 사람이 테이블로 다가왔어요.

"조디예요. 사이먼이란 분이 인사하겠다며 오셨어요. 자판치는 것을 원치 않으셔서 내가 대신 도와주기로 했어요."

저는 사이먼이란 분에게 손을 내밀어 악수를 청했어요.

"만나 뵈어서 반갑습니다, 사이먼 씨. 제 이름은 하벤이라고 해요."

그는 잡은 제 손을 흔들고는 그대로 잡고 있었어요. 그가 말하면 그 말을 받아 조디 코디네이터가 타이핑을 하는 동안 저는 한 손으로만 점자를 읽어야 했어요.

"만나서 반갑다고 얘기해 주시오. 그런데 저 개가 어떤 종이죠? 정말 멋진 갭니다. 저 개도 같이 강의실에 들어가나요? 그렇다면 참으로 똑똑한 개로군요. 이렇게 두 분을 만나서 정말 좋군요. 이 학생은 사람을 고무시키는 대단한 학생인 것 같네요."

마음이 좀 불편했어요. 장애를 지닌 사람들은 정말 별것 아닌 일로 인해 고무적이다, 다른 사람에게 용기를 준다, 이런 식으로 칭찬하는 말을 들어요. 그런 식의 칭찬은 연민과 동정을 돌려서 하는 말에 불과해요. 어떤 때는 비장애인이 장애인에게 그런 말을 하는 게 부담이 되거나 불편하다는 감정의 표시이기도 하고요.

"아녜요. 전혀 그렇지 않아요."

그런 말을 들으니 좀 불편했어요. 저는 그분이 잡고 있던 손을 슬며시 빼내어 컴퓨터를 가리키며 말했어요.

"선생님이 말씀하시면 조디 코디네이터가 말씀하신 내용을 자판에 쳐요. 자판으로 친 내용이 블루투스를 통해 이 점자 컴퓨터로 전달되고요. 그러면 그때 제가 점자로 전환된 내용을 읽게 됩니다. 그래서 선생님이 말씀하시고 그 말이 점자로 나타날 때까지 약간 시차가 생겨요. 선생님이 직접 자판을 치면 훨씬 이해하기가 쉬워요. 한번 쳐 보시겠어요?"

"아니, 괜찮습니다. 두 분을 지켜보는 것만으로도 즐거워요. 이게 내 명함입니다. 학생을 만나서 굉장히 고무적이었습니다. 아름답게 생겼다고 전해 주시죠. 자, 두 분, 잘 지내십시오."

이렇게 말하고 그분은 자리를 떴어요.

"자, 조디예요. 그 사람 명함을 컴퓨터 오른쪽에 둘게요. 어땠어요?"

"흐으음. 글쎄요…… 고무적이었어요."

저는 손으로 턱을 괴고 생각하는 척했어요.

"정말요?"

저는 씩 웃으며 고개를 끄덕였어요. 이번 행사에 참여하면서 저는 이 비슷한 일이 일어날 것 같아 염려스러웠어요. 그러나 걱정했던 일이 실제로 일어나자 두렵기는커녕 오히려 마음이 편해졌어요.

"이 다음부턴 다른 식으로 해 볼까요?"

저는 고개를 가로저었어요.

"저를 진지하게 대하지 않을 사람들이 있을 거예요. 하지만 존중해 줄 사람도 있지 않겠어요? 계속 찾아보죠, 뭐."

"혼자 돌아다니는 여자가 있어요. 삼십 대 여성으로 보이는데 한 손에 음료 잔을 들었군요. 살짝 웃는 것 같기도 해요."

저는 고개를 끄덕였어요.

"한번 만나 보죠."

"오케이, 비알비."

조디 코디네이터가 발걸음을 뗐어요.

저는 양 무릎에 힘을 주어 몸의 균형을 잡으며 맥신 옆에 무릎을 굽혀 자세를 낮췄어요. 훌륭한 변호사들로 북적대는 이 방에서 제 발 옆 바닥에 팔다리를 쭉 편 채 엎드려 있는 맥신의 모습이 묵언수행하는 구도자를 연상시켰어요. 저는 맥신의 털을 쓰다듬으며 그 평온함이 저에게 전해지길 바랐어요.

조디 코디네이터가 돌아왔어요.

"하벤, 성함이 사라라고 하는 여성 분이 왔어요. 이분이 직접 자판을 칠 겁니다. 나는 뒤로 물러나 있을게요. 여기, 사라라는 분이에요."

저는 사라라는 분에게 손을 내밀며 인사를 했어요.

"만나 뵙게 되어서 반갑습니다."

그녀는 내 손을 잡고 악수를 하더니 곧 손을 풀었어요.

"안녕하세요?"

그녀가 자판을 쳤어요. 저는 잘해 보자는 뜻으로 환한 미소를 그녀에게 보냈어요.

"오늘 저녁, 어떠세요?"

"좋아요. 근데 여기 엔터키를 쳐야 하나요?"

저는 고개를 저었어요.

"그러실 필요 없어요. 자판을 치면 곧바로 전달돼요. 자판을 누르자마자 글자가 점자로 나타나거든요."

"와우! 좀 만져 봐도 돼요?"

저는 그녀가 점자 디스플레이를 볼 수 있도록 컴퓨터를 돌려 주었어요. 그녀가 줄지어 배열된 점자를 만지더라고요. 그녀가 손을 떼자 저는 다시 컴퓨터를 제 쪽으로 돌렸어요.

"정말 신기해요. 새로운 기술인가요?"

"제가 가지고 있는 것은 올해 출시된 신제품이에요. 80년대 이후에 이 비슷한 것이 등장하기는 했어요. 기술 분야에서 일하시는 모양이죠?"

"어떻게 보면요. 대충 예상하셨겠지만 전 변호사예요. 5년 전에 뉴욕대 로스쿨을 졸업했어요."

"그렇군요! 어떤 분야의 법을 다루세요?"

"상법이 주된 실무죠. 보스턴 시내에 우리 로펌 사무실이 있어요. 곧 썸머 어소시에이트*를 뽑을 예정인데, 어때요, 관심 있으면 지원해 보실래요?"

저는 신중하게 대답하기 위해 잠시 생각을 가다듬었어요.

"저한테는 둘도 없는 기회인 것 같은데요? 사실 저는 궁극적으로는 장애인 인권 변호사가 되고 싶어요. 혹시 사무실에 인권 관련 소송을 다루는 변호사가 있나요?"

"나도 몇 건 해 본 적이 있어요. 프로 보노** 등. 인권 관련 사건을 담당하는 변호사가 있기는 해요. 명함을 드릴 테니 무슨 일 있으면 서로 연락을 주고받기로 해요. 내 명함을 학생한테 줄까요? 아니면 통역사에게?"

"저에게 주세요. 감사합니다. 이렇게 만나 뵈어서 정말 좋았어요. 즐거운 시간 보내시길 바랄게요."

"학생도요. 잘 있어요!"

사라 변호사는 자기 잔을 집어 들고는 자리를 떴어요.

"조디예요. 한 학생이 기다리고 있어요. 할 얘기가 있다면서. 예쁘게 미소 지으세요. 아는 사이라고 했어요. 자, 여기 그 남학생입니다."

"안녕. 누구세요?"

---

* 썸머 어소시에이트summer associate는 보통 로스쿨에서 2년을 마치고 여름 방학 동안 로펌에서 인턴으로 활동하는 로스쿨 재학생을 지칭하는 말이다. 대체로 로펌에서는 정규 소속 변호사(어소시에이트 변호사)를 채용하기 위해 〈썸머 어소시에이트 프로그램〉을 많이 운영한다.

** 프로 보노pro bono는 〈공익을 위하여〉라는 뜻을 지닌 라틴어인 〈pro bono publico〉의 약어로 자원봉사 활동처럼 보수를 받지 않고 행하는 전문적인 업무나 활동을 지칭하는 용어다. 법조계에서는 변호사를 선임할 경제적 여유가 없는 개인이나 단체를 위해 무료로 법률 서비스를 제공하는 것을 말한다.

"헤이, 나야, 리퀸."

"리퀸! 안녕! 리셉션 어땠어?"

저절로 얼굴에 웃음꽃이 피었어요. 친구를 만나다니, 짜릿한 기분이 들었거든요.

"좋은 사람을 여럿 만났어. 명함도 받고. 나는 참 좋았는데. 너는 어때?"

그가 하는 말이 쓰윽 튀어 올랐어요. 자판 치는 속도가 두 배나 빨라졌어요.

"방금 전에 사라라는 변호사와 멋진 대화를 나눴어. 자기네 로펌의 썸머 어소시에이트 프로그램을 알려 주더라."

"굉장한데! 난 그냥 인사만 하고 가려고 온 거야. 이번 행사에 동기 중에 참석한 사람이 얼마 안 되더라. 비티더블유(BTW)*, 지난번에 내가 카페테리아에 있다가 창밖을 보니까 네가 맥신하고 공놀이를 하고 있더라고. 신나 보이던데."

"그렇구나. 맥신이 워낙 공놀이를 좋아해서. 언제 너도 한번 같이 놀아 봐."

"그래 주면 좋지. 이메일 보낼게. 그럼 난 사람들을 좀 더 만나러 갈게. 또 보자."

"잘 가!"

조디 코디네이터는 저녁 내내 제가 대화를 편하게 나누게 해 주려고 무던히 애를 썼어요. 눈으로 보고 귀로 들은 것을 열심히 자판으로 옮겼고, 결정은 제가 내리도록 했어요. 그렇게 해서 저는 로스쿨 재학생

* 〈by the way(그런데 말이야)〉의 약어로 문자 메시지나 이메일에서 많이 사용함.

354

과 변호사들을 참 많이 만날 수 있었어요.

그날의 경험이 저를 더욱 활기찬 학생으로 만들어 주었어요. 사교의 범위도 계속 넓혀 갔어요. 강의 시작 전후에 동기들은 블루투스 자판을 열심히 두드렸어요. 커피숍에서 처음 만난 사람들도 자판으로 자신들을 소개해 주었어요. 제 인생 첫 댄스 파트너도 저에게 쉽게 이름을 알려 줄 수 있었지요. 사람들이 그냥 자리를 뜨거나 무시하는 말을 던지는 경우가 가물에 콩 나듯, 드문 경우가 되었어요. 그런 사람이 있으면 저는 맥신에게 어서 갈 길을 안내해 주라고 지시하지요. 사람들 대부분이, 정말 많은 사람이, 모두가 사려 깊고, 저에 대해 알고 싶어 하고, 새로운 방식으로 대화 나누는 일에 기꺼이 동참했어요. 사람들이 자판에 익숙해지면서 저 또한 상대방이 편안한 기분을 느끼게 해 줄 수가 있었어요. 점자나 수화나 장애인의 문화에 대해서 모르는 사람이 많았어요. 대부분이 그랬어요. 하지만 자판을 칠 줄 모르는 사람은 많지 않았어요. 특히 밀레니얼 세대*는 자판을 통해 대화를 나눈 경험이 많은 세대잖아요. 아무튼, 그런 식으로 해서, 저에게 자판은 망망대해에 표류하던 사람이 붙잡은 구명 뗏목과도 같았어요.

아무리 사람들과 소통하는 게 중요하다 해도 소통의 방법을 궁리하는 것은 제 삶의 극히 일부에 지나지 않아요. 저는 교재와 판례와 판례에 관한 케이스노트를 읽는 데 대부분의 시간을 보내야 했어요. 학교에서는 모든 자료를 디지털 파일로 보내 주었어요. 그래야 제가 컴퓨터

---

* 밀레니얼 세대Millennial Generation, 혹은 Millennials는 21세기 초에 성인이 된 세대를 지칭하는 용어로 대체로 1980년대 초에서 2000년대 초반에 출생한 세대를 말한다.

로 접근할 수 있거든요. 접근 가능한 문서, 신청서, 웹사이트 등을 통해 저는 법학 연구도 하고 논문도 쓸 수 있었어요. 현재 점점 더 많은 기술 개발자가 다양한 접근 가능 수단을 염두에 두고 열심히 새로운 기술을 구상하고 있다고 하더군요. 앞으로 장애를 지닌 학생들에겐 더 많은 기회가 주어지겠지요. 2010년, 한 학생으로서 저는 과거의 장애인 학생보다 훨씬 많은 학습 도구에 접근할 수 있게 되었어요. 또한 여러 해 동안 장애인 인권 옹호를 통해 차별 장벽이 많이 제거되기도 했지요. 그런 활동이 저와 같은 학생에게 미래로 향하는 길을 열어 준 것이지요.

하버드 로스쿨의 강사 선생님은 엄청난 양의 과제를 부과하는 것으로 유명해요. 너무 과중하다고 할까요? 하지만 저는 중학교 때부터 시작해서 대학교에 다니는 동안 더욱 연마한 제 나름대로의 학습 원칙이 특히 로스쿨에 와서 빛을 발하기 시작하면서 잘 감당해 내었어요. 저는 과제가 무엇인지 잘 기억하고, 일의 우선순위를 정하고, 도서관 사서, 강사 선생님, 경험이 많은 학생들의 조언을 받아들이며 차근차근 대처해 나갔어요. 기말고사를 준비하는 동안에는 로스쿨 흑인 학생 협의회와 로스쿨 여학생 협의회에서 멘토와 학습 요령 등을 제공해 주어 살아남을 수가 있었고요. 기말고사가 사람을 파김치로 만들어 버리더군요. 진을 다 빼놓는, 잔인하다 싶을 정도로 혹독했던 시험들. 로스쿨 측에서는 점자 시험지를 제공해 주고, 스크린리더와 점자 디스플레이를 갖춘 노트북 컴퓨터를 마련해 주어 저는 자판을 쳐서 답안을 작성하고 출력할 수가 있었어요. 다른 학생들의 답안과 마찬가지로 제 답안 역시 이름을 가리고 채점되었지요.

마지막 시험이 끝나자 컴퓨터 〈받은 편지함〉에 이메일 하나가 뜨더 군요. 저로서는 감당하기 힘든 일을 물어보는 이메일이었어요. 시험이 끝났으니 동기들과 바에서 축하 파티를 하자는 거였어요. 그래, 그러자. 미안, 못 갈 것 같아. 그래. 알았어. 미안, 못 가서. 바는 저에게는 최악의 환경이에요. 테이블도 끈적끈적하고 바닥은 더 끈적거리죠. 너무 시끄러워 저 같은 경우는 누가 무슨 말을 하는지 전혀 알아들을 수가 없어요. 물론 누구도 제 말에 귀를 기울이지 않겠지만.

술집인 바에 가서 어떻게 대처해야 할지 드디어 그 문제를 해결해야 할 때가 되었어요. 아주 먼 옛날부터 변호사들은 바에서 한데 모였으니까요. 변호사가 되기 위해 치르는 마지막 시험인 변호사 시험을 〈바 시험bar exam〉이라고 부르는 것도 무리는 아니겠네요.

맥신과 저는 캠퍼스 밖에 있는 아파트를 나와 로스쿨로 걸어갔어요. 그런 다음 로스쿨을 가로질러 하버드 야드*를 지나고, 또 하버드 스퀘어**를 횡단하여 그 유명한 전설의 〈존 하버드 브루어리 앤 에일 하우스〉로 향했어요. 입구에 다다르자 맥주와 튀김 요리 냄새가 저희를 맞이했어요.

"앞으로."

---

* 하버드 야드Harvard Yard는 하버드 대학교에서 가장 오래된 역사적 중심지로 현대식 교차로가 가로지르는 장소다. 1학년 기숙사의 대부분이 이곳에 있으며, 하버드 대학교의 가장 중요한 도서관인 메모리얼 처치 및 총장실을 비롯한 주요 행정 사무실과 강의실 및 일부 학과 사무실 등이 자리하고 있는 곳이다.

** 하버드 스퀘어Harvard Square는 매사추세츠 케임브리지 중심가 근처의 매사추세츠 에비뉴, 브래틀 스트리트, 존 F. 케네디 스트리트가 교차하는 곳에 있는 삼각형 모양의 광장을 말한다.

우리는 계단을 내려갔어요.

"잘했어!"

계단이 끝나는 바닥에서 맥신이 멈췄어요.

'이젠 어떻게 하죠?'

맥신이 이렇게 묻는 것 같았어요.

흐릿한 조명 사이로 무리 지어 있는 많은 사람이 보였어요. 우리 앞은 물론 왼쪽과 오른쪽 할 것 없이 발 디딜 틈이 없었어요. 곳곳에서 울려 나오는 사람들 목소리가 한데 뒤섞이며 거대한 혼돈의 불협화음을 만들어 내고 있었어요.

누군가가 다가와 제 팔을 툭, 건드렸어요. 여자였어요. 그녀가 뭐라고 말했지만 이내 시끄러운 소음 속에 묻혀 버리고 말았어요.

"안녕! 나는 소리를 잘 듣지 못해. 내 자판을 어디다 올려놓고 싶은데 혹시 카운터나 테이블로 좀 안내해 줄 수 있어?"

저는 미소를 지으며 말했어요.

그녀는 사람들 틈을 비집고 지나 나무로 된 카운터로 저를 데리고 갔어요.

"고마워!"

가방에서 자판과 점자 디스플레이를 꺼낸 저는 자판을 그녀에게 넘겨주었어요.

"헤이, 자넷이야. 기분이 어때?"

"당연히 좋지! 기말시험이 끝나니까 살 것 같아."

"나도 그래. 우린 해낸 거야! 살아남은 거라고!"

"사람들이 그러는데 첫 학기를 마쳤으니 이제부턴 모든 게 훨씬 수월할 거라고 하더라."

학교생활에 관한 통상적인 대화를 바에 앉아 주고받으려니 머리가 어지러워지는 것 같았어요. 그래도 괜찮았어요. 과거에는 소음이 심한 환경 속에 놓이면 마치 길을 잃은 듯한, 고립된 느낌을 받곤 했어요. 그래서 될 수 있으면 그런 장소나 자리는 피하려고 했지요. 고등학교 공식 댄스파티인 프롬* 이나 대학교 졸업식에 참석하지 않은 것도 다 그런 이유 때문이었어요. 그렇지만 이제는 사정이 달라졌어요. 저와 저의 자판을 존중해 주는 사람이 있다는 것을 알기 때문이지요.

"뭐 좀 마실래?"

자넷이 물었어요. 저는 고개를 끄덕이며 대답했어요.

"레모네이드."

"오케이, 바텐더에게 얘기할게. 리퀸이 인사하고 싶다는데."

자넷은 바텐더와 얘기를 하더니 곧 무리 속으로 사라졌어요. 키가 큰 남자가 자판을 잡았어요.

"안녕, 리퀸이야. 기말시험 어땠어?"

"어렵더라. 그래도 최선은 다했어. 너는 어땠어?"

저는 어깨를 으쓱 들어 올리며 대답했어요.

"계약법 시험, 정말 장난이 아니더라. 그래도 다 끝났으니 기분은 좋

---

* 프롬prom은 '프롬나드promnade'의 약어로, 보통 미국이나 캐나다에서 고등학교를 마치는 3학년 말에 개최하는 공식 댄스파티를 말한다. 2학년을 마칠 때도 댄스파티를 하는 경우가 있는데 그럴 때는 3학년 때 파티를 '시니어 프롬'이라 하고 2학년 때를 '주니어 프롬'이라 하여 서로 구분하기도 한다.

아. 쉬는 날 동안 집에 가 있으려고. 잠시 하버드 로스쿨을 벗어나 있고 싶어. 음료수 여기 있어. 바로 오른쪽에."

저는 오른손을 뻗어 잔을 찾았어요. 한 모금 마셨어요.

"그거 레모네이드야?"

"응."

저는 리퀸이 음료수를 놓고 저를 놀리려고 하는 게 아닌가 싶어 눈썹을 치켜올렸어요.

"알코올 없는 거? 야, 축하하는 자린데 그러면 안 되지."

저는 살짝 웃으며 말했어요.

"난 이미 눈도 안 보이고 귀도 안 들려. 그런데다 술 마시고 취하기까지 한다? 말도 안 돼."

"하하하하! 재미있는 말인데. 그래도 오늘 밤은 축하해야지. 뭐 좀 갖다 줄까? 먹을 거?"

저는 고개를 저었어요.

"그건 그렇고, 바가 어떻게 생겼는지 설명해 줄 수 있어?"

"당연하지! 이 바는 〈L〉자 모양으로 생겼어. 그 〈L〉자의 긴 쪽 중간쯤에 우리가 있는 거고. 길게 쭉 이어진 이 카운터를 따라 서 있는 사람도 있고 앉아 있는 사람도 있어. 다 젊고 팔팔해 보여. 기밀시험 끝난 걸 축하하려고 학생들이 죄다 모인 것 같다. 이 광경을 글로 쓰면 어떨까?"

"해 봐! 난 소설가다, 아니면 영화 각본 작가다, 이렇게 뽐내면서 말이야."

"하하. 자, 또 뭐가 있나…… 그래, 입구는 왼쪽에 있어. 아까 네가 맥신하고 같이 걸어 내려온 그 나무 계단 말이야. 에프와이아이(FYI)*, 너희 둘이 걸어 들어올 때 사람들이 맥신을 보고는 모두 감탄하더라."

"맥신한테 그런 얘기하면 안 돼. 쟤 자존감이 오를 대로 다 올라있는 상태야."

저는 은근히 야단치는 목소리로 말했어요.

"하하, 아무튼 완벽하잖아. 오케이, 다시 설명으로 돌아가 볼까? 아까 그 계단을 내려와서 오른쪽으로 돌면 레스토랑이 나와. 테이블과 부스가 있는 제법 넓은 공간이지. 사람들이 꽉 찼어. 잠깐, 리사가 너하고 얘기하고 싶다고 하는데. 자판을 리사에게 넘길게. 우리가 있는 이쪽에 우리 뒤로 한 스무 명쯤 왔다 갔다 하고 있어. 뭐 필요한 거 있으면 아무한테나 물어보면 돼. 괜찮아?"

"괜찮다 뿐이겠니?"

저는 얼른 자판을 넘기라고 손짓을 했어요.

"대단해. 오케이, 자, 이젠 리사 차례다."

자판과 점자 디스플레이가 바에서 시간 보내는 일을 제가 예상했던 것보다 훨씬 수월하게 해 주었어요. 저녁 내내 동기생이 찾아와 저한테 고맙다고 했어요. 시끄러운 바에서 빽빽 소리 지르다가 잠시나마 자판을 두드리며 목을 쉬게 할 수 있어서 좋았다고 말예요. 제 자판은 보도에 설치된 연석경사**로 같은 거였어요. 비장애인에게도 그런 시설

---

* 〈for your information(참고로)〉의 약어로 친구 사이에 주고받는 이메일에서 많이 사용한다.

** 인도와 차도 사이의 도로 경계석인 연석의 턱을 없애고 경사로를 만들어 장애인이 쉽게 다니도록 설치한 시설.

이 유용하다고 하잖아요. 장애인의 어려운 문제를 해결하는 것, 이것은 사실 따지고 보면 공동체 전체에 이익이 되고 누구에게나 도움이 되는 일이지요.

어떤 키 큰 사람이 자판 앞에서 어른거렸어요.

"헤이, 나야."

"'나'가 누구죠?"

제가 물었어요.

"오 진따 미앙 리퀸이아 레논마드 더 필여한 디 멀오버는 거그든."

무슨 메시지를 보낸 건지, 손가락으로 열심히 훑었어요.

"이게 무슨 소리지?"

헛소리는 아닌지, 영문 모를 말.

눈이 반짝인다고 하면 바로 제 눈이 그랬어요.

"대체 무슨 소린지 모르겠어. 뭘 이렇게 어렵게 물어보는 거지? 대체 술을 얼마나 마신거야?"

알아들을 수 없는 말.

"내 그럴 줄 알았다니까."

저는 나오는 웃음을 참았어요. 또 한 사람이 우리에게 다가왔어요.

"헤이, 닉이야. 무슨 일 있어?"

저는 닉의 반대편에 있는 리퀸을 손으로 가리켰어요.

"무슨 말을 하려는 거 같은데 뭔지 모르겠어. 한번 물어봐 줄래?"

닉이 왼쪽으로 고개를 돌렸어요. 리퀸이 닉의 귀 가까이 몸을 기울였지요. 곧이어 닉이 리퀸의 귀로 몸을 기울이더라고요. 주거니 받거니 그러더니 드디어 닉이 자판으로 돌아왔어요.

저는 제 잔을 가리키며 말했어요.

"아직 다 마시지도 못했는걸. 어쨌든 그렇게 물어보는 것만으로도 고맙지, 뭐."

"리퀸의 말이 배배 꼬여 가지고."

"그럴 줄 알았어. 술이 취해서 자판을 치긴 했는데 엉터리로 친 거야."

모든 게 너무 재미있었어요. 얼굴이 환하게 펴지는 것 같았어요.

"하하! 너도 하고 싶은 말 있으면 지금 해. 내가 자판을 엉망으로 치기 전에."

"맞는 말이야. 너희 모두 고주망태가 된 거라고. 잘한다 잘해."

저는 걱정하는 척했어요.

"비티더블유, 내 생각엔 맥신도 술을 마신 거 같은데."

"뭐라고?"

제 손이 가죽 끈을 따라 카운터 아래 털이 보들보들한 맥신의 머리로 향했어요. 맥신의 코는 바닥의 한 지점을 열심히 킁킁거리며 탐색 중이었고요.

"안 돼!"

맥신이 바닥에서 코를 떼었어요.

"착하지."

저는 의자에 등을 붙이고 닉을 바라보았어요.

"맥신은 술 마시면 큰일 나. 개 간은 쪼그맣단 말이야. 로스쿨 학생들이야 간덩이가 부었겠지만."

"하하. 누가 바닥에 맥주를 조금 흘린 거야. 맥신이 다시 바닥을 핥으면 알려 줄게."

"고마워!"

"난 이제 가 봐야 해. 마음 편하게 잘 쉬어. 휴일 잘 보내고. 1월에 보자!"

"너도. 잘 가!"

"이젠 리사가 자판을 칠 거야. 잘 있어!"

자판을 차지한 손이 바뀌었어요.

"안녕, 리사야. 다시 왔어. 이런 말을 해도 될지 모르겠는데, 왜 술을 마시지 않는 거니? 다른 뜻이 있는 건 아니고, 혹시 장애와 무슨 연관이 있나 싶어서."

"술을 마시는 장애인도 있어. 개인 취향이지 뭐. 술 취해서 비틀거리는 거 싫어. 똑바로 행동하고 싶거든."

저는 별것 아니라는 뜻에서 두 손을 슬쩍 들어 올렸어요.

"엘오엘(LOL)*. 맞는 말이지. 술 취해서 쓰러지기 전에 집에 가야겠어. 근데 너, 집에 갈 때 누가 도와주지 않아도 돼?"

"응. 이곳 지리를 잘 알고 있으니까 괜찮아."

"정말 괜찮아?"

"그렇다니까."

"알았어. 대부분이 떠났어. 리퀸은 아직 남았고. 안아도 돼?"

우리는 포옹을 했고 리사는 자리를 떴어요.

---

* 〈laugh(ing) out loud(큰 소리로 웃다)〉의 약어로 '웃음'을 뜻하는 인터넷 속어.

저는 손을 더듬어 잔을 잡았어요. 시원한 레모네이드를 마시니 목이 좀 가라앉았어요. 사람들이 왁자지껄 떠드는 곳에서 말을 하다 보니 목이 많이 쉬었어요. 시각 디스플레이를 갖춘 시스템이 있어 제가 하는 말을 상대방이 볼 수 있으면 좋겠다는 생각이 들더군요. 또 한 가지, 다음번에는 좀 더 조용한 곳에서 모임을 열었으면 좋겠다는 생각이 들었고요.

"나, 집에 갈 거야. 너, 괜찮아?"

저는 리퀸에게 말하며 자판을 리퀸 앞에 놓았어요.

도무지 알 수 없는 말.

저는 미간을 찌푸렸어요.

"너, 혼자 집에 갈 수 있어?"

또다시 알 수 없는 말.

내가 리퀸이라면, 난 친구가 어떻게 해 주길 바랐을까?

"같이 가 줄까? 너희 기숙사가 우리 집 가는 길에 있으니까."

역시 알 수 없는 말.

저는 손가락으로 테이블을 툭툭 쳤어요.

"안 되겠어. 너, 집에 가야겠다. 같이 걸어가자. 어서, 가자고."

저는 자판을 잡고 전원을 껐어요.

리퀸의 손이 자판에서 떨어지지 않았어요. 자판을 꼭 붙잡고 있는 손. 가까스로 그의 손을 떼어 냈어요. 그러자 또다시 리퀸이 얼른 손을 뻗어 자판을 잡았어요.

"알았다, 알았어. 그래, 잡고 있어."

저는 자판의 스위치를 켠 다음 다시 리퀸 앞에 자판을 놓았어요.

"이제 쳐 봐."

마찬가지로 알 수 없는 말.

웃음이 나왔어요.

"미안해! 네가 치는 말이 무슨 소리인지 모르겠어. 밖에 나가면 훨씬 조용하니까 우리 밖에 나가 얘기하자."

저는 짐을 챙겨 가방에 넣고 코트를 걸쳤어요. 리퀸은 여전히 바의 의자에 앉아 있었어요. 저는 그 옆으로 다가가 그가 일어서기를 기다렸어요. 그렇게 잠시 기다리는 동안 저는 무심코, 아무 생각 없이, 손가락으로 맥신의 가죽 끈에 새겨진 글자를 더듬었어요. 〈씽아이〉.

리퀸이 손을 아래로 내리더니 맥신의 몸을 쓰다듬었어요. 저는 힘찬 목소리로 맥신에게 말했어요.

"갈 준비됐지?"

맥신이 벌떡 일어섰어요. 그러고는 꼬리를 휙휙 휘둘러 제 다리를 쳤어요. 꼬리를 흔드는 꼴이 꼭 이렇게 말하는 것 같았어요.

"자, 갑시다, 어서 가요, 가자고요!"

리퀸이 팔다리를 이리저리 움직이며 겨우 겨우 자리에서 일어섰어요.

"앞으로!"

맥신이 계단을 향해 튀어 나갔어요.

"천천히."

계단으로 발걸음을 옮기면서 뒤를 돌아보았어요. 리퀸이 우리 뒤에서 비틀거리며 터덜터덜 따라오고 있었어요.

"맥신, 천천히."

우리는 리퀸과 보조를 맞춰 계단을 올랐어요. 맥신이 문 앞에 멈췄어요. 저는 문을 밀어서 열고는 리퀸이 나갈 때까지 문을 잡고 기다렸어요.

지난 며칠, 겨울인데도 날이 따뜻해서 그동안 케임브리지 거리를 미끄러워 지나다니기 힘들게 만들었던 잔설과 살얼음들이 다 사라졌어요. 술 마시러 밖으로 나온 학생에게는 다행이지요. 술에 취한 리퀸을 위해서도 천만다행이었어요.

"나한테 하고 싶었던 말이 뭐야?"

제가 물었어요.

웅얼, 웅얼.

저는 리퀸 가까이로 몸을 기울였어요.

"뭐라고?"

웅얼, 웅얼.

"안 되겠어. 대체 무슨 소린지 알 수 있어야지. 난 집에 갈 거야. 가는 도중에 네 기숙사가 있잖아. 같이 가 줄까?"

저는 가방의 어깨끈을 조절하며 말을 이었어요.

웅얼, 웅얼.

"나 따라와."

맥신과 저는 다시 방향을 잡았어요.

"맥신, 앞으로. 우리 맥신 착하다!"

우리는 던스터 스트리트를 따라 하버드 스퀘어로 향했어요. 리퀸은 뒤에서 중얼중얼 혼잣말을 하면서 따라왔어요. 갈지자로 가다 서다를 반복하면서 따라오더군요. 맥신과 저는 뒤따라오는 리퀸의 걷는 속도에 맞춰 천천히 걸었어요.

보도가 넓어지면서 드디어 하버드 스퀘어 광장에 들어섰어요. 광장을 반쯤 지났을까 리퀸이 오른쪽으로 방향을 틀더니 잘못된 길로 들어서는 거예요. 맥신과 저는 얼른 뒤따라갔어요. 리퀸에게 다가간 저는 그의 팔을 세게 끌어당겼어요.

"너희 기숙사는 반대쪽이야."

잠잠 무반응.

"맥신하고 나는 왼쪽 방향으로 갈 거야."

저는 손으로 왼쪽을 가리켰어요.

"맥신?"

리퀸이 놀란 듯 물었어요.

"그래!"

저는 맥신을 내려다보며 다정한 목소리로 말했어요.

"맥신, 갈 준비됐지?"

또다시 맥신의 꼬리가 제 다리를 획획 때렸어요. 맥신이 움직이자 리퀸도 따라 움직였어요. 우리 셋은 함께 하버드 스퀘어를 지났어요. 곧이어 하버드 야드가 나타났어요. 벽돌 건물이 점점이 들어서 있고 벽돌 담이 둘러 처진 거대한 잔디밭. 그곳엔 포장된 길이 교차되어 있어 자

첫 길을 잘못 들어설 때가 있어요. 그래도 맥신은 자신 있게 발걸음을 옮겼어요. 제대로 길을 찾아 들어선 거예요. 터덜터덜 따라오던 리퀸이 비틀거리더니 길에서 벗어났어요.

"리퀸!"

저는 이름을 부르면서 맥신과 함께 달려갔어요.

"내 팔을 잡고 가면 좋을 것 같은데, 그럴래?"

저는 그의 왼손을 잡아 올려 제 오른팔에 걸쳤어요.

웅얼, 웅얼. 이내 리퀸의 손이 푹 아래로 떨어졌어요.

"너, 우리 따라올 수 있겠지? 맥신만 따라와, 오케이?"

웅얼, 웅얼.

리퀸은 맥신을 따라 하버드 야드를 통과하고, 사이언스 센터를 돌아 나와 랑델 법학 도서관*을 지났어요. 맥신과 저는 리퀸을 그의 기숙사에 안전하게 데려다 주었지요. 어쨌든 원래 계획대로 잘된 거예요.

그런데 사실은 도중에 이런 일이 있었어요. 리퀸이 맥신을 따라 하버드 야드를 통과하고, 사이언스 센터를 돌아 나와 랑델 법학 도서관을 지나는 도중이었어요. 그런데 돌연 걸음을 멈춘 리퀸이 도서관 계단을 뛰어 오르더니 털썩 계단에 주저앉는 거예요.

깜짝 놀라긴 했지만 바로 제 입에서 웃음이 새어 나오더군요. 저는 계단 위에 드리운 희미한 그림자를 물끄러미 바라보았어요. 어떻게 해

---

* 랑델 법학 도서관Langdell Law Library은 1870년에서 1895년까지 로스쿨 학장을 지내면서 사례 연구 교수법을 처음 도입하여 로스쿨의 개혁을 이뤄 낸 크리스토퍼 C. 랑델 교수의 이름을 따서 붙인 하버드의 법학 도서관이다. 1905년에 신고전주의 스타일로 건립된 이 도서관은 하버드 로스쿨에서 가장 큰 건물이자 세계 법학 도서관 중에 가장 큰 규모의 도서관이기도 하다.

야 할지…….

리퀸은 장애의 세계라는 미지의 세계로 다가와 그 세계를 건너-기술과 통역사와 안내견을 다 경험하며-저와 대화를 나누기 시작한 친구예요. 그런데 이제는 우리의 역할이 바뀌었어요. 이번엔 제가 미지의 세계 속으로 들어가게 된 것이죠. 도대체 어떻게 해야 이 친구를 진정시키고 기숙사에 들어가게 할 수 있을까?

맥신과 저는 계단으로 올라갔어요. 리퀸 옆에 앉은 저는 쾌활하고 흥겨운 목소리로 말하기 시작했어요.

"하벤과 맥신이랍니다. 아주 좋은 소식을 전해 드릴게요. 드디어 기말시험이 끝났답니다."

웅얼, 웅얼.

"다 끝났어요. 이제 자유예요. 도서관에서 살다시피 안 해도 된답니다."

웅얼, 웅얼.

"기숙사에 거의 다 왔거든요. 집에 가고 싶지 않으세요?"

웅얼, 웅얼.

황량한 겨울밤 이 바깥에서, 더욱이 차갑고 딱딱한 계단에서, 오도 가도 못하는 신세가 된 게 아닌가 싶었어요. 저는 맥신의 털 속으로 손을 집어넣어 이리저리 움직였어요. 시린 손을 따뜻하게 하고 싶었거든요. 그러자 리퀸도 맥신의 몸을 쓰다듬었지요. 문득 떠오르는 생각이 있었어요.

"맥신이 저쪽 길을 따라갈 겁니다. 따라오세요."

자리에서 일어선 저는 저녁 내내 사용했던 쾌활한 목소리로 맥신에게 말했어요.

"갈 준비 다 됐니?"

맥신과 저는 계단을 내려갔어요. 그러나 리퀸은 그 자리에 그대로 앉아 움직이지 않았어요. 계단을 다 내려간 저는 리퀸이 스스로 내려오길 기다렸어요. 그때, 리퀸이 큰 소리로 불렀어요.

"맥신!"

저는 리퀸의 귀에도 들리도록 아주 큰 소리로 다시 맥신에게 말했어요.

"맥신, 갈 준비됐지?"

보조 장비 전체가 들썩거릴 정도로 맥신이 힘차게 꼬리를 흔들었어요. 맥신과 제가 걸음을 떼기 시작했어요. 우리 뒤에서, 드디어 리퀸이 주섬주섬 자리에서 일어나더니 비틀비틀 계단을 내려와 도서관에서 가까운 그의 기숙사로 이어지는 길로 들어섰어요. 그러고는 바로 기숙사로 들어갔지요. 그제야 맥신과 저는 한 구역을 더 지나 캠퍼스 밖에 있는 우리 아파트로 향할 수 있었어요.

로스쿨에서 보낸 첫 학기 동안 소중한 교훈을 많이 배웠어요. 그중 가장 기억에 남은 것은 바로 이것이에요. 〈혹 술을 마시더라도 집에 갈 때 도움이 필요한 친구가 없는지, 잘 지켜본 다음 마시자.〉

저는 하버드 로스쿨 최초의 중복장애 학생이에요. 하버드 대학교는 사실 그 장구한 역사를 거치는 동안 많은 집단에 대해 배타적인 태도를 취해 왔어요. 헬렌 켈러가 지원했을 때 하버드 대학교는 그녀에게 입학을 허가하지 않았어요. 헬렌이 장애 때문에 지원을 안 한 것도 아니고, 그녀가 자신의 사회적 성을 인식해서 포기한 것도 아니었어요. 여성에 대해 차별 장벽을 높게 세운 것은 하버드 대학교였어요. 그렇지만 하버드 대학교의 자매 학교인 래드클리프 대학이 헬렌 켈러에게 입학 허가를 내주었고, 결국 그녀는 1904년에 학사 학위를 받을 수 있었어요.

하버드 대학교는 처음 설립된 이후 첫 2백여 년 동안 여성에 대해 배타적인 입장을 취해 왔어요. 그러나 세월이 지나면서 문화가 바뀌었지요. 시대의 흐름에 적응하고 변화를 받아들일 수밖에 없었던 하버드 대학교는 결국 여성과 유색 인종과 장애인에게도 문호를 개방했지요.

하버드 대학교는 헬렌의 시대 이후로 많은 진보적인 조치를 취했지만 아직 더 많은 혁신이 필요해요.

하버드 로스쿨에서 3년을 보내는 동안 저는 계속해서 어려움에 직면했어요. 학교 측은 저에게 필요한 편의 시설이 무엇인지 잘 몰랐어요. 그건 저도 마찬가지였어요. 중복장애인 상태에서 로스쿨 공부를 한다는 것이 저에게도 새로운 경험이었거든요. 그래서 학교와 저는 서로 대화를 많이 했어요. 우리는 여러 전략을 세워 하나씩 시도해 가며 온갖 시행착오를 겪은 끝에 결국에는 올바른 해결책을 찾아냈어요. 저는 모든 과목을 다 통과했으며, 여러 차례 우등생으로 뽑히기도 했지요. 여름방학 동안에는 귀중한 실무 경험도 쌓았어요-처음엔 미국 교육부 산하 인권청에서, 그 다음엔 미국 동등 고용 기회 위원회에서 많은 것을 배웠지요. 로스쿨 마지막 해에 저는 법학 분야에서 가장 유명한 펠로우십인 스캐든 펠로우십을 받는 영예를 누렸어요. 스캐든 재단에서 시각장애 학생에게 디지털 독서 서비스를 이용할 수 있는 기회를 더 많이 제공하려는 제 과제에 2년 동안 재정 지원을 하겠다고 약속했거든요. 저는 캘리포니아주 버클리에 있는 공익법무법인인 〈장애인 인권 옹호〉에서 활동할 예정이에요.

이제 우리에게는 더는 눈이 내리는 추운 겨울이 없을 거예요.

"맥신, 너 준비됐지?"

제23장

장애인 인권을 위한 소송,
그리고 완전한 승리

2015년 겨울, 버몬트, 벌링턴

법정의 온 시선이 장애인 인권의 영웅인 대니얼 골드스타인에게 쏠렸어요. 그는 미국 버몬트주 연방지방법원에서 판사인 윌리엄 K. 세션스를 바라보며 발언대에 서 있었어요. 댄이 구두로 원고 측 입장과 고소한 이유에 대해 설명하는 동안 메건 시두, 그렉 케어, 에밀리 조셀슨, 제임스 드위스 등 법률 대리인인 변호사들과 저는 원고 측 테이블에 앉아 오가는 말 한 마디 한 마디를 우리 입장에서 분석하고 있었어요.

우리 뒤에는 시각장애인과 비장애인 지지자가 앉아 시각장애인의 도서 접근성에 영향을 미치게 될 변론에 귀를 기울이고 있었고요. 대표 원고인 하이디 빈스는 버몬트주 콜체스터에 거주하는 시각장애 엄마였어요. 여느 엄마와 마찬가지로 그녀는 네 살짜리 딸에게 책 읽어 주는 것을 좋아했지요. 우리가 승소한다면 하이디를 비롯한 시각장애 독서 애호가들이 4천만 권 이상의 도서와 문서를 보유한 한 도서관에 접근할 수 있게 되는 거예요.

우리 팀은 시각장애인들이 조직한 단체로 역사가 가장 깊고 규모도 가장 큰, 전미 시각장애인 연합회NFB를 대표하는 팀이에요. 각 주마다 지부를 두고 있는 전미 시각장애인 연합회는 회원만 하더라도 5만 명이 넘는 거대 기구이기도 하지요. 그 연합회에서 막대한 자원을 동원하여 대중에게 접근 가능성에 대한 교육을 실시하고 있어요. 또한 연합회 웹사이트에 들어가면 정보를 접근 가능하게 만드는 데 도움이 되는 여러 지침과 도구를 쉽게 찾을 수 있어요. 그러나 이런 소중한 정보를 아무리 많이 제공하고 쉽게 이용할 수 있도록 하면 뭐해요? 아직도 많은 기관에서 그런 제안을 무시하고 거들떠보지도 않아요. 그래서 전미 시각장애인 연합회에서는 변호사를 고용하여 미국 시각장애인의 권리를 보호하고 나선 것이에요.

저는 1년 전쯤 스크리브드*에 접근하려다 장벽에 막힌 시각장애인의 불만을 들은 적이 있어요. 샌프란시스코에 기반을 둔 이 회사는 출판 플랫폼과 디지털 도서관을 구축하여 '세계 최대 규모의 전자책과 문서를 보유한 도서관'이라고 자랑하였지요. 그런데 스크리브드 도서관에서 책을 읽으려고 시도한 시각장애인이 장벽에 부닥친 거예요. 그 이유는 스크리브드 회사에서 화면의 시각 정보를 음성이나 디지털 점자로 전환하는 프로그램인 스크린리더를 차단하는 방식으로 도서관의 프

---

* 스크리브드Scribd는 전자책, 오디오북 등을 제공하는 미국의 디지털 도서관 웹사이트로, 수천만 권 이상의 도서와 문서를 보유하여 〈출판계의 넷플릭스〉로 불리기도 한다.

로그램을 설정했기 때문이었죠.

제가 스크리브드와 관련해서 들어오는 이런 불만 사항을 전미 시각 장애인 연합회에 들려줬을 때 그들은 경악을 금치 못했어요. 스크리브드의 상황이 연합회가 신경 쓰고 있는 민감한 부분을 건드린 거예요. 어린아이나 어른 할 것 없이 모두가 도서에 접근할 수 있도록 그 기회를 증진시킨다는 것이 시각장애인 연합회의 핵심 임무 가운데 하나였어요. 디지털 장벽으로 인해 우리 시각장애인들의 교육과 취업 기회가 제한되고, 사상(아이디어)의 자유 시장*에 참여하는 것이 어려워질 수 있거든요.

우리는 시각장애인이 겪는 접근 장벽을 설명하면서 그 문제를 해결하기 위해 같이 협력하자는 내용의 편지를 스크리브드에 보냈어요. 무반응. 또다시 보냈어요. 역시 무반응. 기다리고 또 기다렸어요. 우리는 스크리브드에서 그 어떤 대답도 듣지 못했어요.

제가 스물여섯 번째 생일을 맞이하던 날, 화창했던 그날 일찍, 우리는 그들을 고소했어요.

스크리브드 측 변호사는 법원에 우리가 제기한 소송을 기각해 달라고 요구했어요. 소송 불성립에 의한 소송각하신청서에서 스크리브드는 인터넷에 기반을 둔 사업은 미국 장애인법에 적용을 받지 않는다고 주

* 경제학에서 자유 시장 개념과 유사하게 표현의 자유를 뒷받침하는 근거로 제시되는 것이 사상의 자유 시장marketplace of ideas이란 개념이다. 다양한 미디어 콘텐츠가 제공되고 의견과 아이디어가 자유롭고 투명하게 교환되고 경쟁하는 가운데 진실이 드러난다는 주장을 담고 있는 이 개념은 존 밀턴의 《아레오파지티카》(1644)와 존 스튜어트 밀의 《자유론》(1859) 등에서도 찾아볼 수 있다.

장했어요. 미국 장애인법 제3장에서는 공공 사용 '장소'에서의 차별을 금하고 있어요. 그런데 스크리브드는, 그 '장소'라는 단어가 레스토랑, 호텔, 극장 등과 같은 물리적 장소를 의미한다는 거예요. 스크리브드는 자기네가 대중에게 개방된 어떤 물리적 '장소'도 소유하고 있지 않다는 사실을 내세우면서, 그렇기 때문에 자체 소유의 도서관을 누구에게나 접근 가능하도록 만들 필요는 없다는 논리를 폈어요.

우리 팀은 그들의 주장을 반박했어요. 강하게. 격렬하게. 저는 스크리브드의 소송각하신청에 반대하는 변론취지서를 제가 직접 작성하겠다고 자청했어요. 그 취지서의 초안을 작성하던 때가 저의 법조 경력에서 가장 열정적인 순간 중 하나였던 것 같아요. 스크리브드에 대한 고소장을 작성할 때만큼이나 감정이 고조되고 흥분되었어요. 글을 쓰는 것이 권익을 옹호하고 지지하는 것이었어요. 강함을 보여 주는 것이었어요. 힘이 있다는 걸 보여 주는 것이었어요. 여러 해에 걸쳐 설득력 있는 글 쓰는 훈련을 하고, 법을 연구하고, 분석적 추론 방법을 배웠던 그 모든 경험을 이 변론취지서를 작성하는데 다 쏟아부었지요. 다 작성된 제 글을 보고 우리 팀의 지도자인 댄 골드스타인은 여태까지 자기가 본 변론취지서 가운데 최고로 꼽을 수 있는 명문장의 취지서라며 칭찬을 아끼지 않았어요.

법정에 선 댄은 우리의 변론취지서에 담긴 주장을 목소리 높여 펼치고 판사의 심문에 대답했어요. 댄은 수십 년간 시각장애인 편에 서서 소송을 제기한 경험이 많은 노련한 웅변가였어요. 그는 시각장애인도 올바른 도구를 지니고 제대로 교육만 받는다면 눈이 보이는 사람과 동등한 기반 위에서 경쟁할 수 있다고 믿는 분이에요. 그 자신이 우울증과 불안 장애 등 장애를 안고 살았기에 그분은 시간을 아끼지 않고 헌신적으로 저를 포함하여 많은 젊은 장애인 인권변호사를 지도해 주었어요.

타이피스트가 재판 과정을 타이핑하면 그 내용이 점자로 저에게 전달되었어요. 원고 측 테이블에 동료들과 함께 앉아 있던 저는 장애인 인권을 위한 저의 노력이 이 법정에서 마지막 고지를 향해 치닫는 것을 보며 짜릿한 희열을 느꼈어요. 물론 법원이 스크리브드의 손을 들어 준다면 미국 시각장애인은 4천만 권 이상의 도서와 문서를 보유한 스크리브드의 도서관에 접근할 수 없게 될 거예요. 어디 그뿐이겠어요? 스크리브드의 승리에 힘을 업고 다른 기술 회사들도 그들의 사업 목록에서 접근성을 제외시킬지도 몰라요. 그러면 장애인과 비장애인 간의 디지털 격차를 더욱 확대시키는 재앙과 같은 일이 벌어지는 거예요.

결국 이 모든 것은 법률에 의해 인터넷이 하나의 '장소'로 간주될 것인가 아닌가? 하는 문제로 귀결될 것이 분명해요.

댄: 인터넷과 관련한 일상적인 쓰임새를 살펴보면 우리는 인터넷에 관해 얘기할 때마다 장소를 뜻하는 언어를 사용하고 있음을 알 수 있습니다. 우리는 웹사이트를 방문합니다. 반면에 우리는 방송이나 신문을 '방문'한다고 하지 않습니다. 우리는 텔레비전 방송을 듣거나 시청한다고 하고 신문은 읽는다고 합니다. 하지만

웹사이트는 방문한다고 합니다. 화재가 발생한 이후 〈그린 마운
틴 클럽〉*을 재건하는데 도움을 주고 싶은데 어떻게 하면 되겠냐
고 문의하는 사람들에게 〈벌링턴 프리 프레스〉**가 그 클럽의 웹
사이트를 '방문'하면 된다고 권했을 때, 저는 〈벌링턴 프리 프레
스〉가 시적이고 은유적인 표현을 쓴 것이라고 생각하지 않습니
다. 우리 모두가 이미 익히 이해하고 있는 언어이기 때문입니다.
우리는 사이버라고 말하지 않습니다. 사이버 '스페이스'라고 말
합니다. 우리는 챗'방'에서 이야기를 나눕니다. 우리는 페이스북
'벽'에 뉴스를 올립니다. 우리는 이메일 '주소'를 가지고 있습니
다. 우리는 온라인 '상점'에서 물건을 삽니다. 2001년에 〈타임즈
아구스〉***가 인터넷은 하나의 장소만이 아니라 많은 장소를 말
한다고 했을 때도 역시 저는 그 신문사가 은유적인 표현을 사용
했다고 생각하지 않습니다. 그것은 언어입니다. 우리 모두는 그
언어를 알고 있으며 처음 그 언어를 들었을 때 바로 무슨 의미인
지 알 수 있습니다. 우리는 '웹사이트'가 무엇인지 압니다. '사이
트'라는 단어가 무슨 뜻인지 우리가 다 알고 있듯이, '웹사이트'

---

* 〈그린 마운틴 클럽Green Mountain Club〉은 버몬트주의 가장 오래된 하이킹 코스인 〈롱 트레일
Long Trail〉을 보존하고 보호하기 위해 설립된 비영리 단체를 말한다.

** 〈벌링턴 프리 프레스Burlington Free Press〉는 1827년 버몬트주 벌링턴에 설립된 디지털 및 인
쇄 뉴스 조직으로, 현재는 〈유에스에이 투데이 네트워크USA Today Network〉에 속한 회사로 인
쇄 및 온라인 형태의 뉴스를 제공하고 있다.

*** 〈타임즈 아구스Times Argus〉는 1897년 버몬트주 바레에 설립된 조간 일간지를 발행하는 신
문사를 말한다.

는 웹 '장소'인 겁니다…….

판사: 그것이 우리가 흔히 받아들이는 의미일 수도 있습니다. 하지만 그 주장의 문제점은 그 법령이 1990년에 통과된 법령이라는 데서 발단의 시초를 찾을 수 있습니다. 처음에 그 법령이 통과되었을 당시 장소가 어떤 의미로 쓰인 것이냐가 문제라는 겁니다. 만일 실제로 당시 의회가 미국 장애인법을 적용함에 있어 물리적 성질을 지닌 장소를 염두에 둔 것이라고 한다면 의회는 인터넷이 아닌 다른 어떤 것을 언급했던 것이 틀림없습니다. 다시 말해 의회는 물리적인 구조물을 지닌 장소에 관한 이야기를 했던 것이 분명하다는 말입니다.

댄: 만일 그렇다면 또다시 의문이 생기는데…… 그렇다면 왜 의회가 '장소'라는 용어를 제대로 쓰지 않고 아주 동떨어진 곳에 붙였냐 하는 겁니다. 그들은 '장소' 대신에 '시설'이란 용어를 사용했습니다. 또한 그들은, 비록 규정에서는 그렇게 하고 있습니다만, '공공이 사용하는 장소'가 아니라 '공공 사용'에 관해 정의하고 있습니다. 그 점에 대해서는 잠시 뒤에 말씀드리겠습니다. 제3장의 금지 대상을 정의하는 핵심 부분이 되는 법령의 서문에서 왜 그들은 그 용어를 사용하지 않았을까요? 그것은 장소라는 용어가 핵심어가 아니기 때문입니다. 묘사어인 것입니다. 그것을 알 수 있는 한 가지 방법은 가령 '빵집, 식료품 가게, 옷 가

게, 철물점, 쇼핑센터 혹은 그 밖의 판매와 임대 시설'이란 표현을 바꿔 보는 겁니다. 여기서 '장소'라는 용어를 사용하고자 한다 '혹은 그 밖의 장소'라고 말해야 합니다. 따라서 아마 마지막 부분은 '혹은 그 밖의 판매와 임대가 발생하는 장소'나 그 비슷한 표현으로 바꿔서 말해야 할 겁니다. 너무 궁색하지 않습니까? 무엇을 제한하려는 것—의회는 그런 것을 시도한 것이 아닙니다. '장소'나 '시설'이란 용어를 사용하든 안 하든, 무엇인가를 묘사하려고 했던 겁니다. 또한 '혹은 그 밖의'라는 표현을 사용할 때는 그들이 알고 있는 영어 용법을 최대한 살려, 되도록 넓은 의미로 쓰고자 하는 뜻인 겁니다. 그리고 그들이 입법 기록에서 인정하고 있는 것처럼, 그들도 테크놀로지 시대에 살고 있다는 사실을 알고 있었고, 따라서 그런 사실이 미국 장애인법의 적용에도 영향을 미치리라는 것을 알고 있었던…….

아, 이런 사회적 쟁점을 놓고 수년간 씨름한 끝에 이 기념비적인 변론 과정을 현장에서 직접 목격하다니! 얼마나 꿈같은 일인가! 저는 스크리브드를 상대로 고소장을 쓰던 2014년 그 이전부터 이런 식의 변론을 머릿속에 그려 왔어요. 로스쿨 마지막 해에 저는 미국 장애인법을 온라인 사업에도 적용해야 한다고 주장하는 논문을 두 편이나 썼거든요. 그리고 이제 스크리브드 사건에 깊게 관여해 오다가 드디어 마지막 순간에 이르게 된 것이에요. 과연 미국 장애인법이 가상의 '장소'에도 적용될 것인가?

미국 장애인법은 미국에서 가장 포괄적인 인권법 중 하나예요. 공화당과 민주당이 당파를 초월해서 같이 힘을 합해 의회에서 그 법안을 통과시켰어요. 공화당 소속인 조지 H. W. 부시 대통령이 1990년 7월 26일에 그 법안에 서명함으로써 법률로 발효시켰지요. 반대하는 측에서는 즉각 미국 장애인법을 야금야금 갉아먹으며 훼손시키기 시작했어요. 소송을 걸면 피고 측 변호사는 용의주도하게 '장소'라는 용어를 집요하게 물고 늘어져, 그들의 의뢰인이 빠져나갈 구멍을 마련해 주곤 했어요. 그러한 사건 사례가 미국 장애인법은 웹사이트와 앱에는 적용되지 않는다는 생각을 갖게 한 전례가 되었어요.

웹사이트와 앱에 접근하지 못하는 것이 장애인의 정보 기근을 더욱 가속화하고 있어요. 시각장애나 난독증이 있는 사람들, 인쇄물을 읽는데 여타 다른 장애가 있는 사람들은 입사 지원서, 보건의료 안내문, 각종 공문서, 교육 자료 등 많은 문서에 접근하지 못해 심각한 경제적 어려움에 처하고 말아요. 접근 장벽을 제거할 수 있는 기술이 있으면서도 개발자들은 계속해서 접근 불가능한 디지털 서비스만 고안하고 있는 실정이에요.

미국 장애인법이 인터넷 기반 사업에도 적용된다고 판결을 내린 최초의 법원은 미국 매사추세츠주 연방지방법원이에요. 전미 청각장애인 연합회에서 2012년에 넷플릭스를 상대로 소송을 제기한 적이 있어요. 넷플릭스의 온라인 동영상 실시간 전송 서비스에 자막이 제공되지 않고 있다는 이유 때문이었지요. 청각장애인들은 자막을 통해 동영상의 음성 콘텐츠에 접근할 수 있거든요. 그런데 넷플릭스는 미국장애인법이 가상 사업에는 적용되지 않는다고 주장했어요. 하지만 당시 폰서 판사는 그 주장에 동의하지 않고 미국 장애인법은 넷플릭스와 같은 가상 사업에도 적용된다는 판결을 내렸어요. 2012년의 그 넷플릭스 소송 사건은 접근성 옹호의 신기원을 이룬 사건이었어요.

댄의 발언이 끝나자 스크리브드 측 변호사가 세션스 판사 앞에 있는 발언대에 섰어요. 거대 로펌인 윌슨, 손시니, 굿리치 앤 로자티* 소속의 토니아 울렛 클라우스너라는 변호사였어요. 소속 로펌의 뉴욕 사무실을 기반으로 폭 넓게 활동하며 많은 기업을 변호해 왔던 그녀는 '뉴욕 최고 변호사' 명단에 이름을 올리며 스포트라이트를 한 몸에 받았던 변호사이기도 했어요. 그런데 그녀가 버몬트에서 학창 시절을 보낸 적이 있다고 하는군요.

판사: 당신은 폰서 판사가 담당했던 사건인 넷플릭스 소송 사건을 잘 아시죠? 2012년 일인데, 그때 넷플릭스 측에서 항소했나요?

토니아: 아닙니다. 넷플릭스에서 합의를 했습니다.

판사: 알겠습니다.

---

* 윌슨, 손시니, 굿리치 앤 로자티는 비즈니스, 증권, 지적 재산권 등을 전문으로 하는 미국 로펌으로 구글, 휴렛팩커드, 익스피디아, 넷플릭스, 트위터 등 여러 유명 기업을 고객으로 두고 있는 법률 회사다.

토니아: 안타까운 것은, 그때 제1연방항소법원의 결정 때문에 우리가 이번 사건에서 불리한 위치에 있다는 사실입니다. 제가 원고들이 자료를 정리한 일람표나 그들이 법령에서 인용한 부분, 법무부에서 말한 것 등을 참고하여 말씀드리자면 스크리브드는 장비를 운영하고 있고 그 장비는 설비라는 용어의 정의에 해당하는 장비라는 겁니다. 그런데 사업체라는 것이 반드시 시설을 운영하거나 장비를 운영하는 것만은 아니라는 게 원고 측 주장입니다. 만일 그렇다면, 미국의 사업체 가운데 그 법령 제3장의 적용을 받지 않는 사업체가 하나도 없을 겁니다. 원고 측이 원하는 바가 그런 것일지 모르겠지만 그 법령과 규정들이 말하는 바는 그게 아니죠. 공공 사용의 장소를 말하는 것이고 그 장소가 바로 시설을 의미하는 겁니다. 그런 의미에서 시설이어야 하는 거죠. 물리적인 것이어야 하는 겁니다. 장비를 작동하는 누군가가 있거나 건물이 있어야 하는. 그리고 그런 시설은 미국 장애인법에 열거된 열두 개 범주나 적어도 그중 한 범주에 속한 것이어야 합니다.

판단은 두 부분으로 나누어서 해야 한다고 생각합니다. 하나는, 장소나 시설이어야 하면서 그 범주 중 하나에 속하는 것, 나머지 하나는 구독 독서 서비스, 온라인 출판처럼 그 범주 어디에도 속하지 않는 것, 이렇게 두 부분으로 나누어야 하는 것이죠. 오랫동안 적용받지 않은…….

판사: 그들이 기본적으로 제시하고 있는 것은 컴퓨터가 장비, 즉 설비고 그것을 기반으로 해서 도서관 서비스를 제공하고 있다는 겁니다. 본질적인 의미에서 보면 그건 온라인 도서관이란 의미인데, 아닌가요?

토니아: 아닙니다. 도서관이 아닙니다. 직접 가서 도서를 대출하는 것이 아니잖습니까? 안에 걸어 들어가서 책을 읽는 것도 아니지요. 스크리브드는 원고 측이 소장에서 성격을 규정했듯이 구독 독서 서비스이고 온라인 출판 플랫폼인 겁니다.

판사: 아, 예, 오케이. 됐습니다.

토니아: 알겠습니다. 감사합니다.

판사: 감사합니다. 오케이. 오늘 여기까지 와 주셔서 정말 감사합니다. 말씀하신 것을 신중하게 고려하겠습니다. 답변 감사합니다.

맥신이 껑충 뛰어오르며 저를 말이 오가는 세상에서 벗어나게 했어요. 사람들이 주섬주섬 짐을 챙겨 법정을 나서면서 바닥이며 테이블이 흔들렸어요. 아드레날린이 분비된 탓인지 제 맥박은 여전히 마구 내달리고 있었고요.

우리가 법정에 확신을 심었을까? 과연 판사가 스크리브드를 공공이 사용하는 '장소'로 인정할까?

저와 같이 자문 역할을 하던 메건이 자판을 자기 앞으로 가져가더니 두드리기 시작했어요.

"우리, 재판 과정을 더 논의하기 위해 팜하우스에서 만나기로 했어요."

저는 고개를 끄덕였어요.

"장소 잘 잡으셨네요. 저, 어제 거기서 점심을 먹었거든요."

"우리, 같이 갈까요?"

"예. 잠시 타이피스트에게 고맙다는 인사 좀 하고요. 그리고 저, 화장실 좀 다녀와야 해요. 맥신도 마찬가지고요. 근데 실은요. 거기서 만나면 안 될까요?"

저는 미안하다는 표정을 지으며 살짝 웃었어요.

"그래요. 천천히 볼 일 다 보고 오세요. 자리 잡아 둘게요."

법정 안에서는 수고했어요, 감사해요, 잘 가세요 등 덕담과 인사말이 오갔어요. 한 30분쯤 지나 저는 법정을 나섰어요. 캘리포니아에서 입던 겨울 코트가 살을 에는 듯한 벌링턴의 추위에는 별 소용이 없었어요. 맥신이 눈이 덮인 도로에 잠시 '주차'하더니 곧 다시 보도로 뛰어 올라왔어요. 저는 오른손으로 맥신의 목줄을 잡고 왼손으로는 제 친구인 캐머론 래쉬의 팔을 잡았어요. 캐머론과 저는 그녀가 통역사가 되기 위해 교육을 받고 있던 중 보스턴에서 만났어요. 어디를 가나 기쁨과 즐거움을 몰고 다니는 그녀는 재능 있는 의사 전달자였어요. 최근에는 에티오피아에서 저를 위해 소통을 원활하게 해 주는 역할을 했지요. 당시 에티오피아에서 저는 몇몇 장애인 인권 축하 행사에서 기조연설을 했었거든요. 대학에 다니는 시각장애 여학생을 위한 세헤이 주드 추모 장학금*의 후원금을 모으는 행사였어요. 캐머론은 또한 제가 중국 북경의 인민 대학 로스쿨에서 장애인 인권 지도자를 만나고 강연을 할 때도 옆에서 도와준 적이 있지요. 지금은 버몬트에서 장애인 인권을 위해 다양한 활동과 임무를 수행 중이랍니다.

벌링턴 시내를 걸어가면서 저는 캠에게 물었어요.

"스크리브드 측 변호사가 끝에 가서 스크리브드는 도서관이 아니라고 주장했던 거 알지?"

"그랬던 것 같아. 솔직히 말하면 하벤, 그런 것 같기는 한데 분명하게 듣질 못해서. 타이핑 하느라 정신이 없었거든."

"정말 잘 치더라! 근데 그냥 어조가 어땠는지 표정이나 손짓은 어땠는지 그런 게 궁금해서. 끝에 가서 스크리브드 측 변호사가 스크리브드는 도서관이 아니라고 했거든. 그러자 판사가 '오케이, 됐습니다.' 이랬어. 그때 그 어조가 기억 나? 어딘가 의심이 서린 말투 같아서. '오케이, 됐습니다,' 아니면……."

---

* 〈세헤이 주드 추모 장학금Tsehay Zewde Memorial Scholarship〉은 에티오피아 태생의 여성 지도자인 아스터 자우데가 설립한 장학 재단에서 시각장애 여대생에게 수여하는 장학금을 말함. 아스터 자우데는 유엔에서 30여 년을 양성평등과 여성 인권을 위한 활동을 하다가 고국으로 돌아가 여성의 권익과 교육에 헌신하던 중 공중 납치된 에티오피아 항공기의 추락 사고로 목숨을 잃은 여동생을 추모하여 장학 재단을 설립했다고 한다.

캐머론이 제 팔을 꽉 눌렀어요. 순간 심장이 두근거렸어요. 경고의 신호였거든요. 캐머론은 발걸음을 늦추지 않고 계속 걸어갔고, 저 역시 그녀 옆에서 말없이 발걸음을 뗐어요.

잠시 뒤, 캐머론이 몸의 긴장을 풀며 말했어요.

"그 사람이었어!"

숨이 턱 막혔어요.

"판사?"

"그래! 우리 앞에서 걸어가고 있었단 말이야!"

"내가 하는 말 들었을까?"

얼굴이 화끈거렸어요.

"모르겠어…… 그런 거 같지는 않아. 저기, 10m 쯤 앞에 우리와 수직 방향으로 보도를 지나고 있어."

"알았어."

저는 심호흡을 했어요.

"근데 아까 뭘 물어본 거였지?"

이런저런 생각을 헤아리다 보니 이제는 그 질문이 괜한 질문이 아니었나 싶었어요.

"그냥, 판사의 어조나 표정이 어땠는지, 그걸 물어본 거였어. 지금 생각해 보니까 별 중요한 것도 아닌데 괜히…… 무슨 말을 했는지 그것으로도 충분해. 어쨌든 나중에 판결의견서를 보면 그 양반이 무슨 생각을 했는지 알 수 있을 테니까."

"의견서를 낼 때까지 얼마나 걸려?"

캠이 물었어요.

"정해진 건 없어. 몇 주에서 몇 달까지."

저는 어깨를 살짝 들어 올리며 말했어요.

"우아, 그렇게나 오래?"

저는 살짝 미소를 지었어요.

"그렇다나 봐."

보름 뒤, 저는 따뜻한 캘리포니아 사무실의 제 책상에 앉아 업무를 보고 있었어요. 바닥에서 천장까지 확 트인 통유리창을 통해 햇살이 쏟아져 들어왔어요.

어디 그뿐인가요? 버클리의 마틴 루터 킹 주니어 시빅 센터 공원의 풍광이 유리창 가득 들어오지요. 맥신은 공원에서 시원하게 날아다니는 새와 신나게 줄달음치는 다람쥐의 모습을 실컷 즐기고 있었어요.

한번은 사무실을 찾아온 부모님이 텅 빈 벽을 톡톡 두드리며 여긴 뭘 달고 저긴 뭘 달아라, 하면서 일일이 간섭을 했어요. 어쨌든 지금 한쪽 벽에는 에티오피아산 커피가 등장하는 장면이 무늬로 장식된 스카프 한 장이 걸려 있어요. 에티오피아의 외교부 장관인 테드로스 박사*가 제게 선물로 준 스카프예요. 하늘하늘하니 비단처럼 고운 그 스카프만 보면 최근에 다녀온 에티오피아 여행이 떠올라요.

또 다른 벽에는 하버드 로스쿨 학위증이 걸려 있어요. 사실 부모님

---

* 에티오피아의 정치가이자 학자로 에티오피아 외교부 장관과 보건복지부 장관을 역임했으며, 2017년 이후 세계보건기구WHO의 사무총장으로 재직 중인 테드로스 아드하놈을 말한다.

은 제가 뭘 하는지 정확히 잘 모르세요. 그냥 '장애와 관련된 일'이라는 것밖에는 몰라요. 또한 두 분은 제가 왜 돈을 많이 벌지 못하는지 그 이유를 잘 이해하지 못해요. 그냥 제가 잘 지내고 있다, 그 정도만 알고 있어요.

공공 서비스 변호사인 제가 받는 급여는 하버드 로스쿨 졸업생이 보통 받는 급여보다 훨씬 적어요. 물론 시각장애 미국인의 평균 수입보다는 훨씬 많지요. 시각장애 미국인 가운데 70%는 아직 일자리를 구하지 못해 힘든 삶을 살고 있거든요.

그래도 저는 졸업생의 공공 서비스 활동을 지원하는 하버드 저임금 보호 플랜*에서 제 학자금 융자의 일부를 보조해 주고 있으니 얼마나 큰 혜택을 받고 있는지 몰라요. 장애를 지닌 사람이 비장애인보다 열등하다고 치부하는 사회에서 의미 있는 직업을 갖고 있고, 의료 보험 혜택도 받고, 법학 학위도 받았다는 것만으로도 큰 특혜가 아닌가 싶어요. 그래서 저는 우리가 사는 세상의 차별 장벽을 해체하기 위해 제 책상에서 많은 시간을 보내며 열심히 일하고 있지요.

이메일 한 통이 왔네요. 스크리브드 소송 사건과 관련해서 새로운 활동을 시작하라는 신호를 보내는 이메일이었어요. 세션스 판사가 드디어 판결을 내린 거예요! 쿵쿵 뛰는 가슴을 가까스로 달래며 저는 이 메일을 읽기 시작했어요.

---

* 하버드 저임금 보호 플랜Harvard Low Income Protection Plan은 하버드 로스쿨 졸업생을 지원하는 프로그램으로 정부나 공공 기관, 교육 기관 등에 종사하는 졸업생의 학자금 융자 반환 부담을 줄여 주는 지원책을 말한다.

미합중국 버몬트주 연방지방법원

소속 회원과 기관 자체를 대신하여,   :

전미 시각장애인 연합회,   :

하이디 빈스   :

원고   :

:   사건 번호

대   :   2:14-cv- 162

주식회사 스크리브드   :

:

피고   :

:

판결 의견과 명령

원고인 전미 시각장애인 연합회(이하 '시각장애인 연합회')와 버몬트주 콜체스터에 거주하는 시각장애인 연합회 회원인 하이디 빈스가 주식회사 스크리브드(이하 '스크리브드')를 상대로 본 소송을 제기하였음. 원고 측은 소장에서 스크리브드가 자체 웹사이트와 모바일 애플리케이션(이하 '앱')에 시각장애인이 접근하지 못하도록 한 이유를 들어, 스크리브드가 미국 장애인법(이하 '장애인법') 제3장을 위반하였다고 주장하였음. 42 U.S.C. §12182. 이에 스크리브드는 본 소송이 불성립한다는 이유로 연방민사소송 규칙 12(b)(6)에 의거하여 향후에 소를 제기할 권리를 포기하고, 현재 소송을 철회해 달라는 소송각하신청을 하였음. ECF No.13. 스크리브드는 원고가 스크리브드가 공공이 사용하는 장소를 소유, 임대, 혹은 운영하고 있음을 증명할 수 있는 사실을 제시하지 못했으며, 아울러 대중에게 공개된 물리적 장소에서 상품과 서비스를 제공하지 않는 웹사이트 운영자에게는 장애인법이 적용되지 않는다고 주장하였음. 그러나 본 법정은 스크리브드의 주장에 동의하지 않음. 이에 본 법정은 다음에 언급할 이유를 들어 스크리브드의 소송각하신청을 기각함.

저는 의자에서 벌떡 일어나 바닥에 쓰러질 듯 엎드렸어요.

"맥신, 우리가 이겼어!"

맥신은 머리를 들더니 우아하게 생긴 멋진 귀를 쫑긋 세웠어요.

법원에서는 인터넷 기반 사업도 사실상 미국 장애인법의 적용을 받는다고 판결을 내린 거예요. 만일 다른 식으로 판결했다면 택배 서비스나 전화 주문 서비스도 다 제외되는 불합리한 결과가 발생했을 것이 분명해요. 의회가 미국 장애인법을 통과시켰던 1990년에는 이미 많은 기업에서 전화 주문 서비스나 택배 서비스를 실시하고 있었어요. 의회는 이 법령이 그런 '장소'에도 적용된다고 기대했던 거예요. 아울러 버몬트 주 연방지방법원은 미국 장애인법이 기술 발전과 더불어 진화하는 넓은 의미의 법령이라고 이해했던 것이죠. 그래서 '인터넷이 미국인의 개인적인 삶과 전문적인 삶에서 중요한 역할을 하는 상황에서, 인터넷을 대중에게 다가가는 주요 수단으로 활용하는 연방법의 적용 대상이 되는 기업이나 단체에 장애인이 접근하는 것을 배제하는 것은 이 중요한 인권 입법의 취지를 훼손하는 것이 된다.'고 했던 거예요.

전미 시각장애인 연합회 대 스크리브드 소송 사건은 미국 장애인법이 온라인 사업체에도 적용된다고 판결한 제2연방항소법원의 첫 번째 사례이지만 이제는 그 뒤를 이어 전국적으로 그 다음 사례가 나타나겠지요. 우리는 터를 닦았고 법적인 전례를 설정했으며 역사를 만들었어요. 법원의 판결은 전국에 있는 온라인 사업체에 강한 메시지를 보내는 것이 되겠죠? 웹사이트와 앱을 접근 가능하게 하든지, 아니면······.

접근성은 법률이 명령한 것일 뿐 아니라 사업에도 도움이 된답니다.

장애를 지닌 사람들은 가장 규모가 큰 소수 집단이죠. 미국인 가운데 장애를 지닌 사람이 5천 7백만 이상이고, 전 세계적으로는 13억 이상이에요. 그러니까 기업들이 장애인을 염두에 두고 사업 구상을 하게 되면 거대 시장에 접근할 수 있는 거예요. 접근 장벽을 제거하는 것은 또한 고용주에게 재능 있는 집단의 문을 두드릴 수 있는 기회를 주는 것이기도 하고요.

누구나 무료로 쉽게 찾아볼 수 있는 가이드라인이 있어요. 웹사이트와 앱을 접근 가능하게 만들 수 있는 방법을 가르쳐 주는 지침이지요. 몇 개만 예를 들면, 웹 콘텐츠 접근성 가이드라인, 안드로이드 접근성 가이드라인, 애플 접근성 가이드라인 등이 있어요. 사람들이 관례적으로 믿어 왔던 것과는 달리 컴퓨터 프로그램은 본질적으로 시각적인 것이 아니에요. 컴퓨터 프로그램은 1과 0으로 시작해요. 개발자들이 그 1과 0을 누구나가 접근할 수 있는 매력적인 애플리케이션으로 전환하는 거예요.

저는 손으로 맥신의 부드러운 귀를 만지작거리며 이제부터 제가 해야 할 일이 무엇인지 하나하나 꼼꼼히 따져 보았어요. 이 반가운 소식을 의뢰인들과 공유하고 최신 정보를 추가하여 다시 소송을 준비하고 팀과 협력하여 다음 단계를 대비하고……. 소송은 디스커버리, 즉 증거 개시 절차가 진행되고 그 다음엔 공판이 열리는 순으로 계속될 거예요. 물론 스크리브드가 합의를 하겠다고 나설 공산이 커요. 미국 장애인법과 관련된 소송을 살펴보면 대체로 피고 측이 소송각하신청이 기각되고 나면 합의를 하는 경향이 있더라고요. 하기야 수개월, 수년 동안 비싼 돈을 들여서 소송을 진행하느니 원고 측 주장을 수용하여 합의하는 것이 돈도 절약하고 고객도 끌어들이는 방법이겠죠. 여하간 우리는 스크리브드가 어떤 결정을 내리는지, 지켜볼 생각이에요.

그건 그렇고 어쨌든 오늘은 법원 결정을 축하하는 조그마한 파티라도 열어야겠어요.

제24장

백악관에서 열린 미국 장애인법 기념행사

2015년 여름, 워싱턴 D.C.

"우아, 여기가 바로 이스트룸이야!"

캐머론과 저는 백악관의 어느 널찍한 방으로 들어섰어요.

"가만히 있어 봐…… 작은 무대가 있는데 그 위에 연단이 하나 있어. 앞에 대통령 문장이 붙어 있는 연단인데 그 연단 뒤에는 성조기가 세워져 있고."

"대통령 문장이? 저 연단에서 내가 말을 하다니, 꿈에도……."

생각만 해도 가슴이 마구 뛰었어요.

"하벤 길마, 긴장되니?"

"아니, 전혀."

반사적으로 나온 대답이었어요. 하지만 제 감정이 어떤지, 솔직히 말하면 그녀 말이 옳았어요. 긴장은 되지만 흥분된 마음도 감추지 못했어요. 심장이 쿵쿵쿵, 마구 뛰었거든요.

"여기 직원 같은 사람, 누구 안 보여?"

캐머론이 방을 둘러보는지 그녀 몸이 움직였어요.

"오른쪽에 뭔가를 서로 논의하고 있는 사람이 둘 있는데 한 사람은 클립보드를 들고 있어."

"아직도 클립보드를? 백악관도 기술 수준을 높일 필요가 있겠는데."

"그 여자한테 얘기해 보지 그래?"

웃음이 나왔어요.

"못 할 것도 없지!"

우리는 방을 가로질렀어요. 캐머론이 대화를 도와주어 편했어요.

"이 여성 분이 이렇게 얘기했어. '당신은 낯이 익어요. 행사 때 귀빈 소개를 해 주실 분이죠?'"

저는 미소를 지으며 고개를 끄덕였어요.

"성함이 어떻게 되세요?"

"샐리라고 해요. 와 주셔서 정말 고마워요. 필요한 게 있으면 언제든지 저한테 알려 주세요."

"제가 무대에 올라가서 연단을 좀 살펴봐도 괜찮을까요?"

"걱정하실 필요 없어요. 당신이 무대에 오르고 내려올 때 우리 직원이 옆에서 도와줄 겁니다."

저는 캐머론을 가리키며 말했어요.

"이 친구는 캐머론이라고 하는데요, 캐머론이 저와 함께 무대에 오르고 내려오고 할 거예요."

"미안합니다. 그렇게 할 순 없어요. 우리 직원이 동행할 겁니다."

샐리가 얼른 말을 받았어요.

실망이 이만저만이 아니었어요. 사실 어디를 가나 대변해 줄 사람이 필요했어요. 심지어 가족과 함께 있을 때도 마찬가지고, 장애인 인권 행사 때도 그래요. 깊게 숨을 들이마신 저는 다시 입을 열었어요.

"저는 중복장애인이고, 그래서 누구와 의사소통을 할 때는 옆에서 소통을 수월하게 해 주면서 눈에 보이는 주변 상황을 설명해 줄 사람이 필요해요. 캐머론은 저하고 같이 일한 경험이 많아요. 에티오피아에서도 그렇고 중국에서도 마찬가지로 캐머론은 어느 환경에서도 소통을 편하게 하도록 도와주었거든요. 그쪽 직원 가운데 중복장애인과 함께 행동하는 법을 배운 사람이 있나요?"

"무슨 말인지는 잘 알겠어요. 하지만 여기는 우리가 준수해야 하는 규범과 절차가 있어서요."

샐리의 설명이었어요.

"아, 보안상의 이유 때문인가요? 그러면 두 사람이 다 저하고 같이 움직이면 안 될까요?"

"캐머론은 무대에 오르도록 인가받은 사람이 아니라서. 정말 미안해요."

갑자기 속이 죄어 오면서 답답한 느낌이 들었어요. 해결 방안을 찾아 보려고 온 신경을 쓰다 보니 긴장감이 더 쌓이는 것 같았어요. 그러는 사이에 째깍째깍 시간은 흐르며 행사가 시작할 시간이 점점 가까워지고 있었어요.

저는 전략을 바꾸기로 했어요.

"그럼, 저랑 같이 움직일 사람은 어디 있어요? 어쩌면 제가 설명하면서 가르쳐 줄 수도 있을 것 같아서요. 소개해 주시겠어요?"

"그럼요. 자, 따라오세요."

우리는 샐리를 따라 부속실처럼 보이는 옆방으로 갔어요. 캐머론이 저에게 테이블이 있다고 알려 주었고 저는 들고 있던 점자 컴퓨터를 내려놓았어요. 손목이 얼얼하니 쑤시는 것 같았어요. 캠이 타자를 치기 시작했어요.

"샐리가 방 저쪽에서 군복을 입은 어떤 키 큰 남자하고 얘기하고 있어. 아, 어떻게 해! 하벤, 말이 안 나온다. 너 대체 어쩌려고 그랬어? 잠깐, 둘이 이쪽으로 오고 있어. 이분 성함이 리안이래. 자판을 이분한테 넘긴다."

캐머론이 테이블에서 뒤로 물러났고 리안이 대신 앞으로 나와 자판을 잡았어요.

"안녕!"

느낌표를 보고 저는 씩 웃었어요.

"만나서 반갑습니다, 리안. 자판과 컴퓨터가 어떻게 작동하는지 아시는 거 같아요. 자판이 블루투스로 제 점자 컴퓨터와 연결되어 있어요. 그래서 자판을 두드리면 그 내용이 즉각 저한테 전해져요. 철자나 구두점은 신경 쓰지 않으셔도 돼요."

"알겠습니다. 자동 고침 기능이 있습니까?"

"잘못 쳐도 제가 무슨 말인지 읽어 내는 편이거든요. 머릿속에서 자동으로 고쳐 줘요."

"아주 인상적이군요."

"감사해요. 그럼 저를 어떻게 이끌어 주셔야 하는지 그 얘길 해 드릴
게요. 먼저 기억하셔야 할 것은 몸으로 저를 안내해 주셔야 한다는 거
예요. 어떤 사람은 제 팔을 꽉 잡고 끌어당기는데, 그럴 땐 끌려 다니는
것 같아서 무력감을 느끼면서 힘이 쭉 빠져요. 그렇게 하지 마시고 당
신 팔로 저를 이끌어 주시면 돼요. 제 선택권을 존중해 달라는 부탁이
에요. 괜찮으시겠어요?"

저는 다시 미소를 지으며 말했어요.

"그럼요."

"좋아요. 당신 팔로 제 팔을 건드리는 거예요. 그러면 제가 무슨 뜻인
지 알 수 있거든요. 당신이 이끄는 대로 제가 따라가는 경우엔 제가 당
신 팔꿈치 위를 손으로 잡고 갈 거예요. 팔꿈치는 어깨와 연결되어 있
고, 어깨는 결국 몸통의 핵심 근육과 연결되어 있잖아요. 그래서 당신
이 걸어갈 때나, 방향을 바꿀 때나, 걸음을 멈출 때나 제가 당신 팔을 통
해 다 느낄 수가 있어요."

"알았습니다. 아시겠지만 무대에 오르거나 내려올 때 계단 몇 개를
타야 합니다."

리안이 타자로 알려 줬어요.

"당신 몸이 언제 계단을 오르고 내려오는지 느낄 수 있어요. 제 손
을 건드려서 신호를 보내실 수도 있어요. 보여 드릴게요. 무대에 올라
가서 연습해 보실래요?"

"그러죠. 자판은 제가 들고 갈까요?"

"제가 들게요."

저는 자판을 점자 컴퓨터 위에 올려놓고 오른팔로 안았어요. 리안이 제 왼쪽으로 왔어요. 예상했던 것보다 키가 큰 분이라 저는 그의 팔꿈치 아랫부분을 잡을 수밖에 없었어요. 예전에 저를 안내하던 사람들은 보통 천천히 발을 끌며 움직였는데 리안은 아주 적당한 보폭으로 이스트룸으로 향했어요.

"그런데 있잖아요, 통로가 너무 좁아 우리 두 사람이 나란히 걸어가지 못하는 경우엔 당신 팔을 몸 뒤로 옮겨 주세요."

저는 천천히 그의 팔을 잡아 그의 등 뒤로 옮기고는 그 사람 뒤에 가서 섰어요.

"이렇게 하면 우리가 한 줄로 서서 가야 한다는 뜻이에요."

그러고는 다시 그의 팔을 원래 위치로 옮기게 한 다음 저도 다시 그의 오른쪽으로 위치를 옮겼어요.

"주변 환경에 관한 정보를 전달해 주실 땐 무용수가 음악에 맞춰 춤을 추듯 해 주시면 돼요."

그러자 리안은 팔을 왼쪽으로 둥글게 움직이면서 뒤로 돌아섰어요.

"바로 그거예요!"

그의 팔을 잡고 있는 제 왼손을 그가 왼손으로 툭 건드리듯 만졌어요. 저는 발로 첫 번째 계단을 더듬은 다음 안심하고 계단을 올랐어요. 잠시 뒤, 우리는 연단에 섰어요. 저는 자판과 점자 컴퓨터를 챙겨 놓았어요.

"리안, 정말 잘하셨어요. 혹시 저한테 물어보실 건 없으세요?"

"제가 당신 오른쪽으로 가서 같이 움직이면 안 될까요?"

저는 무슨 영문인지 모르겠다는 표정으로 그를 바라봤어요.

"그래도 될 것 같은데…… 무슨 이유가 있나요?"

"그래야 청중들이 당신을 보기가 편할 겁니다."

"아아……. 정말 생각이 깊으시군요. 예, 그렇게 해요. 그런데 제가 말을 끝낸 다음엔 어디로 가야 하는지, 알고 계시죠?"

어떻게 그런 생각까지…… 놀랍기도 했지만 정말 가슴이 뭉클했어요.

"예, 압니다. 오른쪽으로 나와서 계단을 내려온 다음 대통령이 연설하시는 동안 그곳에 서 있으면 됩니다. 혹시 의자가 필요할까요?"

저는 또다시 미소를 지었어요.

"예, 의자를 준비해 주세요. 서서는 읽기가 어려워서요. 그리고 제 친구 캐머론과 마이클 선배가 연설을 타자로 쳐서 저한테 전해 줄 건데, 그 두 사람도 의자가 필요할 거예요. 의자 세 개를 준비할 수 있을까요?"

"그럼요. 그렇게 하도록 전하겠습니다."

"정말 감사해요, 리안. 이제 다 된 것 같아요. 무대에서 내려갈까요?"

저는 자판과 컴퓨터를 챙겨 왼팔로 안았어요. 리안이 제 오른쪽으로 위치를 바꿨고 그렇게 우리는 무대에서 내려왔어요.

캐머론과 저는 문 옆에 놓인 칵테일 테이블에서 다시 만났어요.

"어땠어?"

그녀가 물었어요.

"어깨 으쓱."

저는 이렇게 말하면서 캐머론이 두 눈으로 볼 수 있도록 장난스럽게 양 어깨를 들어 올렸다 다시 내렸어요.

"사실은 그게 아니고 그 군인, 정말 잘하더라. 배려심도 깊은 것 같고. 그래도 경험 있는 사람이 예기치 않은 일이 발생했을 때 어떻게 행동해야 하는지 잘 알고 있으니 더 좋긴 해. 모든 일이 원활하게 잘 진행되면 우리도 잘할 거야. 그런데 정말 엉뚱하게 이상한 일이 벌어지면……."

"그럴 땐 내가 봐서 도와줄게. 정 안 되겠다 싶으면 내가 무대로 뛰어 올라가지 뭐."

"캠!"

그녀가 농담으로 한 말이라고 생각하면서도 저는 기뻐서 환하게 웃었어요.

"그런데, 저 사람들 이제 뭘 할 건가?"

긴장이 다시 찾아왔지만 그래도 웃으며 말했어요.

"알아서 뭐하게? 그냥 가만히 있어 보자."

"리안이 어떻게 한다고 얘기 안 했어?"

저는 고개를 저어 얘기 안 했다는 표시를 했어요.

"근데 그 사람 양 날개를 펼친 것 같은 모양의 배지를 달고 있더라. 백 퍼센트 확신하는 건 아니지만 아무래도 공군 상징인 것 같은데."

그녀는 제 손등에 날개 모양을 그리며 말했어요.

"아…… 그런데 공군이 백악관에서 뭘 하는 거지? 혹시 비밀 요원 아닐까? 직접 물어봐야겠어."

"정말 모를 일이다! 알게 되면 나한테도 말해 줘."

저는 고개를 끄덕이면서 물었어요.

"지금 다른 사람들은 뭐하고 있어?"

"대부분 다 홀에 있어. 다과가 차려진 곳 근처에. 잡담하는 사람도 있고 사진을 찍는 사람도 있고. 휠체어를 탄 사람도 보이는데. 지팡이를 짚고 있는 사람, 수화를 나누는 사람도 몇 사람 보이고……."

"가서 그 사람들을 만나자!"

백악관에서 열린 미국 장애인법 25주년 기념행사에 전국 각지의 장애인 인권 옹호자들이 참석했어요. 그중에는 에모리 대학교 교수로 장애인 인권 연구로 유명하면서 장애 정치학에 관한 많은 글을 쓴 저자로도 잘 알려진 로즈마리 갈란드-톰슨 교수, 청각장애 아프리카계 미국인 여성 최초의 변호사이자 오바마 대통령의 장애인 자문위원으로 일한 적이 있는 클라우디아 고든, 미국 장애인법을 만들고 통과시키는 데 핵심 역할을 했던 아이오와주 전 상원의원인 톰 하킨 등 유명 인사들이 있었어요. 미국 장애인법의 탄생을 위해 길을 마련해 준 이 영웅들이 제 주위에 있다는 사실에 저는 감명과 환희에 휩싸이고 말았어요.

"안녕, 마리아! 멋진 행사를 열어 줘서 감사해요. 행사, 축하해요."

저는 그녀를 끌어안았어요. 마리아 타운은 시민 참여 및 정부 간 업무 조정국 선임 보좌관이자 장애인 공동체 담당 협력관으로 백악관에 근무하는 여성이었어요. 좋은 친구이기도 하고요.

"고마워요! 지금 말할 시간이 없는데, 어쩌죠? 아무튼 이젠 레드룸으로 가야 할 거예요."

웃음이 나왔어요. 백악관의 지시 사항은 참 많기도 하다!

"오케이, 나중에 얘기해요."

"가만, 맥신은 어디 있어요?"

죄책감이 제 가슴을 찔렀어요.

"집에 있어요. 사람들을 만나기만 하면 자연히 대화가 맥신에게 집중되잖아요. 보통 때라면 그래도 괜찮지만 오늘은 대통령과 잠시나마 만나게 될지 모르는데 그 짧은 시간을 개가 아니라 장애인 인권에 집중하고 싶어서요."

"재미있네요. 무슨 말인지 알겠어요. 미안해요, 사람들이 불러서. 레드룸으로 가세요!"

"갈게요! 나중에 봐요!"

레드룸으로 들어서자 약 삼십여 명의 초대 손님이 대통령과 사진을 찍으려고 기다리고 있었어요. 레드룸에서 줄을 서고 블루룸에서 대통령을 만나고 그런 다음에 이스트룸에서 연설이 시작되기를 기다리는 것이죠. 귀빈을 소개하는 저는 맨 나중에 대통령을 만나기로 되어있었어요.

캐머론과 저는 소파에 앉아 기다리기로 했어요. 긴 기다림. 사실은 일주일 전에 초대장을 받았을 때부터 시작된 기다림이었어요. 그런데 3일 전, 백악관에서 저에게 리셉션에서 오바마 대통령을 소개하는 일을 맡아 달라는 요청을 했어요. 그러니까 소개하는 말을 준비하는데 하루밖에 여유를 안 준 거죠. 주말에 걸쳐 연설을 연습하는 동안 친구들이 그 내용을 듣고 의견을 내고 수정도 해 주어야 했으니까요. 손가락 끝에 그 내용을 새기기라도 하듯 저는 손가락으로 점자를 훑어 가며 읽고, 또 읽었어요. 레드룸에서 기다리고 있는 지금도 연설 내용이 제 머릿속을 떠나지 않고 있어요.

"발레리가 인사하고 싶다는데. 자, 발레리 재럿이 등장하신다!"

캐머론이 타이핑을 한 뒤 자리에서 일어나 제 시야에서 사라졌어요.

발레리 재럿은 대통령의 선임 고문으로 시민 참여 및 정부 간 업무 조정국을 관장하는 사람이었어요. 소파에 앉은 그녀가 무릎 위에 자판을 올려놓았어요.

"안녕하세요, 하벤. 만나서 너무 기뻐요."

"저도 만나 뵈어 기쁩니다, 발레리. 초대해 주셔서 큰 영광입니다. 사실 저는 풋내기에 불과해요. 오늘 오신 옹호자 가운데는 오랜 세월 장애인 인권을 위해 헌신하신 분도 계세요. 그분들의 옹호가 젊은 세대에게 더 많은 기회를 만들어 주었으니까요."

"그래요, 정말 훌륭하신 옹호자들이 많이 오셨어요. 당신도 뛰어난 역할을 하셨잖아요. 얘기 많이 들었어요."

"감사합니다."

그녀가 너무 다정하게 말하는 바람에 가슴이 찡했어요. 저는 미소를 지으며 말을 이었어요.

"제가 특별히 집중하는 분야는 테크놀로지예요. 많은 기업이 웹사이트와 앱을 구축하고 있지만 장애인은 접근할 수 없게 되어 있어요. 온라인으로 정보에 접근할 수 없다는 것은 정보 기근을 유발하고, 그것은 곧 장애를 지닌 사람들을 불리한 위치에 놓이게 하는 거예요. 더 많은 기업이 미국 장애인법이 디지털 서비스에도 적용된다는 사실을 깨달았으면 좋겠어요."

"우리도 당신이 현재 하고 있는 일을 자랑스럽게 생각하고 있어요. 마리아한테서 이야기를 많이 들었거든요."

"마리아는 보석 같은 존재지요!"

"맞아요! 느낌표도 점자로 나오나요?"

"예, 구두점도 다 나와요."

저는 자판이 어떻게 작동하는지 설명했어요.

"만일 글자를 잘못 치면요?"

저는 미소를 지으며 장난기 섞인 목소리로 대답했어요.

"왜요? 실수하셨어요?"

"나, 웃고 있어요!"

그녀 옆에 앉은 저는 쾌활하고 즐거운 기분으로 사람을 대하는 그녀의 마음이 온화한 기운으로 소파를 타고 전해지는 것을 느꼈어요. 웃음도 가식이 아닌 솔직한 마음에서 절로 나오는 웃음이라는 느낌이 들자 우리는 장애인들이 내보이는 특유의 어색함이나 불편함을 다 뛰어넘은 게 아닌가 싶었어요. 그런 생각이 들자 제 얼굴이 더욱 환하게 빛나는 것 같았어요.

"제 목표는 현재 우리가 지닌 도구와 능력의 범위에서 사람들과 접촉하고 교류하는 데 있어요. 타이핑을 하다가 실수하는 거, 그건 문제가 안 돼요. 사람들이 무슨 말을 하려는지, 백에 아흔 다섯 정도는 알 수 있거든요."

"고마워요, 하벤."

"궁금한 게 있는데요……. 대통령님도 타이핑할 줄 아시나요?"

저는 몸을 그녀 쪽으로 기울여 작은 소리로 물었어요.

"그럼요, 하실 줄 아세요. 나만큼 잘 치진 못하겠지만."

터져 나오는 웃음을 주체할 수가 없었어요. 두 뺨이 얼얼할 정도였어요. 그래도 한 손을 컴퓨터에서 떼지 않고 잘 버텼지요.

"직접 물어봐요."

웃음이 뚝 끊어졌어요.

"진심으로 하시는 말씀이에요? 기분 나빠 하지 않으실까요?"

"전혀. 도전을 좋아하세요."

절로 고개가 끄덕여지더군요.

"맞는 말씀이에요. 저도 도전에 맞서는 걸 좋아하거든요. 용감하게 살아야 한다는 사실을 상기하게 해 주셔서 감사해요."

발레리가 자리를 뜨고 캐머론이 다시 와서 앉았어요.

"캠이야. 발레리가 나한테 자판을 넘기는데 얼굴에 함박웃음이 가득 하더라. '너무 즐거웠다'고 했어."

가슴이 부드럽게 녹아 내리는 것 같았어요.

"정말, 진짜로 다정하고 친절하신 분이야. 그분과 얘기하고 나니까 더 자신감이 붙는 거 같은데."

"잘됐네. 그래야 하거든."

저는 무슨 꿍꿍이냐는 듯 캐머론을 바라보았어요.

"속보. 네가 발레리하고 얘기하고 있을 때 샐리가 나한테 오더니 '조 바이든 부통령도 행사에 참석해요. 부통령도 넣어서 소개를 해 달라고 하벤한테 전해 줘요.' 이렇게 얘기하더라."

입이 떡 벌어졌어요.

"알아, 안다고! 그래도 샐리는 별것 아닌 것처럼 말하던데."

저는 어깨가 들썩일 정도로 웃음을 터뜨렸어요.

"괜찮아. 이름만 추가하면 되지 뭐. 그래도 잠시 생각 좀 하게 말 시키지 말고 가만히 있어 줄래?"

"알았어. 찍 소리도 안 하고 가만히 있을게. 재미있는 광경을 봐도 한마디 안 하고 있을 게. 농담! 걱정하지 마. 알잖아, 난……."

저는 양손을 컴퓨터에서 뗀 뒤 팔짱을 꼈어요. 캐머론이 팔꿈치로 저를 툭, 쳤어요. 저도 따라 툭, 쳤어요. 우리 둘은 웃었어요. 긴장이 풀리는 것 같았어요.

소파에 등을 기대고 앉아 저는 머릿속에 연설할 내용을 떠올리며 생각했어요.

흠, 이름을 어떤 순서로 읽어야 하나? 보통은 사람들이 부통령 앞에 대통령 이름을 말하지 않나? 아닌가? 우리 모두 환영합시다, 버락 오바마 대통령과 조 바이든 부통령이십니다. 그런데 사람들이 대통령 이름을 듣고 바로 박수를 치면 어떻게 하지? 다음 문장이 다 묻혀 버리잖아. 문장 마지막에 목소리에 힘을 주어 한 문장이 끝났다는 걸 알리려고 했는데…… 대통령을 먼저 소개하면 자연히 부통령 이름을 말할 때

힘을 주게 되고, 그러면 부통령을 더 강조하는 셈인데, 그래도 괜찮을까? 순서를 바꿔 볼까? 우리 모두 환영합시다, 조 바이든 부통령과 버락 오바마 대통령이십니다. 그러면 대통령 이름을 강조하게 될 테고, 그걸 신호로 청중들이 박수를 치겠지…….

제 손가락들이 다시 컴퓨터 위에 놓였어요.

"오케이, 다시 돌아왔어. 나한테 말해 줄 거 없어?"

"조 바이든 부통령이 이 방에 왔어! 방 저쪽에서 사람들한테 둘러싸여 있어. 웃는 얼굴로 사람들과 악수하고 있는데 기분이 좋은 모양이야. 마이클이 내 맞은편에 앉아 있고. 네가 나를 무자비하게 차단하고 난 뒤 우리끼리 재미난 얘기했거든!"

"캠!"

웃음이 나왔어요. 그녀가 제 옆에 있는 게 얼마나 포근하고 유쾌한지 고마울 따름이었어요.

"준비하고 있어, 곧 다시 차단할 거니까. 자판을 마이클 선배한테 넘겨."

"여부가 있겠습니까!"

캠이 자판을 넘겼어요.

저는 마이클 선배에게 손짓을 하고는 수어로 말했어요.

"잘 지내시죠?"

수어를 공부하면서 제 수화 실력이 많이 향상되긴 했지만 아직 유창하다고 할 정도는 아니었어요. 그리고 상대방이 수어로 말할 때 제가 알아듣는 것보다는 제가 수어로 말할 때 상대방이 훨씬 잘 알아들어요. 그래서 청각장애 친구와 만나면 저는 수어로 말하고 친구는 자판을 두드리지요.

마이클 스타인 선배는 이곳 워싱턴 D.C.에서 장애인 인권 전문 로펌을 운영하고 있어요. 저보다 몇 년 앞서 하버드 로스쿨을 졸업하고 저와 마찬가지로 스캐든 펠로우십을 받은 선배죠. 경험이 많은 청각장애 변호사의 조언이 필요할 때마다 제가 의지하는 친구와 같은 선배랍니다. 오늘, 마이클 선배는 캐머론과 교대로 자판을 쳐서 대통령 연설을 저에게 전해 주기로 했어요.

"그럼, 잘 지내지. 조 바이든 부통령이 여기 왔다는 거, 캐머론이 말해 주디?"

마이클 선배가 말했어요.

저는 그렇다고 고개를 끄덕였어요.

"만나고 싶지 않아?"

과연 그럴 수 있을지 머릿속에선 의문이 소용돌이치며 고개를 내밀었어요.

바쁘신 분이지. 시간이 없을 거야. 하기야 내가 저 많은 사람을 제치고 만날 수도 없을 거야……

하지만 저는 마이클 선배한테 말했어요.

"만나고 싶어요."

"오케이. 그럼 내가 모시고 올게."

마이클 선배가 자판을 캐머론에게 넘겼어요.

"캠. 마이클 선배가 조 바이든 부통령을 모시고 오겠대!"

저는 작은 소리로 말했어요

"그래 알아. 지금 저쪽으로 걸어가고 있어."

가슴이 쿵쾅쿵쾅 뛰기 시작했어요. 긴장이 되는지 팔에 힘이 쪽 빠졌어요.

그때 침착하고 차분하고 자신감 넘치는 발레리 재럿의 모습이 떠올랐어요. 불쑥 나타나서 정말 필요할 때 현명한 조언을 해 줬던 그분의 모습이. 그분과 나눈 대화를 더듬다 보니 자신감이 솟구쳐 오르는 것 같았어요.

캐머론이 자판을 쳤어요.

"리안이 준비됐냐고 묻는데?"

저는 눈을 치켜떴어요.

"그런 눈으로 보지 마! 그냥 말만 전하는 거야. 자, 리안이야."

리안이 자판을 들고 자리에 앉았어요.

"준비됐어요?"

"그런 거 같아요. 그런데 정확히 뭘 준비하는 거죠?"

저는 미소를 지으며 말했어요.

"가서 줄을 서야 합니다. 대통령을 만나는 겁니다."

"오! 예, 준비됐어요."

자리에서 일어서며 저는 점자 컴퓨터를 무릎에서 팔로 옮겼어요. 리안이 저를 데리고 문으로 향했어요. 그러고는 멈췄어요. 우리는 기다리고, 또 기다리고, 또 기다렸어요.

"리안, 자판을 캐머론에게 넘겨줄 수 있어요?"

"헤이, 캠이야. 자판을 다시 넘겨주게 해 줘서 고마워! 미스터 비밀 요원에게서 이 자판을 어떻게 빼낼까 계속 주시하고 있었거든. 그런데 어떻게 해야 하는지 물어보기는 했니?"

입술을 꽉 깨물어 터져 나오려는 웃음을 참으며 저는 아니라고 고개를 저었어요.

"재미있네. 아무튼 뭘 어떻게 하는 건지 알게 되면 나한테도 알려 줘. 지금 나는 어느 테이블 앞에 서 있는데, 네가 서 있는 데서 열한 시 방향이야. 네 앞에 한 네 사람 정도가 서 있어. 내가 블루룸을 슬쩍 들여다봤는데 오바마 대통령이 보였어! 짙은 감색 양복에, 옷깃엔 성조기 배지를 꽂았어. 한 번에 한 사람씩 차례로 만나고 있는 중이야. 몇몇 다른 사람도 보이는데…… 오엠지(OMG)*! 야, 마이클이 해냈어! 마이클이 바이든 부통령을 모시고 온다고! 마이클과 조 바이든 부통령이 지금 네 앞에 서 있어. 마이클이 대화하는 방법을 설명하고 있는 중이야. 오케이, 이제 조 바이든 부통령이 등장하십니다!"

바이든 부통령이 한 손으로 자판을 잡고 다른 한 손으로 타이핑을 하기 시작했어요. 한 글자, 한 글자, 그분의 손가락이 메시지를 전달했어요.

"당신을 사랑합니다."

---

* 놀라거나 흥분했을 때 쓰는 감탄사인 〈Oh my God!(맙소사!)〉의 약어로 인터넷에서 많이 쓰임.

너무 당황한 나머지 겨우겨우 입을 뗄 수 있었어요.

"감사합니다!"

얼른 점자 컴퓨터를 왼팔로 옮긴 저는 오른손을 내밀어 악수를 청했어요. 부통령은 제 손을 잡고는 부드럽게 흔들었어요. 맞잡은 두 손이, 그네 날리듯, 위아래로 움직였어요. 둘, 셋, 넷, 다섯…… 악수가 대화를 계속 이어가는 셈이었어요. 그 짧은 순간에, 그렇게 악수하는 사이에 저는, 저를 당혹케 한 그 사랑한다는 말에 어떤 식으로 대답을 해야 할지, 곰곰이 생각했어요.

시간이 촉박하고 주위 환경의 여러 요소를 다 따져 봐야 할 때, 그럴 때 가끔 우리는 전하고자 하는 메시지를 다 담아내지 못하는, 의도하지 않은 말을 불쑥 내뱉을 때가 있어요. 저는 바이든 부통령이 동정과 찬사의 마음을 전하고 싶어 했다는 것을 알아요. 그분의 말은, 바로 밝게 빛나는 환한 미소를 언어로 나타낸 것, 그런 것이라 저는 생각해요.

심호흡을 하고 난 저는 목소리에 온 신경을 쓰며 말했어요.

"정말 감사드려요."

제가 가슴에 품고 있는 모든 생각을 다 포괄하는 말이 이 말밖에 없더라고요. 주고받던 대화는 다시 계속되는 악수로 이어졌어요. 여섯, 일곱, 여덟, 아홉…… 바이든 부통령이 잡고 있던 제 손을 살며시 놓아 주었고, 제 손은 다시 제 쪽으로 돌아왔어요. 부통령의 이런 모습이 그분의 다정다감한 마음을 깊이 있게 표현한 것이라고 저는 생각해요. 저는 그렇게 느꼈고 그저 감사할 따름이었어요.

리안이 제 팔을 툭 건드렸어요. 블루룸으로 걸어가면서도 제 마음은 자꾸 바이든 부통령을 돌아보고, 또 돌아보았어요.

흠잡을 데 없이 완벽한 말을 찾으려다 그만 대화를 더는 이어가지 못한 꼴이 되고 말았지요.

제 옆에 있던 리안이 우리 앞의 누군가와 말을 주고받기 시작했어요. 저는 긴장감을 잠재우며 떨리는 마음을 진정시켰어요. 담대해지자, 이렇게 되뇌었어요.

무슨 말이든 더 했어야 했는데…….

리안이 저를 데리고 어떤 키 높은 테이블로 향했어요. 제가 테이블 위에 점자 컴퓨터를 올려놓고 있는 동안 캐머론이 대통령 앞에 자판을 갖다 놓았어요.

"안녕하세요, 하벤. 만나서 반갑습니다."

대통령이 타이핑을 했어요.

"안녕하세요!"

저는 환하게 얼굴을 펴고는 손을 내밀어 악수를 청했어요.

"만나 뵙게 돼서 영광이에요. 발레리 재닛과 즐겁게 대화를 했는데 대통령님께서 그분만큼 빠르게 타이핑할 수 있는지 궁금했거든요."

캠이 손가락을 제 등에 대고 긁듯이 흔들었어요. 웃음을 나타내는 신호였어요. 대통령이 웃었다! 이런 뜻이지요.

"그분이 훨씬 빠를 겁니다."

대통령이 타이핑으로 말했어요.

"대통령님께서도 아주 잘 치시는데요, 뭘. 저희 아버지는 손가락 두 개로 치시거든요."

저는 대통령을 안심시키려고 이렇게 말하면서 미소를 지어 보였어요.

"나도 마찬가지입니다."

"손가락 두 개로 치신다고요?"

그분의 말에 놀란 나머지 제 목소리가 커지고 말았어요. 방 안 가득 웃음소리가 울려 퍼졌어요.

"지금부터는 더 빠르게 칠 겁니다."

그분이 다시 자판을 두드렸어요.

저는 저에게 들어오는 점자의 속도를 가늠하고 따라가기 위해 허리를 꼿꼿이 폈어요.

"우리는 당신이 보여 준 리더십을 무척 자랑스럽게 생각하고 있습니다. 당신 부친께서도 자랑스럽게 여기실 겁니다. 실은 아까 자판을 두드릴 때 손가락을 모두 사용해서 두드린 겁니다."

"우리 아버지도 제가 하는 일을 뿌듯하게 생각하세요. 특히 장애인들이 테크놀로지에 접근하는 게 그들에게 어떤 도움을 주는지, 그런 일에 관심을 두고 있는 게 자랑스러우신가 봐요."

이렇게 말하면서 저는 한 손으로는 이런저런 손짓을 지어 보였지만 다른 한 손은 점자 컴퓨터에 계속 올려놓고 있었어요. 대통령이 제 말을 끊고 불쑥 자판을 두드릴 경우를 대비해서 그렇게 한 거예요. 하지만 그분은 제 말이 끝날 때까지, 한 마디 한 마디 놓치지 않고 끝까지 기다렸어요. 저를 존중해 준 거였어요.

"저는 테크놀로지가 장애를 지닌 사람과 비장애인과의 격차를 메울 수 있다고 생각해요. 인터넷 서비스가 사람들에게 더 많은 기회를 열어 주고 있어서 앞으로는 장애를 지닌 사람들이 더 많이 취업하고 성공하는 모습을 보게 될 거라고 믿어요."

제 말이 끝나자 대통령은 당신 손을 컴퓨터에 올려놓은 제 손 아래로 슬며시 집어넣으셨어요. 고도로 발달된 제 촉감 능력이 그 뜻이 무엇인지 읽어 낼 수 있었지요. 그분의 손이 테이블에서 벗어나 그분에게로 향했어요. '우리 포옹할까요?'라는 뜻이었어요. 저를 포옹으로 이끄는 그분의 동작은 본능에 가까운 것이어서 순간적으로 저는 그분이 얼마나 뛰어난 춤 솜씨를 지니고 있는지 알 수 있었어요.

오바마 대통령은 저를 다시 테이블로 이끌며 말씀하셨어요.

"포옹을 자판으로 칠 수가 없어서 그런 겁니다."

"저는 타자로 친 포옹보다는 진짜 포옹을 더 좋아해요."

캠이 제 등에 큼직한 미소를 그렸어요. 대통령의 반응을 표현한 거예요. 캠은 제 손을 만지거나 잡을 수 없을 때, 〈프로택타일〉*이라는 간단한 신체 신호를 사용해요. 가령 저와 대화를 나누는 사람이 자신의 얼굴 표정이 어떤 표정인지 자판을 쳐서 알릴 수도 있는데 그걸 모르는 경우, 캠은 〈프로택타일〉을 통해 저에게 알려 주곤 해요. 〈프로택타일〉은 제가 리안에게 가르쳐 주지 못한 많은 것 중 하나이기도 하지요.

---

* 〈프로택타일ProTactile〉은 시각장애와 청각장애를 동시에 지닌 시애틀 거주 중복장애인들이 2007년에 서로의 의사소통을 위해 상대방의 몸에 손을 대는 〈터치〉를 활용하기 시작하면서 알려진 중복장애인의 의사소통 방식을 말한다.

"사람들 모두가 우리를 기다리고 있습니다."

대통령이 말했어요.

"준비되셨나요?"

저는 미소를 지으며 대답했어요.

"됐습니다."

대통령이 앞장섰고 우리는 함께 걸어갔어요. 대통령은 블루룸, 그린
룸을 지나 이스트룸으로 들어서는 문 앞에 걸음을 멈췄어요. 리안이 제
팔을 건드려 신호를 보냈고 우리는 이스트룸으로 들어섰어요.

리안은 발걸음에 맞춰 팔을 자연스럽게 흔들면서 우아하게 저를 잘
안내해 주었어요. 무대에 오르는 계단 앞에서는 계단이 시작된다는 신
호를 보내는 것도 잊지 않았지요. 제가 가르쳐 준 모든 것을 그는 다 외
우고 있었어요. 제가 말한 모든 것을 그는 다 듣고 잊지 않았어요.

연단에 오른 저는 제가 사용하기 편한 위치에 마이크와 점자 컴퓨터
를 놓았어요. 화면을 가로질러 점자가 풀려 나오기 시작했어요.

"모든 사람이 미소를 지으며 너를 지켜보고 있어."

블루룸을 서둘러 빠져나온 마이클 선배와 캠이 빠른 걸음으로 홀을
지나서는 이스트룸을 가득 메운 사람들 사이를 비집고 들어와, 또 하나
준비해 온 자판의 전원을 켜서 사용하기 시작한 거예요.

저는 마이크를 앞으로 당겼어요.

"안녕하세요!"

"안녕하십니까."

청중들이 응답했어요.

"제 이름은 하벤 길마예요. 먼저 제 이야기 하나를 들려드릴까 해요. 저희 할머니께서 동아프리카에서 제 오빠를 학교에 데리고 갔을 때 학교 측에서 할머니한테 이런 말을 했다고 해요. 중복장애 아이는 학교에 다닐 수 없다고. 안타깝게도 당시에는 기회가 주어지지 않았던 거죠. 저희 가족은 미국으로 이주했고 저는 중복장애아로 태어났어요. 그런데 우리는 놀랐어요. 미국 장애인법으로 우리가 얼마나 많은 기회를 누릴 수 있는지. 바로 여러분과 같은 장애인 인권 옹호자들이 쟁취하여 부여한 기회였어요.

2010년에 저는 하버드 로스쿨에 입학했어요. 하버드 로스쿨 최초의 중복장애 학생이었죠. 하버드는 어떻게 하면 중복장애 학생이 학업을 잘 마칠 수 있게 할지, 잘 모르고 있었어요."

웃음소리가 물결치듯 방 안에 퍼져 나갔어요.

"솔직히 말씀드리면, 저도 하버드에서 어떻게 해야 살아남을 수 있는지 처음엔 잘 몰랐어요."

다시 곳곳에서 웃음이 터져 나왔어요.

"어디에서도 호응을 얻지는 못했지만, 그래도 우리는 보조 기술을 활용하고 높은 기대를 가슴에 품으며 우리의 길을 개척해 왔어요. 저희 할머니 입장에서 보면 제가 하버드에서 학업을 성공적으로 마친 것이 마법처럼 보였을 거예요. 하지만 여기 계신 모든 분은, 장애를 지닌 사람이 마법에 의해 성공을 거두는 것이 아니라 미국, 그리고 많은 분들의 노력으로 어렵게 쟁취한 미국 장애인법이 마련한 기회를 통해 성공을 거둔다는 사실을 잘 알고 있을 겁니다."

저는 마치 눈이 보이기라도 하듯 시선을 돌려 방 안을 쭉 돌아보며 선각자들의 모습을 머릿속에 떠올렸어요. 거리에서 시위를 하던 사람들, 기진맥진한 몸으로 계속 농성을 이어 가던 사람들, 자신의 휠체어를 버스에 단단히 묶어 놓고 항의하던 사람들, 의사당 계단을 기어오르던 사람들, 그 밖의 온갖 방식으로 차별에 맞섰던 사람들. 여기 이 자리에, 장애인 인권 옹호에 앞장섰던 청중들 앞에 서 있는 것만으로도 저는 제가 어떤 의무감으로 헌신해야 하는지 다시금 새길 수 있었어요. 지금 자라나는 어린아이들은 저보다 훨씬 많은 접근 기회를 누려야 하잖아요.

"장애인 인권 옹호를 위해 일하면서 저는 장애를 지닌 사람들이 인터넷 서비스, 온라인 비즈니스, 웹사이트, 앱 등 디지털 세상에 충분히 접근할 수 있는 권리를 보장받을 수 있도록 나름의 노력을 기울이고 있는 중이에요. 그러면서도 저는, 우리가 여기까지 온 것도 대단한 일이지만 평등을 위한 노력은 아직 끝나지 않았다는 사실, 이 사실을 매일 상기하고 있답니다.

자 이제, 모든 미국인이 자신들이 추구하는 기회를 차별 없이 누릴 수 있도록 노력을 아끼지 않고 계신 두 분의 지도자를 소개할 시간이 되었네요. 제게 이런 영광을 주셔서 감사합니다. 우리 모두 환영합시다. 조 바이든 부통령과 버락 오바마 대통령이십니다!"

청중들의 환호와 함께 박수갈채가 쏟아졌어요. 저 역시 힘껏 박수를 쳤어요. 그때 어느 한 손이 제 오른팔을 툭 건드렸어요. 저는 연단에서 점자 디스플레이를 챙긴 다음 무대에서 물러났어요.

"마이클이야. 정말 끝내주게 잘했어!"

마이클 선배가 자판을 두드려 칭찬했어요. 우리는 무대 오른쪽에서 1.5m 가량 떨어진 곳에 마련된 의자에 앉아 있었어요.

"고마워요."

저는 수어로 답했어요.

"지금 바이든 부통령과 오바마 대통령이 무대에 오름."

마이클 선배가 계속 자판을 두드렸어요.

"대통령: 여러분, 반갑습니다! (박수) 백악관에 오신 걸 환영합니다. 그리고 하벤, 대단히 인상적인 소개를 그렇게 멋지게 해 주셔서 정말 감사합니다. 장애를 지닌 학생들이 당신처럼 세계 최고의 교육을 받게 하려고 열심히 노력하고 계신 것에도 심심한 감사의 말을 전합니다. 자 여러분, 우리 모두 하벤에게 큰 박수를 보내도록 합시다."

놀라기도 하고 감사하기도 하고 가슴이 두근두근 뛰기 시작했어요. 저는 벅차오르는 감정을 제 얼굴에 그대로 담은 채 대통령을 올려다보고, 그 다음엔 청중들을 바라보았어요.

"25년 전 어느 화창한 날-그날이 오늘처럼 더웠는지는 모르겠습니다만-조지 H. W. 부시 대통령은 사우스론*에 서서 또 하나의 새로운 미국 독립기념일을 선포하며 말씀하셨습니다. '오늘 역사적 전환점이 되는 미국 장애인법에 서명을 함으로써, 이제 장애를 지닌 모든 남성, 여성, 어린아이 등 모두가 그동안 닫혀 있었던 문을 활짝 열고 평등과 자유와 자립의 밝은 새 시대로 들어서게 되었습니다.' 이렇게 말입니다. 그로부터 25년이 지난 지금, 우리는 그 획기적인 법과 (박수) 그 법으

---

* 사우스론South Lawn은 백악관 건물 정남쪽에 있는 잔디밭 뜰을 말한다.

로 가능해진 모든 것을 기념하기 위해 이 자리에 이렇게 함께 모였습니다. 미국 장애인법 때문에 우리 미국인들이 함께 누리는 삶의 현장이 되는 장소-학교, 일터, 영화관, 법정, 버스, 야구장, 국립 공원 등-가 진정으로 우리 모두의 것이 되었습니다. 장애를 지닌 수백만의 미국인들이 그들의 재능을 발전시키고 그들 나름으로 누구도 흉내 낼 수 없는 독특한 방식으로 세계 발전에 공헌할 수 있는 기회를 누리게 된 것입니다. 그분들 덕택에 미국은 더 강한 나라, 더욱더 활기가 넘치는 나라가 되었습니다. 미국 장애인법으로 인해 더 나은 국가가 된 것이죠. (박수) 이것이 바로 이 법이 그동안 성취한 업적입니다."

대통령의 연설 내용이 시각 화면에 나타나기 때문에 청각장애 청중들은 쉽게 그 내용에 접근할 수가 있었어요. 따라서 마이클 선배가 화면에 나타난 자막을 보고 그 내용을 자판에 두드릴 수가 있었던 거예요. 앞으로 언젠가는 인공 지능이 실시간으로 정확하게 음성을 점자로 전환시키는 날이 오겠죠. 그때까지는 저한테 음성을 점자로 전환해 줄 사람이 필요해요. 소통을 원활하게 해 줄 수 있는 사람, 뛰어난 사회적 기술*과 타자를 빠르게 칠 수 있는 능력을 지닌 사람을 찾는 일이 쉽지만은 않아요. 시간을 들여 서로 협력하는 방법을 같이 훈련해야 하지요. 이런 방법을 통해, 저는 행사가 있을 때 저를 위해 의사소통을 도와주는 여러 사람을 찾을 수 있었어요. 캐머론과 마이클 선배가 바로 그런 사람들이었어요.

* 사회적 기술social skills이란 사람이 언어를 사용하거나 비언어적 방식을 통해서 다른 사람과 의사소통하고 상호 교류하는 기술을 말한다.

마이클 선배가 연설 전 과정을 처음부터 끝까지 다 타이핑해서 알려 주었어요.

"(박수갈채. 사람들이 일어선다.)"

저는 고개를 돌려 마이클 선배를 바라보면서 제 점자컴퓨터를 손으로 가리켰어요. 만일 제가 사람들을 따라 일어서게 되면 놓치는 게 있을지도 몰라요. 컴퓨터를 한 손으로 들고 일어서게 되면 나머지 한 손으로 점자를 읽어야 하기 때문에 읽는 속도도 느리고 굉장히 불편해요. 반면에 무릎 위에 컴퓨터를 올려놓고 앉아 있으면 양손으로 읽을 수가 있어요. 저는 대단히 의미 있고 역사적인 이 기념식에서 무엇 하나 놓치지 않고 모든 것을 다 기억 속에 담아 두고 싶었거든요. 오가는 모든 말, 모든 설명, 모든 세세한 사항들까지. 전부 다 머릿속에 붙잡아 두고 싶었어요. 그래서 저는 자리에 더 앉아 있었고, 마이클 선배는 계속해서 상황을 자판으로 그려 주었어요.

"사람들이 몹시 들뜬 것 같아. 어떤 사람들은……."

누군가가 손으로 제 어깨를 건드렸어요. 10년에 걸쳐 무도회에서 춤을 춘 경험이 있는 저는 몸으로 그 손짓이 무엇인지 알 수 있었어요. 리안의 손이 저에게 묻는 거였어요.

"같이 가실까요?"

저는 컴퓨터를 의자에 내려놓고는 벌떡 일어섰어요. 두 걸음 떨어져서 리안 앞에 선 저는 눈썹을 치켜올렸어요. 말없이 무슨 일이냐고 묻는 표정이었죠.

순간 누군가가 제 앞으로 다가오는 모습이 보였어요. 키가 큰 사람.

무대에서 내려오고 있는 사람. 대통령! 자판이 없으니 당황할 수밖에 없었어요. 저는 본능적으로 손을 내밀어 악수를 청했어요. 그분이 제 손을 잡더니 제 뺨에 키스를 했어요. 그분의 얼굴 표정을 볼 수도 없었고 그분이 무슨 말을 하는지 들을 수도 없었어요. 하지만 그분의 마음은 충분히 느낄 수가 있었어요. 대통령이 지나가고 조 바이든 부통령이 앞으로 다가왔어요. 그분은 제 양 뺨에 키스를 하고는 사람들 사이로 사라졌어요.

너무 기쁘고 행복한 나머지 머리가 어지러울 지경이었어요. 얼마나 큰 영광인지. 얼마나 큰 선물인지. 우리의 지도자들은 제 몸에 손을 대는 〈터치〉를 통해 저를 받아들였어요. 심지어 정중한 태도로 음성과 타자를 오가며 저를 인정해 주었지요. 우리는 대화를 나눌 수 있었던 거예요. 그분들의 행동 하나하나가 이제는 세상이 눈으로 보고 귀로 듣는 세상에서, 눈으로 보고 귀로 들을 뿐 아니라 몸과 마음으로 느끼는 세상으로 바뀌고 있다는 희망을 심어 주었어요.

다시 자리에 앉은 저는 자판을 리안에게 넘겼어요.

"전에 장애를 지닌 사람과 같이 일해 보신 적 있으세요?"

"없습니다."

"정말 훌륭하게 안내해 주셨어요. 오늘 많이 도와주셔서 감사해요. 사실 제가 어떻게 안내해 주면 좋을지, 자판은 어떻게 사용하는지, 촉각으로 어떻게 소통하는지, 이런 것을 설명할 때 모든 사람이 다 귀를 기울이는 건 아녜요. 하지만 당신은 진정으로 귀를 기울여 주셨어요."

리안이 손으로 제 어깨를 건드렸을 때, 저는 그가 무슨 말을 하려고 그러는지 몰랐어요. 그때의 긴장감은 춤을 출 때 초반에 느끼는 긴장 감과 같은 것이었어요. 춤을 출 때 곡이 어떤 곡인지, 저는 귀로 확인 할 수가 없어요. 그래서 곡이 왈츠인지, 스윙인지, 살사인지 모른 채 그 냥 무대로 들어서야 하지요. 그러다 미지의 것을 하나하나 찾아내고 알 아내는 과정을 겪다 보면 아드레날린이 솟구쳐요. 그렇게 해서 온몸으 로 귀를 기울이게 되면 춤이 저절로 모습을 드러내지요. 온몸으로 귀 를 기울이는 법을 배우게 되면 미지의 세상을 익숙한 세상으로 바꿀 수가 있거든요.

"저도 무척 즐거웠습니다. 정말 훌륭한 사람은 바로 당신입니다. 잊 을 수 없는 연설이었습니다."

리안이 말했어요. 제 얼굴이 빨개졌지요.

"다 여러 사람이 같이 노력한 결과예요."

장애를 지닌 사람도, 이 사회가 그들을 끌어안아 준다면, 충분히 성 공할 수 있어요. 연설할 내용을 글로 쓰는 일에서 리안에게 저를 어떻 게 안내해야 하는지 가르쳐 준 일에 이르기까지 모든 것을 철저하게 준 비한 것이 오늘의 제 무대를 성공으로 이끈 동력이었어요. 그뿐만이 아 니지요. 캐머론과 마이클 선배의 도움, 백악관 측의 따뜻한 배려와 후 원, 미국 장애인법을 탄생시킨 모든 옹호자의 끈질긴 분투노력이 없었 다면 불가능했을 일이에요. 장애는 어느 한 개인이 극복할 문제는 아니 에요. 저는 여전히 장애인이고, 여전히 중복장애인이에요. 우리가 대안 기술을 개발하고 우리 사회가 따뜻하게 끌어안아 준다면 장애를 지닌 사람도 성공한 삶을 영위할 수 있어요.

"리안, 그런데 하시는 일이 정확히 뭐예요?"

"공군 파일럿입니다."

저는 고개를 끄덕였어요.

"근데 백악관에는 어떻게 해서 오신 거예요?"

"특수 임무를 수행하러 온 겁니다."

"특수 임무요?"

"예."

"그렇군요……."

비밀 준수의 규범. 특수 임무. 백악관은 신비스러운 방식으로 움직이는 것 같아요. 제가 하루에 해결하고 알아낼 수 있는 것에는 한계가 있지요. 저는 우리 앞에 있는 방을 손으로 가리켰어요.

"지금은 사람들이 어떻게 하고 있어요?"

"대체로 자유롭게 돌아다니고 있습니다. 여기에 있는 사람도 있고, 다른 방에서 다과와 음료를 즐기는 사람도 있습니다."

많은 세세한 것은 아직도 미지의 것으로 남아 있어요. 주위에서 사람들이 나누는 대화의 주제가 무엇인지, 가까운 곳에 있는 사람들 가운데 다정한 표정을 짓고 있는 사람은 누구인지, 허물없이 이야기를 나누는 사람은 누구인지, 이런 세세한 것은 여전히 저에게는 미지의 것들이죠. 저는 자리에 더 앉아 있으면서 주변 상황을 더 자세하게 설명해 달라고 요청할 수도 있었어요. 의자에 앉은 채 세상을 읽어 내는 일이 저한테는 편하고 쉬운 일이었어요. 안전하기도 하고요. 그러나 따분한 일이지요. 다른 사람이 춤추는 것을 지켜보고 있는 것보단 직접 춤추는 일이 더 좋으니까요.

"가서 사람들을 만나 볼까요?"

이야기를 마치며

2018년 가을, 캘리포니아, 샌프란시스코

2015년 가을 반가운 소식이 전해지면서 장애인 인권 옹호 공동체는 흥분에 휩싸였어요. 스크리브드가 전미 시각장애인 연합회와 협력하여 4천만 권의 도서와 문서를 보유한 스크리브드 도서관에 시각장애 독자들이 접근할 수 있도록 하겠다고 합의를 했거든요.

그렇게 합의가 이루어지면서 우리가 제기한 소송 사건도 종결되었어요. 이 소송 건에서 제가 능력 있는 동료들과 함께 시각장애 공동체를 대표한 것은 잊기 어려운 영광스러운 일이었어요. 하버드 로스쿨에 들어갈 때 저는 미국 장애인법과 관련된 소송 사건을 활용하여 장애를 지닌 사람들이 디지털 정보에 접근할 수 있는 기회를 확대하는 꿈을 꾸었답니다. 그 꿈이 드디어 실현된 것이었어요.

스크리브드 사건 이후로 제 꿈은 소송을 떠나 다른 곳으로 향했어요. 장애인 권리 옹호에서 소송이 중요한 위치를 차지하고는 있지만 제 개인적으로는 적합한 일이 아니었어요. 이제는 많은 기관이 접근 가능한 기관이 되길 원하고 그래서 그 방향으로 나아갈 수 있도록 도와주면 되거든요. 제가 생각하는 제 임무는 교육 기반의 옹호 활동을 통해 장애를 지닌 사람들에게 더 많은 기회가 주어지도록 도와주는 일이에요.

2016년에 저는 제가 할 수 있는 일을 찾아 활동하기 시작했어요. 장애인 권리 상담, 글쓰기, 대중 연설이 그것이었어요. 대중 연설은 파급 효과가 큰 옹호 활동이지요. 잘하면 사람들을 행동으로 이끌 수 있으니까요. 저는 2004년 처음으로 대중 연설을 시작했어요. 제가 말리에서 겪었던 일을 오클랜드 스카이라인 고등학교에서 학급 친구들에게 들려준 것이 시발점이 되었지요. 〈빌드온〉의 지원 하에 자원봉사 활동을 했던 우리들은 적어도 네 군데 다른 반 교실에 가서 우리 경험을 발표해야 했거든요. 처음 발표할 때는 다리가 부들부들 떨릴 정도로 무척 긴장했었죠. 첫 발표가 끝난 뒤 학생들과 선생님들에게서 피드백이 조금씩 들어왔어요. 그 피드백을 참고로 해서 다음 발표를 했을 때 우레와 같은 박수갈채를 받기도 했어요. 그렇게 열두 번째 발표를 할 때쯤 되어서는 더는 다리를 떨지 않게 되었지요. 그렇게 해서 발표가 다 끝났을 때 〈빌드온〉에서 깊은 인상을 받았는지 저를 비행기에 태워 먼 곳까지 데려가더라고요. 그들이 해마다 개최하는 축하 기념행사에 참석해서 연설을 하라는 것이었어요. 그전까지 제가 경험했던 것과는 전혀 다른 대단히 큰 행사였지요.

청중을 맞이하는 일은 선물을 받는 일과 같아요. 우리가 다른 사람에게 줄 수 있는 가장 귀한 것은 바로 시간이에요. 그 사실을 깨달아 청중을 존중할 줄 알아야 청중들과 깊은 공감 속에 같이 호흡할 수 있어요. 여러 해에 걸쳐 여러 회의장과 행사장에서 이루어진 장애인 권리 옹호 발표를 통해 저는 많은 청중과 만날 수 있었어요. 애플 세계 개발자 회의, 드림포스, 구글 개발자 컨퍼런스인 구글 IO, 사우스 바이 사우스웨스트, 서밋 시리즈, 테드x 볼티모어, 세계 곳곳의 대학 강연 등이 그런 곳이었어요.

우리는 여러 방식을 통해 다양한 형태로 사람들을 만나고 접촉할 수가 있어요. 최근의 기술 발전과 통합으로 향하는 문화적 변화를 통해, 우리는 차이를 넘어서서 인간관계를 형성하는 능력을 증진시켜 왔어요. 저의 경우를 말하자면 문자 메시지와 이메일, 소셜 미디어 앱, 말과 이야기, 유머, 수어와 춤, 친구와 통역사로 이루어진 훌륭한 팀, 씽아이의 안내견 등을 통해 수많은 사람과 접촉하고 관계를 맺어 왔어요.

*   *   *

맥신. 씽아이의 안내견이었던 맥신. 뉴저지에서 지진을 일으키고, 저를 따라 빙산에 오르고, 저를 도와 술집에서 기숙사까지 친구를 데려다주고, 하버드 로스쿨 졸업식 날 무대 위와 아래에서 저를 안내했던 맥신. 2018년 4월 16일, 사랑스러웠던 맥신이 세상을 뒤로 하고 하늘나라로 갔어요. 맥신과 함께한 9년이라는 세월 동안 사람들은 저를 맥신의 엄마라고 불렀어요. 어떤 사람은 제가 바로 맥신이라고 했지요. 맥신이 죽자 제 존재가 산산조각 난 것 같았어요. 그 조각들을 다시 하나하나 주워 붙이려고 하니 맨손으로 깨진 유리 조각을 주울 때의 그 느낌, 그런 아픔이 느껴졌어요.

맥신의 죽음은 우리 부모님에게도 큰 충격을 안겼어요. 두 분은 맥신을 저의 수호천사처럼 생각했거든요. 두 분은 제가 대통령과 만나고 대통령에게서 인정받는 장면을 보고 난 뒤에도 걱정과 불안을 잠재울 수 없었던 모양이에요. 제가 어디로 여행을 다닐 때마다 걱정이 태산이었어요. 그럴 때면 맥신 옆에 무릎을 굽혀 앉아서는 맥신의 커다란 갈색 눈을 바라보며 이렇게 말씀하셨어요. "하벤을 잘 보살펴 주거라, 알았지?" 어머니 사바는 맥신에게 〈인제라〉를 먹이기도 했어요. 제가 맥신은 위장이 과민성 위장이니 아무 음식이나 먹이지 말라고 설명했는데도, 아무리 맛있는 빵이라지만, 그 에리트레아의 빵을 서슴없이 먹이곤 했어요. 아버지 길마는 에리트레아의 매콤한 스테이크를 몰래 먹이기도 했고요. 두 분은 맥신이 저를 잘 지켜 준다고 고마워하는 마음에서 당신들이 맛있다고 생각하는 음식을 선뜻 내주곤 했지요.

맥신은 열 살 때 암에 걸렸어요. 맥신이 보여 주었던 별난 행동들, 자판에서 제 손을 자꾸 떼어 내던 그 긴 코, 시키는 대로 온순하게 잘 따르던 태도, 여행갈 때마다 열심히 따라다니던 그 열정, 이 모든 것이 눈앞에 아른거리며 그리워지네요. 9년 동안, 하루에도 몇 시간씩 제 발 옆에 털과 살을 비벼 대며 달라붙어 있던 누군가를, 긴 세월 같이 뒹굴며 지내던 누군가를 잃는다는 것은 너무 가슴 아픈 일이지요. 맥신에 대한 기억은 제 가슴과 이 책 속에 영원히 살아있을 거예요.

2018년 7월에 저는 다시 씽아이에 가서 새로운 안내견인 마일로와 훈련을 했어요. 마일로는 등은 검은 털로 덮여 있지만 다리, 엉덩이, 얼굴의 눈 위쪽은 황갈색인 몸집이 작은 독일산 수컷 셰퍼드예요. 전국 각지를 돌아다닐 때마다 자신 있다는 듯 아주 당당하게 저를 잘 안내하고 있어요. 여행이 즐거운지 비행기를 타든 기차를 타든 지칠 줄 모르고 신나게 뛰어다니기도 하지요. 마일로는 밝은 불빛 아래에서도, 무대 위 복잡한 사람들 틈바구니에서도 능청스럽게 편하게 쉴 수 있는 개예요. 한번은 제가 연설하고 있는 중인데 세상모르고 낮잠을 즐기고 있더라고요. 마일로의 그런 멋진 성격 때문에 우리 가족이나 친구들이 다 개한테 푹 빠져 있어요. 제가 아는 한 마일로는 밤이면 봉제 동물 인형 하나를 고무젖꼭지인 양 입에 물고 다른 봉제 인형들을 껴안고 잠자는 유일한 개가 아닌가 싶네요. 물론 마일로가 결코 맥신을 대체할 수는 없어요. 그래도 늘 놀랍고 낯설게 다가오는 세상을 돌아다니는 저에게 마일로는 꼭 필요한 안내견이지요.

잠깐요. 마일로 얘기를 했으니 알래스카 친구 얘기를 안 할 수가 없겠죠? 고든과 저는 빙산을 오르는 일에서 더 나아가 멘들홀 빙하 위로 높이 솟아 있는 빙벽을 오르기도 했어요. 그런데 우리는 지난 몇 년간은 그곳에 가 보질 못했지요. 대신 우리는 요즘 주로 베이 에어리어 근처에서 하이킹을 즐기고 있어요. 소풍 가듯 그렇게 하이킹을 할 때면 군침 도는 음식이 빠질 수 없지요. 고든은 우리 어머니한테 〈키차핏핏〉 만드는 법을 배웠어요. 어머니 사바가 에리트레아에서 가져온 〈버르베르〉 향신료를 갖다 주자, 나머지는 배운 대로 알아서 잘 만들더라고요. 어머니나 고든은 저더러 음식 좀 만들어 보라고 하지 않아요. 옛날에, 할머니 댁에서 있었던 그 일 이후 많은 세월이 흘렀지만, 아직도 전 그 황소 사건으로 받은 정신적 충격에서 벗어나지 못했거든요.

장애를 지닌 사람들을 위한
접근성 확대에 관한 짧은 안내의 글

우리 신체의 모든 부분은 시간이 지나면서 변화를 겪어요. 삶을 살면서 어느 순간이든 우리는 존중받아야 하며 어디든 접근할 수 있어야 해요. 사람들 대부분이 가족의 누군가를 위해, 동료를 위해, 자기 자신을 위해 접근성의 문제를 해결해야 할 때가 있어요. 우리는 그런 문제로 불행을 겪어서는 안 되는 존엄한 인격체로 마땅히 대접받아야 하는 존재입니다. 장애를 지닌 사람도 예외는 아니지요. 장애는 인간 경험의 한 부분에 지나지 않으니까요. 그러므로 우리 모두는 우리가 사는 세상이 누구든 접근 가능한 세상이 되도록 노력해야 해요. 통합이 바로 그런 노력의 하나로 선택할 수 있는 것이에요.

그렇다면 조직이나 기관이
접근성에 투자해야 하는 이유는 무엇일까요?

• 접근성은 조직이나 기관의 성장을 증진시킨다.

장애를 지닌 사람들은 소수 집단 가운데 가장 규모가 큰 집단에 속해요. 미국인 가운데 5천 7백만 명 이상이 장애를 지녔어요. 전 세계적으로 따지면 그 수가 13억이 넘어요. 조직이나 기관이 이런 규모의 집단에 다가간다면 당연히 공동체 참여가 확대되면서 성장하게 되겠지요.

- **장애를 지닌 사람들이 혁신을 촉진시킬 수 있다.**

오늘날 우리가 사용하는 기술 가운데 채소 벗기는 기구에서 이메일에 이르기까지 많은 것을 장애를 지닌 사람들 덕분에 만들었어요. 조직이 접근 가능한 조직이 되면 장애를 지닌 사람들의 뛰어난 재능을 활용하여 더 큰 이득을 볼 수 있을 거예요.

- **법적 요구 사항을 충족해야 한다.**

소송은 비용이나 시간을 많이 들여야 하는 성가신 일이에요. 따라서 서비스를 접근 가능하도록 만드는 일이 장기적으로는 자원을 절약하는 결과를 가져다주지요.

조직이 현재보다 더 접근이 용이한 조직으로
발전하려면 어떻게 해야 하나요?

- 물리적 장벽, 사회적 장벽, 디지털 장벽으로 무엇이 있는지 확인하는 조사를 실시해야 해요. 그런 다음에는 그 장벽들을 없애야죠.

- 처음부터 접근성 계획을 세워야 해요. 접근성을 염두에 두고 새로운 서비스나 제품을 구상하는 것이 제품을 출시하거나 서비스를 시작하고 난 뒤에 임시변통으로 수정하는 것보다 수월하기 때문이죠.

• 장애를 지닌 사람들-아직 누구도 문을 두드리지 않은 재능 있는 대규모 집단 중 하나이지요-을 더 많이 채용하는 것도 방법이에요.

• 정기적으로 장애인 권리 교육을 실시하여 보다 통합적인 문화를 창조하도록 하세요.

• 현실적이고 실제적인 장애 이야기를 미디어를 통해 적극 알리도록 하세요.

장애를 언급할 때 유의해야 할 것들과
현실적이고 실제적인 장애 이야기의 필요성

미디어에서 장애 경험을 어떻게 묘사하느냐가 장애 공동체에 도움이 될 수도 있고 상처를 줄 수도 있어요. 현실적이고 실제적인 묘사가 교육과 취업과 사회 통합의 기회를 확대시키면서 통합을 촉진할 수 있어요. 우리가 과거를 바꿀 수는 없지만, 우리가 보내는 메시지를 통해 우리의 미래를 만들어 가는 데는 영향을 미칠 수 있으니까요.

내보내야 하는 실제적인 메시지

• 〈우리는 비장애 지도자들을 존경하고 그들을 훌륭하게 생각하듯이, 장애를 지닌 지도자들도 존경하며 훌륭하게 생각한다.〉

• 〈우리는 언제든지 대안의 기술을 찾아 목표에 도달하고 과업을 수행할 수 있다〉

이러한 창조적인 해결 방안은 가치의 측면에서 통상의 지배적인 해결 방안에 뒤지지 않아요.

• 〈우리 모두는 독립적인 존재이고, 우리가 서로를 지지하고 도울 때 더욱 발전할 수 있다〉

피해야 할 위험한 메시지

• 〈비장애인들은 그들이 장애를 갖고 있지 않다는 사실에 감사해야 한다는 식의 메시지〉

이런 식의 메시지는 장애를 지닌 사람들을 계속 사회적으로 소외시키면서 〈우리 대 그들〉이라는 위계를 영속화시킬 위험이 있어요.

• 〈성공한 장애인들은 자신의 장애를 극복한 사람들이다, 하고 말하는 것〉

미디어가 문제를 장애의 관점에서 그려 낸다면 사회는 변하지 않아요. 가장 큰 장벽은 사람에게 있는 것이 아니라 물리적 환경, 사회적 환경, 디지털 환경 속에 있는 거예요. 장애를 지닌 사람과 그들이 속해 있는 공동체는 그 공동체가 디지털 장벽, 태도상의 장벽, 물리적인 장벽을 해체하기로 결정할 때 성공할 수 있어요.

• 〈장애를 지닌 사람을 평면적으로, 일차원적으로 묘사하는 것〉

어떤 한 사람을 그가 안고 있는 장애로 치환하여 귀착시키는 이야기들은 고용주나 교사나 그 밖의 다른 공동체 구성원에게도 그 사람을 그가 지닌 장애로 환원시켜 생각하게 할 위험이 있어요.

• 〈피해자임을 강조하는 언어〉

의학적 상태나 장애 경험상의 그 밖의 다른 면을 묘사할 때 피해자나 고통을 받고 있는 사람이라는 사실을 돋보이게 하는 언어는 사용하지 말아야 해요. 가령, '그녀는 눈이 안 보인다(시각장애인이다).'라는 표현은 중립적인 표현이지만, '그녀는 시각장애로 고통받고 있다.'라는 표현은 연민만 불러일으킬 뿐이에요.

- 〈'장애'나 그와 관련된 말을 피하기 위해 복잡하게 말하는 것〉

'특별한 요구'니 '다른 부분에서 능력 있는' 등과 같이 언어를 지적으로 사용하며 말하는 것이 장애인이란 굴레를 더욱 영속화할 수가 있어요. 우리는 보통 장애가 아닌 인간적 특성에 대해서는 평이하게 말하는 경향이 있지요. 가령, "그 애는 소녀다."라고 말하지, "그 애는 특수한 사회적 성을 지니고 있다."라고 말하지 않아요. 마찬가지로 장애를 언급할 때 말하는 단어도 복잡하지 않아야 해요. 우리가 다른 사람과 다른 것, 즉 차이를 언급하지 않으려고 에둘러 조심스럽게 말하는 것 또한, 더 번거롭고 부담을 주는 것일 수 있어요. 가령, '그는 휠체어를 사용하는 사람이다.'라는 말과 '그는 휠체어를 사용한다.'라는 말을 비교해 보세요. '장애'나 그와 관련된 단어들은 아주 단순하고 평이하게 말해야 한답니다.

스토리텔링에서 지켜야 할 것들

- 〈장애를 지닌 사람들의 목소리를 더 돋보이게 한다〉

장애에 관한 이야기는 대체로 비장애인 부모, 교사, 친구 등의 목소리를 부각시키면서 장애인의 목소리를 주변으로 밀어내는 경향을 보입니다. 이야기의 초점을 비장애인보다는 장애를 지닌 사람의 시각에 맞춰야 해요.

• 〈가정이나 억측을 피하라〉

오래전부터 내려오는 장애에 관한 그릇된 이야기가 우리 문화에 깊이 뿌리박혀 있어서 사람들은 그 이야기를 진실로 받아들이고 있어요. 당신은 시각장애인입니까? 부분적으로는 눈이 보입니까? 시력이 약합니까? 눈으로 보기가 어렵습니까? 법적으로 시각장애인인가요? 우리는 이런 식으로 물어봐야지 억측을 해서는 안 되는 거예요.

• 〈장애 이야기를 할 때 '고무적인 이야기'니 '감화를 주는 이야기' 혹은 '용기를 북돋는 이야기'라는 식의 표현은 사용하지 않도록 한다〉

그런 표현을 남용하다 보면, 특히 아주 사소한 일에도 그런 표현을 자주 쓰다 보면, 그 의미가 퇴색되기 때문이에요. 이따금 사람들이 연민의 감정을 감추기 위해 그런 식의 표현을 사용하기도 해요. 가령 다음과 같은 말이 그런 거예요. "당신 이야기에 감화를 받아 이제부턴 불평불만을 하지 말아야겠다는 생각이 들더군요. 저는 당신처럼 장애가 없으니 오히려 감사하면서 살아야죠." 〈우리 대 그들〉이라는 식의 위계를 영속화시키는 메시지는 오히려 장애를 지닌 사람을 더욱 소외시키거든요. 감화를 받았다, 용기를 얻었다는 식의 상투적인 표현이 아닌 다른 식으로 청중을 움직이도록 해야 해요.

접근 가능한 디지털 콘텐츠 만들기

디지털 정보는 누구든 접근 가능해야 더 많은 사람을 끌어모을 수 있어요. 장애인이 접근할 수 있는 웹사이트를 만드는 데 필요한 일련의 기술적 표준을 마련해 놓은 것이 〈웹 콘텐츠 접근성 가이드라인〉이에요. 접근 가능한 모바일 앱을 만들고자 할 때는 iSO나 안드로이드의 개발자 접근성 가이드라인을 참고하면 됩니다. 디지털 콘텐츠를 만들 때 명심해야 할 것을 몇 가지 정리했으니 참고하세요.

비디오

• 자막을 제공하여 청각장애인들이 오디오 콘텐츠에 접근할 수 있도록 해야 해요.

• 오디오 설명을 제공하여 시각장애인이 비주얼 콘텐츠에 접근할 수 있도록 해야 해요. 여기서 오디오 설명이란 대화 중간중간에 삽입된 주요 비주얼 정보를 음성으로 설명한 것을 말합니다.

• 주요 비주얼 설명이 포함된 대본을 제공해야 해요. 특히 중복장애 시청자들에게 도움이 되거든요.

팟캐스트와 라디오

- 청각장애 시청자들이 접근할 수 있도록 대본을 제공해야 해요.

영상

- 영상 옆에 영상 설명을 제공해야 해요. 영상 설명은 주요 비주얼 정보를 전달해 주는 것이 되어야 합니다.

기사나 문서 내용

- 기사나 문서의 텍스트는 기계로 읽을 수 있는 것이 되어야 합니다. 기계로 읽을 수 있는 텍스트는 시각장애인들이 사용하는 소프트웨어, 즉 문자를 음성이나 디지털 점자로 전환하는 소프트웨어를 사용하여 읽을 수 있습니다.

참고용 웹사이트

- 장애인 권리 변호사협회, disabilityrights-lat.org
- 장애인 가시성 프로젝트, diasabilityvisibilityproject.com
- 하벤 길마, habengirma.com
- 청각장애인 권리 증진 교육 (HEARD), behearddc.org
- 헬렌 켈러 서비스, helenkeller.org
- 인식 가능성, knowability.org
- 전미 청각장애인 협회, nad.org
- 국립 장애 극단, nationaldisabilitytheatre.org
- 전미 시각장애인 연합회, nfb.org
- 마일즈 액세스 스킬 트레이닝, blindmast.com
- 시각장애인 및 시각 손상인을 위한 샌프란시스코 라이트하우스, lighthouse-sf.org
- 택타일 커뮤니케이션즈, tactilecommunications.org

하벤 길마, 그는 누구인가

하벤 길마는 장애인 인권 변호사이자 작가이며 대중 연설가다. 하버드 로스쿨을 졸업한 최초의 중복장애인인 하벤은 장애인에게 평등한 기회를 보장하기 위한 옹호 활동에 활발히 참여해 왔다. 오바마 전 미국 대통령은 하벤의 그런 활동에 경의를 표하며, 그녀를 백악관이 제정한 '변화의 챔피온'에 선정하기도 했다. 하벤은 〈헬렌 켈러 성취상〉을 수상하였으며 〈포브스 30세 이하 리더 30인〉에 이름을 올리기도 했다. 빌 클린턴 전 미국 대통령, 쥐스탱 트뤼도 캐나다 총리, 독일 연방 총리인 앙겔라 메르켈 등 유명 정치 지도자도 그녀에게 경의를 표하며 찬사를 보낸 바 있다. 현재 하벤은 자신이 그동안 공부한 법학, 사회학, 테크놀로지 지식을 통합하여 많은 조직이나 기관이 장애인이 충분히 접근할 수 있는 제품이나 서비스를 제공함으로써 어떤 혜택이나 이득을 누릴 수 있는지를 가르치고 있다. 하벤이 그동안 보여 준 뛰어난 통찰은 많은 사람과 여러 공동체에 긍정적이며 현실적이고 지속 가능한 변화를 불러일으켰을 뿐 아니라 변화를 바라보는 우리의 시각과 사고를 확장하는 데 큰 도움을 주고 있다.

미국 베이 에어리어에서 태어나 성장한 하벤은 현재 그곳에 거주하면서 자신의 최근 이야기, 사진, 비디오 등을 웹사이트, 메일링 리스트, 소셜 미디어를 통해 많은 사람과 공유하고 있다.

– 웹사이트 : habengirma.com
– 인스타그램 : @HabenGirma
– 링크드인 : @HabenGirma
– 트위터 : @HabenGirma
– 메일링 리스트 : habengirma.com/get-email-updates/
– 페이스북 : www.facebook.com/habengirma

| 감사의 글 |

장애인 차별과 편견은, 사회적 배제를 세계 곳곳에서 흔히 일어나는 통상적인 것으로 만들면서, 장애를 지닌 사람을 끊임없이 괴롭히고 있어요. 미국의 시각장애 학생 가운데 지속적으로 점자에 접근할 수 있는 학생은 소수에 불과해요. 불과 10% 정도만이 점자 교육을 받았을 정도이니까요. 아직도 많은 학교가 장애 학생을 수용하기보다는 그 학생 부모와 싸우는 쪽을 택하고 있으며, 아직도 많은 고용주가 일터에서 장벽을 제거하지 않고 버티고 있는 실정이에요. 이런 상황에 비추어 보면 제가 살아오면서 경험한 통합의 수준은 실로 놀라운 것이지요. 저는 오클랜드와 버클리에서 성장했어요. 점점 번창하고 있는 그곳의 장애인 인권 공동체가 저를 장애인과 비장애인 롤 모델들과 연결해 주었어요. 그분들은 저를 위해 접근 장벽을 해체하여 주었고 아울러 변화의 과정 속에서 제 스스로가 어떻게 장애인 인권 옹호 활동을 할 수 있는지 가르쳐 주었어요. 제가 살아오는 동안 접근 장벽을 확인하고 그 장벽을 제거해 준 모든 분들-선생님, 고용주, 옹호자, 친구, 그 밖의 공동체 여러분에게 깊은 감사의 마음을 전합니다. 언젠가 제가 그동안 누린 접근성의 수준이 더는 놀라운 수준의 것이 아니기를, 어린아이에서 나이 든 어르신에 이르기까지 장애를 지닌 모든 사람이 장벽이 없는 세상에서 살게 되는, 그런 날이 반드시 왔으면 하는 게 제 희망입니다.

저는 2017년에 이 글을 쓰기 시작했어요. 그동안 이 글이 세상에 나오기까지 제 에이전트인 제인 디스텔이 더없이 뛰어난 지혜를 발휘하고 귀중한 가르침을 베풀어 주었어요. 그녀가 〈트웰브 북스〉를 소개했는데, 그곳의 션 데스몬드와 레이철 캠버리가 숙련된 교정 및 편집 솜씨뿐 아니라 인내심과 열정으로 저를 도와주었어요. 제 글이 한 권의 책으로 나오기까지 큰 역할을 한 션과 레이철, 베키 마이네스, 브라이언 맥렌던, 재롯 테일러, 폴 사무엘슨, 레이철 몰랜드, 야스먼 매슈 등 〈트웰브 북스〉의 여러분들에게 감사한다는 이야기를 하고 싶네요.

우리 가족은 제게 사랑이라는 축복을 안겨 주었어요. 가족이 없었다면 저의 이 이야기도 없었을 거예요. 어머니 사바, 아버지 길마, 여동생 티티(요하나), 무시 오빠, 아웨트 오빠, 할머니 할아버지, 이모와 고모들, 삼촌들, 조카들, 모두 감사해요. 고든도 고마워.

제 글을 읽어 준 모든 분에게도 감사의 말을 전해야겠어요. 여러분이 할애해 준 시간은 큰 선물이었어요. 여러분이 제 글을 읽겠다고 했을 때 저는 가슴이 뭉클했어요. 글을 쓰던 초기부터 제 글을 읽어 준 분들에게 특별히 감사하다는 마음을 전해 드려요. 에이프릴 윌슨, 케이틀린 헤르난데스, 대니엘 프램턴, 대니얼 F. 골드스타인, 데이비드 빈센트 키멜, 리사 페리스, 리자 고쉬, 마샬 워카르, 누누 키데인, 오두놀라 오제우미, 재커리 쇼어 정말 모두 감사드려요. 또한 스탠퍼드 대학의 역사학자인 이사야스 태스파마리암에게도 감사하다는 인사를 전합니다.

제가 에리트레아의 역사에 대해 물어볼 때마다 귀찮아하지 않고 친절하게 답변해 주어서 얼마나 감사한지 몰라요.

제 이야기를 담은 이 책은 서사적 논픽션 작품이에요. 이야기 속에 언급된 사건은 최대한 제 기억을 되살려 그려 낸 것들이에요. 물론 기억이 어렴풋한 일부 세세한 사항이나 대화는 제가 재가공한 것이며 몇몇 분의 성함이나 신원 사항은 개인 사생활 보호를 위해 제 임의로 바꾸었으니 양해 부탁드려요. 이야기 속 일부 사건은 이야기의 흐름을 위해 시간 압축이라는 문학 기법을 사용하여 표현했어요. 이 책은 조언이나 교훈을 주기 위한 책이 아니에요. 제가 한 대로 따라하다가는 어려움을 겪을 수도 있어요. 이 이야기 속에 그려진 행위나 행동 가운데 일부는, 솔직히 이야기하면 정말 위험해요. 빙산을 오르거나 카페테리아에서 알지 못하는 음식을 맛 보는 일, 그런 것 말예요. 그런 곳에선 언제든지 안전이 최고니까요!

하벤 길마

초판 1쇄 발행 2020년 07월 24일

지은이 하벤 길마
옮긴이 윤희기
펴낸이 정광성
펴낸곳 알파미디어

출판등록 제2018-000063호
주소 서울 05380 강동구 천호대로 1078, 208호(성내동 CJ나인파크)
전화 02 487 2041
팩스 02 488 2040

ISBN 979-11-963968-8-6 (03840)
값 16,000원

이 도서의 국립중앙도서관 출판예정도서목록(CIP)은 서지정보유통지원시스템 홈페이지(http://seoji.nl.go.kr)와 국가자료종합목록 구축시스템(http://kolis-net.nl.go.kr)에서 이용하실 수 있습니다. (CIP제어번호 : CIP2020025914)

출판을 원하시는 분들의 아이디어와 투고를 환영합니다.
alpha_media@naver.com